鴉

麻耶雄嵩

鴉

序

鴉《からす》が襲ってきた。

無数の鴉が。

一日の使命を終え、燃え尽きるような夕陽。田舎町の南西の山間《やまあい》に吸い込まれていく、そんな時だった。たなびく茜色《あかねいろ》の放射雲を覆い隠し、彼方から突如として闇を形作った鴉の群れ。嵐と思わせる羽音とともに、鼓膜に響きわたる奇声。幾百、幾千もの鈍色《にびいろ》の鋭い嘴《くちばし》が、青白く輝く眼が、一斉に珂允《かいん》に向けられていた。

秘められていたのは殺意。それも迸《ほとばし》るような強い狂気。憎しみと怒りに満ちた瞳。瞳。瞳。

でもどうして？　判らない。ただ、空襲の爆弾のように鴉たちは空気を切り裂き、自分の許《もと》に翔《か》け降りてくる。それが本能に対する義務であるかのように。

殺される……珂允は慌てて頭を腕で覆うと、背を丸め駆け逃げた。鼓膜を破る幾重もの野性の声を耳にしながらひたすら駆け逃げた。急降下。啄《ついば》まれる感触。二の腕に痛みが走る。

嘴が凶器。凶器が嘴。皮膚が裂け血が流れている。感じられる。思わず奥歯を嚙みしめる。だが足は止められない。今度は首筋に。背中に。獣の体臭が辺りに立ち籠《こ》める。

未舗装の一本道。人家が在れば……救いを得ようと、助けを求めようと、周囲を見まわしたが、夕闇にはモノトーンの田畑と丘しか映らない。夏の終わり。収穫期を目前にした長閑《のどか》な風景。旅人が憧れる鄙《ひな》びた田舎町。先ほどまではそうだった。長閑だったはずだ。魂の安らぎを得られるような。珂允にとっても……だがほんの一瞬の間に、この場所にだけ、自分の身にだけ、地獄が降りかかってきた。

鴉。鴉。鴉。鴉。鴉。

なぜ？　自問を繰り返す。

窪みに足を取られた。誰だ、こんなところに窪みを掘ったのは……。同時に首筋に走る激痛。交互に啄む嘴。爪。狙いを定めたのか。血を求めているのか。

この鴉たちは。

どうして？

だが、己の因業を思い返すと、その理由はあったのだ。そうなのか……。

それならそれで……。

夢。夢を見そうになる。

痛み。身体《からだ》中に広がっていく。

死？

為《な》すがままに……。

珂允は気を失った。

1

湿気で黒ずみ、木目が際立った天井。それを不器用に支えている細い桟。何十年も連れ添った夫婦のように、それ以外の場所がないかのごとく並んでいる。ただ、何か物足りない。頭と背中が柔らかい。枕。敷き布団。身体には掛け布団が載せられている。藺草《いぐさ》の仄《ほの》かな匂い。

助かった……のか。

ぼんやりと開け始めた視界。起きあがろうとしたが、身体中に痛みが走る。包帯代わりのように両腕に白い布が巻かれていた。首筋にも窮屈な布の感触。

「助かったのか」

珂允は声に出し呟《つぶや》いた。そして初めて実感した。もうおしまいかと思ったのだ。本当に。別に命なんかと投げやりになった。だが、いざとなると惜しいものなのか……自嘲気味に口許を歪める。いま自分は生きていることを嬉しがっている。

調子のいい奴……でもそんなものかもしれない。珂允は自分を助けてくれた人物に素直に感謝した。

寝かされているのは日本間のようだった。真白い障子の隙間から陽射しが洩《も》れてくる。陽射しの柔らかさと鋭さが、それを朝陽だと感じさせる。一晩眠ってしまっていたらしい。熱を出していたのか、喉がざらざらに渇いている。煙草を吸いすぎたあとのように。

それにしても静かな朝だ。何時ぐらいなのだろう。首を不器用に動かしてみたが、部屋には時計は見当たらない。珂允は疼《うず》く腕をゆっくりと折り曲げ、腕時計に目をやった。針は八時を指している。一月《ひとつき》前なら、会社へと向かう通勤列車に揉まれていた時刻だ。春も夏も秋も冬も鮨詰めになりながら、飽きもせずただただ通っていた日々。発酵した脂《やに》クサイ男やきつい化粧を揮発させているＯＬに圧《お》し潰されそうになりながら、それ以外の価値を知るのを恐れるように。

そしてここ一月、こんなに早く起きていない。全てを捨てた虚脱感に塗《まみ》れながら、ぼうっと昼過ぎまで眠っていた。もちろんそれに価値など見いだせなかった。

久しぶりの朝。朝がこんなに静かで穏やかなものだったとは知らなかった。いや、忘れていた。時計のベル。慌ただしい着替えと朝食。そして……妻の声。

それが一月前までの朝だった。当たり前の朝だった。それが……。

「怪我の功名だな」

両腕に視線を移しながら珂允は呟いた。

静か、というのは一つの音だ。ジョン・ケージがピアノの前に立ちながら何も音を鳴らさなかった理由が少し解《わか》った気がした。張りつめた大気。何かを感じ取れる期待。聴き取れる予感。今にも障子紙の向こうから小鳥の囀《さえず》る声が聴こえてきそうだ。

鳥。鳥……そういえば昨日の鴉は何だったんだろう。

思考が昨夕にフラッシュバックする。

あの大群。夕闇に溶けた軀《からだ》、その中で光るあのギラついた眼。脳裏に浮かび上がる。あの鴉どもは尋常ではなかった。殺意むき出しの。あのまま倒れていれば、本当に殺され啄まれていたことだろう。さながら鳥葬のごとく。身体の痛みはその名残だ。

壁には自分の身体と同様、傷つけられた緋色のウインドブレーカーが掛けられている。

だが奴らは何を求めていたのだろう。獲物。人。それとも自分？　自分の中に潜んでいたモノ？

珂允は布団の中でひとつ身震いをし、再び天井を見上げた。

とりあえず自分は生きている。生きている。そして自分にはまだしなければならないことが残されている。おそらくこの村でそれが見つかるだろう。それで目の前に横たわる何かを突き破れるかもしれない。この一月、自分を悩ませていたものが。もし突き破れなかったなら、その時は命なんか奴らにくれてやってもいい……。

ぼんやり天井を眺めていると、さっき物足りなく感じた原因が判った。

この天井には、蛍光灯がぶら下がっていなかった。

*

その時、外の廊下から足音が聞こえてきた。ゆっくりとした運びの足音。部屋の前で止まると、静かに障子が開けられた。微粒子とともに陽光が部屋中に立ち籠める。

現われたのは四十前後の和服姿の女性。目許のくっきりした瓜実顔《うりざね》で、漆黒の髪を結い上げている。

その女性は珂允と目が合うと、手で膝をさするようにして枕元に座り、「お気づきになりましたか」と、静かな口調で話しかけた。微《かす》かな声。この地方の方言なのか、聞き慣れないアクセント。関西風でも関東風でもない。こぼれた歯にはお歯黒。

「はい」と首を起こして答えようとしたが、首筋に刺激が走る。

「無理をなさらずに。あの鳥たちに襲われたのですから。危ないところだったんですよ。主人が気づくのがもう少し遅れていたら。でも安心して下さい。もう大丈夫だとお医者さんも」

「それじゃ、ご主人が」

婦人は色白の首を曲げ、小さく首肯《うなず》く。ゆっくりとしたその所作が旧い映画のようで印象的だ。

珂允は礼を述べたあと、恐る恐る訊《たず》ねた。

「この村ではこんなことが頻繁に」

「ここ半年、十日に一度は夕刻に襲ってくるんですよ。それまでは一度もなかったことですのに。それでここの者はあまり夕刻に出歩かないんですが……いったいどうしたんでしょうね」

困惑の表情。最後の科白《せりふ》は珂允に向けられたというより、独り言のようだった。小さく開かれた唇から洩れ出た言葉が、まだ余韻を残しながら漂う中、女性は部屋の隅を見つめるように考えている。珂允はその端整な横顔をしばらく眺めていたが、「あの、」と声をかけた。訊《き》きたいことが山ほどある。昨日のこと。この村のこと。初めて出遇《であ》ったこの村の住人に。

だが、婦人はそれまで忘れていたかのように「あ、」と声を上げ珂允の方に向き直ると、

「いま主人を呼んで参りますから」

慌てて腰を上げ部屋を出ていった。ぱたぱたと足音が遠ざかっていく。きゅっきゅっと軋《きし》

む廊下。何となく淡泊な感じだ。

仕方なく珂允は、命の恩人である主人を待つことにした。


しばらくして、さっきとは異なった質感のある足音とともに、瓦葺《かわらぶき》の屋根のような顔をした和服の中年男性が入ってきた。肉体労働を感じさせるがっしりとした体つきの男だ。乾いた頰に黒々とした眉が目につく。主人は太い落ち着いた声で千本頭儀《せんぼんかしらぎ》と名乗り、先ほどの女性は妻の冬日《ふゆひ》だと説明した。

「珂允です」

当然のことながら、頭儀はその名を耳にしても何の反応も示さなかった。「珂允くん」と機械的に呟き返し、その後感想めいた口調で「この村には無い名前だな」と云っただけだ。ありきたりの対応。

自分は何を期待したのだろうか。

「助けていただいて、ありがとうございます」

若干の間ののち、珂允は丁寧に礼を述べた。こんなに丁寧で内実の籠《こも》った口調は、たぶん生まれてこの方初めてだ。なにせ相手は命の恩人なのだ。〝命の恩人〟なんて言葉は、ドラマか小説、或いはドキュメントの向こう側の、日常とかけ離れたものだと思っていた。が、こうしてその非日常が自分の身に起こってみると、感謝の意を示さずにはいられない。

「いや、大したことじゃない」

そう云いながら頭儀は無骨な右腕をさすった。たぶん無意識だろうが、そこには軽い傷痕が残っていた。自分を助けたときに負った傷なのか。それを目にすると珂允は申し訳なくなり、再度礼を述べた。

「それより、もう身体の方は大丈夫かね」

「はい。ただ、身体はまだ痛みますが」

頭儀は安堵したように息を吐くと、

「かなりの傷だったからな。まあ、哲人《てつんど》が峠は越したと云っていたからな」

哲人と云うのは医者の名前らしい。

「まあ、回復するまでここに泊まっていきなさい」

「お邪魔じゃないでしょうか」

「なに、一向に構わない。それとも他に行くところがあるのかい」

「いえ、宿屋を探そうかと思ったのですが」

だが、頭儀は軽く首を横に振ると、

「そんなものはないな。ここに外人は来ないからな」

と素っ気なく応《こた》えた。そして珂允が質問を挟むより先に顔を少し近づけると、

「ところで……君《きみ》はどういう理由でこの村に」

声も表情も全く変わっていなかったが、目許だけが少し険しくなった気がした。光のせいかもしれない。だが何となく張りつめた空気。

「旅をしているんです。いろいろなところを。ただ、昨日は山の中で道に迷ってしまって」

用意しておいた答。ポーカーフェイスで反応を窺う。信じてもらえただろうか？

「それでここに辿《たど》り着いたというわけか」

一拍置いたのちに頭儀は確認するように訊ねた。

「その矢先に、鴉に襲われて」

「あの時間はな……」と、先ほどの冬日と同じことを云う。「あれさえなければ、静かなところなんだが」

「……そうみたいですね」

僅《わず》かに開いた障子戸の隙間から垣間見える生け垣を眺め、珂允は頷いた。モノトーナスで清澄な景色が肺にまで感じられる。生け垣の内側の箱庭のような眺め。

「旅……か。旅は楽しいかね」

「楽しい時もありますが、そうでない時、哀しい時もあります。どちらにしろ独りで旅をし

ているものですから」

「そうか、」と呑み込むように呟く頭儀。その間隙を縫うように、珂允はかねてから用意してあった質問を切り出した。

「この村の名前は何というんですか」

「名前？　そんなものはない」

にべもなく頭儀は首を振ったが、それでは答になってないと感じたのだろう、しばらく間を置いたのち、

「ただ、昔は埜戸《のど》と呼ばれたらしいが」

埜戸……やはりここが〃埜戸〃だった。珂允は喜びのあまり声を上げそうになった。弟のメモに残されていた名前。珂允はここを目指していた。この三週間。

「今、そう呼ぶ者はほとんどいないがね」

だが、弟はそう呼んでいた。いや、書き残したのだ。ただ、頭儀がそう云ったのは正しいかもしれない。名前というのは他と区別するための便宜に過ぎない。そしてこの村には外部は存在しない。

この村——埜戸——は地図上には存在していなかった。どんなに詳細な地図帳《マップ》を開いてみても、メモの示す辺りにその名前は記されていない。この村が位置するはずのところには、

複雑に絡み合う等高線とその上に茶色く塗り潰された山があるだけ。珂允も最初、本当にこんなところに村があるのかと疑わしく思っていたのだ。それが三週間の放浪を余儀なくした。〝禁戸〟を探し求める旅。

そしてようやく目的地に辿り着いた。

「朝飯の準備が出来ているが起きられるかね」

すまなさそうに首を振った。

いろいろ質問したいことがある。この村について。だが、怪しまれるのはまずい。自分がこの村について若干の予備知識を持っていることを知られては。そして、何より自分の素性を知られては。

「じゃあ、冬日に持ってこさせよう」

そう云い残すと、頭儀は腰を上げ廊下に出た。

「珂允君。君はいつからそんな眼をしているんだい」

「眼……ですか。自分では分かりませんが、眼が何か？」

「いや。いい眼をしていると思ってね」

口許を少し綻《ほころ》ばせ、障子戸が閉められた。

――いい眼か。

透し彫りのような障子の柄を見つめながら、頭儀の好意に少し後ろめたさを感じていた。ここに来た目的はまだ云えない。まだ誰にも。

これからどうなるのだろうか。

珂允は静かに耳を澄ませていた。

＊

静かに鳴っていた琴の音《ね》が途切れた。

昼を過ぎた頃になると、身体の痛みも和《やわ》らぎ、自由もきくようになってきた。幾分しこりのようなものが残っているが、動けないほどではない。

障子を透かして畳に落ちる影が、珂允を外の世界へと誘《いざな》う。珂允はゆっくりと身を起こすと、赤いシャツを羽織り布団から出て障子戸を開けた。一陣の風とともに、先ほどまで音にだけ聴いていた光景が目の前に飛び込んでくる。

小高い地所に建っているこの家の、生け垣の向こうには、民家の藁葺《わらぶ》き屋根や田畑が広がり、河がゆっくりと流れている。その向こうにはまた水田。夏の終わりの陽射しが、それらを鮮やかに、大洋に浮かぶ貝殻のごとく照らし返す。

黒ずみ罅《ひび》割れたアスファルトや、その上で騒音と煤煙を撒《ま》き散らす無機質な自動車、脇に建ち並び熱を輻射《ふくしゃ》するだけで何ら愛想もなく鎮座している直方体のビルなど、欠片《かけら》もない。眩《まぶ》しくも新鮮な眺め。まるで異世界に降り立った錯覚。もしここから望めるものが世界の全てだったなら、珂允はきっと手に入れたいと思うだろう。それが王としてでも奴隷としてでも。

弟は半年の間、ここに住んでいた。あいつもまたここに魅せられたのだろう。その気持ちは分かる気がする。もし珂允ももっと前にこんな世界に巡り会っていたなら、きっと同じように根を張ろうとしたに違いないのだ。

だが……いま見えている世界は本物だろうか？　全てなのだろうか？

不安が過《よぎ》る。

なぜ弟はここから舞い戻ってきたのか？

そのとき庭を横切る少女が視野に入った。十七、八歳くらい。カスタードクリームを薄く塗った純白の鶉卵《うずらたまご》のような顔だちをしている。健康的な白い歯。目鼻立ちが冬日と似ているところを見ると、この家の娘だろう。

彼女の方もこちらに気づいたらしく、珂允を見てあどけない笑みを浮かべる。薄紅色と竹色のグラデーションのかかった着物にあずき色の木履《ぼっくり》。

「あなたが、父さんが話していた外人ね」

その少女は「蟬子《せみこ》」と名乗った。

蟬子は小さな兎を抱いていた。

小振りの耳が綺麗なピンク色をした白兎だ。

その兎の名は「てぃが」と云うらしい。

「名前は何て云うの」

「珂允」

「珂允さん？」

響きが可笑《おか》しかったのか、兎を抱えたままくすくすと蟬子は笑った。

「ああ。きみ、いや、蟬子ちゃんはここの家の娘かい？」

「そうよ」

「さっき琴を爪弾いていたのも」

「うん」

「上手《うま》いもんだね」

「ありがと。でもあまり上手くないよ。母さんによく叱られるし。それに、あまり好きじゃない。ああいう神経質なの」

「似合っていると思うんだけどな」

ぴんと跳ねる琴の音色が、着物姿が、新鮮だったからかもしれない。

「そお？」

自分では納得できないといったふうに蝉子は細い眉を顰《ひそ》める。

「十八にもなって琴のひとつも満足に弾けないと駄目だって、父さんがうるさいから、仕方なくやってるだけよ」

単純に田舎だから家屋敷が広いのかと思っていたのだが、どうもそれなりに格式のある家らしい。そう思って眼下に目をやると、確かに数段小振りな民家が軒を並べている。

「本当はこんなことより、みんなと騒いでいる方が何十倍も楽しいのに」

「そりゃ誰だってそうだ。でもそうはいかないさ」

そうはいかない、そうはいかない、そうはいかない。

「わかってるわよ、それくらいは。だからやってるんじゃない。父さんと同じこと云わないでよ」

拗《す》ねるように、足許の石ころを蹴飛ばす。転がる小石は生け垣の手前。

「本当に厭《いや》そうだね」

小学生の頃、算盤を習わされたことが思い出される。週に五日。学校から帰ると遊ぶ間もなく珠算塾に向かわされる。掛け算。割り算。見取り算。読み上げ算。伝票算。暗算。ぱちぱちぱち、とひたすら珠を弾き続ける。友達の中でも何人かは通っていたが、その他多くの奴らは放課後も遊び続けている。それらの誘惑を尻目に自転車に乗って通わなければならない。算盤なんて何の役に立つのだろう、と恨みながら。

確かにアレは本当に厭だった。当時は。だから、蝉子の気持ちも解らなくはない。

「当たり前じゃない。あんなのが好きな母さんの気が知れないわ」

吐き捨てるように愚痴《ぐち》ると、

「ねえ、珂允さん」

「ん？」

「珂允さんて旅人なんでしょ。だったらずっと楽しいんじゃない？　お稽古事もないし」

「旅人になりたいの？」

「ううん。そうじゃないけど、楽しそうだなって」

「いや、そうでもないさ」

「どうして？」

「そうだな……」

どう答えようかと考えているとき、息苦しくなったのか、胸元の白兎がぴょんと跳ね出した。

「あ、てぃが」

　腰を曲げ、慌てて追おうとする蝉子。そのとき「蝉子！」と、二つ隣の部屋から冬日が顔を出した。しまったという感じで蝉子は肩を竦《すく》める。

「音が止んだと思って来てみたら。ちょっと目を離すと、またさぼって。今日は夕方までお稽古でしょ」

「わかってるわよ。ちょっと息抜きしてただけじゃない」

　膨れっ面で振り返る。

「じゃあ、もう息抜きは済んだでしょ。早く来なさい。もう、この娘《こ》は辛抱が足りないんだから」

　冬日は珂允と目が合うとばつが悪そうに軽く頭を下げ、「早く来なさい」と念を押して慌てて障子の奥に消えた。

「わかってますって」

　蝉子は障子戸の奥に大声で返答すると、兎は諦め部屋に歩みを戻した。

「あ、珂允さん、悪いんだけど、てぃがお願いするわね」

「はいはい」

　珂允は愛想よく答えながら、やっぱりいいとこのお嬢さんだな、と苦笑いした。こっちが怪我人だということを失念している。

「おうぃ、てぃが」

蝉子が消えたあと、庭に向けて呼びかけてみる。

てぃがは生け垣の手前の叢《くさむら》の中で、のびのびと耳を立てていた。ピンクのつんとした耳。

蝉子が蹴飛ばした石ころのちょうど脇だ。

再び琴を爪弾く音が聴こえてきた。

2

身体感覚というのは精神と肉体を繋《つな》ぐ唯一の鎖なのだろう。五感で得られる外部と、それを処理する内部。仮想領域を実体化させる神経。もしそれが精確な対応で接続されていなければ、自分の心が自分の器でなくなってしまっても一向に構わないわけだ。

いま感じている肉体的な痛みと精神的な痛み。その二つは全く種類の違う、独立した無縁のものでありながら、ともに珂允をいたぶり苛《さいな》む。単に二つがない交ぜになっただけではなく、内部で陰鬱な波の相乗効果を齎《もたら》しているかのように。

肉体的な痛みというのは、昨夕あの凶悪な鴉どもに襲われて生じたものだ。まだずきずき芯が疼いている。もう一方は……。

珂允は弟の顔を思い出していた。

弟の名は西鈴《あべる》と云った。

自分よりも頬がほっそりとした感じの一つだけ年下の西鈴。小さい頃は「そっくりだね」

と、親戚や近所の人によく云われた。双子みたい、と。

それが嫌だった。

自分と同じ顔をした奴がいるというのが根本的に厭だ。自分は他の誰とも違う、ただ一人の自分だから意味があるのだ。たとえそれが僅かな差異であっても。

ただそれ以上に嫌だったのは、見かけは似ていても、性格が対照的だったことだ。独りで本を読んだり絵を描いたりするのを好む自分と異なり、西鈴は行動的で甘えん坊だった。典型的な長男と次男。一時、著名人の兄と弟のタイプ分けが流行《はや》ったことがある。堅実な兄型と奔放な弟型。芸術家、プロスポーツマンには弟が多い、等々。後日、それを耳にしたとき、どこも同じなんだと思わず納得した。損な兄型。

それはある意味、珂允の望んでいる独立性を保証するものであるのだが、外見の一致により、内面が必要以上に比較されてしまう。マラソンランナーと百メートルランナーのスタート地点が同じようなものだ。当時の珂允にはそう思えた。中身が違うのに器は同じなんて。なら、中身も同じなら良かったのか……。

それも嫌だ。

そして、その矛盾を解消できずに抱え込んでしまっていた自分はもっと厭だった。

なにより、常に自分が兄だった。

「お兄ちゃんなんだからしっかりしなきゃ」

母親はよくそう口にした。

「お兄ちゃんなんだから、我慢しなきゃ」

兄弟喧嘩をしたときには決まってそう云う。

何か損をしている。どこか損をしている。

劣等感に近い感情が、自分とよく似た弟を見るたび、常につきまとい離れなかった。

親も自分には厳しく、西鈴には甘い気がしてならなかった。今となってみれば、自分の僻《ひが》みだったかもしれないと思えるが、あの頃は依怙《えこ》贔屓《ひいき》されていると信じていた。

「兄ちゃんは家を背負わなければならないから、勉強も頑張らないとね」

親や、親戚がよくそう口にした。〝家〟というのが何かいまひとつ解らなかったが、その口調からとんでもない重荷を抱えさせられているような気がした。その上、勉強が出来ないと背負う資格すら与えられないらしいのだ。

仕方なく珂允は勉強した。

だが、学期末の通信簿で、弟より〝5〟の科目が多かったにも拘《かかわ》らず、褒められたのは弟の方だった。理由は前回より成績がアップしたかららしい。相対的に見れば弟の方がより頑張ったように見えるかもしれないが、最初から頑張り通している自分の方が絶対的に勝っているのだ。なのに……。

「男はのびのびしてるのが一番」

親戚たちは珂允の気も知らずにそう云うだけだった。

デパートに買い物に行って、飲食店の前で両鈴が「ホットケーキを食べたい」と涙声になると、「仕方ないわねぇ」と母親は困りながらも折れるが、自分が同様の訴えをしても、「お兄ちゃんなんだから我慢しなさい」と叱られ諭されるだけだった。

クリスマスの時も。プレゼントに何が欲しいか訊かれたとき、控え目に――それは優等生的な答だったかもしれないが、求められているように常に感じていたのだ――恐竜の図鑑を申請したのに対し、両鈴はラジコンカーをねだり、そしてそのとおりになった。別に両鈴のせいではないのだが、なぜか両鈴に腹が立った。優しい弟は、遊びたい時には自分にもラジコンカーを貸してくれる。でも、それでもそのラジコンカーは弟のものなのだ。

全く違うなら諦めもついただろう。だが「そっくりだねぇ」と他人から云われるたびに、声に出せない不満が心に刻み込まれていった。

決定的だったのは、母の日のことだった。あの日のことは今でも鮮明に覚えている。珂允はサンダルを、両鈴は藁半紙に乱雑に書いただけの〝かたたたき券〟と〝おつかい券〟のセットを渡した。珂允としては日頃の小遣いを節約して買ったのだが、母親は両鈴の方を特に喜んだ。

「手作りがいいのよ。気持ちが籠ってるから」

西鈴だけでなく珂允にまで感激したようにそれをかざして見せる。その後一月ばかり、母親は珂允のプレゼントは忘れ去り、西鈴の〝かたたたき&おつかい券〟の自慢話ばかり近所でしていた。

自分は愛されてないんじゃないか……不安だけが珂允の片隅で育まれていった。

十三を過ぎた頃から、二人の外見にはっきりとした差が現われ始めた。突然に……。

それぞれが別個の顔を持つようになったのだ。本来なら待ち望んでいた結果で、喜ぶべきものだろうが、その差は珂允にとってなんら喜ばしいものではなかった。

西鈴だけが凜々《りり》しく成長していく。そんな気がした。バスケ部に入り、二年からレギュラーで活躍している弟。対して珂允の方は二年前に肺炎を患ったこともあり、体つきは貧弱だった。星が面白く感じられたので天文部に入った。だが、一年で潰れてしまった。それ以来、部活には参加せず家に独りでいることが多くなった。

「珂允の友達はあまり来ないわね」母親がよく洩らす。弟の部屋にはよくクラブの友人が押し掛けてくる。口にした本人には大した意味もなかったのかもしれないが、その無慈悲な言葉は珂允をひどく傷つけた。

何か弟がプラスに自分がマイナスに変化していくようだった。

自分が何もしなかったわけではない。黙って指を銜《くわ》えていたわけではない。高校に入ったとき発起して珂允は運動部に入部した。

そのせいか、しばらくすると珂允はスポーツマンらしくなった。体つきは貧弱な中学の頃と比べるまでもなく逞《たくま》しくなり、ハンドボールもレギュラーの位置を狙えるほどに上達した。だが、今度は奇妙な逆転現象が起こっていた。襾鈴の方が、クラブにも入らず勉強に専念し始めたのだ。なぜ弟がそうなったのかは解らない。ただ、襾鈴は何にせよ素質があったのだろう。学力はあっという間に珂允を追い越し、テストの成績発表ではどの科目でも二十位以内に名前を張り出されていた。

反して部活に専念した珂允の方は、両立もままならず成績は下降する一方だった。

そして、それまでは「もやしっ子ねぇ」と嘆いていた母が、掌を返したように「クラブもいいけど、こんな成績でどうするの」と嘆くようになった。

いったい自分は何を求められているのか……。

母親だけならまだしも、先生のうけも襾鈴のほうがよかったし、襾鈴のほうが女にモテた。中学と違い高校では、勉強が出来るほうが魅力的なのだろう。それに、いくら身体を鍛えても、生来の性格までは変わらない。襾鈴の魅力は成績の上昇とともにある種の人望も伴い、生徒会の役員に推薦されるほどになった。

クラスの女から両鈴にラヴレターを渡してくれるよう頼まれたこともある。両鈴の御用聞きのような真似は御免だと断りたかったが、相手の真剣な表情を見るとそうも出来なかった。

しかし、あとで「ツナギには兄の珂允を使えばいい」という噂《うわさ》が広まっていたことを知り、何かが砕けてしまった。

でもそんなものなのかもしれない。そう思いたかった。

両鈴は何も悪くない。そんなことは判っている。それ故、よけいに両鈴に腹が立った。

「推敲《すいこう》」という言葉がある。月下の門を僧は「推す」か「敲《たた》く」かどちらにしようかという故事だが、その賈島《かとう》が考えに考えた漢詩自体は「推敲」の故事なくして残り得ただろうか。行為は誰にでも出来るのだが、結果には才能が必要なのだ。

何処にも行き場のない、忿懣《ふんまん》。

自分はいったい何をしたいのか。

クラブも結局は交代要員止まりだった。

だがその時はまだ弟は弟、自分は自分と割り切ることが出来ていた。かろうじて。あくまでかろうじてだが。

そう、茅子《かやこ》と出逢い結婚するまでは。

＊

珂允は門の外に出てみた。門から一本の坂道が緩やかに下っている。踏み均《なら》された茶土が流れ行く川のようにゆっくりとうねりながら幅の広い街道に合流しており、街道には民家の藁葺屋根がいくつか並んでいる。それらの家と比べてみると、立派な門構えを持ち瓦葺きの屋根を持つこの千本家が、比較的豪奢であることが察せられる。やはり〝蟬子お嬢様〟のようだ。

眼下に広がる光景。ここが市でも町でもなく未開発の村落であることを如実に表わしている。田園と未舗装の道路。道端に群生する雑草。電信柱もない。きっと地下ケーブルでもない。あの部屋にも電灯はなかった。遠くに川が見える。その向こうは田畑そして山。本当にそれだけのようだ。だが、それが重要なのかも。

少なくとも弟にはそう映ったはずだ。

珂允はとぼとぼと歩きだした。陽はまだ高い。

三十メートルほどの坂道を下り終える。柿の木が枝を張った民家の庭先で白い割烹着《かっぽうぎ》の婦人がタライで洗濯をしている。何日か溜め置きしていたようで、桶《おけ》には山のように濡れた洗濯物。染みひとつ残すまいといった気迫で、丁寧に力強くしごいている。逞しい腕だ。

その女性はなにげなくこちらに顔を向けた。珂允と目が合うと、少し驚いたようにじっと見つめる。が、やがて何事もなかったかのように、視線をタライに戻し、再び洗濯をし始めた。閉鎖的な村らしいが他所者《よそもの》に対して排他的ではないようだ。まあ、千本家の対応を見ても判っていたことだが。

「珂允さん」

坂の上から呼びかける声がした。蟬子だった。手を振りながら、草履で駆け下りてくる。

「蟬子ちゃん、琴は？」

「中止。気分が乗らないから」

悪戯《いたずら》な声で弄《なぶ》るようにふふっと笑う。

「いいのかい。お母さんに叱られるよ」

「いいの。調子の悪いときに無理にやり込んでも、変な癖がつくだけで上達しないから」

得手勝手な理由をつけると、腕を摑み進もうとする。

「そんなものなのか」

「そんなものよ。それより、どこに行くつもりだったの？」

「いや、別に。その辺をぶらぶらしようと思ってね」

とりあえず、この村を知りたい。珂允は村について何も知らないのだ。

「ぶらぶら?」

「ああ、散歩しようかと思ってね」

「この恰好、目立つわよ」

「仕方ないさ」

珂允は肩を竦めた。見たところこの村には、髷《まげ》こそ結っていないが、時代劇に出てくるような装束しかないようだ。ジーンズにシャツという西洋文化の産物は、ここではさぞ奇異に映ることだろう。

かといって、郷に従って和服に着替えるつもりもなかった。着慣れた洋服の方が心地いい。似非《えせ》村民になったところで、こんな小さな村では顔を見れば他所者とばれるはずだ。

「じゃあ、案内役が必要でしょ。わたしが案内してあげる」

そういうと蟬子は珂允を先導し始めた。行く先も訊かずに。まあ訊かれても答えようがないが。

黙って蟬子の導くまま街道を西へ歩いていく。小振りな小屋が見え、糞尿の臭いとともに牛の鳴き声がした。

「この辺で珂允さん倒れていたらしいの。父さんが云ってた」

少し見覚えがある。夕闇のことなのではっきりとした記憶はないが。断片的な印象が何となくそう感じさせる。視線を少し先にやると洗面器大の窪みが目に入った。きっとあれに足を取られたのだ。とすると、珂允が血ダルマになって翻筋斗《もんどり》打ったのはあの手前ということになる。だが、一夜明けて街道の脇には何の痕跡もなく綺麗に掃き清められていた。

　そんなことなど、なかったかのように。

「もう少し遅かったら危なかったらしいって」

　声を落として蟬子が振り返る。そして三月《みつき》ほど前に五歳の男の子が鴉の犠牲となったことを語った。川の向こう側の集落の話なので詳しく知らないらしいが、今でもその子の母親は悲嘆に暮れているらしい。

「鴉のせいで稲も畑も不作だって云ってた」

　こちらの方が重大なことのように、蟬子はつけ加える。

「迷惑な鳥だな」

「でも、鴉は神様の使いだから大事にしなきゃいけないの」

「鴉が」

「うん」

　深刻そうな表情。村人全員の思いを代弁しているかのように。

「無下に撃ち殺すことも出来ない。矛盾を抱えてるってわけか」

「うん」

「それで保健所がよく黙ってるな」

「保健所？」

初めて耳にする言葉のように、蝉子は鸚鵡《おうむ》返しに訊ねた。

「なにそれ？」

「保健所を知らないのか」

「うん」

どうも本当のようだ。琴の稽古の云い訳をしているときとは違う無垢《むく》な表情。嘘をついているようには見えない。〝地図にない村〟……そのフレーズが脳裏を過る。

「ねえ、蝉子ちゃん。ここはどういう村なの」

「ここって」

不思議そうに蝉子が振り返る。

「あまり外との交流がないようだけど」

「そうね。他所からの人ってほとんど来ないわね。わたしが知ってるのでは、珂允さんで三人目かな」

「三人。異様に少ないな」

全く接触がないということか。

「じゃあ、外へは？」

「外へも行かないわ」それが当然のように蟬子は答える。「道がないし。山人以外は山には入れないから」

「入れない？」

「うん。大鏡《おおかがみ》様が入っちゃいけないって」

「大鏡様？」

訊き返す。すると蟬子は少し驚いたように珂允を見た。まるで知らないのが信じられないかのように。

「外には大鏡様はいらっしゃらないの？」

「その大鏡様っていうのがよく判らないんだ」

大鏡というのは領主か何かだろうか。そう訊いてみると、「領主って」と逆に訊かれてしまった。

「この村の一番偉い人」

蟬子は首を傾げたのち、

「一番偉いって云えば偉いのかもしれない。この村を創ったんだし。でも、人じゃないから」

「人じゃない」

「うん、人なんだけど人じゃないって」

「それじゃよく判らないな」

珂允が首を捻《ひね》っていると、蟬子は劣等生に算数を教える小学教師のような仕草で人差し指を目の前に突き出して、「なんでも現人神《あらひとがみ》様って云うんですって」と、得意気に云った。

「なるほど」

少し判ったような気がする。つまり大鏡というのは宗教の神様なわけだ。それも人間の。いわゆる教祖様ってやつだろう。

「じゃあ、その大鏡様が山に入るなって云っているのか」

「そうよ。でもそれは今の大鏡様がおっしゃりだしたことじゃなく、昔から大鏡様がおっしゃってるんだって」

「でもどうして山に？」

「入ると山が穢《けが》れるんですって。山が穢れると、川も穢れて、田も畑も穢れてダメになってしまうから。ただ山人だけは猪や鹿、鳥なんかを捕るために、大鏡様から特別に許されているの」

蟬子は真面目な顔をしている。本気でそう信じていることは疑いない。

「穢れる……ねぇ」

　珂允は気づかれないように溜息を吐いた。一つの禁止事項。神の名の下の絶対的な。それがこの村落を支配し外部と隔絶させている。奇妙なことではあるが、笑うことは出来ない。珂允の住む世界でも、土俵に女は上れない。似たようなものだ。

　だが、どうしてそんな禁止事項が出来上がったのだろう？

「じゃあ、僕とか外部の人間が入ってきたときは？　当然山から来るんだろう。穢れないのか」

「さあ、」と蟬子は首を傾げる。「いいんじゃない。あまりいいことじゃないだろうけど。この人じゃなかったら」

「そうだろうな。他所から迷い込んでくる奴までは面倒見切れないだろう。それで、当の大鏡様は何処にいるんだい」

「大鏡様のお宮」

　蟬子は北の山を指さした。中腹の濃緑の隙間に神社らしき建物が小さく見える。真っ当な古風な神社のように見える。神道系？

　この村と同様、質素な外観。とりあえず、大鏡というのは昨今流行の変な神様ではないようだ。

「でも行けないわよ。わたしたちじゃ」

手を振り、慌ててつけ足す。

当然だろう。そう易々と逢えては神様の権威もない。珂允は一応「そうだろうな」と物わかりのいい返事をしておいた。

「ねぇ、鷺《さぎ》ケ池に行かない？　眺めがすっごく綺麗なのよ」

「任せるよ」

珂允が云うと、蟬子は嬉しそうに「じゃあ、案内するわ」と踵《きびす》を返し街道を東に誘った。いま来た道を戻る恰好だ。

「じゃあ、この村で一番偉い人は」

珂允は質問を続ける。

「ん、菅平《すがだいら》と藤ノ宮の家かな。こちら側が菅平で、川向こうは藤ノ宮が長《おさ》なの」

「その上に、大鏡様がいるわけだ」

「ん……ちょっと違うような気がするけど、そんなものかな」

蟬子の話によると、村を東西に二分する鏡川を挟んで、「西」「東」と呼ばれており、西は菅平が、東は藤ノ宮がそれぞれ村を治めている。蟬子のいる村は西で、川向こうというのは東に当たるらしい。そして菅平と藤ノ宮がその地区の権威者になる。「長」というのはいわば庄屋のような感じらしい。

　千本家へ向かう枝道の前を通りすぎ、更に進むと開けたT字路に出た。縦の街道と横の街道が合流している。槙《まき》ケ辻と云う名がついているらしい。今まで来た道はそこで終わりで、南北に延びる街道には藁葺きの民家が建ち並んでいる。この道をずっと北上していくと、中腹にある大鏡の宮まで通じているようだ。

「じゃあ、蝉子ちゃんの家は菅平って人が長になるわけだ。蝉子ちゃんの家も結構大きかったけど」

「わたしの家なんてただの小長《こおさ》で、二十一戸持っているだけだから大したことないわ。菅平の家は遥かに大きいんだから。ここからじゃ森が邪魔で見えないけど、門まで立派な石垣が積まれていて」

　羨ましそうに目を細め蝉子は語る。千本家くらいの格の家——小長——は西だけでも六戸あるらしい。東を合わせると優に十戸を超える。それで、大したことはない、と云う蝉子。だが、この閉鎖された村の中では立派な上流階級に当たるだろう。道すがら何人かの村人とすれ違ったが、蝉子のようなこぎれいな服を着てのんびりと散歩している者はいなかった。

　鷺ケ池は蝉子が推薦するとおり、明媚《めいび》な場所だった。ガラスのような透き通った水面。池の畔《ほとり》には青々とした叢が広がっている。そして、その静かな空間を囲むように濃緑の林が立ち並んでいた。

足元を撫でる平坦な叢は、誰にも踏み荒らされてないかのように自然に整い、風に靡《なび》いている。そこには芝生のような人工的な匂いを感じさせるものはなかった。夏の終わりということで花こそ咲いてはいないが、「春はスミレが行列を作って」と云う蝉子の言葉通り、きっと「華やかな舞台に染まる」ことになるのだろう。

その舞台の主役は、鷺ケ池の由来になった数十羽の鷺であるらしい。水面を滑るように翔け降り、白く優雅な肢体をあまねく披露する。そして一通り観衆の目を潤わせたあとに、また大きな羽を広げ飛び立つ。名残とも云うべき波紋を静かに残しながら。

ただ、珂允たちが来たときは、一羽の鷺も見られず、そのショーはおあずけとなった。

「変なのよね。いつもこの時期にはいるはずなんだけど。でも、そうじゃなくてもいいところでしょ」

「そうだね」

珂允は身を屈めて、池に手を差し延べた。冷たい感触。水というものも、場所によってどこか違ったふうに感じられる。油のようにまとわりつくものもあれば、砂を握っているかのようなごつごつしたものもある。概して水道水は無愛想で、井戸水はまろやかだ。海の水は重みがある。この池は、水温が予想より低かったせいなのかもしれないが、さらっとした肌触りだった。

掬《すく》うと掌に小さな藻のような屑が残された。

「ねえ、珂允さん」

同じように身を屈めて蟬子が訊ねる。

「ん？」

「珂允さんって外では何をやっていたの？　ずっと旅人？」

「旅人の前は、詩人だよ」

大嘘だ。けれど昔から詩人に憧れていた。理由はよく分からない。詩人というものに漂泊流浪のイメージを抱いている。敢えて云うなら、それに惹きつけられるのかもしれない。

「詩人かぁ。なんか楽しそうだね」

「そうだな」

「じゃあ、何か詩《うた》ってよ」

「そうだな……山の静けさは白い花」

もとより憧れているだけで、詩など創れない。素養もないだろうし、試みたこともない。

この詩も自分のオリジナルではない。山頭火の作だ。その上、詩ではなく、俳句だ。珂允はこの句が好きだった。この句を作った山頭火も好きだった。

「どういう意味」

「そのままの意味だよ」

云ったものの、珂允にも本来の意味は解っていない。何となくビジュアルに浮かぶ光景。それが気に入っているのだ。

「短いのね」

少し落胆したような素振りを見せる。

「長いのは好きじゃない」

「そんなものなの」

「そんなものだよ」

蟬子は水面をぱちゃぱちゃと弾《はじ》いていたが、「もう一回云ってよ」と、リクエストした。珂允が再び詠《よ》むと、眼を閉じ「なんかいいわね」と呟いた。

「あっさりしてるけど、そのままがいいのかも」

今度は水面に指を泳がせている。

「ねぇ、わたしも浮かんだわ」

「なに？」

「池の静けさは白い鳥」

「そのままだね」

「そのままでしょ」

くすくすと笑う蟬子。樹間を渡り池全体に緩やかな波紋をざわめかす風。そしてまた対岸の樹々を縫って逃げ去っていく。

「どうして、詩人をやめちゃったの」

「旅人の方が重要になったからさ」

――弟を追うために――最後の言葉だけは胸の中で呟いた。

だがそれだけだろうか。前からずっと望んでいたことだったのでは。この一月、弟に対する複雑な思いと焦燥感だけでなく、今まで得ることの出来なかった解放感もどこかで感じていた。見知らぬ町の見知らぬ宿屋の一間で独り日本酒を飲んでいるとき、身体中が心地よい疲労感で満たされていた。その心地よさは今までどんなに仕事で疲れても感じられなかったものだ。

「さっき、この村に来たのは僕で三人目って云ったよね」

「そうよ、それがどうしたの？」

垂れた黒髪を風に攫《さら》わせながら顔を上げる。

「あとの二人っていうのは？」

「ここに来た外人さんは乙骨《おっこつ》さんと庚様《かのえ》だけど……。乙骨さんは五年くらい前かな。今は人形師をやってるわ。ここに来てから蓑緒屋《みのおや》先生に教わっていたの。一緒に習っていた松虫《まつむし》姉さんも褒めていたけど、乙骨さんてとっても上手いのよ。先生もその才能を高く評価しているらしいわ」

「お姉さんもいるんだ。お兄さんがいるのは訊いていたけど」

するど蟬子の顔に翳《かげ》が落ちた。そしてぽつりと、

「いたけど、少し前に死んじゃった」と呟いた。

「……そうだったのか。それは悪いことを訊いてしまったね」

珂允は肩に優しく手を置いた。

「いいの、もう」

ふっ切るように蟬子は口許を強引に綻ばせる。

「もう寂しくなくなったから」

「それならいいんだけど」

「うん、大丈夫よ。それより、外人さんの話でしょ。乙骨さんは今も東にいるけど、庚様は半年前にいなくなっちゃった」

半年前……弟が戻ってきた頃だ。珂允は逸《はや》る気持ちを抑えながら、さりげなく問を続けた。

「その庚っていう人はいつ頃ここに来たんだい」

「一年くらい前かな。東の藤ノ宮のところにいたから、詳しくは知らないんだけど」

一年前に現われ、半年後に去っていった人物。その行動は弟と合致する。珂允は確信した。

「さっき庚様って様づけで云ってたけど、彼は偉い人だったのかい」

「そうね。大鏡様の近衛《このえ》様になられた方だから」

蟬子の話では、大鏡の宮には御本尊の大鏡を筆頭に持統院《じとういん》と呼ばれる〝側近〟と十数名の〝近衛〟が暮らしているらしい。側近というのは、宮で大鏡の祭事を司る立場にあり、また大鏡と接することの出来る唯一の人間であるらしい。いわば、神官のようなものだ。そして近衛というのは側近の下で宮の管理や、村人との協議をする、事務と窓口の役割を司っているらしい。近衛は、側近と異なり普段は大鏡と接することは出来ない。雑務係みたいなものか。

ただ雑務係といっても、この村では、聖域の一員となれる近衛に選ばれるのは最も名誉あることで――もちろん側近に選ばれるに越したことはないのだが、それは緑の池に落とした瑠璃《るり》玉を捜すようなものらしい――、有力者たちは何とか息子を宮に送り込もうと先を争っている。が、近衛の採用は大鏡様が決めることなのでなかなか上手くいかないらしい。小作の息子が突然選ばれたりすることもあるようだ。

「わたしの家は男が兄さんだけだから、無理なんだ。千本の家を継《つ》がなきゃいけないから」

そう蟬子は云った。

「でも、他所者がいきなりそんな役職に就けるのか」

若干の驚きを交えながら珂允は訊ねた。それは外国人が帰化した途端に官房長官になるようなものだ。

「異例のことだったそうよ。父さんも最初は信じられないって顔をしてた。でも、大鏡様がそう御指名なされたんだから仕方ないのよ。それに、庚様自身にも人望があったから、表立って不満を持った人はそういなかったと思うけど」

人望か……珂允には縁のない言葉に感じられる。そういえば弟には昔からあった。誰からも慕われ、信頼されていた弟。子供の頃、友達から掛かってくる電話の数も圧倒的に弟の方が多かった。

「どうしたの？」

突然口を噤《つぐ》んでしまった珂允を、不思議そうに見る。

「いや、なんでもないよ。それより、どうして庚さんは近衛にまでなったのに、半年で村を出てしまったんだい」

「それは知らないわ」

素っ気なく蟬子は答えたが、何か思い当たるところがあるらしい。その口ぶりはどこか空々しい。

実際、重要な役職についた者にしては勝手な行動だ。近衛になってから半年も経っていない。本来なら非難されて然《しか》るべきところだ。だが、蟬子を見てもそれを咎《とが》める気配がない。もし村全体が勝手な庚を咎める風潮だったなら、蟬子も本心を隠すために珂允の前では同調の素振りを見せているだろう。蟬子ならそれくらい出来そうな気がする。だがそうしていないところを見ると、きっと蟬子だけでなく村の皆が、失踪の理由を漠然とでも知っているのだろう。やや強引だが、何となく珂允にはそう感じられた。

そして、それが三ケ月前の弟の死と密接に繫がっているのだろうと。

だが、ここで深く突っ込むのも躊躇《ためら》われる。僅かでも疑いを持たれては困る。蟬子はそうではないだろうが、その庚の兄である自分が訪れたことを望まない者が、この村にいるかもしれないのだ。

「じゃあ、今ここにいる他所者はその乙骨という人だけか」

蟬子は軽く頷くと、「あと、珂允さんとね」とつけ足した。

「ねえ、珂允さん。外ってどんなところなの」

「興味があるのかい」

「少しね」

「外を見てみたい？」

意に反して、蝉子は首を横に振った。

「別に見たくはないけど。あまりいいところじゃないって聞くから」

「ああ、そうだ。いいところじゃないよ」

その言葉に実感が籠っていたためか、蝉子はそれ以上訊こうとはしなかった。


「お嬢さん」

帰り道、脇の畑で野良仕事をしていた青年が顔を上げ、そう呼び止めた。二十五くらいだろうか。背はそう高くないが、頭儀同様の肉体労働を感じさせる体つきに、丸みを帯びた童顔が乗っかっている。健康的に額をてからせて。

「篤郎《あつろう》。何してるのそんなところで」

「畑の手入れです。昨日鴉が現われたので。それより、この方が旦那様が云っておられた」

篤郎と呼ばれた青年は、頭に巻いていた手拭いを取ると、胡散臭《うさんくさ》そうにこちらをじろじろと見ている。この村へ来て初めて見た排他的な表情だった。

「そうよ。珂允さん。旅人ですって」

蝉子は無邪気に紹介する。

「こっちは作男の篤郎っていうの」

「珂允です」

珂允は軽く頭を下げ挨拶した。

「鴉に襲われた傷はもう大丈夫なのですか」

「おかげ様で散歩するくらいには」

「篤郎が哲人先生を呼びに行ったのよ」

蝉子が説明する。

「そうだったんですか。それはどうもありがとう」

礼を述べると、篤郎は遠慮するように手を振り、白い歯を覗かせる。だが次にその口から出てきた言葉は笑顔と対照的なものだった。

「いいえ。でも大したことがなくてよかった。じゃあ、明日にでも帰れますね」

「なに云ってるのよ、篤郎。まだちゃんと治ってないんだから、もう少し居てもらうつもりよ」

篤郎は語尾に不服げなニュアンスを忍ばせながら「そうですか」と答える。

蝉子はそれには気づいていないように、ただ「そうよ」と頷くだけだった。だがその間も篤郎の不審そうな目は珂允に注がれている。

「ところで、お嬢さん。琴のお稽古はもう終わったのですか」

「お、終わったわよ」

蝉子は吃《ども》りがちに誤魔化した。だがつい声が大きくなったので、嘘なのは篤郎にも判ったらしい。

「あまりお時間がないんですから」

「あなたも父さんと同じようなことを云うのね」

拗ねたようにそっぽを向く。

「でもお嬢さん」

「なによ」

ぴしゃっとはねのけると、

「珂允さん行きましょう。じゃあね、篤郎」

強引に珂允の腕を曳く蝉子。篤郎は仕方ないといった面持ちで立っている。

「それじゃあ」

そう声をかけながらも、最後まで篤郎の視線が気になった。

3

橘花《きつか》はいつものように朝を迎えた。

服を着替えて顔を洗い、卵焼きと芋の味噌汁を食べる。

母さんは隣の和原《かずはら》のおばさんと、昨日また鴉が現われたことを小声で喋《しゃべ》っていた。唯部谷《いべや》の畑が主にやられた、というようなことが土間から断片的に伝わってくる。耳を傾けようとすると、子供は聴いちゃいけません、といった顔をして睨みつける。もう十一なんだから兄さんの手伝いをしなきゃ、といつも小うるさく云うくせに、こんな時は子供扱い。

凄く勝手だ。

橘花はつまらなそうに舌打ちし、家を出た。兄は夜が明けるのと同じくらいに畑仕事に出ている。まだ十三になったばかりなのだが、一昨年死んだ父さんの代わりに一家を支えている。鴉のせいで今年は入りが良くないと、夜になると愚痴をこぼしている。

「どこ行くの」

背後から母さんの声が聞こえる。

「散歩」

振り返りもせず橘花は答えた。本当なら、自分も兄の手伝いをしなければならないのだろう。でも、橘花は畑仕事が嫌いだった。母さんの云うとおり自分は〝怠け者〟なのかもしれない。

「うちは父さんがいないから、兄弟二人が協力しあわないと」

母さんはよく訴えるように説教をする。でも、嫌いだった。協力しあって、ずっとここにいるのが。

橘花は外が観たかった。知りたかった。山の向こうには何があるのだろう。外の世界ってどんなものなのだろう。

山の向こうに世界があると知った(聞かされた)のは八つの頃だった。それまでは、何もないと思っていた。というより、ただ漠然と山の向こうには山があると考えていたのだ。その山の向こうにはまた山。山、山、山。ひたすら山があると。山だらけの中にただ一つ、大鏡様が護っておられるこの村があるのだと。何となく信じていた。

その考えを否定したのは、啄《たく》ちゃんだった。

「お前、そんなことも知らないのか。山の向こうには外人ていうおれたちと同じような人がいるんだぜ」

　バカにするように啄ちゃんは云った。「乙骨さんも山の向こうから来た外人なんだぜ」得意げにそうつけ足す。啄ちゃんは十歳年の離れた一番上の兄さんに聞いたらしい。

　でも、そう云う啄ちゃんは外には興味がないようだった。

「外ってどんなんだろう」

　橘花が持ちかけても「別に同じじゃないの」と気のない返事が返ってくる。それは啄ちゃんだけではない。橘花の周りの人はみな、大人も子供も誰も外には興味を持ってないようだった。

　一度母さんにも訊いたことがあるが、「そんなこと考えてはいけません。大鏡様がお怒りになるわよ」と、ひどく叱られた。その後も、橘花がひとりで行くのを危惧したのか「山に入っちゃいけませんよ」ともしつこく念を押された。それくらい解っている。山人以外が山に入ることは大鏡様がお許しになっていない。

　母さんだけではない、兄さんもだ。逆に「そんなものに興味を持つとろくなことにはならない。大鏡様もおっしゃってるだろ。他所《よそ》でそんなこと云うんじゃない」と口止めされてしまった。

　それ以来誰にもその話題は口に出来なくなった。ただひとり、おじさんを除いては。

外を観てみたい……橘花の禁じられた夢を真剣に聴いてくれたのが、野長瀬《のながせ》のおじさんだった。

「夢は大切にあたためないとな」

節くれだった指でぽんと肩を叩き、おじさんはそう笑って励ましてくれた。そして、同時におじさん自身の夢も語ってくれたのだ。

橘花は足を野長瀬のおじさんの家に向けた。橘花の家から川縁を南に下っていった土手の裏側。田畑に囲まれたちょっと寂しい場所に、おじさんの家は一軒だけ建っている。物置小屋のように小さい、台所と二部屋があるだけの陋屋《ろうおく》。そこにおじさんは独りで住んでいた。みすぼらしいがその家にはおじさんの夢が詰まっていた。

おじさんは村の人とつきあいがほとんどなかった。変わり者と思われていたようだ。大鏡様もあまり信じていなかった。時折り姿が見えなくなるが、何をしているか誰も知らない。どうやって生計を立てているのかも。口さがない人は、「あいつは禁を犯して山に入っているに違いない」と、誹謗《ひぼう》している。山人の目を盗んで山で猪や木の実を捕っているのだ、と。でも、そんなこと橘花には関係なかった。もしそれが本当でも、橘花にとっておじさんは夢を語りあえるただ一人の友人であり、理解者だった。

土手を滑《すべ》り降りて家の前に来ると、橘花は引き戸を開けて中を覗いてみた。軋まして無理矢理開けたためか、部屋中に埃が立ち籠める。ごほ、とひとつ咳。

中には誰もいない。空き家になっている。それは判っている。でも、もしかすると野長瀬のおじさんが帰ってきているような気がしたのだ。そんなことあるはずないのに……。

野長瀬のおじさんは半年前に死んでしまったのだから。

家は手入れをする者もなく荒れ放題。古びた実験器具が奥の棚に放ったらかしで載せられている。

「金を創っているんだ。おじさんは錬金術師なんだ」

おじさんはこけた頰をくぼませ、にこやかに笑いながら教えてくれた。そんなおじさんの笑顔が橘花は好きだった。

「金て……創れるものなの？」

橘花が訊ねると、おじさんは胸を張って「ああ」と答えた。「きっと創れるさ。今はまだ未完成だけどね。完璧な方法を探しているんだよ」

橘花の夢が外を知りたいことなら、おじさんの夢は金を創り出すことだった。橘花の生まれるずっと前からその夢を追い続けている、おじさんはいつもそう語っていた。

「丹砂《たんさ》という石があってな、それにいろいろな薬を混ぜて灼《や》くと金になるんだ。丹砂は焼くと汞《こう》が採れるんだけれど、その汞を焼き続けるとまた丹砂に戻るんだ。草木は焼くと灰に変化して元に戻らないけれど、丹砂は一度変わるがまた元に戻る。永遠に元に還り続ける不滅の薬なんだよ」

板間に転がっている陶器の碗やすり棒。汞や丹砂。よく判らない名前のついた薬品。木棒で組み立てられた水薬を蒸発させる器具。台所の脇にある小さな窯《かま》。他の人にはガラクタにしか見えないそれらの道具は、やがておじさんの夢を可能にするはずだった。この小さな小屋から、大鏡様の宮で一万年に一度しか採れないはずの金が、鶏が卵を産むように次々と生まれるはずだった。

「金は何物にも侵されない、遥かに優れたものなんだ。永遠に光を放ち、何にも穢されないんだ。その金を身体に含むとどうなると思う」

かつておじさんは窪んだ眼を橘花に向けながらそう訊いた。解らないと首を振ると、

「金の影響で強くなるんだ。身体中に金が行き渡り、金の永遠性が身体の永遠性になり、歳もとらずに死ぬこともなくなる」

まじめな顔をしておじさんは答えた。確かに金は神聖で穢れなきもので、金があれば大鏡様の御力が何万倍にもなり、それでみんなが幸せに暮らすことができると聞いたことがある。そんな金を呑むのだから、おじさんの云うとおりに死ぬこともなくなるのかもしれない。

「でも、わざわざそんなの創らなくても、大鏡様の金じゃダメなの?」

「ああ、そうだよ。採れる金では効き目が弱いんだ。創られた金は、丹砂やいろんな薬が完璧に合わさったものだから、自然の金よりもその効果は絶大になるんだ。その証拠にこの村はまだまだ諍《いさか》いとかがあるだろ。それに、いま大鏡の宮にある金はほんの僅かだから、みんなが幸せになれるだけ採れるまでにはあと八千八百三十三年待たなければいけない。ずっとずっと先だよ。おじさんは今みんなを幸せにしたいんだ」

でも、志半ばでおじさんは死んでしまった。

誰かに殺されたのだ。

おじさんは雪の朝、周囲に足跡のない家の中で腹を刺されて冷たくなっているのを発見された。

自殺した……と大人たちは云った。自分で自分の命を絶つことはよくないことだと大鏡様が禁じられているが、おじさんは大鏡様を信じなかったので、悪い心が芽生え自殺したのだ、と母さんや兄さんはそう説明した。

また、あいつは大鏡様の罰を受けたのだと、得意げに吹聴する大人もいた。自然の理《ことわり》に逆らい、神聖な金を産み出す天の行ないをあの小さな家でしようとしたおじさんは、天である大鏡様に逆らう者だったからだ。それに大鏡様の金にケチをつけていた。そのため庚様がよく説得におじさんの家を訪れていたし、他の大人も文句を云いにやってきていた。

だから罰を受けた、と云うのも解る。でも、橘花は知っているのだ。それらが嘘であることを。

おじさんは誰かに殺されたのだ。足跡がなくても、絶対自殺なんかじゃない。いつまでたっても金が上手く創れないから落ち込んで死ぬ気になったんじゃないか。啄ちゃんは判ったふうにそう云ったが、橘花と一緒に夢を創り続けようとしていたおじさんが、一人で死んだりするはずがない。

大人たちはあるいは大鏡様の天罰だと信じているのか、自殺だということにして、犯人を捕まえようとする気配が全くない。むしろ日頃反抗的だったおじさんが死んでホッとしている気配さえ見られる。それが橘花にはたまらなく厭だった。

だからあのあと何度かこの家に来ている。何かおじさんを殺した手がかりが残っているかもしれない——おじさんはこの家で殺されたらしいのだ。大人たちはどうせやる気のない調べ方をしたから、何か見落としがあるかもしれない。それに、もしかすると……殺されたのは嘘で、ひょっこり野長瀬のおじさんが戻ってくるかもしれない。

事件のすぐあとにおじさんの家へ行ったとき、一つ発見があった。それはおじさんの実験器具のいくつかがなくなっていることだった。あんなに忌み嫌っていたおじさんの金を創る道具を、誰も持って帰るはずがない。きっと、殺しに来た奴が争って割れた器具を見つかるといけないから持って帰ったのだ。

　またその発見のあとで啄ちゃんにはこんな話も聞いた。野長瀬のおじさんの右手の指の爪の隙間には、血が僅かに残っていたらしいと。掌は綺麗だったのにそこにだけ少し血がついていたと。これを聞いたとき、橘花は下手人が殺したあとで血塗《まみ》れになったおじさんの手を洗ったに違いないと思った。なぜなら、おじさんのお腹に刺さっていた刃物の柄には、血が全くついていなかったからだ。もしおじさんの手にだけ血がべっとりついていたら訝《おか》しい。自殺に見えない。だから洗ったのだ。

　橘花は自分が考えていたとおり、おじさんが殺されたことを確信した。そしてそれを兄さんに話してみたが、兄さんは馬鹿馬鹿しいといった顔で「勘繰りすぎだ。お前は野長瀬が殺されたと頭から信じているから、つまらないことでも何かあるように見えてしまうんだ。野長瀬は殺されたんじゃない、自殺したんだ」と一蹴しただけだった。兄さんも他の大人たちと同様に、おじさんが自殺したことにしておきたいのだ。

　大人たちには期待できない。だから橘花は自分でもっとはっきりした手がかりを捜すことにした。誰にも誤魔化しようがない確実な手がかりを。でも、そのあと幾たび足を運んでも、得られるものは何もなかった。口惜しさだけが胸の中で膨らんでいく。

　それは今日も同じだった。仕方なく橘花は実験器具の埃を丁寧に拭き落とす。来るたびに器具だけは掃除しているのだが、いつも細かい土埃で汚れている。川沿いの風で土煙が立ちやすいせいなのかもしれない。

おじさんがもう戻ってこないことも、誰も使う主がいないことも解っている。でも、おじさんの夢の道具だったそれらが埃塗れになると、橘花の夢までも古びてしまう気がするのだ。

「よお、橘花」

戸口を出たところで声をかけられた。土手の上を見ると朝萩《あさはぎ》が釣竿を片手に立っている。

「またここに来てたのか」

橘花は小さく頷く。橘花がここに出入りしていたことを朝萩は知っている。彼は親友だったからだ。ただ夢は語り合えなかったけど。

「まあいいけどさ」

少し大人びた口ぶりで朝萩は歩み寄って来た。畑を二つ越えたところに住む朝萩は橘花と同い年だが、少し大人っぽい感じがする。それは自分と比べてだけでなく、他の橘花と同じ年頃の子供たちと比べてもだ。おまけに賢くもある。将来は近衛様に選ばれたくて、そのための勉強をしている。まだ家族は知らないらしいが、それが朝萩の夢だ。

他の人と同じで朝萩もおじさんのことはあまり快く思っていないらしかったが——近衛様

になりたいくらいだから当然だろうが——橘花の相談には親身になって耳を傾けてくれた。一度、失くなった器具や血のことを話し、一緒にこの家に来てもらったことがある。利発な朝萩なら何か見つけられるだろうと考えたのだ。だが、その朝萩にも何の手がかりも摑めなかった。

「今日は兄さんの手伝いしなくていいのか」

橘花は小さく頷いた。いいわけはない。本当は手伝わなきゃいけない。朝萩も当然それは知っている。

「じゃあ、釣りに行こうぜ。今から辰人《たつと》たちと中州で待ち合わせてるんだ」

「行く」

小さく頷いて、駆け足で朝萩の許に駆け上った。すぐ大声で拳を振り回す辰人は苦手だったが、朝萩がいればそんなに怖くない。

*

昼過ぎに帰った櫻花《おうか》は、家に母しかいないのを知り、ちっと舌打ちした。

弟は今日も遊びに行ったらしい。一度帰ってきて竿を持っていったと母が云うので、あらかた友達と一緒に川で釣りでもしているのだろう。いつもながら勝手なものだ。呑気《のんき》なものだ。自分は朝から家の手伝いで畑仕事をしているというのに。

母は「あの子も仕方ないわね」と愚痴るばかりで本気で咎めようとしない。

父親がいなくなって五年。母は家を支えるために働きに出ている。染色の仕事だった。毎日夕方になると手をボロボロにして帰ってくる。だから仕事がない日くらいは家で休ませてあげたい。そう思って、畑仕事は櫻花が担当している。父が残した畑を荒れさせないために。当然、一家力を合わせなければならない状況だ。なのに……。

弟もまだ十一。遊びたい気持ちは分かる。現に他所の子はそうやって遊んでいる。でも、この家には父親がいなくて、他所と違うのだ。

弟は母さんの手を見ても何とも思わないのだろうか。

昼飯を食べたあと、櫻花はまた畑に出る。除草をちゃんとしなければいけない。今が大切な時期だ。

「もう少し休んでいけば」

母が気遣うように櫻花を見る。

「いいよ。早くに済ませとかないと日が暮れるから」

「そうだね、いつも悪いね」

別に母の言葉を疑うわけではない。本当に感謝しているのだろう。でも、ならその感謝を少しは逆に向けて欲しい。叱咤して弟を畑に連れて行くくらいの。

少し気が沈む。

何度か櫻花は弟の尻を叩いたことがある。もちろん実際叩いたわけではなく、無理矢理連れて行こうとしただけなのだが。そんな時、弟はいつも母を盾にする。まるで虐待されているかのような声を上げ母の背に逃げ込み、冷たい目で自分を見る。

弟に甘い母は「まだ子供なんだから」と弟を庇《かば》い、櫻花ひとりが悪者になる。

おれもまだまだ子供なんだ。働くより遊んでいるほうがいいんだ……いつもそう叫びたい衝動に駆られる。だがそれを言ったが最後、母は自分で鍬《くわ》を持ち畑に働きに出てしまうだろう。だから決してその言葉だけは口に出来なかった。

近所の人は自分のことを真面目で働き者だと褒めそやす。立派な息子さんがいて、お父さんがいなくなっても心配ないわね。無責任に持ち上げ、母に伝える。

だから櫻花は誰の前でも、真面目で働き者の役を演じなければならない。偽りの自分。知っているのは自分だけ……。

「行ってくるよ」

編目《あみめ》の粗い麦藁帽を目深に被り櫻花は家を出た。

4

妻の茅子は、珂允の会社の近くの大型書店に勤めていた。モーツァルトの嬉遊曲《ディベルティメント》がよく流れていた二階の実用書コーナーのカウンターで、「——円になります」という声が、他の店員より明るく透き通っていたのを覚えている。それがある時から何となく張りがなくなってしまった。彼女の声を楽しみの一つとしていた自分は、おそらく同僚の店員よりも、それが気に掛かった。あとで知ったのだが、その時彼女は恋人との関係が泥沼化し悩んでいたらしい。

声をかけ、つきあい始めたのが三年と四ケ月前。そして二年前、星の降る公園でプロポーズし、受け入れられた。

家族に、いや弟に紹介したのはその二週間後のことだった。

それから茅子は休日になるとわたしの家によく遊びに来るようになった。病気がちの母とも気が合うようだった。「お母さんが出来て嬉しいわ」よく茅子は口にした。茅子には五つの時から母親がいなかったのだ。

何事も順調にいっていた。と、勝手に思っていた。

そう、勝手に。

妻と弟が惹かれあっているのではないか、そんな疑惑が湧き上がったのはしばらくのちのことだった。好景気で休日出勤の頻度が増えた自分の留守中に、よく母の見舞いに茅子は訪れていた。別にそれ自体は気になっていなかった。茅子の優しさを感じていただけだ。だがあの日、たまたま風邪気味で早退したとき、茅子と弟が台所で話しているのを聞いてしまった。二人とも自分が帰宅したのに気がつかない様子で、テーブルに腰掛け、親しげに喋っている。それは義理の姉弟の会話ではなく、男と女のそれだった。愛を囁きあっているわけでもないが、その親密さは家族のものとは違っていた。自分にだけ見せていた縋《すが》るような瞳、声。それを弟にも向けていたのだ。

もちろん自分の前で茅子が変わるわけもなく弟も普段のままだ。だが、月に何度か訪れる弟と妻との会話を聴くたび――それは義理の姉弟の会話にすぎないはずだったが――確信を深めていった。それに二人でいるときも、何となく茅子が落ち着かなくなった気がした。

……嫉妬していた。そして裏切られたという想い。よりによって、その相手が両鈴だったなんて……。

挙式を一月後に控えた頃、一度、弟が好きなんじゃないか、と真剣に訊ねたことがある。「そうだったら正直に云ってくれ」と。疑念が心臓を破裂させるくらいに膨らみすぎて、どうにも制御できなくなったからだ。だが、茅子は一瞬澱《よど》んだ表情を見せたものの「なに云ってるの」と笑って受け流しただけだった。そんな明るい茅子の言葉にとりあえず自分は満足した。満足したつもりだった。いや、満足したふりをして逃げていただけなのかもしれない。

ともかく、一年と少し前に自分たちは式を挙げた。ジューンブライド——それは茅子にこそ最も相応《ふさわ》しい言葉と思われた。幸せだった。他に何もいらないほどの。

たとえ心の奥底に覆い隠された疑念が残っていたとしても、それからの二ケ月が幸せの絶頂だったのかもしれない。二ケ月後、ちょうど一年前に両鈴が行方を晦《くら》ませるまでの。

妻はうろたえた。「わたしが何かしたのかしら。わたしが来たのが気に入らなかったのかしら」と自身を苛《さいな》みもした。だが、その時ですら疑念をバリケードで包んだまま、表に出さなかった。そんなことはないと否定し、優しく慰めただけだった。

弟の失踪は過去にも何度かあった。最初は十五年ほど前のことだった。まだ中学生の頃だ。家中が心配し、捜索願まで出したのだが、一週間後、ノンシャラリと帰ってきた。心配で隈《くま》のできた顔をしている母と自分の目の前で、「いろんなところを巡ってきた」笑いながらそう答えたものだった。次は高校二年の時。それから三年に一度くらいの割合で遠出をする。

この前は三年前のことだった。

だからそう心配はしていなかった。妻にもそう云った。ただ、その原因が自分の結婚にあるのではないか？　それだけが気に掛かった。

案の定、半年後弟は帰ってきた。出て行ったときと同様にさりげなく。だが、何かが決定的に違っていた。何が弟をそうさせたかは解らない。ただ、西鈴が笑顔を見せることは、ほとんどなくなっていた。

それからまた茅子の落ち着きがなくなり始めた。もちろん表立って変わったと云うわけではない。だがアンテナには茅子の変化が痛いほど伝わってきた。

仕事が忙しい。残業も毎日二、三時間はある。下手をすると午前様だ。その間、弟と妻は睦まじく語り合っているのではないか。妻の何気ない態度からも、自分より弟の方に情が移っているのではないか。その思いが深まるにつれ、自分が妻を拘束しているのではないのか、と考えるようになってきた。自分のせいで、妻という肩書きのせいで、西鈴とつき合えないのではないか？

そう伝えると、茅子はヒステリー気味に「わたしが嫌いになったの？」「後悔してるの？」と騒ぎ立てる。だが、それも妻の演技にしか映らなかった。

本来二人の巣である家なのに、むしろ自分の方が邪魔者なのだ。自然、終電前まで居酒屋で時を過ごすことが多くなった。

「もうわたしを愛してないの？」

妻は何度も繰り返した。瞳に涙を浮かべながら。

「違う、愛してるからこそ帰れないんだ」

妻の詰問、訴えに、幾度自分はそう叫びたかったことか。だがそれを云ってしまうことは出来なかった。云えば、妻と弟の関係は壊れてしまうだろう。どちらも自分に気遣い、愛し合うことを止めてしまうだろう。自分は妻をまだ愛していた。しかしそれは今や永遠の片思いなのだ。

……いや、それは偽善かもしれない。単に妻と弟の関係が白日の下に認められるのを恐れていただけなのかもしれない。自分にも分からない。

ただ、ただ嫉妬だけが渦巻いていた。

三ケ月後、母の死を期に離婚を決意した。今までそれを躊躇っていたのは、病床の母の手前もあったのだ。妻は最初、泣いて逆らったが、結局は自分の固い決心を知り、承諾した。

「離婚したらおれのことなんか気にせずに、好きなだけ逢えばいい」

思い遣《や》りのつもりだったが、妻は哀しそうにこちらを睨んだだけだった。

役所に離婚届を提出し、茅子との離婚が決定したとき、これで妻を解放することが出来ると、ひとりグラスを傾けながら哀しみ、喜んでいた。

だがその同じ夜、両鈴は殺された。


弟の遺品の中に、妻への想いと同時に、この村のことが記されたメモがあった。『地図にない村』への簡単な地図とともに。

茅子を解放したつもりだった。だが、それは一人の殺人者の手によって妨げられた。晴れがましい日であるべきその時に、いとも簡単に。

茅子は嘆き悲しんでいる。

自分の葛藤は何だったのだろう。苦悩の選択はいったい何だったのだろう。

そして珂允は仕事を辞めた。全てが煩わしくなったのだ。

両鈴はこの村で何を見たのだろう。

弟にとってこの村は荒《すさ》んだ心を慰めるオアシスだった。だが、弟は戻ってきた。妻を忘れられなかったのではない。何かに絶望したのだ。

殺されたのはどうしてか。誰に……。

浮かんでくる落胆した表情。何が両鈴を変えたのだ。

珂允はそれを知りたかった。

弟の秘密を知りたかった。

もちろん絵空事かもしれない。そんな村なんて実在しないのかもしれない。ただの理想郷。

弟の願望に過ぎないのかもしれない。

半分はそう思っていた……ここに来るまでは。


だが、村は実在していた。

ここに弟が殺された原因があるのではないか。自分たちを悲劇の淵に陥れたその原因が。

一見なんの変哲もなさそうに見えるこの片田舎に。

その謎を暴きたい。必ず暴かなければならない。

そのためにも、今は西鈴の兄であることは隠さなければいけない。

＊

珂允は蟬子に教えてもらった乙骨五郎の家を訪れることにした。乙骨は、巳賀《みが》という、千本と同じ小長の家の離れを借りているらしい。「この裏庭を抜けたところに乙骨さんがいらっしゃいます」応対に現われた作男はそう云って屋敷の裏手を指さした。金木犀《きんもくせい》や南天が華やかに植わっている隙間に、踏み均された細い道が一本見える。珂允は礼を述べて、裏道を歩いていった。作男は家の前まで案内しようとはしなかった。「今、仕事中でぴりぴりしてますんで、まぁお気をつけ下さい」中年の作男は嬉しくなさそうな表情でそう忠告してくれた。

乙骨の家は、家と云うより作業小屋といった風情で、苦学生の下宿のように質素でこぢんまりとしていた。開けっ放しの扉の奥の薄暗い土間に一人の男が座っている。珂允より三つほど若い、二十五くらい。つり上がった口許と狐目がどこか反抗的な雰囲気を漂わせている。

青年は人形作りの最中らしく、俯《うつむ》いたままノミで木を削っていた。

「乙骨君というのは、きみかい」

珂允が訊ねると、しばらくして返事があった。

「それが？」

癇《かん》の強そうな、無愛想な言葉が返ってくる。手を休めることなく、ノミを鉋《かんな》のようにすーっと滑らせている。ろくにこちらを見ようともしない。家具もない部屋の中には、作りかけの人形の手足だけが散らばっている。肌寒い光景だ。

「あんたは他所者だね」

「君もだろう」

「誰に聞いたんだい」

「誰でも知ってるさ。君も他所者だってことは」

口調といい、好きになれそうもない。

「あんたの名前は？」

名前に何の意味があるのだろう。そう感じながら、珂允は答えた。

「カイン？　変な名前だな」

「そうか」

珂允は気にしないように答えた。

「仕事、忙しいのかい」

「見れば判るだろ」

ぶっきらぼうな返事。最近の若い奴は礼儀を知らないとよく嘆かれているが、ここでも現象は同じなのだろうか。それとも単にこいつが荒んでいるのか？　珂允は殴り倒したい衝動に駆られたが、ぐっと堪《こら》えて身を折り屈め下手に出た。

「この村のことを訊きたいと思ってね」

「訊いてどうするんだ」

「どうもしない。好奇心だよ。……この村は少し変わっているからね」

「そうかな。俺にはそうは見えないが」

ふふと笑う。嫌な笑みだ。

「教えてくれないか」

「おれは答えなきゃいけないのかい」

乙骨は鉛筆のような指を止めた。

「そうしてくれるとありがたいんだが」

「おれは今、仕事中なんだがな」

「少し時間を割いてもらえないか」

「その時計、いいね」

反射的に手首を押さえる。その仕草を見て、乙骨は吐き捨てるように嘲《わら》うと、

「いらないよ。ここじゃそんなもの必要ない。誰も使ってないし、リチウム電池も手に入らない」

何かの誘いだろうか。

「何か欲しいのか」

「いらないよ。間に合っている。それにおれの欲しいものをあんたは持っていない」

「なんなんだ」

「云っても無駄だよ」

決めつけるように鼻を鳴らす。

「どうして、そんなことが云えるんだ」

「わかっているからさ」

そう云うと乙骨はノミを道具箱にしまい込み、小型の鉋を取り出した。表面を削るようだ。

「別に普通の村さ。ただ少し時代が遅れていて、外と関係を断ってるってこと以外は」

「なぜ関係を断ってるんだ」

「好きでやってるんだろ。大鏡様がそう云ってるせいもあるけどな。誰も外なんかに興味はないんだ。あんたと違って」

「君もか」

「そうだね。だからここに居るんだ」

「君はどうしてこの村に来たんだ」

「そういうあんたは」

「旅人だよ。これでも詩人でね」

「じゃあ、おれもそうだ。絵描きだった。まあ、あんたの場合にはそんなふうには見えないけどな」

とりつく島もない。仕方なく、珂允は思いきって切り出してみた。

「庚という男を知っているか」

そこで初めて乙骨は顔を上げ視線を合わせた。反応らしい反応。細長い眼でじろりと睨む。暗がりの中、瞳だけが異様に強く輝いていた。この男はここに来る前は何をしていたのだろう。

「そういえばあんた似てるな」

「君は知っているのか」

「同じ他所者だからな。おれと同じように外から来たということくらいは。あんたより礼儀をわきまえていたよ。まぁ、半年ほど前にいなくなったが……あんたの知り合いかい」

「いや、違う」

「なら他人のことは詮索しないことだな。旅人には関係ないよ」

それ以上話す気がないように、乙骨はぷいと再び俯く。

「その仕事はいつ終わるんだい」

「あんたには関係ないだろ」

「仕事が終わったら話を聞いてくれるかい」

「さあな」

珂允は今日は諦めて帰ることにした。こんな対話を繰り返していると、こっちまで荒んできそうだ。

「……また来るよ」

だが、何も返事は返ってこなかった。ただ、鉋の滑る音のみ。

＊

庚の話を訊くには、誰に逢えばいいのだろう。厚い雲の合間から射し込む陽の光に照らし出された鷺ケ池の畔で珂允は考えていた。旅人として訊いてまわるには限界がある。ただでさえ数少ない他所者として目立っているのだ。明らかに突出している。それに乙骨が指摘したように、西鈴と自分は似ている。不審に思われることこの上ない。もし西鈴の死がこの村に関係しているならば、誰に訊いても固く口を閉ざされることだろう。

蟬子しかいない。だが、蟬子は庚についてはほとんど知らない。有益な情報が得られそうにない。

頭儀……いい人そうだ。親身になってくれそうだ。だが打ち明けてしまっていいのだろうか。いい人かもしれないが、彼が弟の死に関わっている可能性だってあるのだ。それはさっきの気に喰わない乙骨だって同じことだ。

もう少し様子を見たほうがいいのだろうか。だが、あまり長く滞在するのも不自然に映るだろう。自分はあくまで偶然迷い込んだ旅人なのだ。

今まではこの村を見つけることに必死だった。本当にあるのかという不安に苛まれながら。それゆえ、着いてからのことはさほど考えていなかった。何よりこの村の閉鎖性は予想を遥かに超えている。

ぴしゃ。

魚が跳ねる。鮒《ふな》だろうか。音につられてふと横に目を遣ると、一人の男が立っていた。珂允と同じようにじっと水面を見つめている。魚を見ているのか水面を眺めているのか判らなかったが、ただ視線を投げかけている。陽光の照り返しなど気にならないようだ。

奇妙なのはその服装だった。黒のタキシードで身を固めた男。手にはスティールのステッキ。頭にはシルクハット。ひと目で自分と同じ他所者だと判る。いや、珂允の住む世界でも平服としては特異だ。まるで結婚式かディナーパーティの帰りのような。こちらも一枚のシャツを着たきり雀なので、他人のことを云えた義理ではないが。

歳は自分と同じか少し上くらい。色白で彫りの深い顔立ちをしている。

向こうもこちらの視線に気がついたらしい。珂允の方を向くと、

「あなたも外から来たようですね」

柔和な表情で語りかけてきたが、眼光だけは鷹のように鋭かった。乙骨のような反抗的な

ものではなく、静かだが威圧的な印象を与えられる。

　頷くと、「いつから」と重ねて訊ねてくる。少し冷たい感じを与える無機質な響きで。珂允が一歩引いたのに気づいたのか、その男は「失礼、」と、頭頂のシルクハットを取り、

「申し遅れました。私は、メルカトルと云います」

「メルカトル……」

　揶揄《からか》われているのかと思った。が、そういう感じでもない。混血なのだろうか。相手の表情は至って真面目だった。尤《もっと》も、一番悪質なのは真面目な顔で冗談を口にする奴だが。

「僕は珂允と云います」

「珂允……」メルカトルは口許を綻ばせると、「いい名前です。象徴的ですな」と述べる。

　そして再び帽子を被り直すと、

「なるほど、あなたには弟さんはいられるのですか」

「はい、いましたが」

　そう反応してから、口を滑らせたことに気がついた。案の定、眼前の男は言葉尻を拾ってきた。

「いました……か。亡くなられたのですか」

「まぁ、そうです」

濁すように珂允は答えた。当然だが、あまり訊かれたくない。

「いつ？」

「答えなければいけませんか」

「いや、これは失礼」メルカトルは不躾《ぶしつけ》を詫《わ》び、英国紳士のような仕草で軽く一礼した。

「どうも、訊きたがるのが性分なもので。それであなたはいつから来ているのですか」

「三日前からです」

「この村へはどうして……」

「迷い込んでしまったんです。その時鴉に襲われて」

「ああ、あの鴉に。腕の布はそのためですか」

「まあ、そうです」

知っているところを見ると、彼は珂允より早くにここに来ていたようだ。

「メルカトルさん。あなたはいつ頃からここに」

「一週間前ですかな。同じように迷い込んでね」

「でもその恰好で山に入られたのですか」

上から下まで、珂允はメルカトルの装束を見直した。村人たちは古風だが、彼のは異風だ。

「まあそんなところです。ちょっとした散策のつもりだったのですが。意外にドジなんですよ、これが」

照れるようにシルクハットの鍔《つば》を持ち、苦笑いを浮かべる。

「帰られないのですか」

「いや、面白そうなのでもう少し滞在しようかなと思いまして。呑気な身分ですからね」メルカトルはくるりとステッキを一回転させると珂允の方に突きつけた。「それより、あなたの方こそ」

「傷が治るまで、助けられた家に厄介になってるんです。もともと気楽な旅人ですから」

「ほう、旅人ね」

興味深げに目を細める。

「ええ、この村に辿り着いたのも何かの縁でしょう」

そして、珂允はかつて自分が住んでいた街のことなどを話し始めた。初めて会った人間に別にそこまで話すこともないのだが、つい喋りたくなってしまう。同じ他所者同士だからだろうか。珂允は街のネズミと田舎のネズミの寓話を思い出していた。ネズミでも人間でも同じ街同士の方が話は弾む。

「いい村ですよね」

視線を濃緑の林に移しながら、メルカトルは呟く。

「ゴルフをするにはもってこいだ」

「この村って何か変じゃありませんか」

「変と云うのは、外と隔絶していることですか」

「そうです」

「まあ変と云えば変ですが。神様の命令なら致し方ないでしょうね」

 そう云ってメルカトルは肩を竦めた。

「なぜ閉じ込められているんでしょう」

「閉じ込められている、という認識がないからでしょう。こういうものだ、という環境で生まれ育ったのなら、こういうものだという考え方になるのは仕方ないですね。何事も土壌というのが必要なわけです。ここでは別に暮らしていく上でさしたる支障もない様子ですし」

「そういえばそうなんでしょうけど……じゃあ、大鏡という神様については何か知っておられるんですか」

「この村の宗教的政治的支配者でしょ。逢ったことはないですね。宮に鎮座して衆目にはほとんど姿を見せないらしいですが。尤も、逢う気もありませんがね」

 この様子では、庚のことなど知る由もないだろう。この男が何か聞きかじっていれば、と少し期待していたのだが。

「あなた、何か目的でもあるのですか。ここの神様に」

いいや、と否定したものの、不意をつかれ、いかにもという態度をとってしまった。当然メルカトルもそれに気づいたらしく、

「捜し物ですか」

図星だ。

「どうもあなたは純粋に旅人として訪れたのではないようですね」

「……あなたは、この村がどういう村なのか知っているのですか」

「さあ、」意味ありげに微笑むと「もし、何かを捜しているのなら、直接向かえばいいのではありませんか」

メルカトルは北の山を見つめた。彼方の中腹には大鏡の宮がちらほら垣間見える。

「そうですね」

メルカトルがどういうつもりでそう云ったのかは解らない。珂允の事情など知る由もなく、たぶんありきたりな一般論を口にしたにすぎないのだろう。だが、その言葉は珂允の胸に深く突き刺さり、励ました。とりあえず当たってみよう。

その時山の鐘が四時を告げた。この村では一時間毎に鐘が打ち鳴らされる。明け方の五時

から始まり、夜の九時まで、二種類の音色の鐘が交互に数を増やしながら時を告げる。午前五時が一回。六時がそれより高い音で一回。七時が元の音で二回というふうに。今は高い鐘が六度叩かれた。また時刻も昔風の十二支を当て嵌《は》めたもので、二十四時間を十二に区分し、夜の十一時から子《ね》の刻、翌一時を丑《うし》の刻と二時間（一辰刻）おきに刻んでいく。昼の三時から五時までは申《さる》の時間帯でそれを四等分し一刻から四刻まで分けられている。よって今は申の三刻になる。最小単位は一刻三十分だが、時計を持たない村人にとって大鏡の一時間毎の鐘が唯一の時を知る術《すべ》であることもあり、三十分は体感で区切られているらしい。

「時は大鏡様が司っていられるものなの」

蟬子はそう説明していた。大鏡の示す時は若干ずれているが、ほぼ珂允の腕時計と同じ正確さを示している。

「もうそんな時間ですか」

鐘の音が鳴り止んだと同時にメルカトルはそう云って帰ろうとする。

「また逢えますね」

珂允が訊ねると、

「望むならね」

と返答が返ってきた。不思議な男だ。

珂允は意を決して槙ケ辻を北へと向かった。道は緩やかな上り坂になっている。通りからはちらほらと村人の姿が窺える。話しかけるわけでもなく、好奇の目で扉の隙間から眺めるわけでもない。かといって全く無視しているふうでもない。

＊

奇妙な気分だ。

自分が他所者であると意識しているほど、彼らは意識していないようである。

泥塗れの子供たちが民家から出て走っていく。奥からは母親の叱り声。どの家でもあるような光景。ただ身につけているものが古風なだけだ。

東西を鏡川で隔てられたこの村には北と南に二つの橋が架かっており、それぞれ北の橋、南の橋と単純に呼ばれている。さっき乙骨の住む東へ行くのに通った北の橋を渡らずにそのまま北進すると、山裾の勾配とともに急に道幅がせばまってきた。同時に鬱蒼《うっそう》とした楢《なら》や樗《おうち》の木立が視界を覆い始めた。もう民家はない。

道の両側には縄を巻きつけられた無骨な碑がひと組据えられている。これより先の神域を表わしているかのように。そして、そこから山道は石段に変わっていた。

ざらざらとした石肌を晒したそれは、まるで人生の階段を思わせた。細く、急傾斜で、緩やかな弧を何度も描き、その上滑りやすい。陽は野放図に伸びた枝葉で遮られ、足許は常に翳っている。ちらほらと洩れいずる光は、風に揺られて眩暈《めまい》を誘う。とかく先が見通せないので、一歩一歩着実に踏みしめて登らなければいけない。

村の神様の宮へと続く道なのだから、もっと豪勢で瀟灑《しょうしゃ》でもいいと思うのだが、この険しさも神様の演出なのだろうか。

二十分くらいだろうか、永遠に続くかのように見えた長い参道を登りつめた頃、ようやく鳥居らしきものが目の前に姿を現わした。らしき、というのは鳥居のようなのにどこか鳥居らしくなかったからだ。普通の鳥居は二本ないしは一本の横木を一組の支柱で支えているが、ここの鳥居らしきものには横木がなかった。入口にあった碑と同様に、ずでんと二本の支柱が両脇に聳《そび》えているだけだからだ。その上、例の真っ赤な塗装もされていない。

だが何とか宮に辿り着いたみたいだ。今までの狭隘《きょうあい》な参道とうって変わり、中央自動車道のパーキングエリアのように拓けている。砂利石が敷き詰められた小学校の校庭ほどの広さの境内の向こうには、麓《ふもと》から垣間見えた社殿が雲間の陽射しを浴び、厳かに浮き上がっている。振り返ると、盆地の村が手に取る大きさとなって見下ろせる。精巧なジオラマを見ているような気分。自分が一段高みで村民の営みを片肘を突きながら鑑賞しているような。神様が棲むには絶好の場所なのかもしれない。

さて、ここからが正念場だ。御本尊を拝めるかどうか。

珂允は両手で顔を叩き気合いを入れ、社殿へと向かった。じゃり、と音を鳴らし足を境内に何歩か踏み入れたとき、右手から鋭い声が飛んできた。

「お待ちなさい」

左手の今は葉だけとなった桜の古木の陰から、一人の白い狩衣《かりぎぬ》姿の男が現われた。袖口には黒色の括緒《くくりお》を通している。折烏帽子《おりえぼし》を被り、長い髪を和紙で結わえ、素足に草履《ぞうり》を履いている。

見るからにここの社司っぽい恰好だ。蟬子が云っていた、側近の持統院なのだろうか。三十過ぎ、あのメルカトルと同じくらいの年頃。背は高く、能面のようなシャープでのっぺりとした顔をしている。細い眼の奥の那智黒石を思わせる艶やかで硬質な瞳が印象的だ。

「宮に何の御用ですか」

珂允を見据えたままその男は近寄ってくる。跫音《あしおと》も立てずに。

「ここの者ではないようですね」

穏やかだが、即答を迫るような厳しい声。

これからと意を決した途端、いきなり見つかるなんて。珂允は運の悪さを呪いながら、男の険しい視線から目を逸らした。

「一昨日来たばかりで」

すまなそうに答えると、男は立ちはだかるように珂允と社殿の間に身を滑り込ませる。

「ここは大鏡様の御庭です。用なき者の立ち入りは認められておりません」

きっぱりとした云い方だったが、意外とそう咎めているふうでもない。むしろ諭しているかのように聞こえる。宗教者独特の懐の深い肌触り。

「あなたは側近の持統院さんですか」

男は首を横に振り、近衛の篋雪《きょうせつ》と名乗った。側近の下の位だ。いわば下っ端。大鏡どころか側近にすら近づけなかったようだ。

「大鏡様に逢うことは出来ないのですか」

無駄を承知で訊いてみる。

「それは認められておりません」

「どうしてもですか」

「そうです。もし謁見を望みたいというならば、村の長を通して申請するといいでしょう」

型どおりの答が返ってきた。

「そうすると逢うことが出来ますか」

「それは大鏡様の御判断次第です」

予想していたことだが、容易には逢うことが出来なさそうだ。おまけに忍び込もうにも、どうも近衛が宮内に隈なく眼を光らせている感じだ。次に見つかるとこの村から叩き出されかねない凄みがある。

なら、この男に訊いてみるしかない。庚の同僚だ、何か知っているかも。

「僕と同じような他所者の庚という人が、この宮であなたと同じ近衛にまでなったと聞きましたが」

「そうです。お詳しいですね」

篋雪は皮肉めいてそう云うと、

「そこまでお知りになっているのなら、半年前にここから出ていってしまったことも聞き及んでいるでしょう」

どことなく冷淡な反応から、他所者の庚との間に感情的な摩擦があったのではと勘繰られる。

「どうして、彼は他所者でありながら、宮の近衛にまでなることが出来たのですか」

「彼は大鏡様の信頼を得ることが出来ました。それだけのことです。ただ、結果的にそれを裏切ってしまったわけですが」

——だから殺されたのですか。反射的にそう口をつきそうになった。危ない、危ない。珂

允は心情を表に出さないように気をつけながら、

「なぜ、この村を」

「それは解りかねますね。彼なりに理由があったのでしょう。大鏡様も今はお赦《ゆる》しになっておられます」

今は……では半年前はどうだったのだ。死んだから赦したのではないのか。

そう思うと、この篋雪という男がとんでもなく悪人に見えてくる。表情が窺い知れないぶん、質《たち》が悪い。純白の神聖を象徴するような衣装が偽善を際立たせているように感じさせる。

もちろん、それは珂允の身勝手な思い込みにすぎなくて、実際は見かけどおりの聖職者なのかもしれない。そんなことは解らない。第一、妻に裏切られた自分の人を見る目などたかが知れているのだ。

「あなたも、大鏡様のお教えに救いを持たれたのですか」

「………………」

一瞬言葉に詰まる。

「どうもその様子では、違うようですね」

見透かすように篋雪。そもそも珂允は〝大鏡様〟が何を〝お教え〟になっているかすら知らない。

「庚さんは何か救いを求めていたのですか」

「そうです」

「なにを」

珂允は詰め寄った。弟の悩み……それは妻のことか。だが、篁雪は勢いを流れで躱《かわ》すように、

「それは大鏡様のみお知りになることです」

静かな口ぶり。プリセットされた電話案内と話しているかのようだ。

「わかりました。引き返すことにします」

珂允は諦めた。出直そう。今日は日が悪いのだ。気に喰わない奴に会うことも多い。

だが、西鈴も半年の間、彼らの仲間入りをしていたのだ。救いを求めるために。

なぜここに惹かれたのだろう。ぶなの木立を目にしながら珂允は考えていた。

ここには救いはあったのだろうか。

そして、なぜ出ていったのだろう。

＊

虫が重奏を奏で始める夜になって、頭儀が帰ってきた。

「遅かったのね」

「菅平の家に呼ばれたからな。あのじいさんに小言を云われたよ」

そして、出迎えた冬日にぶっきらぼうに「風呂」と声を投げかける。

「もう篤郎さんが沸かしてくれてますよ」

「わかった」

燈音は珂允のいる部屋の前で止まり、障子戸が開かれた。

「菅平の長から聞いたよ。大鏡様の宮に行ったんだってな」

頭儀に迷惑をかけてしまったようだ。

「道に迷ってしまったんです」

珂允は悄々《しおしお》と答えた。

「あのお社は普段は許しのない者は入ることを赦されていないんだ」

篋雪と同じことを云う。だが、頭儀は怒っているふうではなかった。何かと長に云われたのだと思うのだが、おくびにも出さない。それゆえよけいすまなく思う。

「社の人に伺いました」

「篋雪様がお逢いになったらしいな」

四十半ばの頭儀までが様づけしていることからも、近衛の偉さが判る。

「はい。同じことを云われました」

「君にもいろいろあるだろうが、まあ、大鏡様の宮には近づかないことだな」

そう云って立ち去ろうとするのを、「頭儀さん」と呼び止めた。

「ん?」

「あの宮に紹介して貰えないでしょうか」

畳間の中央に座ったまま、頭儀を見上げる。その目にはどう映ったのか、頭儀はひとつ溜息を吐くと、「どうして」と訊ねた。

「興味を持ったものですから」

「それだけかい」

「はい」

疚《やま》しさを感じながら頷く。出来るなら信用したい。全てを打ち明けたい。だが、珂允はそこまで人を信じられなかった。

「まあ、君がそういうのならそうだろう」

それ以上は追及しない態度で、

「一応、菅平に伺ってみるが、あまり期待はせんでくれ」

「ありがとうございます」

「いや、礼は叶《かな》ったときでいいよ」

頭儀は右手を挙げ拒絶の意を示すと、そのまま廊下に消えていった。

＊

明日からのことを考えているうちにいつの間にか眠ったようだ。

不思議な声で珂允は目を覚ました。

窓の外は暗く、まだ夜だ。腕時計を見ると、二時を回った頃だった。丑三つ時。

風が少しざわついている。木々のざわめきに混じって、ヒスノイズのような女性のすすり泣きに似た音が耳に運ばれてくる。どことなくくぐもった響き。

蝉子……冬日……。

この屋敷には女は二人しかいない。飯炊き女は夜になると家に帰る。だが、その声は全く違う方向から聞こえてくる。

二人の寝ている屋敷ではなく、裏庭の方だ。

窓の障子を開け裏庭の方に目を遣った。

朧月《おぼろづき》でうっすらと見える。池や松の木が所狭しと配置されている表庭に比べ、子供用の遊び場のような殺風景な裏庭。三本の柿の古木といくつかの灌木、その奥には蔵と、使われていない古井戸があるだけだ。

すすり泣く声は確かにそちらから聞こえる。風に乗せられて。距離感は掴めないが、かなり遠いようだ。

「誰かいるのか」

声をかけてみた。

風が止む。同時に声も止んでしまった。

そのあとにはただ、夜の帳《とばり》が周囲をも押し黙らすのみ。何もかも死んだように動かない。やがて月が雲に隠れ、闇が全てを支配する。

……なんだったのだろう。

声をかけたために、止めてしまったのだろうか。それとも風が止み、聞こえなくなったのだろうか。わからない。

珂允はそのまま夜を明かしたが、二度と声を聞くことはできなかった。

翌朝、頭儀に訊ねたが、頭儀はただこの辺りでは山鳥の啼《な》き声がそう聴こえる、と答えただけだった。

5

「西の千本の家に、外人が来てるんだってさ」

　下り松の丘でうたた寝をしていると、啄ちゃんが得意げにそう教えてくれた。啄ちゃんは仲間うちでは耳が早い。〝耳長〟と陰で呼ばれている。実際はお多福餅《たふくもち》のような丸っこいぷにょぷにょした形をしているけれど、兎みたいに耳が長ければ噂話もさぞよく聞こえるだろう、ということからだ。色黒なので、黒兎とバカにするように呼ぶ奴もいる。

「二日前、鴉に襲われたんだって」

「それで大丈夫だったの」

　鴉と聞いて橘花は朝萩を思い出した。三月前に、朝萩の従弟《いとこ》が鴉に喰い殺されたことを。両親が茶の葉を藤ノ宮に届けに行っていた間のことで、まだ五つだったために、鴉の怖さも知らずに外に出てしまったのだ。

　橘花も普段から、いつ鴉が襲ってくるかわからないから、夕暮れ前には家に帰るようきつく云われていたが、あの事件のあとしばらく、母親だけでなく村中が過敏になっていた。もちろん橘花自身も、絶対に早く帰るようにしている。

結局、その子の母親はおかしくなってしまい、よく川原をうろついている。その姿を見るたびに、鴉の怖さを思い知らされる。

「怪我をしたらしいけど、大したことないようだよ。昨日、巳賀の家に来たらしい」

子供に大人の話をよく話してくれる家族だということもあるが、啄ちゃんの情報網には凄いものがある。本人もそれを意識していて、何かと首を突っ込んではせっせと話題を集めている。ただ、啄ちゃんの情報は面白くて役に立つ反面、もし自分の何か変な話を広められたらと怖くなるときがある。だから啄ちゃんには秘密を話さない。他の子もきっとそうだろう。

「巳賀……。どうして巳賀の家に」

「乙骨さんに会いに行ったらしい。乙骨さんはあんなんだから、すげなく追い返されたみたいだけど」

啄ちゃんは指で目尻をつり上げて、乙骨さんの真似をした。乙骨さんはいい人らしいんだけど、口調が厳しく、何となく怖い。外人である乙骨さんに外の話をいろいろ聞きたかったが、橘花は近寄り難く感じていた。

「それでそのあと、大鏡様の宮に行ったんだってさ」

「本当？」

　啄ちゃんは大きく頷いた。

「外人だからさ、入っちゃいけないのを知らなかったみたいだぜ。こっちも近衛様に追い返されたらしいけど」

「なんか間抜けな人だね」

たぶん、ここが物珍しくてうろつきまわっているのだろう。それで、さかった鶏のようにあっちに行ってはぶつかりこっちに行ってはぶつかりして、話題の種を振り撒いている。

「外人にもいろいろあるってことだろうな」

　橘花は外人を二人知っているだけだ。乙骨さんと、庚様と。啄ちゃんも同様だろう。もし他に知っていれば、橘花に教えてくれるはずだからだ。なのに啄ちゃんは何人も知っているかのような口ぶりでそう云った。そんなところも、啄ちゃんらしい。

「啄ちゃんはその外人はもう見たの」

　そう訊くと、悔しそうに首を横に振った。

「なんかさ、辰人の奴が見たんだそうだ。家の前をフラフラと通ってたってさ」

「辰人が」

「ああ、おれ、そのすぐあとに辰人ん家《ち》に遊びに行ったんだよ。もう少し行くのが早かったら見れたのにさ。すごく惜しかったんだ」

まるで飼っていた山雀に逃げられた時のような、今にも地団駄を踏みかねない気配。きっと啄ちゃんにとってこのすれ違いは、〝人生の汚点〟の一つになることだろう。今までに六つあると云ってたから、これで七つ目だ。

「それでさ、当然だけど、変な緑色の服を着てたらしい。顔とかはよく見えなかったとか云ってた」

「変なって、どんな服」

「よくわからないけど、釦《ボタン》とか云うやつで前を留めるものらしい。細々してて面倒臭そうだったって。それに色も変だろ」

想像もつかないが、なんか気持ち悪そうだ。やっぱり外人の趣味はわからない。

でもそんなに怖い人じゃなさそうだ。

「見てみたいな」

橘花の呟きを、啄ちゃんが聞き咎める。

「外人をか？」

「うん。外の話を訊いてみたい」

乙骨さんは怖くて話しかけられない。あのとんがった眼が怖いのだ。一度勇気を出して訊いたことがあるが、「つまんないところだよ。外なんか知らないほうがいい」と素っ気ない吐き捨てるような返事。それ以来、訊くのも怖くなった。今はいなくなってしまった庚様は、優しい人だった。でも、すぐ近衛様になられたので訊けなくなってしまった。いくらなんでも大鏡様の近衛様に外の話は訊けない。

啄ちゃんは色黒の頬を膨らませ、またか、という顔をすると、

「そんなこと云ってると、お前また母さんに叱られるぞ」

他のことには、とかく首を突っ込み知りたがる啄ちゃんが、こと外の話となると関心を示さないのが不思議だ。興味ないものは興味ない、らしい。嘘をついているわけではなく、本当に興味なさそうだった。

「それに、千本の家を知ってるのか」

橘花は首を振った。西の地理はわからない。菅平の家なら大きく目立っているからすぐに分かるんだけれど。

「啄ちゃん、知ってる？」

「知らないよ。一年前に一度だけ、父さんに連れていってもらったことがあったけど、夕方だったからよく覚えてない。それに、おれはそこまでして外人見に行く気はないし」

予想どおりの醒めた返事。もし野長瀬のおじさんがいたなら、橘花の意を汲んで、連れていってくれただろう。おじさんは橘花の夢を真剣に考えてくれたただ一人の親友だった。夢を語りあえるただ一人の……。

そう思うと、急に野長瀬のおじさんのことが思い出された。哀しくなる。

「啄ちゃん。野長瀬さんを殺した下手人って判ったの」

「お前、いつも話が飛ぶのな」

啄ちゃんはまたその話か、と呆れた顔をした。十日に一度くらいは訊いているので、うんざりしてもおかしくない。でも、橘花は啄ちゃんに訊くたびに、微かではあるが進展を期待しているのだ。

「何もないよ」

結局、同じ会話が繰り返されることになる。

「自殺なんだろ。そりゃ自殺にしては少しおかしいところもあったって聞いたけど。もし人殺しなら大鏡様の罰が落ちるはずだろ」

人を殺すと、手に黒緑の痣《あざ》が出来る。ひと目で判るような大きく醜い痣が。だからすぐにそいつが人殺しだと判ってしまう。それが大鏡様の下す罰だ。

「でもこの半年の間、誰かの手に痣が出来たって話なんか聞いたことがないけどな。やっぱり自殺だったからじゃないのか」

「大鏡様は、おじさんが大鏡様を信じてなかったから罰を落とさなかったのかも」

「誰を殺しても人殺しじゃないのか？」

不審げに啄ちゃんはこっちを見る。何度も繰り返されてきた会話。橘花はいつもここで詰まってしまう。大鏡様の罰で痣が出来るのは本当だ。死んだ祖父《じい》ちゃんが、子供の頃に人を殺して痣の出来た奴を見たと、よく云っていた。

「差があるんだよ……きっと」

むきになって答えはするが、自信はない。啄ちゃんは意地悪く、

「もしかすると庚様かもな。ここを出て行ったんだから痣が出てもおれらには判らないだろうし」

「庚様はそんなことしないよ」

「なら、本当に天罰かもしれないしさ。自殺じゃないんならね」そこで啄ちゃんは云いすぎに気がついた様子で、泣き出しそうな橘花を慰めるように、「……まあ、何か聞いたら教えてやるよ。どっちにしろ大人は探す気ないんだろうけど。お前には悪いけど、嫌われもんだったし。いなくなってせいせいしている大人って、いっぱいいそうだしな」

啄ちゃんは口さがないけど正直だ。

＊

弟は？　と訊ねると「遊びに行ったよ」と答える母。愚痴っぽいが、怒っているふうでもない。仕方ない、といった感じだ。甘い。弟には甘いよな、櫻花はとみにそう思う。

「もう夕方なのに？」

「早く帰ってこないと日が暮れてしまうのにね」

母は心配げに呟く。自分が云いたいのはそんなことじゃない。だが、母は判っていない。弟の身の心配をしているだけだ。いや、もしかしたら判ってない振りをしているだけかもしれない。

「櫻花はお兄ちゃんなんだからしっかりしなきゃね」

母はそうも云う。昔からだ。ずっと。たった一つ違うだけなのにだ。

もし弟がいなければ、自分は弟のように歳相応に甘やかされていただろうか？　ふとそんな考えが頭を過《よぎ》る。

櫻花は頭を激しく振った。

そんなことを考えても仕方ない。今でも怠けようと思えばいくらでも怠けられる。自分も怠けると母が困るから、働いているのだ。

だからこの不満はどこにもやり場がない。もともと、誰かに文句を並べ立てる筋合いのものではないのだ。

櫻花は卓袱台《ちゃぶだい》の前にどかと腰を下ろした。甘辛い醬油の匂いがする。今日は筑前煮か。筑前煮は母の十八番だった。

その時、玄関で「ただいま」という声がした。弟の声だ。少しくたびれている。遊び疲れたのだろう。

「お帰り」台所から母が返す。

せめて家事くらい手伝えよ。思わずそう云いたくなる。でも云ったところで、弟はぐずるだけだろう。判っている。今まで何度もあったことだ。

「お兄ちゃん、帰ってたの」

汚れたズボンのまま無邪気に訊ねる弟の姿を見て、さらに腹が立つ。

「ああ」

「ねぇ、お兄ちゃん知ってる？　昨日、この村に外人が来てたんだって。それがちょっと変な奴でさ」

嬉しそうに話す弟。こいつはきっと自分の悩みなんか欠片たりとも解ってはいないだろう。解る気もないだろう。そんなところも苛立つ。

……もしこいつがいなければ、こんな気持ちにはならなかったかもな。

櫻花はふと思った。

6

能登半島のある小村では、外出時にも家に施錠せずに出かけるそうである。村人全員が顔見知りなので、その必要を感じないらしい。ちょうど、普通の家庭で家族の部屋の一つ一つに鍵を掛けないのと同じだ。顔を知っているということで、相互の信頼関係が（それが純粋に善なものでなく、すぐ誰かばれてしまうからといったネガティヴなものだったとしても）成立しているわけだ。

逆に、たまに訪れるだろう他所者は、誰であれ村人たちの何気ない監視下に置かれることになる。見知らぬ者ほど目立ってしまうという逆理。そして不審な行動を見せたならば、意識に深く刻み込まれ、場合によっては通報されることもある。

もちろんこれは極端に人口が少なくて比較的閉鎖された寒村でのことで、それなりの人数が住み、川によって二つの集落に分断されているようなこの村では、みながみな、顔を覚えているというわけでもないだろう。その上、この村に残っている旧態依然としたヒエラルキーがそれを助長しているように思える。

　だが珂允の場合は、顔ではなくその服装（洋服）が他所者の記号と化している。つまり「自分は他所者だ」と背中に書いて歩いているようなものだ。それゆえ噂は普段以上の速度で広く村中に伝播しているようである。特に大鏡の境内に無断で立ち入り聖域を穢したという噂は。

　昨日までとは違い、すれ違う村人の視線が冷えていることは何となく感じていた。明らかに自分の頭上に黄色信号が灯っている。警戒しなければならない。自分が？　村人が？

　それは珂允の予想よりも迅速で過敏な反応だった。そして、それを珂允にはっきりと知らしめたのは、昼頃に千本家に乗り込んで、珂允を非難し始めた青年だった。

「貴様、大鏡様のお宮を穢したんだってな。外人だからといって、知らなかったでは済まされないぜ。どういうつもりなんだよ」

　珂允に詰め寄り、まるで生麦事件の侍のような啖呵《たんか》を切ったのは、菅平遠臣《とおおみ》だった。大柄で自信に溢れた威勢のいい青年だ。腕っ節も強そうだ。

　あとで聞いたところによると、彼は西の長である菅平家の次男坊で、熱狂的な大鏡の信者らしい。家の格式と続柄を考えれば、本来なら近衛になるところだろうが——本人も熱烈に志望していたらしい——どういうわけか選ばれなかった。庚に敗れてしまったのだ。

この屈辱的な出来事は、本人にとって信じられない思いだったらしい。が、それによって彼の信仰心が損なわれることはなく、今は自分の立場を活かして、〝翼賛会〟という極右的な青年団を組織している。

「二度とこのような不祥事がないようにお願いします」

仲裁に入った頭儀にそう云い残して遠臣は帰っていった。唾を飛ばしながら珂允を二十分ほど罵倒し、険しい目でガンをつけたあとでだ。

「ごめんなさいね。根はいい人なんだけど、大鏡様のことになるとすぐ頭に血が昇ってしまうの」

嵐が過ぎ去ったあとのひんやりとした玄関。蝉子がか細い声で、本当にすまなさそうな顔をして珂允を見上げる。

「いいよ、慣れてるから」

珂允は肩の埃を払うような感じで微笑んでみせた。

それは強がりでも、また慰めでもなく、本心だった。

珂允はかつて勤めていた会社では消費者担当だった。毎日毎日、窓口に怒鳴り込んでくる客——中にはヤクザまがいの者もいた——の相手をしてきた。電子レンジで飼い猫を温めたアメリカの話ではないが、それに似た馬鹿げた苦情も日に何件か舞い込んでくる。タイプはいろいろ、それこそ千差万別だが、彼らはみな一様に自分たちが正しく間違いがないと信じ切っている。全て会社の不備だと。珂允は七年の間、陳情に曝《さら》され続けてきたのだ。質の悪い相手でも、どんな難癖でも、丁寧に対応しなければならない。客に不満は云えない。胃に孔が開いたこともある。そんな目から見ると、単に威勢のいいだけの遠臣など大して苦ではない。

「彼も大鏡様を愛するがゆえなんだろ。でも、どうして蟬子ちゃんが謝るんだい」

「わたしたち春に結婚するの」

ぽつりと蟬子は呟いた。まるで兎のてぃがが死んだかのような声。或いは万引きの現場を取り押さえられたかのような声で。

「彼とか」

驚き混じりの声で珂允は訊き返す。こくんと頷く蟬子。日頃の快活な少女とはうって変わって、とても華奢に映る。

「そんな感じには見えなかったけど」

結婚を半年後に控えた恋人同士といった感じではなかった。先ほども遠臣は蟬子の方をほとんど見ていなかったのだ。

「でも結婚するの」

心なし眼が潤んでいる。

「厭なのかい。家の関係とかなにか」

「別に厭じゃないの。わたしも遠臣さんのことが好きだし。そうじゃないの」

よく解らない。更に珂允が訊こうとしたとき頭儀が咎めるように「蝉子」と声を投げる。冷たい響き。振り返ると頭儀が厳しい目で蝉子を見つめている。

「琴のお稽古してきます」

そう云って蝉子は廊下を駆けていった。

「どうも迷惑をかけてしまいました」

詫びを述べ、珂允も部屋に戻る。釈然としないままに。

涙の理由は何だったのだろう。


部屋に戻ると、今度は篤郎が迫ってきた。珂允のことを快く思ってないのは、遠臣だけではないようだ。彼も大鏡信者なのだろうか。「今日は男にモテる日だな」珂允は心の中で呟いた。昨日はあんなに振られ続けたというのに。

「あんた、いつまでここにいるつもりだ」

口調は物静かだが、殺意を圧し殺したような目つき。危ない眼だ。喧嘩っ早そうな遠臣と違い、内側に籠ってそうなこの青年の方が、より危険な感じがする。

「とりあえず体調が戻るまでは、もう少し泊めていただくつもりだが」

努めて冷静に、珂允は答えた。が、珂允が云い終わらないうちに、次の問を重ねる。両の拳は胡桃《くるみ》でも潰しているかのように、硬く握り締められている。

「ここに、何しに来たんだ」

「別に、理由はないよ。ただ、迷い込んでしまっただけだ」

篤郎の方が背が高いので、見上げる恰好。それが心理的に圧迫感を覚えさせる。必要以上の。高下駄でも履いてくれればよかった。珂允は後悔した。

「じゃあ、さっさと出て行ってくれ。出歩けるんだから身体ももう大丈夫なんだろ。ここはあんたみたいな外人がいるところじゃない」

「どうして君に指図されなければならないんだ」

「あんたが旦那様に迷惑をかけているからだ」

理由は遠臣と違ったようだ。主人想いの下僕だ。だが想っているのは、本当に主人だけなのだろうか。珂允は一昨日の蟬子への目つきを思い出していた。

「旦那様はお優しい方だから。それでなくてもいま大変な時だというのに」

喋り過ぎたことに気づいたらしい。はっと口を噤む。

「だから、旦那様の好意に甘えてばかりじゃ、」

「何が大変なんだ？　蟬子ちゃんの婚約のことか」

「何でもない。あんたには関係ない。とにかく早く出ていけ。これ以上、旦那様が迷惑をかけられるのを見たくない」

一歩踏み込む。力ずくでも、といった響きが感じられた。この男なら、単なる威嚇ではなく、本当に実行するだろう。すぐ思い詰めやすそうだ。

だが珂允も、そうですかと出ていくわけにはいかない。弟の死は他の何物よりも重要なのだ。

「出ていくことは出来ないし、する気はない。頭儀さんに出て行けと云われるまでは」

頭儀という部分をさりげなく強調して、珂允は云った。篤郎は使用人だ。主の客人を勝手に追い出すことは出来ない。

「それより、さっき云ってた大変なことって、何だ」

「何でもないって云ってるだろ」

狼狽を隠すように、強く否定する篤郎。

「そういう感じじゃなかったけどな」

珂允は執拗に畳み掛けた。

「何もない。何であんたが知りたがるんだ」

やはり何かあるらしい。だが、その〝何か〟に興味があるわけではない。攻撃は最大の防御というやつだ。状況を五分五分にしておけば、篤郎も強く出られないだろう。目の前の青年より、少しは長生きしている。そのくらいの智恵は身につけていた。

「一応、世話になってる身だからな」

含みを持たせて、引き下がる。突っ込みすぎるとまた逆上させてしまう。頭を冷やさせるにはこのくらいでいいだろう。

「そうか。ないと云うんなら、それでいいんだが。まぁ、僕も迷惑はかけないように気をつけるよ」

「本当だな」

思惑どおり、篤郎もこの辺が潮時だと感じたのだろう。肩の力が抜けていっているのがよく見える。

「本当だな」

念を押すように珂允を睨《ね》めつける。俺はいつでも視ている、といった表情。だが、先ほどまでの思い詰めた表情は薄らいでいた。

「ああ、そうだ」

「それと、おれがさっき云ったことは」

「解ってるよ、誰にも訊かないさ」

「ああ。ならいいんだ」

篤郎は忿懣をどこに置き去ろうか躊躇うように、口許をぴんと捩《ねじ》りながら部屋を出ていった。廊下で荒っぽい跫音が聞こえる。

とりあえず一難は去った。だが。

さて、どうしたものか……。

あんな約束きっと守れないだろう。すぐばれる。その時は、今度こそ叩き出しに来るかもしれない。鶏の首を落とす鉈《なた》でも手にして。

俄雨《にわかあめ》でも降ってきそうな涼しい風が、篤郎が出ていった障子戸の隙間から吹き込んでくる。頭を冷やそう。とりあえず珂允は畳の上に横になった。何かいい案が浮かぶかもしれない。

*

「三日後、お宮で薪能《たきぎのう》が行なわれる。その時に菅平の長老が持統院様に逢わせてくれるそうだ」

夕餉《ゆうげ》の時に頭儀がそう伝えてくれた。意外な知らせだった。「訊いてみる」とは云っていたが、その口ぶりから、ほとんど期待は出来ないと考えていたのだ。今朝の出来事もある。

村人に頼るのは半ば諦め、どうやって（自力で）大鏡に近づこうか、それにばかり頭を巡らせていたのだ。

　そこに思わぬ話が転がり込んできた。まさに果報は寝て待てだ。

「本当ですか」

「そうだ。先ほど、長老に伺ったところそう云われた」

　珂允ばかりでなく、頭儀にしても意外だったようで、口ぶりにはどこか困惑が残っている。

「持統院様にお逢いするの？」

　箸で芋煮を摘《つま》んだまま、蟬子は驚いたように珂允を見た。冬日も兄の葛《かずら》も食事の手をとめて珂允の方を向く。彼らの反応から、持統院と会見するというのは思っているよりも重大な出来事であるのを知った。

　蟬子は高い声で嬉しそうに、

「持統院様にお逢いしたら、お話を聞かせてね」

「ああ、詳しく話してあげるよ。それより、芋が落ちるよ」

　どこか話が上手すぎる気がしないではない。が、弟の例もある。

「もしかすると大鏡様は、外人をお気に召されているのかもしれないな」

　頭儀が首を傾げながら呟く。どこまで本気でそう云っているのか、珂允には摑めなかった。

尤も、頭儀自身もよく判っていないのかもしれない。

「それならいいんですけど」

一応、神妙な顔をして珂允は答える。

三日後か。

とにかく道が拓けるかもしれない。それまでは、まぁ、大人しくしていよう。村人だけでなく、神様に機嫌を損ねられると元も子もない。

「ねぇ、おめでたいことじゃない。もしかしたら庚様のように近衛様になれるかもしれないのよ」

一人、蟬子が喜んでいる。

「そうだね」

まあ無理だろう。自分は安らぎを求めてはいるが、神様に救って貰おうとは考えていない。神というものはこちらから求めなければ、手を差し出すことはない。そもそも、いくら求めても差し延べないことが多いというのに。

だが、図らずも、篤郎との約束を守ることになったわけだ。約束というのは、守るものではなく、守るようになってしまうものなのかもしれない。

何となく珂允は思った。

7

豊作と、大鏡の世を祝う薪能は、夕暮れ前から始められる。演目は「翁《おきな》」を初めとして五つ。本式の五番能は「翁」プラス五本立てだから一個少ない勘定になる。だが、能の合間に狂言は挟まれていない。というより、この村では狂言というものは存在しないらしい。その言葉、つまり概念すら。ただ、不完全ながらも五番能という形式が、「翁」で始まるという内実とともに活きているということは、導入の過程で狂言だけが失われた、或いは故意に捨て去られたものと考えられなくもない。

その選択に大鏡の意志が関わっていたかどうかは判らないが、多かれ少なかれこの村の事象全てが大鏡と存在において密接に絡まりあっていることをみれば、何かしらの影響ゆえと考えるのが自然だろう。つまり狂言を大鏡が好まなかった。もしくは好まないと周囲の者、或いは村人が判断した。

その理由を訊かれたところで珂允には答えられないし、おそらく村人たちも知らないだろう。民俗学者ならその要因を喜んで解き明かそうとするかもしれないが、珂允が望んでいるのは人としての大鏡に逢うことであり、延長線上にある両鈴の死の真相を知ることだった。

境内の奥には黒ずんだ能舞台がしつらえてある。何十年、何百年経ったか判らない、おそらく自身も忘れてしまったような古びた舞台。艶はなくなって久しいが、風格だけは反比例して漂っている。

その中で正面の軒の下に掛けられた、木彫りの大鏡のマークだけがこの日のために改めて塗り直されたように綺麗に彩色されている。大鏡のマークは菱形を四つの菱形に等分した武《たけ》田菱《だびし》の紋にも似ているが、中央にも窪みのように一回り小さい菱が彫られているところが違っている。高低は逆だが、菱餅を四枚敷きその上に一枚菱餅を載せたような構図だ。そして周辺の四つの菱にはそれぞれ緑、白、黒、黄の色が塗られていた。

頭儀の説明では、大鏡が創生したこの世界は四つの原素によって成り立っており、一つは樹木、一つは燃え盛る火、一つは大地、一つは流れ行く水である。そしてこの四つは、木が燃えて火になり、やがて灰になり大地に帰し、大地からは水が湧き出、その水が樹木を育てるというふうに円を描き循環する相生《そうじょう》の関係にあるとのことである。

ではなぜ五つ目の菱があるのかと訊ねると、中央の彩色されていない菱は、この世ではない彼岸を表わしているものらしい。だから色もなく、また単にネガとしての窪みで表わされているという。また四つの原素を司る絶対的な法理としての大鏡も示しているという。四原素は物質としての存在であるが、法理というのは力であり目には見えない。聞くとなるほど明快で教条的な紋と云えなくもない。四つの原素によって世界を把握し、説明しようという教え。この薪能が五番能ではなく「翁」の他に四つしか演目がないのもそのせいかもしれないと思えてくる。ただ、珂允にはこの紋が大鏡教の理念というよりも、単に四つの山に囲まれたこの村を示す図版のようにも感じられた。

鏡板《かがみいた》のない四方が吹き曝しの舞台に、社務所らしき建物から三、四十メートルの廊下が渡されている。廊下の突き当たり、社務所の入口には四色の幕が下まで掛けられている。珂允の世界での能楽堂と照らし合わせると、おそらく社務所が楽屋と鏡の間で、廊下が橋懸《はしが》かりに相当するのだろう。それにしても長い橋懸かりだ。それも能楽堂のように斜《はす》に掛かっているわけではなく、社務所と舞台を直角に結んでいる。歪形《わいけい》なのか、そういう伝わり方をしたのか珂允には判らない。昔の時代に歴《れっき》とした共通規格があったとも思えないからだ。現に今でも地方の神社には変則形の舞台は山ほどある。派生というよりも、統一の網目から洩れただけかもしれない。橋懸かりの手前には人の背ほどの松が三本、きちんと植えられている。廊下が長いので、松も妙にまばらに映る。

頭儀の話では奏者演者とも近衛ということだ。おそらく能の修練も近衛の重要な役目の一つなのだろう。この村では年に四回大きな祭が催され、それぞれ木祭、火祭、水祭、土祭と呼ばれているらしい。が、他の三つの祭とは異なり、水祭の薪能だけは大鏡の境内で行なわれる。つまり神前での賑わいは年に一度この日だけで、その意味でこの薪能は四つの中でも最も重要な祭であるらしい。豊作祝いというのは年明けや春先に行なわれるのが多いので、どこか妙な感じがしたが、実りつつある作物（主に稲だろう）から瘴気《しょうき》を消し去るために行なわれるらしい。鏡川の源流（の一つ）がこの宮の裏手から湧き出る泉であり、この儀式によって清められた水を鏡川へ、ひいては田畑に送るという意味のようである。単純に考えれば、瘴気は予め防げるものではなく、取り除くことしかできないという認識があるということだ。それとも種や籾《もみ》の段階ではまだ含まれていないという、性善説なのだろうか。尤も頭儀が示したもう一つの理由、今日は（初代の）大鏡がこの地をお拓きになった日——つまり天地開闢《てんちかいびゃく》日——らしいので、日本で云う建国記念の祝日に近い感覚なのだろう。

大鏡宮の境内である野外舞台の周囲に座席などはなく、小広い更地で、舞台の前三方に四、五百人の村人たちが鮨詰めになって座っている。みな男衆ばかりだ。大鏡の境内には女子供は立ち入ることは出来ない。昔からのしきたりだそうである。女子供は薪能の日、家で祝わなければならない。珂允は頭儀と葛とともにここに来た。蟬子や冬日は家で待っている。

村人たちはお祭に相応しく、わいわいがやがやと待ち時間を楽しんでいる。普段は迂闊に立ち入れない聖域も、今日だけは無礼講。賑やかさにより一層拍車が掛かっている感じだ。一応、酒もふるまわれるが、さすがに大鏡の境内ということで遠慮がちである。その中には相変わらずむっつりとした乙骨の顔も見えた。

村人たちは珂允に気づいてか気づかないでか、気にする様子もない。おそらくこれが往来なら違和に満ちた視線を送られるのだろうが、当然のことながら、彼らにとっては不躾な他所者より舞台の方が、この祭の騒ぎの方が重要なのだ。

衆人の冷たい目に曝されるのではないかと危惧していた珂允は、この多人数の中でほっと息をつけることが、意外でもあり、一番嬉しかった。

「始まるまでにまだ間があるから、菅平の長に挨拶でもしておこう」

人混みの中を頭儀は鳥居の近くへと歩いていく。珂允も掻き分けられた波を縫いながらあとをついていった。

例の鳥居の脇には直垂《ひたたれ》姿の遠臣と並んで、雀茶色の和服を着た小柄な老人が立っている。脇に立てられた篝火《かがりび》が逆光となり顔かたちまでよくは見えないが、どうもあれが菅平芹槻《せりつき》のようだ。

「芹槻さん」

頭儀が声をかける。先に反応したのは遠臣の方だった。

「貴様、よくもぬけぬけと」

鼻息の荒い言葉と共に、肩を怒らせ迫り寄ろうとする。が、芹槻がぼそぼそと呟くと、歩みを止め拳を収めた。「ちっ」と苦々しげに吐き捨てながら。

「あんたが珂允さんかね」

濁りが粒立ったような声。背の低いまるで饅頭みたいな体軀の芹槻は、不満げな遠臣の前に立ち、皺に埋もれた眼で珂允を見上げる。垂れて黄土に変色した頰が小刻みに動く。返答しようとその灰色の瞳を覗き込んだ珂允は、思わず身が竦んでしまった。

老人には二つのタイプがあると珂允は思っている。老いの哀しさを感じさせる者と、年輪の蓄積を感じさせる者との二つの。前者は単なる人生の残滓《ざんし》に過ぎないが、後者は今なお人生を手玉に取ろうとしている。そして芹槻は明らかに後者だった。狡猾さと強《したた》かさを蓄えに蓄え、挙句に凝り固まったような深く鋭い目。迂濶に近寄れば被曝してしまいそうなほどの放射能を撒き散らしている。

怯《ひる》む、というのは単に肉体的なバランスのみの関係性ではないだろう。背後に何を感じさせるか、オーラの強弱が問題なのだ。老人を目の前にして、珂允はその思いを強めた。腕力に勝る遠臣には何ら脅威を感じなかった珂允も、芹槻には逆に一歩も動けなかった。金縛りだ。何か妖怪にでも出くわしたような。

「なるほど。面白そうな御仁ですな。能演が全て終わったあと、持統院様に紹介してさし上げましょう」

珂允はまだ口が利けない。その反応に満足したように、芹槻はゆっくりと二度頷いた。重々しく、意味深く感じられる。それもオーラだ。判っている。判ってはいるが、珂允はその視線に太刀打ち出来なかった。足が鉛のように重い。

「大鏡様の教えをお知りになれば、あんたも考えが変わるでしょう」

御しやすい……老人の目にはそう映ったことだろう。歯痒《はがゆ》かったが抗《あらが》う術は今はない。緊張だけが身体を走る。この老人なら人を睨み殺すことなど簡単だろう。

ただその言葉で、なぜ自分が易々と（大鏡ではなく持統院にせよ）面会を許されたかが、少し解った気がした。そして遠臣が苛立つ理由も。

自分は期待されているのだ。

「ありがとうございます」

頭儀が頭を下げる。珂允も慌てておじぎした。

……深々と。

機嫌を損ねないように取り入ろうと意図したためでなく、身体が勝手に動いてしまったのだ。

もしかすると、とんでもないところに来ているのでは？　轟々と薪が燃されている脇で、珂允は肌寒さを感じた。あくまで民衆の代表の一人にすぎない芹槻でこんな調子なら、その上に立つ、この村の副頭領である持統院は更に強者《つわもの》じゃないのか？　少なくとも近衛の人事は、芹槻でもどうにもならなかったのだ。

木乃伊《みいら》取りが木乃伊になってしまうのでは……珂允はこの村に来て初めて己に不安を覚えた。

「じゃあ、おれは警護の方に行ってくるから」

珂允の恐怖など微塵も理解できていない遠臣は、肩を怒らせたまま本殿へと向かう。耳許に、「いい気になるなよ」と脅し文句を残して。彼にとって芹槻は矍鑠《かくしゃく》とした祖父にしか過ぎないのだろう。羨ましくもある。

本殿の前には白張《しらはり》の近衛たちに混じって、直垂で正装した若い男衆が十人ほど背筋を伸ばし立っている。みな腕っ節は強そうだ。彼らは遠臣が近寄ると同時に一礼をして迎えた。みな翼賛会の連中のようである。

「怖い老人ですね」

人混みの中に再び戻ったとき、珂允は率直な感想を述べた。呪縛が解け、誰かに伝えずにはいられなかったのだ。

「ああ」と頭儀も頷く。「君も感じただろ。妖怪だよ、あれは」

だが、あれ呼ばわりする頭儀の眼は全く平然として見えた。


機が熟し、そろそろ始まろうかという雰囲気の中、二人の近衛たちが本殿の扉を静かに開けていく。

今までの騒ぎが嘘のように場が鎮まる。水を打ったという表現がまさに適切な。素晴らしく統制のとれた光景。

本殿には近衛と違って立烏帽子《たてえぼし》に白い直衣《のうし》姿の男が座っていた。彼だけは黄色の帯を締めている。

「持統院様だ」

頭儀が囁く。

……あれが持統院か。

珂允は群衆の隙間から持統院を見据えた。敵を知ろうと。眼も鼻も眉も口も、全てが細いパーツで組み立てられた顔。端整ではあるが、無表情でどことなくとっかかりがなさそうに映る。場の影響もあるだろうが、感情を封殺したような、自分と外との境界を明確に引き冷たく対峙する、そんな雰囲気が感じられる。いかにも狡猾、といった風情の芹槻とは対照的に。

だがそれもまた厄介な相手には違いない。なにせ彼の三下《さんした》である近衛にすら、珂允は怯まざるを得なかったのだ。

持統院は本殿の右寄りに座っていたが、中央には白い幕が下ろされている。眩しいほどに真っ白な織りたてのような幕が。やがて恭《うやうや》しい仕草とともに持統院がその幕を引く。幕の奥には御簾《みす》が掛かっており、御座に人影が窺える。御簾の目は細かく、はっきりと姿を拝み見ることは能《あた》わない。おそらくあれが大鏡の御本尊様なのだろう。神様ともなれば、そう易々と庶民の前に現われないものだ。既に熟成され完成されたイデアを否定しかねないからだ。

村人たちは稲穂が風に靡くように一斉に頭を下げる。珂允も倣《なら》って脇を窺いながらひれ伏した。

「始めなさい」

御簾の奥を伺うようにしていた持統院が、言葉を村人に伝える。透明ではあるが、威厳に満ち溢れた声だった。絶対的なもんだな。改めて珂允は思う。

持統院の声を合図に村人たちは今度は能舞台の方に向き直った。視線が社殿の幕に注がれる。

「大鏡様はずっと御簾の奥から姿を見せないんですか」

珂允の呟きに頭儀は「ああ」と何の疑問もなく頷いた。さすがに目が潰れるとまでは云わなかったが。

やがて厳かに、幕が上げられ、面持《めんも》ち、翁、千歳《せんざい》、三番叟《さんばそう》たちが現われ出る。彼らはみなまだ面を着けていない。先頭の面持ちが掲げる面箱の中に、面が収められているのだ。「翁」は能の神事としての側面を残す特異な能であり、よって他の能と異なる部分が多々ある。演者たちが現われ橋懸かりを歩くときも、笛や太鼓といった囃子《はやし》の音はなく無音だ。ただ、「翁渡し」と呼ばれる呪文を演者たちは唱えるのみ。また、囃子方や地謡《じうたい》たちは、他の演目のように予め舞台に座して待っているわけではなく、演者のあとに続いて同様に厳かに現われる。

やがて翁を演ずる近衛が舞台正面で手をつき深々と平伏する。それは、神、即ち本殿の大鏡へと向けられているのだろう。

ワキである千歳と狂言方の三番叟が舞を始める。その間に、面箱の中の白色尉《はくしきじょう》の面を翁役の近衛が取り出す。綿のような眉と、顎鬚《あごひげ》が特徴的な老人の面だ。これも他の能面と異なり一枚面ではなく、切顎《きりあご》という顎だけが独立して紐で結わえられている。

その白色尉をつける瞬間に演者は神に成り代わる、と一般に云われている。それまでは神でも翁でもなく、ただの演者なのだ。翁の踊りは神の踊りであり、神の踊りにより祝われ、世が——この場合は豊作が——保たれるのである。その神の降臨の儀式が、千歳と三番叟の舞、そして面を着けるという行為である。日本でも、神が降りるべき翁を演じる者は、別火といい生活において清浄な火を一定期間使わなければならないくらいだ。つまり神を降臨させるという行為自体が、翁の目的のひとつ——というより前提——なのである。

大鏡に平伏したところから、おそらくこの村でもその道理は同じなのだろう。だとすると、神の前で神となり神楽《かぐら》を舞う。どこか矛盾している気がしなくもない。神の代理と云うことなのか？　そう云えば、この翁の装束は代々の大鏡が即位時に自ら織る伝統だそうである。黄色い地に赤や青、白、緑等の波が絣《かすり》模様に巧みに織りまぜられていて神様の腕前がなかなかのものであることを示しているが、それで神の代理を象徴させているつもりなのだろうか。

だが舞台上では珂允の疑問をよそに神が演者に降臨しようとしていた。原初的リズムを思わせる打楽器の唸りとともに、笛の咆吼《ほうこう》とともに、この村を祝うために。

その時だった。

遠くの空から、夕闇を切り裂く声が谺響《こだま》した。聞き覚えのある奇声。……鴉。

珂允は思わず西の空を仰ぎ見た。珂允だけでなく、神の降臨を瞼に収めようとしていた村人全てが。

鴉の群れは夕闇を闇夜に変えてしまうほどの勢いで、境内に向かってくる。まるで何かに操られ、衝き動かされているかのように。豊作の祈りを妨げ、屍肉を啄《ついば》まんかのように。

「鴉だ。鴉が来た」

誰かの叫びを契機に、群衆は腰を浮かして騒ぎだす。

逃げまどう群衆。降りてきたのは神ではなかった。

持統院は身軽な動きで即座に本殿の扉を閉める。その前を警護の近衛と翼賛会の連中が盾となり守り固める。

舞台上で神に成り代わるはずだった近衛も、他の演者たちも橋懸かりを駆け社殿の中に逃げ込んでいく。現実の鴉の嘴には、仮想の神など何の役にも立たないのだ。……そして現実の神である、大鏡も。

村人たちは蒼惶《そうこう》として我先に参道の山道を駆け下りる。大勢で狭くて急な下り坂を駆けるとどうなるか。普段なら冷静に考察できる大人だろうが、鴉によって判断力を狂わされている。それがパニックというものだ。下の方から、鴉によってではない悲鳴が聞こえてきた。

当の鴉は、境内で犇《ひし》めき合う人々めがけ狂気を迸らせる。

だが、これほどの状況の中でも誰ひとり能舞台や本殿に逃げ込む者はいない。本能的にタブーを感じているのだろうか。みな鴉に急き立てられるようにして村への道を駆けていく。

そして次々と奈落の底へ……。神の庭で、神の遣いによって襲われ逃げまどう人々。

　珂允はそれらの地獄絵を、桜の木の脇で、冷たく眺めていた。桜に寄り掛かりながら、彼は妙に肝の据わっている自分を発見していた。鴉の恐怖は誰よりも知っている。身体は逃げることを必死に訴え続けている。だが、珂允は動かなかった。動けなかったのではない、動かなかったのだ。醒めた目でその光景を眺めていた。

　鴉は怯える者を目敏《めざと》く見つけ襲いかかる。それに気がついたのはしばらくあとだった。だから珂允のところには一羽も近寄ろうともしなかった。声を上げ逃げまどう村人のみが、幾多の爪や嘴の餌食となっていく。

「ひどいものだな」

　背後で頭儀の呟きが聞こえた。その声は珂允同様落ち着いている。振り返ると、頭儀もまた平静を保ったまま地獄絵を眺めていた。

「恐怖があいつらの餌なんだ」

「あいつらは何のためにここに。それに……」

　珂允は頭儀を見つめた。

「大鏡様は神様なのに退散させる力もないのですか」

　頭儀は何も答えない。

十五分ほどで鴉は引き上げていった。もう日は暮れ、入れ替わりに夜が訪れている。

それからまた十五分ほどして鴉の群れが荒らしに荒らした境内は次第に静けさを取り戻していた。鴉は去っていったのだ。その安心感が冷静さを蘇《よみがえ》らせるのだろう。ようやく村人たちが落ち着きだし、負傷者の救助が行なわれ始めた頃、篁雪が能演の中止＝延期を告げた。当然だ。これから続けようにも、誰もお祭気分にはなれない。

だが珂允にとってこの中止は、村人とは違った意味で大きな痛事だった。持統院に会えるチャンスを逃したのだ。この能演のあと、芹槻の案内で持統院に紹介されるはずだった。弟の死の真相に近づくための一歩。よりによってそんな日が、鴉の襲来と重なるなんて。

おそらく今日は無理だろう。村人だけでなく持統院も近衛も、神様すらも今はそれどころではないはずだ。

日が悪かったのだ。また一からだ。

舌打ちして夜空を見上げる。皮肉なことに今夜は綺麗な満月だった。蒼い月が、煌々《こうこう》と惨状を照らし出している。

もしかしたら今日会えなかったのは、逆に救いなのかもしれない……月面の兎を見つめながらふと珂允は思った。あの二人の強かな顔を見ると、それなりの覚悟を決めてから挑んだほうがよいのかもしれないと考え始めていたからだ。

それに……鴉は自分の味方なのでは。そんな考えも過る。この前鴉に襲われたときは、そのおかげで千本の家に厄介になることが出来たのだ。その鴉がこのチャンスをぶち壊した。何か意味があるのかもしれない。今夜は会うのを止《よ》したほうがいいという。

いい加減俺も感化されてるな……思わず珂允は苦笑した。

「せっかくだったのにね」

家に戻ると、残念そうに蝉子が云う。

「大鏡様でもどうにもならないのかい」

意地悪な問いに、頭儀と同様に蝉子は答えなかった。ただ頭儀と違ったのは「どうしてなんだろ」と困ったようにぽつりと洩らしたことだった。

＊

またあの声だ。

窓の外から聴こえる、呻くようなすすり泣くような声。冥府の闇からのようなくぐもった声。

山鳥……と頭儀は説明した。だが、どうしても人間の声に聴こえる。珂允も田舎育ちだから山鳥の声くらいわかる。この地方独特の鳥だったとしても違う。川蟬《かわせみ》の笑い声も肉声にはほど遠い。鳥と人ではレンジが違うのだ。

断続的な静かな声。それ以外には、羽音ひとつない。風の音もしない。

珂允は布団を抜け出し、暗がりの中、窓辺に寄った。そして注意深く耳を澄ます。声は一つ。鳥ならばある程度の規則性やリズム性があるはずだ。だが、いま漂っている声は途切れたかと思うとまた続く。不意に不規則に。

これが人の声だとしたら、なぜ頭儀は嘘を教えたのか。

月明かりで、裏庭全体がぼうっと蒼白く浮かび上がっている。柿の古木も、幹に苔《こけ》が群生しているかのように密《ひそ》やかに輝いている。今すぐにでも夜空へ浮かびあがらんかのごとき光沢。夜の静止画像。何となくゴッホの『夜』を思い浮かべた。

その凍った時間の中、すすり泣く声だけが細く漂っている。この裏庭が生き物であるかのように。だが、人のいそうな気配はない。

柿の木の奥に建っている土蔵を除いては。

しばらくして声は止んだ。完全な沈黙。同時に土蔵の辺りから暗い人影が屋敷に戻るのが見えた。その人影は抜き足で足早に母屋に戻っていく。珂允に見咎められたことも知らずに。

頭儀？　蟬子？　影の主が誰かは解らない。一瞬で視界から消えてしまった。この家の者ではないのかもしれない。あの主がすすり泣きをしていたのか。何のために。それも全く解らない。ただ、あの不審な行動と声との繋がりだけは確かなようだ。

さてどうしよう。

客人らしく大人しくしているべきか。もし見つかれば、篤郎だけでなく、頭儀に退去を命じられるかもしれない。

少しの逡巡ののち、珂允は庭に出ることにした。知りたいという欲求には勝てなかった。表に並べてある草履を手に取ると、窓から抜け出す。跫音を忍ばせながら柿の木の辺りまで歩いていく。

人の気配はない。振り返ると母屋に明かりは見られなかった。ひっそりと寝静まっているように見える。あの人影の主は灯をつけずに部屋にいるようだ。眠りに就くには早すぎる。暗い部屋の中で息を潜めているのかも。

だとすると月明かりの下、先ほど珂允が見咎めたように、今度は珂允が見咎められてしまう。

このまま踵を返そうか……夜風に肩口を撫でられながら珂允はふとそう思った。しかしそれは一瞬のことで、再び灌木に沿って土蔵へと歩みを進めた。

かさかさと草と擦《こす》れ合う音がやけに響く。

柿の木の裏手には、厚い板で蓋をされた古井戸があり、その斜向《はすむ》かいに土蔵がある。幾筋か亀裂の入った土塗の壁。それもまた蒼白い。

扉には鍵は掛かっていない。珂允はひとつ唾を呑み込むと、引き戸に手を掛けた。音を立てないよう、少しずつ。それでもなお、ごろ、という音が響く。

慌てて振り返るが、気づかれた様子はない。

人ひとりすり抜けられるほどの空間が開いたとき、珂允はすばやく中に滑り込んだ。

そして再び扉を閉める。

まるで盗人だな……そう思わないでもない。だが頭儀の嘘がどうしても気に掛かるのだ。それに、疑わしいものは全て弟の死に関わっているような気が。

中は暗く、三メートル上方の小さな嵌《は》め殺しから月の光が僅かに洩れ入るだけ。そのため中の様子はよく見えない。ただ物置らしい雑多な印象だけがする。

耳を澄ませてみたが声は聞こえない。物音ひとつ聞き取れない。

誰もいない様子だ。

凝らしているうちに目が慣れ始め、ぼうっと周囲の様子が判るようになってきた。蔵の中には古びた簞笥《たんす》や長持が、並べ積み上げられている。地震が起きれば一発で圧死してしまうだろう。おまけにどれも古めかしいものばかりだ。頻繁に使われている、といった感じでもない。簞笥の肥やしという言葉があるが、これらの多くは蔵の肥やしになっているようだ。

それらの間には細い道が出来ており、奥に梯子《はしご》のような階段が続いていた。見上げると、半分ほどの広さの二階——というより屋根裏——へ通じている。階段は灰色の埃を被っており足跡は全く残っていない。最近使われたことはないように思われる。

だが、ついでだと、珂允は上ってみた。明確な足跡を残さないように爪先立ちで、なるべく隅の方に足をかけながら。

下への光を遮っている分、二階の方が明るい。階段から首を出した珂允の目に、裾の長い振袖の女性が映った。両脇に高く積み上げられた行李《こうり》。少し奥まった中央に女は静かに座っていた。

まるで雛祭《ひなまつり》のお雛様のように……。

頬が蒼白く発光している。眼も蒼く輝いている。

声を上げ後ずさりする珂允。思わず転げ落ちそうになる。

どうして人が……もしかしたら泣き声の主。

気づかれたか……。

恐る恐る顔を出す。依然女性はそこに座っている。珂允のいる場所は月がまともに照らすのでひときわ明るい。正面を向いていて気づかないはずはない。

だが、その女性は二度目の珂允の出現にも、表情ひとつ変えることなくこちらを見つめている。微動だにしない、そんな表現が最も相応しいほどにじっとただこちらを見つめている。

その顔はどことなく蟬子に似ている。

もしかして、目が見えないのか？

珂允は蒼白く、だが虚ろに輝く眼を凝視した。

何の反応もない。

そのうち珂允はその瞳が動いていないことに気がついた。

……死んでいるのか。

もしかしてさっきの影に殺されたのでは。不吉な予感が頭を掠《かす》める。一つ唾を呑むと、一歩一歩と近づいていく。

女に動く気配はない。跫音は聞こえているはずだが、全くない。

珂允は僅かに震える手をその肩に伸ばしてみた。冷たい。着物の上からでもひんやりとした感触が伝わってくる。それと同時にその感触に不自然な堅さを感じた。弾力がない。

端整な顔に顔を近づける。無機質な表情。

「にんぎょう」

知らず呟いていた。今晩の冒険で、初めて口に出した言葉だ。膝の力が抜ける。

「人形か」

安心したせいもある。珂允はそのまま正面に座り込むと、ぼんやりと人形を見つめていた。

本当に人間そっくりな顔をしている。今にも動きだしてしまいそうな。

……精巧な人形。

そういえば蝉子が、亡くなった姉は人形を創っていたと云っていた。

何か感じた。

この人形に何か感じる。だが、それは何なのかわからない。

だが泣いていたのは誰なのだろう。この人形なのか……。

まじと見つめる。

だが人形は黙したまま何も語らなかった。

8

遠臣が殺されたと聞かされたのは翌朝のことだった。

昨晩の疲れで昼前まで眠っていた珂允は、家内の慌ただしいざわめきで目を覚ました。バタバタと庭や廊下を使用人が駆けていく跫音。障子で遮られているにも拘らず、血相を変えた顔までも浮かんでしまう、三十二分割された振動だ。そのため か寝不足気味の頭にも鋭角に放射的な緊張感が伝わってきた。

今日、千本家で何か重要な行事でもあるのか。布団から身を起こしてぼうっとしながらそう思ったが、そんな話は聞かされていない。また頭儀や葛の野太い声が遠くで飛び交う混乱と云うに近い喧噪《けんそう》は、周到に準備されたモノではないようだ。

何か起こったのか……着替えを済ませると、廊下に出てみた。

ちょうど頭儀が廊下を歩いてくる。

その「何か」というのはあまり良いことではなさそうだ。瞬時に彼は悟った。頭儀の重苦しそうな表情がそう物語っている。

「起きたのかね」

視線が合い、頭儀はそう口にした。もう少し眠っていればよかったのに、そんなニュアンスにも聞こえた。

「どうかしたんですか」

珂允の問いかけに、

「遠臣君が昨日の夜に殺されたらしい」

頭儀は声を落としてそう答える。

「鴉にですか」

反射的にそう訊き返したが、頭儀の表情は否だった。次いで、「誰に」の答は「判らない」だった。

遠臣は今朝方、鷺ケ池の畔に冷たく横たわっていたらしい。釣りに来た老人が発見したのだ。後頭部を殴られ、紐のようなもので首を絞められていたらしい。朝露で服が湿っていたことから、夜明け前に殺されたことは判っているのだが、それが夜中の何時かまでは不明である。この村には死亡時間を推定出来る者などいないのだ。

薪能での鴉騒ぎののち、みな——何十名かの負傷者とともに——それぞれ帰途についたが、遠臣は菅平家に帰った気配はなかった。翼賛会の連中と本寮で夜通し酒を呑むことが多かったので（ある意味でそれが近衛になれなかった原因かもしれないが、それだけは落選しても悔い改めることが出来なかったらしい）家の者はさして心配してはいなかったようだ。家人の考えどおり遠臣は七時半頃に本寮へ戻ったらしい。そこまでは確認されている。ただ他の連中はみな本寮の前で別れそのまま自宅に帰ったが、遠臣ひとり本寮へと戻っていった。それがみなが見た最後の姿となった……頭を殴られ首を絞められるという無残な姿で、朝方に骸《むくろ》となって発見されるまで。そして今、菅平家や翼賛会のメンバーが必死になって下手人を捜している。

千本の家に訃報を知らせたのは、菅平の使用人だった。婚約者が死んだわけだから、千本家としても他人事ではない。それで、この家も暗い澱みに包まれているのだ。ただ、頭儀の沈鬱が故人を悼むものなのか、菅平家との縁が不首尾に終わったことに対するものなのかは、珂允には判らない。

「わたしたちは、これから菅平の家に行ってきます。あなたは今日はここでじっとしていて下さい」

事情を説明したあと、半ば命令口調で頭儀は云い、蒼白な蟬子や葛たちを連れて、慌ただしく菅平の家に向かっていった。

なぜ頭儀がそんなことを口にしたのか。それは供としてついていった篤郎の眼を見たときすぐに判った。

表門まで見送りに出た珂允に向けられた目は、この災いを運んできたのはお前だと詰《なじ》っているようだった。関東大震災の例を持ち出すまでもなく、他所者は目立ち、とかく気を惹く。因果関係、論理性などお構いなしにつまらない契機次第で災いの根源にされるのだ。ストレスの捌《は》け口として八つ当たりされるかのように。

その上、珂允は遠臣によく思われていなかった。嫌われていた。別に珂允の方はどうとも思っていなかったが、他人にはそんなことまで判らないだろう。口論があったということしか。

犯人呼ばわりされないためにも下手に刺激しないほうがいい。珂允は云いつけを守って大人しく家にいることにした。こんなことで村を追い出されることになったら元も子もない。考えてみれば薪能までの三日間、頭儀の言葉どおり外に出ず、蟬子の琴を聞いたり、てぃがの相手をしたりして時間を潰していた。そして今日も蟄居《ちっきょ》。その間、ほとんど進展はない。唯一進展が期待できた昨日の夜も、芹槻に一礼し、持統院をちらと目にしただけだ。あとは鴉にぶち壊された。

そしてこの殺人。これも厄介なことだ。よりによって殺されたのが萱平遠臣。これで芹槻の紹介も先送りになることだろう。

待つしかないのだろうか？

畳の上に大の字になって、珂允は大きく溜息をついた。することは何もない。いや、あるのだが、今は出来ない。出来ることは何もない。

蟬子の表情が浮かび上がる。蟬子は訃報に驚き、悲しんでいるようだった。婚約者の死、それも殺人なのだから当然なのかもしれないが、蟬子は結婚を望んでいたのだろうか。先日の憂えげな表情が気にかかる。

閑散とした家に独り。使用人もみな、頭儀とともに菅平の家に行ってしまった。長の孫の死なのだ。葬儀も盛大なものとなるだろう。昨日の薪能のような。でも、仏教徒ではなさそうな彼らの葬儀はどんなものなのだろう。

何も知らない鶏の啼き声がよく響く。

殺人自体には驚いていない。両鈴も殺されたのだ。そしてまたいま被害者が……関係あるのだろうか。

考えても判らない。判らないことだらけだ。

ただ、少し気に掛かったことがある。頭儀が殺人が起こったことに対して、わりあい平然としていたことだった。家長として、落ち着きを持たねばならないことを差し引いてもだ。

話ではこの村での人殺しは実に六十四年ぶりだという。ならなおのこともっと驚いてもいいはずなのに。

もしかすると、両鈴の死を知っているためなのだろうか？

これから波が強くなりそうだな……珂允は夏の終わりの涼風の中に、嵐の前の静けさを感じていた。

*

さっき啄ちゃんが萱平の遠臣が殺されたことを教えてくれた。

「ひとごろし？」

橘花がそう訊ねると、

「ああ、昨日の夜な」

にやにやしながら好奇の目を輝かせている啄ちゃんは、悲しんでいるというより面白がっているようだった。そしてしたり顔で「おれはあの外人が怪しいと思うんだけどな」とつけ足した。

遠臣という人は、翼賛会とかいう大鏡様の会の一番偉い人だった。顔は一、二度見たくらいだが、噂はよく聞くので知っている。西の長の萱平の孫で、荒っぽく口より先に手が出そうな奴だということ。酒好きなこと。庚様と争って、結局近衛様に選ばれなかったこと。そのせいか、庚様の行動によくケチをつけていたこと。

一時期野長瀬のおじさんのところへよく来ていた。なにも橘花と同じように夢を語りに来たわけじゃない。その逆だ。おじさんに大鏡様の名を借りて文句を並べに来ていたのだ。

本来、西の長の孫が作った、ほとんどが西の連中で占められた会が東で大きな顔ができるはずはないのだが、こと野長瀬のおじさんのことになると誰も文句は云わなかった。家の前で怒鳴っても、家の中で暴れても、みんな見て見ぬふり。

ある日橘花が遊びに行くと何個か砕けた碗があり、顔に紫色の痣を創ったおじさんがそれを拾い集めていた。おじさんは「何でもないよ」と弱々しく笑ったが、あいつらがやったのは明らかだ。橘花にはすぐ判った。それ以来、翼賛会も遠臣もすごく嫌いになった。

もともと東では、遠臣は菅平の落ちこぼれと呼ばれ、バカにされていた。近衛の選出で庚様に敗れたからだ。だから、そんな奴が死んだところで、西の人のように悲しむことはなかった。ただ、殺されたということを除いては。殺されたということは殺した奴がいるのだ。この村の中に。

だから啄ちゃんもあんなことを云ったのだ。

今朝を思い出してみると、母さんも兄さんも既に知っていたのか、どことなく神経をぴりぴりさせていたように思う。

「今日は早く帰ってきなさい」

母さんにいつにもまして厳しく注意された。

「人気のないところに一人で行っちゃ駄目ですよ」とも云われた。橘花は昨日の鴉のことだと思っていたのだが、どうも人殺しのせいのようだ。鴉なら夕方になる前に帰ってくれば済む話なのだから。

啄ちゃんも朝萩も、今日はいつも以上に母さんにきつく云われたらしい。

どこもみなぴりぴりしている。

でも、野長瀬のおじさんが殺されたときは、誰もこれほど騒がなかったのに。

「野長瀬のおじさんが殺されたのと関係あるのかな」

今日は啄ちゃんはまたかという顔をしなかった。「続けてだもんな」と頷きながら呟く。

「もしかすると、橘花の云うとおり本当に殺されてたのかもしれないな。……でもさっきも云ったけど、おれはあの外人が怪しいと思うけどな」

「もし野長瀬さんが殺されていたとしても、同じ下手人とは思えないな。繋がりが全然ない」

冷静な顔で朝萩が口を挟む。朝萩はどんな時も落ち着いている。きっとここに鴉が来ても、的確に逃げ道を指示してくれるだろう。普段はその冷静さが頼もしく思えるのだが、今日は少し水を差された気になった。

「繋がりならあるよ。遠臣はおじさんの家によく来て文句を云っていた」

ちょっとムキになる。すると朝萩は高い背を軽く屈めると、

「でも、立場が正反対だろ。もし二人とも同じ奴が殺したんだとしたら、どうしてなんだ。それに関係があるにしては時間が経ちすぎてる気がするんだけどな」

「でも、人殺しがこの一年で二つもあったんだよ」

何となく腰砕け。筋が通っているのでうまい反論が思いつかない。

「一つ思いついた」

嬉しそうに啄ちゃんが声を上げる。

「きっと藤ノ宮の誰かだよ。菅平の遠臣が創っている翼賛会がでかい顔しているのって、いい顔しないだろ。それに野長瀬さんには当然いい顔してなかったし」

大人には聞かせられない話だ。飯抜きくらいでは済まない。長である藤ノ宮の悪口を知られたらどうなるか、子供の橘花でも知っている。まして人殺し呼ばわりなんかしたときには。

「いい顔しないからって、簡単に殺すものなのか」

当然の疑問を朝萩は口にした。橘花もうんうんと何度も頷く。人殺しをすると大鏡様の怖

い罰が落ちるというのに。

「それに、遠臣なんかより菅平の長老が真っ先に殺されると思うんだけどな」

「さすがに長老を殺すのはマズいと思ったんじゃないの」

負けず嫌いな啄ちゃんはそう云い返した。

「マズさじゃ、遠臣も変わらないだろ。菅平の孫なんだから」

「でも、遠臣なら嫌ってる奴も多そうだし、何とか誤魔化せると思ったんじゃないのか」

「それで遠臣を何とかしてどうするんだ。遠臣を殺しても、別にどうもならない気がするけどな」

あくまで冷静な朝萩。啄ちゃんは半ば自棄《やけ》気味に、

「じゃあ。あの外人がやったんだ。外人は何するか判ったもんじゃないから」

「でもあの外人は、野長瀬さんの時はいなかったんだぜ」

啄ちゃんの顔に赤味がさし強《こわ》ばっていくのがわかる。まずい。このままじゃ喧嘩になるかも。

「ねぇ、遠臣はどうやって殺されたの？」

仲裁するように橘花がそう訊ねると、

「頭を殴られたって聞いたけどな」

「おれは首を紐で絞められてたって」

啄ちゃんと朝萩は違った答を口にした。思わず二人は顔を見合わせる。そのまましばらく睨み合い。まるで自分の云うことが正しいと主張するかのように。

「どっちが本当なんだろう」

でも、どちらも野長瀬のおじさんの時とは違っている。おじさんは刃物で腹を刺されて殺された。

「頭を殴られたあと、首を絞められたんだよ」

野太い声。振り返ると、背後に兄さんが立っていた。麻袋を抱えながら怖い顔をしてこっちを睨んでいる。

「子供がそんなことに首を突っ込むな」

予想通りの言葉。ありきたりの、決めつけるような、命令口調。無性に腹が立った。たった一つしか違わないのにすぐ子供扱い。

「子供じゃないよ」

「じゃあ、畑手伝え」

橘花が言葉に詰まると、兄さんは手を掴み無理矢理引き連れようとした。

「いやだ」

思わず叫ぶと、橘花はその場に蹲《うずくま》るように腰を落とした。

「だったら、家でじっとしてろ。こんなところにいると人殺しに逢うかもしれないぞ。それに他所でそんな話は絶対にするな」

兄さんはぷいと後ろを向き、そのまま歩き出す。かなり怒っている様子だ。

「どこ行くの、兄さん」

「畑だよ。昨日の鴉で被害がないか、見に行ってくるんだよ」

背中を見せながら、兄さんは吐き捨てるようにそう答えた。やがて丘の向こうにその姿が消えていく。

橘花はしばらく後ろ姿を見送っていたが、

「どうする?」

啄ちゃんたちと顔を見合わせた。

「橘花の兄貴があぁ云うけどさ」

顔色が元に戻った啄ちゃんは、丘の辺りにちらちら目を遣りながら、幾分小声で、

「やっぱり気になるよな。お前はどうなんだ」

「ぼくは引き下がりたくない。朝萩はそう云うけど、もしかすると本当に野長瀬のおじさんのことと関係してるかもしれないもん」

「そうだな」

口許に手を遣りながら朝萩が呟く。

「お前としては見捨てられないわけか」

橘花は大きく頷いた。

「おれは別にそれはいいんだけどさ」

これは啄ちゃん。

「何か気になるんだよ。鴉だけなら早く帰ってくれば済むけど……そう云う朝萩は？」

「橘花の兄さんには悪いが、おれも気になる。橘花の兄さんに子供扱いされたんじゃ、おいそれと引き下がれないしな」

朝萩は強く云った。案外朝萩も負けず嫌いなようだ。でも、啄ちゃんと二人だけならちょっと心配だけど、朝萩がいると心強い。

「じゃあ、決まりだな」

啄ちゃんが橘花と朝萩の肩を叩く。

「おれたちで下手人見つけようぜ」

賢く落ち着きのある朝萩。情報通の啄ちゃん。啄ちゃんが仕入れた情報を、朝萩が考える。下手人捜しには理想的な仲間だ。

じゃあ自分は？　笑顔を浮かべながらも、橘花はふと不安になった。

自分には何があるのだろう。朝萩のように大人じゃないし、啄ちゃんのように耳が早くない。周りで起こったことはいつも啄ちゃんに教えてもらうのだ。何の役にも立たないのだろうか？

……そうだ、自分には情熱がある。

野長瀬のおじさんを殺した奴を知りたいという情熱は誰にも負けていない。それだけは一番だ。

そう考えると、橘花は少し安心した。

＊

腕時計を見ると、もう三時を回っている。しかし頭儀たちは一向に帰って来る気配がない。おそらく今日が通夜で、明日が葬儀。信仰は異なれど、死者の弔いの過程に大きな違いがあるとは思えない。だとすると夜遅いかもな……珂允は三ケ月前の母親の葬儀を思い出しながら、ぼんやりとそう考えていた。

空は美しく澄み渡っている。塩素を注ぎ込んだプールのような海原にのたうつ三匹の鰯雲《いわしぐも》。そんな風情だ。昨夜、鴉騒ぎと殺人があったとは思えないほどの晴れやかさ。

天が哭《な》く、という表現はよく使われるが、どうも今日の天は哭いていないようだ。むしろあっけらかんと快哉《かいさい》を叫んでいるかのように映る。

視線は自然と、空から土蔵に向いていった。あの人形……あれはいったいなんなのだろう。昨日の夜見たものは。すすり泣きと関係があるのだろうか。

幸い今この屋敷には珂允一人だ。使用人もみな出払っている。

こんなことしてる場合じゃない。それは判っている。だが、湧き出した欲求は止められない。珂允の足は庭を横切ると蔵へと向かう。家から出てはいけないと云われたが、敷地内なら問題はないだろう。

陽光の下で見る人形はまた違っていた。月の蒼光で病弱に感じられた頰も、今はふくよかだ。ただはっきりと見える分、それが人形であることも瞭然だった。幽霊の正体見たりの口で、昨夜は顔を近づけなければ判らなかった顔や手などの露出している部分は、明らかに皮膚ではなく肌色の織布だった。

だが、纖細な布目と色彩のグラデーションはマネキンのような硬質で無機質なものではなく、暖かで血脈が通っているかのような印象を受ける。はっきりと人間とは違うと指摘できるのだが、あたかも人形という生き物が存在するかのようなリアリティがあるのだ。今にも動き出しそうな。今ここで呼吸をしていそうな。そして人形という生き物がいない限り、それは人間への投射を起こさせずにはいられない。

人形の容姿は蝉子とよく似ている。大きいが目尻が締まった眼や、薄い唇の口許なんかがそっくりだ。ただ、蝉子よりどことなく大人びている。蝉子があと五年くらいすればこんなふうになるといった具合だ。だとするとこれは蝉子の姉の松虫がモデルなのだろうか。だとすると自像なのか？　だが、それも変だ。

この人形は作られてからそう経っていないように思われる。経っていてもほんの半年くらいだ。今は亡き姉の遺品となるべき人形が、こんな蔵の奥で埃を被っている。まるでガラクタのように打ち捨てられている。どういうことなのだろう。

珂允は顔だけでなく着物の埃を払ってみた。若竹色の生地はまだ色褪《いろあ》せてなく美しい艶を残している。振袖には一面に白と紅の梅の花が描かれていた。これも蝉子の姉が描いたのだろうか。

その柄が珂允に不思議と安堵感を与えた。この村は服に限らずあらゆるものに赤黄青がどぎつく入り交じった模様が多く、珂允はいつも自分が妙ちきりんな世界に迷い込んでしまった感覚を受けていたからだった。蝉子が見せてくれた振袖も、桜の花なのだろうが、妙な色彩配置で現代の日本人の好みとはかけ離れていた。例えて云うなら、昔は平安神宮や金閣寺に象徴されるような感覚だったのが、今は塗料が剝げ落ちた焦げ茶色の方がしっくりくるようなものだ。

今まではこの閉鎖的な村で独自に発展した色彩文化だと諦めていた。だからこの絵柄を見て、何となく同じ感覚を共有している蟬子の姉に親近感を抱いた。異邦の地で巡り逢った同朋……。

なにせ本来同郷人であるはずの乙骨やメルカトルは、片やぶっきらぼうで、片や明治時代のような西洋かぶれした服を着ているのだ。

だが、その姉はもう死んでいる。今この世にはいない。それを思い出し珂允は寂しくなった。


どのくらい人形を見つめていたことだろう。母屋の方で頭儀たちが帰って来る気配がした。外を見やると空は朱く染まっている。

珂允は慌てて蔵から出ると、母屋に舞い戻った。

幸い頭儀たちには気づかれなかった。というよりそれどころではないらしい。眉間に深い皺を寄せたまま押し黙っている。

話しかけようかどうか迷っていると、頭儀の方から声を掛けてきた。そして人払いを望むように冬日たちに手で示す。冬日と葛は察して部屋を辞去した。蟬子は帰るなり自分の部屋に籠ったままだ。

「それでどうでしたか」

二人きりになり、奇妙な緊張を感じながら珂允は訊ねた。胡座《あぐら》の太腿に肘を突きながら頭儀は「うむ」と唸るように考え込む。

「遠臣君のことはまだ何も？」

「ああ。判っていない……明日、葬儀があるのでまた行かなければならないがね」

「相手も？」

頭儀は無念そうに首を振った。

「今、寄り合いの若い衆が調べているが。ここで人殺しなんて……近頃は物騒になったものだ」

「近頃……？」

その言葉がひっかかる。だがそれ以上は話す気はないようだ。

「僕は家にいたほうがいいのでしょうね」

「そうしてくれると、ありがたい。すまないことだが」

「いいえ。でも蝉子ちゃんは可哀相でしたね」

遠臣の死をその目で確認したためか、戻ってきたときは今朝よりも蒼ざめていた。まるで、自身が不治の病にでも冒されているかのような。蠟燭《ろうそく》の火が今にも消えかけるような。昨日までは艶やかな頰でころころ笑っていたというのに。

そこで頭儀の鋭い視線に気がついた。身が竦むような視線。胸許に刺されたような感触がした。

彼はひときわ声を落とすと、

「そろそろ本当のことを云ってくれないかね。珂允君」

厳しい眼差しだ。

「君はなぜここに来たんだ。ただの彷徨人《さまよいびと》ではないだろう」

「彷徨人かもしれません」

だが今日はそれでは通してくれないようだ。頭儀はゆっくりと首を横に振る。

「わたしにも、立場というものがある。それに君が何を考えているのかを知りたい」

曖昧な答など許さない響きが籠められている。家長の威厳というものか。珂允は思わず背筋を伸ばした。

「……もし嫌だと云えば。ここには置いてもらえないでしょうね」

「この村にはだろうな。遠臣君のことで村中、特に西ではぴりぴりしているからな」

単なる脅しではない。頭儀の顔がそれを物語っている。だが、何となく苦渋に満ちているのは、自分のことを少しは考えてくれているせいかもしれない。おそらく彼は菅平との板挟みになっているのだろう。

そう思うと、申し訳ない気もする。これ以上、好意に甘えることもできなさそうだ。

それに、このままでは埒《らち》が明かない。

ちら、と頭儀に目を遣る。彼は黙ったまま珂允の決断を待っているようだった。

限界か……珂允は諦めると、大きく深呼吸をした。

「……解りました。お話しします」

「そうか」

頭儀が小さく息を吐いたように見えた。

「僕には弟がいました」

「弟？」

「あなた方が庚と呼んでいる男です」

「庚様か。君の弟なのか」一瞬驚いたようだったが、すぐに頭儀は納得したように頷く。

「どことなく感じが似ているので、そうではないかとも思ったが」

「本名は西鈴と云います」

「西鈴……というのかい。だが、庚様はもうこの村にはいないが」

「知っています」

珂允は膝の上の拳を握り締める。この村だけではなく、もうどこにもいないのだ。

その態度に何か察したのか、頭儀は軽く身を乗り出すと、

「珂允君。今、いました、と云わなかったか」

「はい……」

「それは、つまり」

僅かに声が強ばる。珂允は頭儀の眼を見つめながら、

「三ケ月前に殺されました」

「そうか。庚様が、殺された……」

頭儀は肩を落とす。何も知らなかったように……少なくとも珂允にはそう見えた。

「弟の遺品にこの村のことが記されていました。半年間この村にいたことも。それで、この村に来れば、弟の死について何か判るかと思って」

「そういうわけだったのか」

腕を組み頭儀は頷いた。大きく溜息を吐く。

「庚様が……殺された」

呟きを何度も口の中で反芻している。珂允は視界に割り込むように迫り寄ると、

「なぜ、西鈴……いや、庚がこの村から出ていったのか知りませんか」

「いや。突然のことだったからな。それに庚様は東の藤ノ宮の方と関係が深かったから、わたしには何とも。まして、殺された理由などはなおさら判らない」

「そうですね」

今度は珂允が肩を落とす番だった。さほど期待していたわけではないが、はっきり否定されるとやはり落胆はする。

頭儀はその野太い手で、気遣うように珂允の肩を叩いた。

「藤ノ宮に行けば少しは庚様のことが訊けるかもしれないが。……それで、庚様が殺されたのはここに関係あるからなのか」

「判りません。殺されたのは全く別の理由なのかもしれません。でも、弟が半年の間ここにいた理由はあるはずです」

「そうだな。わたしもいろいろ当たってみよう。ただ、それはもう少し待って欲しい。今は遠臣君のことがあるし」

「そうですね」

珂允は奥歯を噛みしめながら頷いた。娘の嫁入り相手が殺されたのである。珂允にとっては西鈴のことの方が重要だが、同様に頭儀にとっては遠臣のことの方が重要なのだ。当然だ。

「それで、ここに置いてもらえますか」

窺うように訊ねる。

「ああ。そう云う理由があるのなら、わたしも頑張ってみるよ。わたし自身は庚様が殺された原因がここになかったと信じたいが」

「…………」

信じたい……頭儀のその言葉がなぜか気にかかった。「信じている」ではなく「信じたい」。些細《ささい》な違いかもしれない。だが、何か心当たりがあるのではないのか。そう思えたのだ。勘繰りすぎなのかもしれない。だが、何かを隠している……そんなニュアンスが頭儀の声の響きの奥にはあったのだ。

だが、それを質《ただ》してもきっと教えてくれないだろう。

「僕も信じたいです」

そう云い残すと、珂允は立ち上がり部屋を出た。

月は雲隠れをしていた。

9

この村では、人を殺した者の手には痣が浮かび上がると云われている。手の甲から前腕にかけて、誰にでもそれと判るような大きな黒緑色の痣が。なんでも人殺しという大罪を犯したがゆえに、大鏡様がその手に印を刻まれるそうである。

一種の奇蹟。殺人者の手に浮かび上がる痣……。つけ火した女が産む子供は赤痣に覆われるといった類の因果譚は珂允も一度ならず耳にしたことはあるが、子供ならいざ知らず、頭儀や他の村人がどこまで本気でそんなことを信じているのかは判らない。が、そう語った頭儀の眼差しは本気で信じているようにも見えた。

もちろんそんな伝承は珂允の側からすると馬鹿げた迷信に過ぎない。だから珂允も聞いたときは一瞬呆気にとられたが、すぐに思い直した。中世イタリアでも、ガリレイ以外の科学者や知識人は大地が動いていることなど考えもしなかったのだ。それから考えれば、この村には歴とした神が存在する以上、それに付随する神の御業《みわざ》が当然のごとく信じられていたとしても何ら不思議ではない。そして、そのタブーを信じているがゆえに六十四年の長きに亘《わた》って殺人が起きなかったともいえるのだ。

だが、その大鏡の名の下の強力なタブーも、六十四年前に破られたのと同様、今回も犯されてしまった。


遠臣の殺人事件から三日が過ぎた。村人を刺激しないようにと外出を控えていた珂允は、無駄な時間の経過を眺めながら、髀肉《ひにく》の嘆《たん》を託《かこ》っている。

雨空が続く中、遠臣の葬儀は恙《つつが》なく行なわれた様子である。珂允が馬鹿にしたせいかどうかは知らないが、葬儀の日には湿っぽい雨が一日中降り続いていた。雨は止むことなく、乾燥気味だった大地に潤いを与え続けている。

頭儀は葬儀の準備と後始末で家を空けることが多かった。実際の捜査にしろ大鏡の痣にしろ、まだ犯人が判明していないことは、苛立つような憔悴《しょうすい》したような頭儀の顔を見れば判る。それは頭儀だけでなく冬日や蟬子、その他の千本家の人も同じだった。

珂允は窺い知ることは出来なかったが、おそらく、西の村人のほとんどがそうだろう。昼頃になるといつもは聞こえてきた子供の騒ぎ声も、この三日の間は廃村と化したかのように静かなものだ。

頭儀は以前と変わらない態度で珂允に接している。自分が両鈴＝庚の兄であること、その庚が殺されたことを誰かに話したのかどうかは判らない。珂允のほうも敢えて訊かなかった。その意味では下駄を預けた恰好になっている。

蝉子は依然、以前の無邪気なまでの明るさを取り戻していない。大地から抜き取られた野菜が萎《しな》びていくように、むしろ二日、三日と経るに従い、その憔悴の度合いは増していくようだった。家にいる間は、琴を爪弾くことも、てぃがと戯れることもなく、ただぼうっと戸を閉め切った暗い自室に籠っている。まるで蔵の中のあの人形のように。

「庭を散歩しないかい」

久しぶりの晴天に珂允は誘ってみた。が、蝉子は墨色に沈んだ瞳で悲しげに首を振るだけだった。

「少しは陽を浴びた方がいい」

薄暗い光の加減なのか、どことなく色艶が失せ、痩せ細った感じがする。その華奢な身体は触れれば壊れそうに思えた。

「ありがとう。もう少し元気が出たら」

考えてみれば葬儀からまだ二日しか経っていない。珂允にとっては長い三日間だったが、蝉子にとってはまだ三日なのだ。珂允はそれ以上声をかけることを諦めた。

「元気を出すようにね」

何の慰みにも励ましにもならない言葉を投げかけて部屋を出ると、外には篤郎が立っていた。

「お嬢さんに何の用だったんだ」

苛立ちを隠せないように肩をつり上げながら、珂允の前に立ちはだかる。きゅと廊下が軋んだ。

「様子を見に来ただけだよ」

そう云って珂允は篤郎を無造作に手で押しやると、そのまま廊下を進もうとした。篤郎の無骨な手が伸び、珂允の肩口に触れる。

「お嬢さんに近づくな。余計なことでこれ以上悲しませたくない」

何が余計だ。珂允はひとり毒づく。

「お前こそ、蟬子ちゃんに気があるなら何とかするんだな」

「あんたに云われなくても……」

「わかってるのなら、何とかしろ」

その手を邪慳《じゃけん》に振り払うと、珂允はそのまま部屋に戻る。そのあと篤郎がどうしたかは見なかったし、見る気もなかった。

その夜、珂允は蔵へと向かっていた。千本の家は今や、シベリアの強制収容所にでも建っているかのように暗くよそよそしい。嵐が村を襲い、そして安らぎを奪い去った。それは逗留している他所者の珂允にとっても同様だ。理由は異なるにせよ。

そんな珂允に唯一慰めを与えたのが蔵の人形だった。珂允はあの人形に惹かれていた。昼間、部屋でごろごろと寝ている代わりに、夜になると蠟燭片手に屋敷を抜け出し、蔵の二階で安らぎのひとときを過ごす。

長持が積み上げられ区切られた、狭く埃っぽい一画。階下が透けて見える、古びてしなりやすくなった剝き出しの床板。低い天井。僅かに光を伝える格子窓。結核を病んだ者が押し込められた座敷牢のような空間に、その人形は何物にも染まらず凜《りん》と存在している。

人形は語りかけない。黄橙色の薄明かりの下、ただ凍った眼差しを珂允に向けているだけだ。濡れ羽色した艶やかな瞳で。

だが、蟬子の澱んだ瞳《め》。篤郎の苛立ちの眼。頭儀の物語らない眼。使用人たちの不審の目。それぞれの心を映す射るような視線に取り囲まれた中で、唯一この瞳だけを珂允は見つめ返すことが出来た。

珂允は隣に腰を下ろして、その白雪のような顔を見つめていた。夕刻からしとしとと雨が降っている。瓦葺きの天井にも粘着質な雨音が響いている。あたかも無用な雑音を消し去り、二人だけの静寂を築いてくれるかのように。

蔵の中は閉じた唯一の場であり、そこには自分とこの人形しかいない。スタティックな人形は何も語らないが、同時に想いを全て受け入れてくれる。そして自分の犯した諸々《もろもろ》の罪さえも赦してくれる気がしたのだ。桎梏《しっこく》から解き放ってくれる気が。

二人だけの静寂。安らぎの時間。湿り気を含んだ夜気が互いの頬を撫でる。艶やかな黒髪が揺れ、目の前をちらりと掠める。蠟燭の揺らぎが刻々と人形の表情を変化させる。薄く微笑み、少し翳り、怒ったように頰を膨らませ、また朱の口許を綻ばせるという具合に。それは動かないはずの人形に灯が命を宿らせているかのようだった。

「なあ」と呼びかければ、「なに?」と振り返り答えてくれるような。

錯覚なのは自分でも解っている。だがその表面だけの幻影を通して、美しい人形の造作を通して、その向こうにある松虫本人が視える。今は亡き松虫。弟は彼女を知っていたかもしれない。血肉の通った人間である彼女を。だが今の自分は逢うことは出来ない。見えるのはただ残された魂のみ。身体は遠い世界に漂ってしまった。だが人形に残されたそれですら自分を惹きつける。

いま手にしている蠟燭が、生命を吹き込む魔法の灯火ならばどんなによかったことか。いま降っている雨が、全ての命に恵みをもたらす慈雨ならどんなによかったことか。

　珂允はおずおずと人形の手に触れてみた。柔らかい感触。ゆっくりと握り返してくれるような幻想。珂允は指と指とを絡み合わせるように、強く握った。

　だが次の瞬間、奥歯を嚙みしめながら手を離す。彼女の手は冷たかった。まるで木で出来ているかのように。

＊

「菅平の長が君に会いたいと云っている」

　翌昼、頭儀が部屋に入って来るなりそう口にした。

　鼠色の厚い雲が割れ、空に晴れ間が広がり始めた頃だった。

「長が」

　突然のことに珂允は思わず声を上ずらせながら「本当ですか」と確認した。すると頭儀は首を僅かに傾け「ああ」と頷く。

「あの件を長に話したところ、いたく同情されてな。それで、今日にもということだ」

「今日これからですか」

　幸運な驚きの中、ちらと不安が頭を掠める。今すぐなんて、心の準備が出来ていない。薪能の夜の老人の顔が思い浮かぶ。狡猾そうな表情。頭儀は同情したと云っているが、本当にそうなのだろうか。何か別の興味を抱いたのでは。

「どうした」

口を噤んでしまったのを見て、頭儀は不思議そうに訊ねる。

「今日は無理なのか」

「いえ、そんなことはありません」

即座に珂允は返答した。こんなチャンスをみすみす逃すことは出来ない。一週間待ったのだ。この前は邪魔者のせいで機を逸してしまったが、それが思いがけなく早くに二度目が来た。そして三度目がある保証はない。

「それならもう少ししたら出かけることにしよう。わたしも平服に着替えてくる」

頭儀たちはここ四日間、外出の時にはいつも近衛のような白装束を身に纏《まと》っていた。近衛と異なるのは、括緒が緑ではなく黒色であることだけだ。どうもこれがこの村の喪服のようだった。

「わたしには何とも云えないが、君の悩みが解消されたらいいんだがね」

去り際、頭儀は珂允の手を見つめながら優しくそうつけ加えた。それが少し気になった。

大鏡の宮に北上する街道の途中で西に折れ、建ち並ぶ集落を抜ける。その突き当たった山裾の森を分け入ったところに菅平の屋敷があった。頭儀の話だと、山には山人以外は立ち入ることを赦されていないのだが、東西両村の長である藤ノ宮家と菅平家だけは、その山の麓に居を構える特権を与えられているという。ただ両家にしても、それ以上は山に入ることを禁じられているらしいが。

千本の家もかなりの大きさだと思ったのだが、蝉子が羨ましがるとおり、比べ物にならない大きさだった。大鬼でも通れるような瓦葺きの唐門《からもん》からは、森が邪魔をして屋敷は見えない。ただ敷石が続いているだけだ。

薄暗い緩やかな坂を、木洩れ日を頼りに上っていく。昨日までの雨粒が、葉に艶やかさを与え、またざわめきを吸収している。奥の院を思わせる静けさ。もともと静かで長閑な村だが、ここには大鏡の宮への参道と同様、内省を迫らせる効果を与えるような静けさが盈《み》ちていた。

その効果は珂允にも覿面《てきめん》で、一度は隅に追いやったはずの不安が再び鎌首をもたげてきた。

十分ほど歩いて辿り着いた屋敷――いや御殿と云うべきか――は、門構えに恥じないものであったが、規模に反して装飾に関しては意外と質素な印象を受けた。この村の文化的なものなのだろうか。それでも大鏡の宮よりも驕奢《きようしや》である。この山斜面でこんな屋敷を創る労力は、この村の技術レヴェルを考えると凄まじいものがある。

俗世の長ゆえに出来る最高の贅沢であり、象徴なのだろう。

表玄関には下まで黒い簾《すだれ》が掛けられている。これは喪中の家に掛けるものだと頭儀が説明してくれた。

喪中ゆえか、がらんとしてどことなく湿っぽい屋敷。四十くらいだろうか、喪服姿の下女が現われる。そして「こちらでございます」と長い廊下を先導した。

きゅきゅと足袋と床板の擦《こす》れる音がいやに響く。段違いの窓から障子を透かして洩れ入る陽光が、ぼうっとその周囲を照らす。意外と天井が低い。縁に草が軽く彫り入れられた柱ごとに般若や小面の面が一面ずつ掛けられている。無表情な面一つ一つの眼から、監視されているような印象を受ける。その閉塞感が珂允の緊張を更に煽《あお》る。

頭儀は珂允の背後を歩いているが、終始無言だ。ただ跫音だけが聞こえてくる。彼も緊張しているのだろうか。珂允は一つ唾を呑み込んだ。

いったいいくつの部屋を通り過ぎていっただろうか。四段ほどの階段を上ったところで廊下は終わり庭に出た。アーチ状の渡殿《わたどの》を通って、離れの部屋の前で下女は膝をついた。

「お客様がお見えになりました」

中から「入りなさい」と声が聞こえてくる。芹槻の声だ。

障子戸が開かれ「失礼します」と珂允は中に入った。十畳ほどの広々とした和室。青々しい藺草の匂いが珂允の鼻を刺激する。

山水画が掛けられ、青磁の壺が据えられた床の間。その前に、白装束の芹槻がちょこんと座っていた。部屋が広いせいか、あの夜に見たときよりも更に小さく感じられる。だがあの威圧感のある顔はそのままだ。

「頭儀様は別室でお待ち下さい」

背後で下女の声がし、障子戸が閉じられた。はっと振り返るが、すでに頭儀の姿はない。予め珂允一人だけを通すように云いつけられていたようだ。

呆然と閉じられた障子を見ていると、

「ようこそ、いらっしゃった」

静かな声で芹槻はそう云った。

「立っていてもなんだろうから、まあ座りなさい」

芹槻の前には海松《みる》色の座布団が一枚だけ敷かれている。

覚悟を決めて、珂允は芹槻の前に座った。慎重に。

「足を崩して構わんよ」

見透かすように芹槻は微笑む。老人の視線はいかにも胡散臭かった。

その時、別の若い下女が盆に茶と茶請けを載せて入ってきた。珂允も湯呑みを受け取る。芳しい緑茶の香りが漂ってきた。

コンと添水《そうず》の軽い響きがする。音のする方向に目を遣ると、開け放たれた障子の向こう側に白砂が敷きつめられた庭園が広がっていた。

「いい眺めだろう」

脂《やに》た歯をちらつかせながら芹槻は云う。老人が誇るようにそれは立派なものだった。陽を浴びて濃緑に輝く林に囲まれた、三十坪ほどの庭園。繊細なグラデーションがつけられた白砂の海のただ中には、無骨な花崗岩が浮き島のように聳えている。その奥には腰が幾重にも折れた松が伸びており、周囲を覆うように枝を伸ばしている。斜め奥から小さな滝となり落ちてくる湧き水は、細い線となって海原をうねりながら右側の蓮の浮かんだ池に流れ込んでいる。その池の中央には苔で覆われた一平米ほどの小島が浮かんでおり、小島まではしゃれた出橋が架けられている。珂允の注意を喚起した添水は、滝の脇に据えられていた。

まるで京都の観光地にでも来たような瀟灑な眺めだ。出橋のどぎつい緑を除けば。

ただ一つ不思議に思われたのは、かつて海を恋した平安の貴族や僧侶たちは、白砂を海に、簀子《すのこ》を舟に見立てて風雅を楽しんだと云われているが、外世界を知らないはずの彼らに海の概念があるのだろうかということだった。それとも単に形而上的な伝統なのだろうか。

「わしの宝だよ」

　老人は頬を緩ませる。

「ここまでするには五年かかった。庭自体は半年で出来上がったんだが……あの石だよ。あれに苦労した。大鏡様から賜るまでにな。山の石にわしらは勝手に手を触れられんからな」

「素晴らしいです」

　珂允は素直に相槌《あいづち》を打った。ただ、こんな箱庭で毎日を過ごしていたら、深層にどんなものが蓄積されていくのだろうかと少し不安には感じたが。

「ただ、左側にもう一つ石があればいいと思うんだがな。池と釣り合いを保つために。どう思う」

「さあ、わたしにはなんとも」

　欲を云えば切りがない。そう思ったが黙っていた。この手の老人は常に愚痴らなければ気が済まないのだ。

　珂允の反応に芹槻は不満げな表情をちらと見せたが、やがて小箱からキセルを取り出し旨そうにひと吸いすると、

「話は全て頭儀から聞いたよ」

　いよいよ正念場だな。珂允は位負けせぬよう老人を見据えた。

「そう云われれば、似ていなくもない」

壺でも鑑定するかのように目を細める。嫌らしい目だ。

「そうですか」

珂允は感情を抑制した声でそう答える。この言葉が一番嫌いだった。もう似ていないはずなのに……。

「それで、庚様が殺されなさったというのは本当なのかい」

「本当です。それに下手人はまだ判っていません」

頭儀と同じように芹槻もふむと頷く。ただその表情にはどこか人工的なものが感じられた。

「惜しい人を亡くしたものだ。それであんたはその原因がここにあるんじゃないかと思って来たわけか。もしかするとわしらの誰かが庚様を殺したんじゃないかと思って」

「いえ、そう云うわけでもないんです」

「取り繕わんでも構わんよ。この村に人殺しなどという重罪を犯す奴がいるのは確かだからな」

遠臣のことだろう。雰囲気に呑まれまいと必死になっていたので忘れていたが、四日前に孫を殺されたばかりなのだ。一瞬老人の顔に翳が走る。だがそれはすぐに奥深い皺襞《しわひだ》に隠されてしまった。

「頭儀さんにも云いましたが、弟がこの村で何を求めていたのか。そしてどうして去ったのか、それを知りたかったのです」

「つまり足跡を追い求めているということか」

　珂允は頷いた。

「それで、庚様はあんたにこの村のことを話していたのかい」

「いえ何も。遺品で知りました」

「そうか。……それであんたはそれを知ってどうするつもりなんだ」

「判りません。どうしたいのか自分でも。ただ知りたいのです」

　そう云いながら珂允は胸の中で自問していた。どうして知りたいのだ、と。西鈴を羨ましく思い、憧れていたからか。それとも妻を盗ったくせに、身勝手に死んでしまった恨みからか。それとも……。いくらでも説明がつきそうでもあり、逆にどれも本当らしく思えない。

「庚様は穏やかな人だった」老人は何年も前のことを語るかのように呟いた。「東ではみなに慕われていたようだ。藤ノ宮のところと関係が深かったからな。それに大鏡様の覚えもめでたかったようだ」

　昔から西鈴は人気があった。珂允が百人束になっても敵《かな》わないくらいに。それはこの村でも同じことだったようだ。何しろ神様にまで好かれていたくらいなのだ。

ただそれを改めて聞かされると、やはり複雑な想いがした。だが、そんなことはお構いなしに老人は賛辞を連ねる。

「どのような身の者とも親しく接していらしたし、西の者ともな。普通、東の出の近衛様は何となく西の者にはとっつきが悪い気がするものだが、庚様だけは別だった。西でも悪く云う者はそうなかった」

そこで芹槻は一旦区切った。息つぎをするかのようにキセルをふかすと、

「ただ、わしはあまり親しくなかったがね。東の方というのもあるが、既に聞いているとは思うが、孫とのことがあったしな」

近衛の選抜で西鈴が遠臣に勝利した。それは遠臣だけではなく菅平家にとっても仇なのだ。その兄がいま目の前に座っている。西鈴が殺された報を聞きながら。そして同じ座を争った遠臣もまた殺された。この老人はどういう気持ちで珂允をここに招いたのだろう。

その時、珂允の脳裏を過るものがあった。今まで遠臣の死は自分とは何の関係もない、この村の出来事だとずっと思っていた。だが、同じ時期に争った二人がともに殺されているのだ。これが偶然なのだろうか。

西鈴の死は、本当にこの村と関係あるのではないか……それまでは半信半疑だったが、初めて強く確信するようになった。

「どうやらあんたも同じことに気づいたらしいな」

遮るように芹槻の声。はっと顔を上げる。皺ばんだ瞼に覆われた鋭い視線が、じっと珂允を見据えていた。枝の葉の影がその顔を不気味に撫でる。

「まさか……」

「それはわしにも解らん。ただあんたの言葉が本当なら、関係があるかもしれん。庚様は近衛様同士の対立があってお去りになったと噂で聞いたことがあるが。いくらわしとても大鏡様の宮で何が行なわれているか、詳しいことまでは判らないのでな」

宮の連中を疑っているのだろうか。珂允は正確な表情を覗き見ようとしたがそれは無駄に終わった。

「そのためにわたしを呼んだのですか」

芹槻は明確には答えなかった。ただ、その態度が肯定を強く表わしていた。

「遠臣さんと弟が近衛の座を争ったとき、何かあったのですか」

「いや」と首を振る。「近衛様には遠臣が決まるものだとわしらは信じていた。他に有力な候補者はいなかったからな。だから庚様が選ばれたときは驚いたものだった。突然のことだった。その時は庚様が何者であるかすら、よく判っていなかった。ただ東に外人がまた訪れたということ以外にはな」

一息吐くためか、添水の響きにあわせるように芹槻は茶で口を湿らせた。

「あとで、大鏡様直々のご指名があったと聞かされたが」

「大鏡様が直々に」

「ああ、持統院様も御存知ではなかったらしく、驚かれていた。そういうことだから、もちろん近衛様たちも知らなかっただろう。また、庚様は大鏡様にいたく気に入られていたらしい。だから宮の中で何かあったのではないかと勘繰ることは出来る」

単に勘繰るだけでなくほとんどが事実なのだろう。西の長ともなれば、特に親しい近衛が一人二人いてもおかしくない。

「でもそれだけでは、」

珂允の言葉を遮るように、目の前の老人は続ける。

「それに、これはあんたは知らないかもしれないが——なにせ、誰も云いたがらないだろうからな——もう一つ気に掛かることがある」

「もう一つ？」

すると芹槻はさっきよりも低くゆっくりとした語り口調で、

「ああ、実はこの村には半年ほど前に自殺しおった奴がいる」

「自殺？」

「ああ。死んだのは南の野長瀬という男なんだが、錬金術とか云う金を創ることばかり考えていた奴だった」

この村で錬金術などという言葉を聞くとは思いもしなかった。だが前近代的なこの村にはむしろ相応しいかもしれない。

「金は大鏡様の池でのみ採れるものなのだが、その金を勝手に創ろうとするのは大鏡様を愚弄しているのと同じことだ。それに、大地の奥で創られる金を薬や器具を使って人が創り出そうと云うのは自然の理、天の理にも反している。つまり大鏡様の理にな。何度も村の者が止めさせようとしたのだが、一向に耳を貸す気配はなかった」

「つまり鼻抓《はなつま》み者だったわけですか」

「そうだ。特にここ一、二年は、大鏡様に従わない態度を隠そうとはしなかった。おまけによく家を空けていた。そのため金創りに使う薬を取りに山に入っていたと噂する者もいる」

重大な禁則破り。しかしこの村にもそんな奴がいるのだな……それは新鮮な驚きだった。陰でする人殺しと違い、表立って異を唱える者が。

「自殺の原因は」

「その金創りが上手くいかなかったから、だと云われている。奴は十何年もそれに没頭し続けていたのだが、結局金を創ることは出来なかった。当然のことだが」

「でも、そんな村八分の男が自殺したことが、どう関係するのですか」

芹槻は珂允を見つめると、

「野長瀬は半年前の雪の降った朝に腹を刺して死んだ。その死体を発見したのが、庚様なんだ」

「弟が……」

思わず訊き返す。意外なところで弟の名前が出てきた。

「庚様は野長瀬に大鏡様を敬うよう説得に当たっていた。そのために三月ばかり何度も足を運んでおられた。あの朝もまた、改心を促そうと野長瀬の家に行かれたんだ。……そして孫が翼賛会を創っていることは聞いているだろうが、遠臣も野長瀬のところに信心を勧めに行っていた。自殺した前日の夕刻にも奴の家に行っていた」

つまり二人とも自殺した男の改心を促していたということか。新たな繋がりだ。その上自殺した前後に、この二人は交互に野長瀬を訪れている。

「二人協力して改心を迫っていたのですか」

「いや、」と老人は少し恥ずかしげに首を振る。「遠臣はあの件以来、庚様にあまり良い感情を抱いておらんかったからな。まぁ詮のないことだろうが。それに遠臣の方がやり口が少々荒かったから、穏やかに改心を説こうとする庚様と云い争いになったこともあったらしい」

　珂允の許に怒鳴り込んだときのようにだろうか。だが相手は大鏡の近衛だ。遠臣としても感情を抑えなければならなかっただろう。ああ云う直情型にとっては、かなり忿懣やる方なかったことと思われる。

「半年前というと、弟がここを去ったのはそのすぐあとということですか」

　帰ってきてから笑顔を見せなくなった西鈴。弟の沈んだ顔を思い浮かべながら珂允は訊ねた。

「十日ほどあとのことだった。奴を説得できずに自殺させてしまったことが庚様には重い枷《かせ》となったのだろう。あの事件のあとは村にも出ず、宮でもほとんど誰とも口をきかなかったと聞いておる。ただ中には、庚様が何か関わっておられたんじゃないか、と陰で云う奴もいた」

「お孫さんですか」

「残念ながらあいつもその一人だった」

　寂しそうに頷く老人。

「その……自殺ということは間違いないのですか。もしかすると」

「人殺しが起こった今となっては疑うのは仕方のないことだろうが、自殺なのは間違いはない。いくら野長瀬が大鏡様に反抗的であっても、わしらが勝手に人を裁くことは出来ない。衆民の褒罰は全て宮様が執り行なうことになっておるからの。そして当の宮様は、庚様を通して説得なされていた。殺されるような時期ではなかった」

もし宮の決定が下れば、合法的な殺人——処刑——もあり得たということだろうか。不敬罪で。だが、遠臣なら先走って私刑をしかねないのではないか……そんな疑問が浮かぶ。だが、老人は制するように、

「それに野長瀬は自分の家の実験室と呼んでおった部屋で冷たくなっていたのだが、その様子から夜中に死んだらしいというのが判った。最初は、もしかすると殺されたのかとも思われたんだが、野長瀬の家の周囲には雪が積もっており、出入りした足跡は庚様のもの以外には見当たらなかった。庚様は朝に宮を出ているのでその足跡は朝につけられたものだ。そして雪は前日の日の入り後には既に降り止んでいた」

「つまりその男が死んだ夜は、誰も家に出入り出来なかったと」

「そういうことだ。ただ、奴は自殺したのではない、大鏡様が天から罰を給わられたのだ……そう信じている者もいることにはいるが」

天罰。馬鹿馬鹿しいと思いはしたが、この地ではそう考えることは何ら異常ではないのかもしれない。

「野長瀬は自殺だったと考えている。ただその原因がもしかすると他にあったのかもしれん」

「それが理由で、弟とお孫さんが殺されたと」

「そこまでは解らん。遠臣と庚様の接点はいま話したように二つある。大鏡様が遠臣ではなく庚様を選んだこと。遠臣が改心を迫っていた野長瀬のところに庚様をやらせたこと。偶然かもしれん。どちらも関係ない出来事なのかもしれん。……わしらには大鏡様がどういう御心なのか見当もつかない。直接お訊きすることも出来ないでな」

癇癪《かんしゃく》とまではいかないまでも、苛立ちを隠せない表情。西地区の長としての権力者も、こと宮に関しては蚊帳《かや》の外なのが口惜しい素振りだ。もちろん、孫までも殺されてしまったことが、それに大きな拍車を掛けているだろうが。

しかしこの老人はなぜ、自分にそんなことを教えてくれるのだろうか。単なる親切や、愚痴を云っているだけとも思えない。その答を得ようと、珂允がじっと待っていると、老人は、

「わしは宮のことには口出しできん。だが、あんたを持統院様に紹介することは出来る。この前は鴉騒ぎで御破算になってしまったが、あんたの事情を訊けば持統院様もお逢いになってくれるだろう」

「本当ですか」

「ああ。薪能の再演の準備とかでしばらくは忙しいかもしれんが」

大鏡様は外人をお好みかもしれない。頭儀もそう洩らしていた。おそらく、芹槻もまた同じ疑念を抱いているのだろう。それで自分を使って……。

「宮に行って、探ってこいと」

「そこまでは云っておらん」

老人は明らかに言質《げんち》を取られるのを嫌がるように首を振った。

「ただ、わしは大鏡様の御心が知りたいだけだ」

そして珂允の返答を待つように口をきつく結ぶ。おそらく薪能の日に珂允を紹介しようとしたのは、上手くいけば庚のように近衛に取り立てられるかもしれず、それによってパイプを増やせるといった、単純な気持ちだけだったのだろう。だが遠臣が殺されたことにより事情は切迫し、自分の重みが増したということか。

老人のあの夜との表情の違いが、それを物語っている。

「弟はどうして近衛様になったのでしょうか」

返答する前に珂允は訊ねてみた。芹槻は少し意表を突かれた顔をしたが、

「村の者は誰しも近衛様になりたいと思っている。大鏡様にお仕えできるんだからな」

「でも、弟は他所者です」

「他所者でも救いを求めていることには変わりあるまい」

近衛の篁雪も弟は救いを求めていると云っていた。

「救いはあったのでしょうか」

「あっただろう。大鏡様の素晴らしさの前ではな」

その腹を探りたがっている男の言葉とも思えないが、それ以上訊ねることは止めた。自分で確かめるしかない気がしたのだ。

珂允はひとつ間を措くと、背筋を伸ばし先ほどの返事をした。

「わかりました。僕も弟のことが知りたいですから」

老人は明らかに相好を崩す。

「そうか。そう云ってくれることを望んでいた。なら明日にでも話を通しておこう」

「お願いします」

珂允は儀礼的に頭を下げた。

「それと、ここでのことは内緒にしてもらいたい。頭儀にもな」

頭上を命令口調が通り過ぎていく。

「判っています」

「お互いいい結果になればいいんだがね」

まるで抜け荷の商談でもしているかの気分に少しなった。ただ、芹槻の目的とは異なろうが、こちらにとっても接近は必要なのだ。珂允は「そうですね」と調子を合わせた。

老人は満足げに頷くと、立ち上がって庭の方へ歩いていった。和式庭園は雲で陽が翳ったために、ソフトフォーカスがかかったようにぼんやりしている。

「影になると美しくなくていかん」

そう呟き、障子を閉める。途端に部屋の明度が下がり、薄暗くなる。

「あんたがわしのことをどう思っているかは知らんが、可愛い孫の敵を討ちたいんだよ」

「わかります」

「それならいいんだがね」

「……一つ伺いたいんですが」

「なんだね」

芹槻は振り返る。

「ここでは人を殺すと手に痣が浮かぶと聞きましたが本当でしょうか」

恐る恐るといった感じで珂允は訊ねてみると、老人は「そうだ」と小さく頷いた。そして訝《いぶか》しげな表情の珂允に向かって、

「人殺しには大鏡様が罰をお落としになる。外のあんたには信じ難いことかもしれんが、そ

れは本当のことなのだ。わしも一度目にしたことがあるからな」

「六十四年前のことですか」

「あれはわしがまだ子供の頃だった。酒に酔って仲間を殴り殺した男がいた。その時は誰が下手人なのか判らなかったが、十日後そいつの手に痣が顕《あら》われてきた。手の甲から前腕にかけて、大きな醜い痣だったよ。それで誰もがその男が下手人だと判ったんだ。大鏡様のお教えどおりに罰が下されたんだよ」

奇蹟の生き証人は重々しく語りかける。その表情は、狡猾だという予断を差し引いても、嘘をついているようには見え難かった。しかし珂允の経験など目の前の老人の長い蓄積に比べたらゴミ程度のものなのだ。

「それなら、どうして躍起になって捜索するのですか。お孫さんを殺した犯人も痣が出れば判るというのに」

頭儀にその話を聞いたときから疑問に思っていたことだった。いわば天の声が犯人を指し示すのなら、じっと痣が顕われるのを待てばいいのではないかと。こんな簡便な手段は他にない。

だが現実には村人たちは捜査をしている。やはり、それは単なる云い伝えで、誰も本心ではそこまで（大鏡様の威光を）信じていないからではないのか。それとも人事を尽くして天命を待つとでも云うのだろうか。まさか捜査というのが村人一人一人の手を見て回るだけではないだろう。頭儀や芹槻が力説すればするほど、そのギャップがあからさまに映る。

だが、芹槻の答は違っていた。

「痣はいつできるか解らんからな。あの時のように十日後かもしれんし、一月後かもしれん。半年後かもしれん。もし庚様を殺したのがここの者だったとすると、三月経ったあとも痣はまだ誰にも顕われていないからな。時期まではわしらには解らんのだ。いずれ孫を殺した奴にも痣は浮かび上がるだろう。だがわしらはただそれを待っているわけにもいかん。その間に下手人が逃げ出さんとは限らんからな。人殺しまでする奴だ。禁を犯し山に入って、ここを出て行くことなど何とも思わないだろう」

タイムラグを埋めるように、捜査をしていると云うことか。なら直接大鏡に訊けば。

「その前に大鏡様が下手人を教えてくれないわけですか」

全知全能の大鏡様なら、痣をつけるだけではなくデルポイの神託のごとく犯人を指摘すれば、ことはより簡単なはずだ。すると老人は少し苛立つように首を振った。

「わしらの間で起きたことは、結局はわしらが解決しなければならない。罪の重さを決めるのは宮様であっても、それを問うのはわしらだからだ。下手人は誰かというのを知りたいというのは、いわば個人的な願望に過ぎない。それゆえ直々に大鏡様がわしらに下手人をお教え下さることはない。大鏡様のお力はここをお護り下さることに費やされているのだからな。ただ、人を殺すこと自体は大鏡様のお教えそのものに背くことだ。最も重大な禁にな。だから禁を犯した者には罰が下る。人殺しの刻印が手にな」

「つまり、手に痣がつけられるのは禁を犯したからであり、下手人を知らせるためではないと」

「そういうことだ」

「なら、もし下手人にいつまで経っても痣が出来なかったならどうなるんですか」

「そんなことはあり得ない」芹槻は強く云い切った。まるで自分が侮辱されたかのように。

「その時はわしらの捜索が間違っているのだ」

かつて奇蹟を目にした老人は、それ以外は考えられないというふうに目を閉じる。頑なな信仰心に、とりあえず珂允は敬意を払った。

「もう一つ伺いたいのですが」

「まだあるのか」

そろそろうんざりしてきた、といった顔を見せる。

「その野長瀬という人の家はどこにあるのですか」

「行ってみるのかね」

「はい、もし関係があるのなら」

「そうだな。ただ、あまり目立たんようにな。衆の中にはあんたが遠臣を殺したんじゃないかと勘繰っている奴もいるからな。もちろんわしは信じとるが」

「どうしてですか？」

珂允は敢えて訊ね返した。老人の話を聞いているうちに、遠臣が近衛選の恨みで两鈴を殺したと（自分が勘違いして）それで遠臣を殺したという解釈も成り立つのではと、先ほどから危惧していたのだ。

「聞いていたよりも思慮深い者だということが判ったからだよ」

曖昧な答。その言葉をどこまで当てにしていいかは解らなかったが、今のところは信用しておくことにした。

「野長瀬の方は、図を描かせてあとで誰かに届けさせよう」

「ありがとうございます。あと、さっき南の野長瀬と云いましたが、〝南〟という地区があるのですか」

西と東の地区があり、北は大鏡宮なのだから南があっても不思議ではない。でも今まで一度も耳にしなかった。すると老人は失言とばかりに、一瞬顔を曇らせた。

「昔は下流の辺りは南と呼ばれていたんだが。その時の癖が出たようだな。今はもうなくなって西と東になっているが」

「どうしてですか」

「それは関係のないことだよ」

軽く訊いたつもりなのだが、老人の反応は思いの外に強かった。何かあるのだろう、とは思ったがここで刺激しても始まらない。とりあえず珂允は引き下がった。

「期待しているよ」

老人は一番嫌悪感を催す笑みを満面に浮かべる。珂允は何とかそれに耐えながら、部屋を辞した。

緊張が解け、どっと疲れが肩に押し寄せる。だが、何とか光明——それも大きな——が見出せたのだ。あとはいかに突破するかだった。

*

帰り道、頭儀はどうだったと一度訊ねたのみで、珂允が曖昧な返事をすると、それ以上は口にしなかった。

宮と西鈴の関係。そして遠臣。野長瀬という男の死。芹槻の提案。それらがまだ脳細胞の中で糸を引きながら駆け回っている。そんな状況での彼の沈黙は至極ありがたい。

おそらく頭儀としてもある程度察しているのだろうが、それゆえか、父親のようにただ黙ったまま前を歩いていく。

この人に助けられて本当によかった……珂允は心から感謝した。

10

　せっかくの晴れた日だというのに、橘花は土間で籠《かご》編みの仕事をさせられていた。これから秋にかけて採れる農作物を入れておくための籠だ。兄さんが伊根《いね》の小長から貰《もら》ってきた竹を割り、それを橘花が小鉈《こなた》で薄く均等に削ぎ落としていく。力は要らないが集中力を使う作業だった。気を抜くと、過って手を傷つけてしまう。既に橘花は左手に三つほど傷を作っていた。薄く削ぎ落とした竹を編むのは母さんだが、今日は働きに出て家にいない。夜に編み上げるのだ。交互にきちんと重ね合わせ、しなりを結わえて懐の深い籠に編み上げるのは、こつが要り、兄さんや橘花ではまだ上手くできない。

　隣で竹を割る兄さんの監視の下、その作業を朝からやらされている。そのおかげで、せっかく訊ねてきた朝萩にもほとんど話すこともできずに帰ってもらった。昨日まで雨で、啄ちゃんたちとはずっと逢えなかったというのに。だから遠臣殺しの捜査がどうなっているのか判らない。朝萩は今日啄ちゃんと逢って作戦を練ると云っていたけど。

当然、橘花も一緒に下手人捜しをしたかった。でも脇で兄さんの怖い目が光っている。

「判ってるのか。竹はこれだけしかないんだから、もっと気を入れてやれ」

ちょっとでも不揃いに削ごうものなら、すぐ兄さんの叱咤が飛ぶ。でも、初めて挑戦するのにそう上手に出来るはずもない。でもそう云ったところで、今まで怠けていたお前が悪いんだ、と遣り込められるのは目に見えている。

最近、兄さんは少し怒りっぽい。少し異常じゃないかと思えるほどに。鴉のせいで、野菜の出来がひどいことが原因みたいだけど、なにかと自分を目の敵にするように文句を云う。今日も朝萩と例の事件でちょっとの時間話し込んでいただけで、まるでずっと怠けていたかのように怒鳴りだした。

昨日は「畑のものが採れないのは兄さんが怒りっぽいから罰が下ったんだよ」と冗談を口にしただけで、真っ赤になって殴られそうになった。母さんが止めに入ったので、何とか殴られずには済んだけど。

はっきり云って八つ当たりじゃないかと思う。でも正面切って口答えすればまたどやされるだけだ。

溜息を吐いて削いだ竹を脇に置こうとしたとき、ささくれが指に刺さった。

「いたっ」

思わず指を押さえる。見るとぷくっと小さい血玉が浮き出ていた。でも兄さんは、なにやってるんだ、といった馬鹿にするような表情で橘花をちらっと見るだけ。そしてまた黙々と竹を割り始める。さっき過って手の甲を傷つけたときもそうだった。

何か悲しい。母さんなら「大丈夫なの」と心配げに近寄ってきて、指を舐めてくれることだろう。

橘花は指を押さえながら窓の外を見上げた。雲ひとつない澄んだ大空が広がっている。あの空の下、原っぱで思いっきり寝転がったら気持ちいいだろうな。

そして……きっとあの空は、自分の知らない外の世界でも同じように広がっているのだろう。そこでは外人たちが、ここことは違った暮らしを営んでいるのだろう。

前に庚様が、「外はここことは全然違うよ」と口にされたことがある。それ以上はいくら訊ねても教えてくれなかったが、それだけでも外に出てみたくなるのに充分だった。どんな世界が待ち受けているのか。橘花が見たこともないようなものが山のようにあるかもしれない。布団の中で胸をどきどきさせながら想像して眠ったことも度々だ。

なのに、どうしてみんなこんな狭い山の中だけで満足できるのだろう。違う世界ならもっと違うものが見られ、体験できるはずなのに。

外の世界はこの飢えた気持ちを受け止めてくれるだろう。そう、本来自分はこんなところでこんなことをしているのではないのに。橘花は胸の奥で呟いた。

そしていつか外に出るために、その日のために、今から準備をしなければならない。こんなところで籠を作ってるんじゃなくて。外でいろんなものを見聞きし、その面白さを母さんや啄ちゃんたちにも教えてやるんだ。それに、もしかしたら鴉が来なくなる方法も外の人は知っているかもしれない。

きっと外に出て行ってやる。大鏡様が駄目だと云っても。野長瀬のおじさんもみんなに文句を云われ、白い眼で見られながらも金を創り続けたように、自分も夢を育て叶えたい。

橘花が出て行けば母さんは悲しむかもしれない。それはちょっと躊躇われるが、家には兄さんがいる。働き者で評判の兄さんだから、母さんも安心してのんびり出来ることだろう。

おじさんはいつもはにこにこしている目をきゅっと寄せながらよく云った。金を創るというのは大事なことなんだ、と。全てのものは自然に変わっていく。金もまたただの鉱物から大地の中で長い長い時をかけて変わっていくものだ。その過程を実験によって早め、自然の理を促進させるというのは、人間が目指すべき姿である「真」「善」「美」に向かって上昇する努力と同じことだって。だからそれを達成したときに、時間や諸々の桎梏から解放されるって……。橘花もまた、解放されたいのだ。おじさんがやろうとしたように金を創るのではなく、外の世界を見ることによって。

「手が休んでるぞ。全然進んでないじゃないか」

少しぼんやりしていたのを目敏く見つけた兄さんが、口うるさく注意する。

「わかってるよ」

聞こえないように舌打ちして、橘花は作業を続けた。外に出る準備を始めなければならない。そしてその準備の前に、おじさんを殺した犯人を見つけなければならない。何の憂いもなく夢を追い続けるためにも。

なのに今しているのは、つまらないただの籠作りだ。これじゃ、いつまで経っても外に出る準備にとりかかれない。今それをやることが重要なのに……。

何となく橘花は、焦りに似た危機感を抱いていた。あと何年かしたら、自分も周りの大人たちのようにぼんやりとここで暮らすことに馴れてしまっているかもしれない。兄さんがそうであるように毎日畑に出て夕方に帰ってくる。そんな生活に満足して、外の世界のことなんか全然考えなくなっているかもしれない……と。

苛立つとよけいに作業が滞る。

ちっ。

上手く削れてくれない竹と格闘していた橘花は、眼の隅っこにちらついているものに気がついた。何だろうと戸口を見やると、向かいの木の陰から啄ちゃんが手招きしていた。

きっと何か判ったんだ。どうしよう……。

隣では兄さんが岩のように腰を下ろして作業をしている。少し迷ったが、橘花は作業を止め抜け出すことに決めた。籠を作ることよりも野長瀬のおじさんのことの方が、橘花の夢を叶える第一歩なのだ。

橘花は立ち上がると「ちょっと厠《かわや》へ行ってくる」と叫んで足早に裏口へ出た。そしてそのままわき目もふらず前の道を走り抜ける。

きっとあとで、兄さんに叱られるだろう。殴られるかもしれない。でも今が大事なのだ。夢を叶えるためには、いろいろな障害に出くわすだろう。でも負けずにそれを乗り越えなければ。

橘花は自分に云い聞かせた。

ぜいぜいと息を切らして現われた橘花に、「よう」と啄ちゃんは呑気な声をかける。

「やっと気づいてくれたようだな。ずっと手を振ってたんだぜ」

腕が怠《だる》いと云わんばかりに肩をぐりぐり回している。

「よかったのか？」

啄ちゃんとは対照的に朝萩は少し心配げだった。

「お前の兄貴、最近ちょっと怖いからさ」

朝萩にまでそう云われるところをみると、やっぱり訝《おか》しいんだな、と改めて思う。橘花は兄さんに怒鳴られる場面を想像したが、追い払うように首を振ると、微妙な笑顔を浮かべて、

「いいよ。籠作りなんて今日やる必要もないんだから。それより何か進展があったの？」

「それがさ」

啄ちゃんは早く説明したそうにうずうずしている。感情が喉を上滑りしているのが橘花にも判る。だが朝萩はそれを押し止めると、

「ここじゃ、橘花の兄貴に見つかるかもしれないから場所を移そう」

「そ、そうだな」つまらなそうに啄ちゃんは頷いた。「でもどこがいい。原っぱでも同じだろ。まして家じゃ大っぴらに話せないしな」

「そうだな」朝萩は軽く腕組みしながら、「野長瀬さんの家なんかどうだ。誰もあんなところには来ないだろうし」

「決定だな。それじゃさっそく行こう」

啄ちゃんは、二人の背中を押すように急かす。

「慌てるなよ。夕暮れまでには充分時間があるさ」

「そうだけどさ。おれの頭の中で言葉がいっぱい溢れてきてるんだよ。早くしないと零《こぼ》れて

しまう」

啄ちゃんは耳を押さえながら駆け出していった。

「まったく、性急だよな。……待てよ」

朝萩は笑いながらそのあとを追う。橘花は一度家を振り返ったのち二人のあとをついていった。

野長瀬のおじさんの家は橘花が一週間行かなかったせいですっかり埃塗れになっていた。この前橘花が丁寧に掃除した実験器具が全て茶色く汚れている。その間に誰かが入った様子もない。きっと橘花のように、遠臣とおじさんの事件が関係あるなんて、誰も考えていないのだろう。あれだけ西の連中が血眼になっているんだから、もし少しでも関係があると思ったのなら調べ直してみようとするはずだ。

朝萩はおじさんの家に一度来たことがあるが、啄ちゃんは初めてなので、青と緑に塗り潰された部屋の中で物珍しげにキョロキョロしている。

「ここで金を創ってたって。それにしても変な色の部屋だな。金を創るのに壁とか天井までこんなにしなきゃならないのか」

緑色の天井を見上げながら啄ちゃんは呆れた声を出した。

「そうみたい。必要だっておじさんが云ってた」

「ふうん」と納得いかなげに頷く啄ちゃん。そしてしばらく茶色に変色した擂《す》り鉢を掌に載せ弄《いじ》っていたが、橘花の方を向くと、

「お前から少しは聞いてたけどさ、本当にこんなんで創れるのか」

「おじさんはそう云っていたよ」

「でも、結局創れなかったんだろ」

「そんなことより、何か情報を手に入れたんだろ」

明け透けな言葉にむっとしながら、橘花は云い返す。

「そう。そうだったよな」

さっきまであんなに急かしていたことをすっかり忘れている。啄ちゃんらしいと云えば、らしいが。

「立ちっぱなしもなんだし、腰を下ろしてから話そうぜ」

朝萩の言葉で、三人は板の間に埃を払いながら座り込んだ。

「それで」

橘花が促すと、啄ちゃんは二人の顔を見回したあと、

「遠臣が殺された詳しい様子が判ったんだ」

「本当」

「ああ、兄貴たちから聞き出すのに苦労したよ。何でそんなに訊きたがるんだって、結構不審がられた。兄貴たちも人殺しでぴりぴりしてたからさ。まさか橘花たちと下手人捜ししてますとも云えないしな」

そう得意げに鼻を擦《こす》る。

「橘花の兄貴が云ったとおり、遠臣は棒か何かで頭を殴られたあとに、首を絞められてたんだ。頭の後ろの方に傷があって少し血が出ていたらしい。それに首には紐の痕が残ってたって。でも殴った道具や、首を絞めるのに使った紐はまだ見つかってないらしい。下手人が持ち帰ったと考えられているみたいだ。それで……」

啄ちゃんは順序立てて仕舞い込んだ記憶を順々に引き出すように指を鳴らしていたが、

「発見されたのは鷺ケ池の林の入口辺り。あそこはよく西の子供の遊び場になっている。見つけたのは冨邑《とみむら》のじいさん。じいさん目が遠いから、正確にはじいさんの連れてた犬らしいけど。卯《う》の一刻過ぎに朝釣りに来たところ見つけたらしい」

「卯の一刻って早いね」

思わず呟く。働き者の兄さんだって、起きるのは卯の二刻くらいだ。

「じいさんていうのは朝が早いもんだからな。おれのところもそうだよ。この前も朝っぱらから笙《しょう》なんか吹き始めたからうるさいのなんの。母さんが文句云ったら、三月《みつき》先の祭の準備だとか云ってた」

「それで遠臣の続きは」

横道に逸れそうになったためか、ずっと腕組みしたままだった朝萩が促す。啄ちゃんはちらと朝萩を見やると、

「朝萩は今までのところで訊きたいことないのか」

「そうだな、その死体を発見した冨邑とかいうじいさんはいつも釣りに出かけるのか」

「今は楽隠居で三日に一度は釣りに行ってたらしい。薪能には息子が行ってたから、鴉騒ぎも関係なかったようだし。いつもどおり釣りに出かけたんだろ」

説明に朝萩は納得したように頷くと、

「じゃあ、続けてくれ」

「ああ。それで遠臣が殺されたのは夜中らしい。朝露が降りる前だって。いきなり頭の後ろをぽかんと殴られたらしく、争った痕は池にも、遠臣の身体にもなかったって云ってた。頭を殴って首絞めるだけだから、男でも女でもやれたと思う。ただそのまま殴り殺さずに首を絞めたのが女っぽいけど」

最後のはたぶん兄さんじゃなく、啄ちゃんの感想だろう。

「それで遠臣は菅平の孫だから、翼賛会だけじゃなく西の大人たちもいろいろ調べてるらし

いけど、下手人らしい下手人はまだ見つかってない。といっても兄さんのところにはそうすぐ届かないだろうから、はっきりとは判らないけどな。あと十日ほど前に来た外人が、例の大鏡様の境内に忍び込んだ件で遠臣が文句を云いに行ったらしいんだ。だからそいつが怪しいんじゃないかって云う人もいるみたいだけど、まだはっきりしない。その外人だけじゃなく、遠臣は荒っぽくて恨んでた奴は多かったみたいだから。ただ、大鏡様に逆らってまで人殺しするかっていうのは問題だけど」

「宮様は？」

「宮様は鴉騒ぎの後始末で、遠臣どころじゃないみたいだよ」

「もともと下手人を捕まえるのは宮様がなさることじゃないしな。捕まえた下手人の処罰は教えて下さるだろうけど」

啄ちゃんを補足するように朝萩が云った。

「そうそう、そういうこと。……それで遠臣の足どりなんだけど。夕方、薪能の警護で翼賛会の連中と大鏡様の宮にいて、鴉騒ぎの後始末やらで戌《いぬ》の二刻頃に翼賛会の本寮に平装束に着替えに戻ったことまでは判ってる。他の奴らは自分の家で直垂に着替えてきたのでそのまま本寮の前で別れたらしい。だから誰もそのあとどうしたかは知らない。けど、遠臣が本寮に入っていったところまではみんなが見ている。ただ、そのあと遠臣の姿を見た奴はいないし、菅平の家に帰った様子もない。つまり本寮に戻る後ろ姿が生きている遠臣が目撃された最後だったわけだ」

一通り話し終えた啄ちゃんは、主に朝萩の方に得意気な顔を向けた。

「……というのが遠臣の殺された様子なんだけど、何か質問は？」

「帰り際の遠臣の様子はどうだったんだ」静かに目を閉じていた朝萩は即座にそう訊ねた。

「薪能が滅茶苦茶になったから落ち込んでいたみたいだけど、本寮に戻ったあとどうするかとかは何も云ってなかったらしい。まあ他の奴らもそれどころじゃなかったようだけどな」

「じゃあ、殺されたときの遠臣の装束は？」

薪能の時は直垂をつけているだろうけど、家に帰るなり、本寮に戻るなりしたのなら当然平装束に着替えるはずだ。おそらくそういう意味なんだろう。でも、云われるまで橘花はそんなこと考えもしなかった。自分の馬鹿さを恥じると同時に、朝萩は賢いなと改めて感心した。やっぱり朝萩がいてよかったと。

「何も云ってなかったから、薪能の時と同じ直垂だったと思うけどな」

少し自信なさげな啄ちゃんは「また訊いとくよ」とつけ足した。

「頼む。あと……死体が発見された場所で、遠臣は殺されたのか？」

「なるほど、そう云うのもあるな。どこか他の場所で殺されて運んでこられたかもしれないしな。気がつかなかった。それも訊いとくよ。他には」

橘花は一月前に、死んだ猫を縁起が悪いからと川原に捨てに来たおばさんを見かけたことを思い出した。猫はくたと背中から二つに折れて抱えられていた。でも人は猫じゃないのに、殺して猫の屍骸のように運んでいったりするのだろうか。

「わからんぜ。殴ったあとに首を絞めるほどの奴だからさ」

怖がらせるように啄ちゃんは煽る。橘花は思わず首を竦めた。

「そうだな。大昔にあった酔っぱらいとは性質が違うようだから」

「他には？」

「今のところはそんなもんだな」

区切りがついたところで、啄ちゃんは背を反らし大きく息を吸い込んだ。てっきり「報告終わり」とでも云うのかと思ったら、ここからが重要だと云わんばかりに声を潜める。

「それで、一つ妙な噂を聞いたんだ」

橘花たちも釣り込まれるように顔を寄せた。

「長の藤ノ宮のことなんだけど……翼賛会の奴らが東を調べようとすると邪魔をするらしいんだ」

「あまり西の者には荒らされたくないからな」

「それだけじゃないようなんだ」

取っておきの話を持ち出すときに見せる軽い笑みを口許に浮かべる。

「聞いた話だと、遠臣が殺されたことをいいことに、小長の権利を取ろうっていうんだ」

「小長の権利？」

橘花は思わず訊き返した。朝萩も話が見えないと云った感じで次の言葉を待っている。啄ちゃんはいかにも嬉しそうに、

「昔、南の方であった境の揉め事は聞いてるだろ」

「うん」と橘花は頷く。川は南の方で西側にうねっているので、川を東西の境にすると東は西の二倍ほどの広さになる。それじゃ不公平だからと、南の方では川を越えても少し西の土地になっている。ただ、川なら判りやすいけど、境が地面だと難癖をつけあったりして昔はいろいろ揉め事が続いたらしい。それで結局、宮様の裁定で道が敷かれることになった。それ以来おじさんの家くらいまでは川が東と西の境だけど、それより南からは丘伝いの道が境になっている。橘花が生まれる遥か前の話だ。

「どうもその延長みたいなんだけど……南の山端《やまのは》の今まで森だったところを田畑にしてもいいって、大鏡様がお許しになったんだ。それで来年の春から森を切り拓いていくんだけど、西と東が共同でやることになっていたんだ。それでどちらからも作業頭が一人ずつ選ばれる

んだけど、東は楠城《くすのき》の家で西の作業頭が遠臣なんだ」

「その遠臣が殺された」

ぽつりと朝萩が呟く。

「そう。菅平の方も急いで代わりの作業頭をたてようとするだろうけど、結構大仕事らしいから今からの急ごしらえでは上手く捗《はかど》らないのは目に見えてる。たぶん宮様が決める土地の境界は功績に左右されると思うから、その分有利になる」

「つまり、遠臣を殺せば近い将来に手に入る土地が殖《ふ》えるというわけか……それで菅平の方は？」

「いや、わからない。それに気づいてるかどうかも。殺されたばかりで、今はそんなことまで頭が回らないのかもしれない。新たな作業頭を宮様に申請し直すのは半月先らしいから」

「でも境くらいでさ、人殺しまでするかな」

「解らないよ、大人の考えることは。でも、楠城の家ははりきってるらしいぜ。うまくやれば小長になれるかもしれないって」

さすがの啄ちゃんもいい気分じゃないらしく、ぺっと唾を吐き捨てた。

「確かに、あの辺は田圃にしたらよく穫れるだろうって何年も前から云われてたからな。水も引きやすいし。それで大鏡様もようやくお許しになったんだ」

対照的にあくまで冷静に朝萩は分析する。

「でも、よくそんなことが訊き出せたな」

「叔父さんに話があったんだ。人手が増えそうだから小頭をやらないかって。楠城の家とは懇意にしてるもんだからさ」

「だけどそんなことすればまた揉めるんじゃないの。それこそ藤ノ宮が殺したんだろうって西の連中は騒ぎだすぜ」

「藤ノ宮もなんか考えてるらしいぜ。そこまではまだわかんないけど」

暗い雰囲気が部屋中に立ち籠める。昨日までの雨がここだけ降り続いているかのように。確かに動機になるのかもしれない。でも、もしそれが理由だとしたなら、野長瀬のおじさんの件は関係ないということになる。

「それで、啄ちゃんは藤ノ宮の誰かがやったって考えてるのか」

「ああ。藤ノ宮の者がやったのか誰かに命じたのかは解らないけどさ。ただ、人殺しなんかどうとも思ってない奴がいるんだぜ、近くに」

「朝萩はどう思う」

「わからないな。それだけじゃ何とも云えない」

「じゃあ、野長瀬のおじさんのこととは関係ないの」

古びた家の中を見回しながら橘花は訴えた。遠臣などどうでもいいのだ。おじさんを殺した下手人を捕まえたいだけなのに。そうしなければ橘花の夢は前に進まないのだ。

するとと朝萩が慰めるように優しく云った。

「人殺しするような奴が何人もいるとは思えないから、同じ奴なんだろう。殺す理由は違うと思うけど、どっちにしろ藤ノ宮が絡んでいるのかもしれない。ただそんな人殺しを引き受けるようなおかしな奴がいるのなら、すぐに判りそうなものなのにな」

「そうだな……」

啄ちゃんも頷いたが、さっきまでとは違いなぜか上の空だ。目は明後日の方を向いている。

その理由は帰り道で解った。

「あのさぁ」

川縁の道を歩いているとき、啄ちゃんは耳許で囁いた。兄さんにどう云い訳しようか考えていた橘花は「なに」と、軽く訊き返す。

「この村にはおかしな奴はいないって云ったけど、一人いるんだよな」

「本当?」

しっ、と啄ちゃんは橘花の口を指で塞ぐ。そして前を歩いている朝萩の背をちらちらと窺いながら、

「朝萩の叔母さん。あの事件以来おかしいだろ」

橘花は思わず顔を見た。冗談を云ってる目ではなかった。

「それに痣が出てきて人殺しだと判っても、あの人はおかしかったから、ということで済ませられなくもない」

「まさか。そりゃ、鴉に子供を喰われて、」

「なに？」

先頭を歩いていた朝萩が振り返る。

「何でもないよ」

大きな声でそう云い返すと、ぽんと橘花の肩を叩いた。そして再び囁き声で、

「いや、ちょっと思いついただけだから気にしないでくれ」

それっきり啄ちゃんは口を噤んでしまった。橘花もまた俯いて足許を見つめながら歩いていく。

後ろめたさが身体中を駆けめぐっていた。

＊

菅平の家から帰る途中で、珂允は頭儀と別れ鷺ケ池へと足を向けた。自分とは無関係だと

考えていた遠臣殺しが身近な問題となった今、殺された場所を一度目にしておこうと思ったのだ。それに東の長である芹槻と密約したことで、幾分自由に振る舞える気分になったこともある。お墨付きというやつだ。

鷺ケ池はこの前蟬子に案内してもらったときと比べ、秋の訪れを感じさせる眺めとなっていた。十日ほどなので大きく変わっているわけではないが、草原や林の緑の褪色《たいしょく》が夏の終わりを如実に感じさせる。涼しげなそよ風で波立つ水面も、透明感よりも落ち着きのある深みへとトーンを変えている。

身体が気化して溶け込んでしまいそうな希薄さと静けさは以前のままだ。自然は何事もなかったかのように爽やいでいる。

陰になった林の傍には地鎮祭の地所のように、細い杭《くい》が打ち込まれ荒縄が張られている場所がある。おそらくあそこが現場なのだろう。珂允は昨日までの雨で少し緩んだ畔を迂回しながら近寄ってみた。だがそこには花が添えられているわけでも、供物が置かれているわけでもない。ただ一坪ほどの土地が掘り返され腐葉土が露出しているだけ。その上には白砂が薄く撒かれている。

墓碑と云うよりは、むしろ縄は人を入れないために張られている感じだ。

珂允は縄を跨《また》ぎ、前に立つとぼんやりと白砂を見つめていた。

遠臣は頭を殴られ、首を絞められて殺された。殴られたとき意識があったのかどうかは判らないが、惨めな殺され方ではある。別に遠臣に愛着があるわけではないが、同情の念は湧き上がる。ただ腕っ節の強いあの遠臣相手では、一度殴らないことには満足に首を絞めることなど出来ないだろうが。

でも遠臣は誰かにここへ呼び出されたのだろうか。人気がない寂しい場所なので犯行はやりやすいだろうが、夜中に呼び出すとなると——それもあの鴉騒ぎの直後に——よほどの差し迫った理由をつけなければこんなところまで出てきはしないだろう。そもそも遠臣のあの騒ぎのあとからの足どりは何も判っていないらしい。もしかすると、どこかで殺されてここに運ばれたのだろうか。

現場は掘り返され均されているために、もはや当時どうなっていたかは判らない。今はただ感傷のために残されているのみ。

芹槻たちはどの辺りまで状況を摑んでいるのだろうか？　今度訊いてみよう……珂允は思った。もし芹槻が珂允を疑っていないのなら、協力者として教えてくれるだろう。もし疑っているのなら、それはそれで芹槻への対応もはっきりする。

「珂允君」

聞き覚えのある声がした。振り返ると、夕陽を背にメルカトルが立っている。スティールのステッキ片手に、この前と同様タキシードで身を固めている。

「メルカトルさん」思わず珂允は叫んだ。「まだここにいらしたのですか」

あれから日が経っているので、てっきり帰ったものと思っていたのだ。

「ここが気に入ってね」

何気ない口ぶりでメルカトルは近寄ってくる。ステッキで小刻みにリズムをとるように歩きながら。逆光のために、鴉色のタキシードがオーラを発しているように見える。

「ここですね、殺人があったというのは。調べていたのですか」

首を曲げ、ひょいと珂允を見る。

「いえ、どんなものだろうと」

「でも、これだけ弄《いじ》られては調べようがない……と云ったところですか」

返答など訊いていないふうに、メルカトルは続ける。

「酒を撒いた上に白砂を撒いて清めたようですね。我々の世界だと花でも添えて合掌の一つでもするのでしょうが、ここでは死体があった忌むべき場所として扱われるようですから。本当なら近寄りたくもないのでしょう。もしここに立ち入っている姿を村人に見られたなら、たぶんあなた自身も酒で清められるんじゃないのですか」

冗談ともつかない口調。メルカトルは話し込むことを決めたように頭上のシルクハットを取った。

「彼らの死に関わる嫌悪感は、我々よりも強いようですから」

「お詳しいですね」

「なに、聞きかじっただけですよ」

謙遜しているのかもしれないが、幾分横柄な口ぶりのせいで謙虚に見えない。

「でもこんな村で人殺しなんて」

そう社交辞令半分で呟くと、案の定シニカルな言葉が返ってきた。

「見た目とは別に、裏ではいろいろあるのでしょう。この鄙びた風景も、単に物質文明の進《しん》捗《ちょく》の差ゆえですからね。人の棲むところに理想郷などあり得ませんよ。例外なく」

もちろんメルカトルに云われるまでもなく、それは珂允もよく知っている。だがはっきり口に出されると、最初にこの村に抱いた憧れが完全に消滅してしまった気がした。

「しかし、ここの捜査では捕まる犯人も捕まらないでしょうな。指紋の概念はあるらしいが、科学的捜査のノウハウというものがないですね。おそらくＴＶの犯罪ドラマを観ている日本の一般市民よりも。それに、何よりこの村には明らかな限界がありますしね」

「限界？」

「大鏡という限界がね」

含みを持たせた云い方。絶対的な体制のことを指しているのだろうか。

「半年前に自殺事件があったことを知ってましたか」

珂允は水を向けてみた。

「詳しいですね。錬金術師の男の件でしょう」

既に知っていたようで、にやりとこちらを見る。

「あれは神罰だのという下らない噂も聞きましたが……興味があるのですか」

「ええ。まあ」と珂允は言葉を濁した。しかしこの男、突然自分が求めていることを話しだすと思えば、次は心情を推し量るように不意に訊ねかけてくる。不思議な感触を珂允は抱いた。

「雪の降る日に腹を刺して死んだ錬金術師。風流と云うべきか、悪趣味と云うべきか……。何でもその男は不信心な問題児だったとか。死ぬべくして死んだわけですな」

メルカトルは白砂の上でシルクハットをくるくると器用に回している。村で起こっている事件は、少なくとも彼にとっては他人事のようだった。

「ストレートですね」と珂允は応える。

「村の邪魔者は消え、残されたのは不思議な伝承。古来からよくある筋立てではあります」

「どういう意味です？」

メルカトルは流し目をくれるようににやりと微笑むと、

「この村には絶対の神様がいる。なのに村では殺人や自殺なんかが起こっている……それだけですよ」

「大鏡の意志だと」

「今のあなたの言葉に含まれていたような超越的な意味合いはないでしょうね。あるとすれば私たちと同じレヴェルの、よくニュースで見るような為政者のそれと似たようなものでしょう。特にここの神様は文明格差を存分に利用しているようですからね」

「どういう意味です」

「例えば、この村で一時間毎に打ち鳴らされる時報。村人たちは大鏡様が時を司っているとありがたがっていますが、宮が時計を持っていると考えれば何の不思議もない。それこそディスカウントショップで千円出せば事足りる。夏目漱石一枚であなたでも神様になれますよ」

侮蔑の表情——それはこの村全体に向けられたものなのだろうか——を彼は浮かべた。

「外人の存在を知っているということは、その利器にも少しは通じているということです。あなたがいま腕時計を手にしているようにね。ただ誰かが流入を禁じ、効果を独占している」

「大鏡ですか」

「ここは大鏡の国ですからね。ただ神様が独裁者の貌《かお》を曝さずに君臨するためには、単なる支配者ではなく神様として望まれる資格が必要なのでしょう」

「宗教的な求心力ですか」

「平たく云うとそうなりますね」

珂允は痣のことも訊いてみた。予想通りメルカトルはそれも知っていた。

「村の人たちは信じているのでしょうか」

「そのようですね。それを疑うというのはおらが神様そのものを疑うことですからね。まして単なる伝承ではなく近い過去に実例があったとなれば、彼らにとっては絶対なのでしょう。ただ人間社会では殺した者は殺されるのに、痣をつけるだけというのが神様らしくていいじゃないですか」

皮肉めかして彼はそうつけ加える。

「痣くらいなら神経性の障害として出たとしてもおかしくないですからね」

「でも、普通の痣ではないのですよ」

「なに。ここでならそれくらいは大したことありませんよ。あの鴉どもを見てあなたの価値観はまだ揺らぎませんか」

珂允にはどうとも答えられなかった。鴉は確かに今までの日常を考えると受け入れ難いものだ。だが、かといって……。

少なくともこのメルカトルはその変動を受容しているようにも見える。平然と余裕の表情を浮かべながら。かといって郷に入り順応しているようにも感じられない。もしかすると自分が躊躇っているのは、そもそも自分というものがないせいなのかもしれない。そんな思いに珂允は囚われた。常に弟を鑑《かがみ》として生きてきた不安定な自分。弟と同じようにこの村に来た。そして弟は大鏡に帰依《きえ》し近衛となった。

「ここの神は救済を与えてくれるのでしょうか」

だが返ってきたのは意外にクールな反応。明け方に川を遡《さかのぼ》る風のような。

「それはあなた自身が確かめればいいのではないですか」

まるで珂允の心を見透かしているかのように突き放す。

「本当に求めているのならね」

一瞬垣間見えた射るような厳しい視線。思わず目を逸らした。

この男は自分がここに来た目的や現在関わっている状況を知って云っているのだろうか？　それとも単に含みを持たせる口調が癖なだけなのだろうか。この前もそう感じられたが、その疑念は深まっていく。

「そういえば、この前の捜し物は見つかりましたか」

風向きでも見るように一度林の方へ顔を向けたあと、突然メルカトルは訊ねた。えっ、と顔を上げた珂允に、「捜し物ですよ」と言葉を重ねる。

「まだです。でも光明は見つかりそうです」

「光明ですか……それはよかった」

彼はまるで自分のことのように嬉しがると、

「同じ他所者として応援していますよ」

ぽんと肩を叩く。意外に強い感触が肩に残った。

「この旅であなたが変われるといいですね」

メルカトルはシルクハットを被り直すと、縄の外へ出ようとする。

「メルカトルさんは今どこにおられるんですか」

「私ですか。南の橋を渡ったところにある、龍樹という家に厄介になっていますよ。まあ、いつでも遊びに来て下さい」

「はい」

「それでは」

メルカトルはステッキを振り上げ別れの仕草を見せると、そのまま池を囲む林の中へ消えていった。

再び戻る静寂。肌寒い風。

辺りを見回すと血色《ちいろ》した夕闇が空を覆い尽くそうとしている。鴉……珂允はそのことを思い出し、足早に千本家への帰途についた。

「人の棲むところに理想郷などありませんよ」

メルカトルの言葉が頭の隅に残っている。両鈴もそれを知り、この村を去ったのだろうか。

11

茅子……輪郭こそぼんやりとしているがはっきりとあの頃が思い出される。緋色に染められた背景に、立体映像のように映し出される。コマ数を落としたフィルムのようにぎこちなく断続的であるが、そのモーション一つ一つは印象的に。

白いライトに照らし出された大きな売り場。『株式相場のウルトラ文殊《もんじゅ》』『これであなたの冠婚葬祭は完璧』『リストラ＝ゴルフ百題』……そういった類の本に囲まれ彼女は毎日カチカチとレジ打ちをしていた。壊れ物のような澄んだ声。「ありがとうございました」営業スマイルも自然な表情に映った。それまでは格別気にもならなかったのに。あの日からネームプレートが目につくようになった。そもそも近くの書店に勤めているなんて、しばらくは気がつかなかった。店員は書架と同じで目の妨げとならない程度の実利的な飾りだった。それに一階の雑誌コーナーと三階の文芸書コーナーとに挟まれて、エスカレーターで通り過ぎていただけだったのだ。

あれは偶然だった。時間、場所、全てに於いて。気まぐれな天の悪戯としか云いようがない。たまたま気になって買った、兄型弟型の本。その些細な偶然が今に至らせている。自分を呪縛している。数奇な巡り合わせに引き寄せられるように近づいていった自分を。

知らなかったほうがよかったのだろうか。気づかなかったほうがよかったのだろうか。

弟の影を追い求める生活。そんな自分を知ったのは、全てが終わってからだった。それまでも気がついていたのかもしれない。ただ、気づいていないふりをしていたかったのかもしれない。気づいてしまうと、それが破局への一歩だと判ってしまうから。己というものが存在しないことを認めてしまうから。

だが、それを認めてしまった今、弟の目指した道を知らなければならない。それが課せられた枷だと思う。

だが、茅子はいま何をしているのだろう。両鈴を失った茅子は。女ひとりでちゃんと暮らしていけているのだろうか。幾ばくかの貯金があるとはいえ、楽ではないはずだ。外に働きに出るつもりなのだろうか。それとももう立ち直り、新しい出逢いに遭遇しているのだろうか。それだけが心配だ。たとえ自分が裏切られていたとしても、この村を探し訪れることなく、悲嘆に暮れる茅子の許に戻るべきだったのだろうか。

解らない。

ただ、何もなかったことにして戻ったところで、その間に築き上げた重みに耐えられるとは思えなかった。

あれからときどき丸坊主になりたいと思うことがある。髪の毛が重いのだ。翼を手に入れ大空に羽ばたきたい。そう願うのと同じ理由で、頭上の重石《おもし》をすっぱりと取り去りたい。柵からの脱出を謀《はか》るために。

もし、全ての決着がついたなら、それもいいだろう。それこそ自分にまとわりつく全てを、肉体さえも脱ぎ捨て、魂だけになってこの世界を漂いたい。その時初めて自分は詩人になれるのかもしれない。鳥のように虚空を舞いながら天の唄を歌い続けられるのかもしれない。

「蟬ちゃんはおられるかね」

振り向くと、中庭に背の丸い老人が立っている。灰色の絣のせいでまるで庭石のように見えるその身体の上には、白髪頭にくるまれた人なつこそうな笑みが浮かんでいた。太陽を背にしながら、その老人はゆっくりとした足どりで向かってくる。

誰だろう、珂允が戸惑っていると、

「あんたは外から来られたという方だね。確か珂允という」

歳の割に美しく細長い指を差し向けながら、老人は云った。大福のような頰に薄い皺が数本寄った。

「そうですが」

警戒しながら腰を上げ縁側に出る。和服姿の老人はにこやかに口を開けると、

「話は蟬ちゃんから聞いておるよ。わしは簑緒屋という者だが」

簑緒屋……どこかで聞いたことがある名前だ。確か蟬子から……。そこで珂允は思い出した。

「あの、人形創りの……」

「蟬ちゃんから聞いたのかね。まぁ今は隠居の身だがね」

老人は目を閉じるようにゆっくりと頷く。

「一度様子を見に来ようと思ってな。あのことが起こるまではよく遊びに来てくれてたんだが、あれ以来ご無沙汰でね。噂では部屋に閉じ籠ったきりだとか」

この人が松虫と乙骨の師匠……珂允は興味を惹かれ、じろじろと全身を眺めた。その不躾な視線を意に介さぬふうに老人はひょいと飛び乗るように廊下に腰掛ける。そのあとで、足を振りぱっと草履を下に落とした。意外と身軽なじいさんだ。

「あんたは旅人だと聞いておったが、長くいるんだね」

東野英治郎ではなく西村晃の水戸黄門のような端整な声で老人は眺め上げた。鋭角にも拘

らずどこか世間話でもするような柔らかい感覚がする。これが芹槻だったりしたら嫌みとしかとれないのだろうが、簑緒屋だとそんな感じはしなかった。

「ええ、」

この老人はまだ、珂允がここに来た本当の理由を知らないようだ。おそらく話は芹槻のところで止まって、村人たちには流れていないのだろう。

「頭儀さんはいい人だからな。あんたもそう思うだろ」

「そうですね」

一緒に腰を下ろし、頰を緩ませ相槌を打つ。縁台将棋でも指しているような。いつの間にかこの老人のペースに引き込まれている。

「なのにとんだことだ。春には結婚するところまでいっていたのにな。この家は不幸続きだ。大鏡様ももうちっと考えてくれればいいものを」

「それは松虫さんのことですか」

老人はちらと珂允を見る。身体や仕草だけでなく、眼も若々しい。眼はどこよりも心の鏡となる。本当に若いんだな、少し感心した。

「人形の先生だったとか」

「あの娘は最後の弟子だった。随分、優秀だったのにな」

「そうですか」

　珂允は蔵に置き捨てられてある人形を思い浮かべていた。

「指や頬の繊細な造作が上手かった。単に器用なだけじゃなく、肌理《きめ》の細かさが優しさを醸し出していたよ。ああ云う感覚はわしにも真似できんかったな」

　懐かしむような口ぶり。だが、目を細め空を見上げる仕草には、口惜しさが満ち溢れていた。「残念なことじゃ」とぽつりとつけ加える。

「乙骨君は等身大の人形を創ってましたが、松虫さんも」

「ああ。自分の代わり身をな。彼女が結婚を控えていたことは知っているかね」

　珂允は首を振った。

「春に結婚するはずだった。嫁入りしていなくなる自分の代わりに家に残しておくんだってな。それで松虫は寝る暇も惜しんで精魂を込めておったのに。——ここではそういうしきたりがあるんじゃよ。嫁入り娘は自分の人形を生家に残しておくというな。いわば形見じゃな。普通の家はわしら人形師に頼むんじゃが、人形師の松虫は自ら創ったんじゃ。……ただ、やっぱり人形師は己の写身《うつしみ》を創らんほうがよかったのかもしれん。移身《うつしみ》になって命を吸い取られてしまうのかもな」

　結婚を前にして病気で死んだ姉と、婚約者を殺された妹。一年と置かず似た運命が待ちかまえていた。その荒波の前に、老人が嘆くように神である大鏡はなんの役にも立っていない。たかが片田舎で神と祭り上げられている奴に人の天運を司ることなど出来ないのは当然のことではあるが、崇《あが》められ偉そうに君臨している分、憤りが軽蔑となって珂允の肌を震わせる。

「わしがもっと早く気づいておればな」

「どういう意味です」

だが簑緒屋は生け垣を見つめたまま、「それで、蟬ちゃんは」と訊ねてきた。質問をはぐらかされたのだろうか。

「部屋に籠ったままです。あれからずっと」

「そうか……やはりな。十八の娘には厳しいことじゃろう」

その言葉とは裏腹に、複雑な蟬子の表情が思い出される。

「僕には蟬子ちゃんは結婚をあまり喜んでいないふうにも見られたのですが」

「あの年頃はの」

蟬子とも親しかった老人は、悟った口ぶりでそう答える。泉が湧き出るごとく自然に流れ出る言葉。自分にはこんな云い方は出来ないし、板にもつかないが、この老人だと説得力がある。

「励ましてやって下さい」

「ああ、そのつもりで来たんじゃ」

小さなかけ声を発しながらやおら腰を上げる。

「わしも元気な蝉ちゃんを一刻も早く見たいからの」

珂允は日当たりのいい廊下でひとり腰掛けたまま、簑緒屋の矍鑠《かくしゃく》とした後ろ姿をぼんやり眺めていた。

ひゅーと鳶《とび》が一羽、弧を描きながら澄んだ空に舞っている。長閑でもあり、それはまた哀しい眺めでもあった。


十五分ほどして午《うま》の一刻を告げる鐘が鳴る頃、簑緒屋が丸い背をより丸めながら出てきた。来たときの恵比寿のような笑みはなく、皺がより深く刻まれていた。上手くいかなかったらしいのは聞くまでもなかった。珂允と目が合うと寂しそうに首を横に振りながらそれを知らせる。

「もう少し様子を見たほうがいいだろうな」

誰もが同じことを云う。結局何もできないのだ。だが、それについて目の前の打ちひしがれた老人に愚痴る気にはなれなかった。弟のことが頭の半分を占めている自分より、この老人の方がより蝉子のことを考えているだろうから。

老人は自分自身を慰めるように、

「じゃが、食事はちゃんととっているようだし、身体の方はまだ心配ないように思えるが」

「簑緒屋さん」

脱ぐときとは違い丁寧に草履を履き揃えていた老人は、「ん」と顔を上げる。

「近衛の庚さんを知っておられますか」

「庚様か。ああ、何度か話したことはあるが」

訝しげに、しかしさほど面《おもて》に出さない素振りで答えた。

「庚様が、どうしたんじゃ」

「どんな人でした」

「優しく気のいいお方だったよ。あんたと同じ外人だったが、ほんに大鏡様を敬っておられた」

「どうして、ここを出て行ったのでしょうか」

「それはよく解らんな。あのお人のことだから、何か考えるところがあってのことだと思うが」

「自殺した野長瀬という男の説得によく行っていたと聞きましたが」

興味があるのかね……そう云いたげな顔だったが、老人は口には出さず、ただ、

「そうじゃな。あのはみ出し者を切り捨てず、何とか大鏡様の素晴らしさを伝えようとしておられた。ただ結局は、野長瀬の方が庚様のお心を裏切る行為をしてしまったがな」

「その野長瀬という人はどんな人だったんですか」

老人はしばらく目を瞬《しばたた》かせたあと、

「そうだな、例えば前髪が何本か垂れていることがあったとき、どうも視界がちらちらするからと、一度気にしだすと気になりどおしになる。気にしなければなんでもないことなのだが。かといって息を吹き上げ追い払おうとしても、すぐ元に戻って効果はない。躍起になってふうふうと吹きかけても、ただ胸が苦しくなるだけじゃ。野長瀬は息を吹きすぎて吸うことを忘れ死んでしまったようなものだ」

「気になるのなら、切るなり、後ろに撫でつけるなりすればいいのではないですか」

「そう考えられない奴もいるんじゃや。見たところあんたもそのように見えるが」

深い眼差しで珂允を見つめる。まるで心まで見透かされているような感覚が、珂允の言葉を詰まらせた。

「簑緒屋さんは気にならないのですか」

老人はこくんと頷く。

「昔はならなかったが、最近はむしろしないようにしているな」

その時、表の方から冬日が顔を覗かせた。手には乾いた土に塗れた大根を抱えている。鍋の具のようだ。

「あら、先生。いらっしゃってたんですか」

「ああ、ちょっと散歩がてらにね。この歳になると体を動かさないとすぐになまってしまうのでな」

身体より大きな声を出して老人は答えた。

「また。まだまだお若いですのに。せっかくいらっしゃったんだからお茶でも呑んでいって下さいな」

黒い歯をこぼしながら冬日が誘いかける。

「いや、ちょっと蟬ちゃんの様子を見に寄っただけだから。それに、あんたたちには会わないほうがよかったかの」

「そんなこと。もう済んだことですから」

大根を脇に置き駆け寄った冬日は、ちらとこちらを窺いながらそう云った。松虫のことを指しているのだろうか。

「しかしなぁ」

「先生にお茶も出さずに帰すわけにはいきませんから」

躊躇いがちな表情の老人はすぐにも帰ろうとしたが、冬日の強引な勧誘にそのまま引きずられていった。どこの世界でもこういった光景は同じようだ。微笑ましくその背中を見送る。

だが老人たちの姿が消えると、珂允はまた元の表情に戻った。懸命に息を吹き続け、挙句窒息してしまった男。自分もまたそうだと老人は指摘する。野長瀬と自分とが似ているとは思えないが、須《すべか》らく老人の言葉にはどこか一理くらいはあるものだ。だとすると自分も似た運命を辿ってしまうのだろうか。

珂允は大きく深呼吸をした。

*

三時頃、息抜きに帰ってきた葛が、湯呑みに煎茶を溢れさせながら卓袱台を挟んだ向かいに静かに座った。

蟬子の兄の葛は今年で二十五になる。頭儀はそろそろある程度の仕事を任せたいらしく、試験段階として雑務の管理をさせていた。小作たちの刈り取り調整の補助といった用向きで、最近は一日中家を空けていることが多い。今日も昼は外で冬日の作った弁当を食べていた。

彼は無口で、夕食時でもひとり黙々と箸を運んでいる。父親譲りのがっちりとした体つき。太い二の腕。盛り上がった肩。体格なら死んだ遠臣と互角だろうが、大人しい性格のため押しの強さというのはあまり感じられない。好青年ではあるのだが、二十一戸の小作を従える小長としてやっていくにはひ弱に映らなくもない。ただここ数日、遠臣の事件があった中で為すべきことを為しているのを見ると、意外と芯が太いのかもしれない。

何度か口をつけていた葛は一気に飲み干すように湯呑みを仰いだあと、濡れた唇を舐めている。珂允は何となくぼんやりとその横顔を眺めていた。頭儀に似た日に焼けた分厚い唇が印象的だ。逆に緩い丸みを帯びた目許は冬日から譲られたようだ。

やがてその顔がゆっくりとこちらに向けられた。

「珂允さん」

葛は呼びかけた。珂允は緊張した声で返事をする。葛と二人きりで話すのはこれが初めてだった。彼は相手の緊張を誘うようなタイプだ。

「昼前に簑緒屋の先生がいらっしゃったらしいですね」

若々しいが頭儀に似た少し低めの声。

「蟬子ちゃんの様子を見に来たみたいです」

「そうですか」

湯呑みを傾け、一旦、茶を飲む仕草をする。そのあと伏し目がちに、

「……それで、蟬子はどうでしたか」

「駄目でした。簑緒屋さんももう少し時間を空けたほうがいいだろうと残念そうに云ってました」

「先生でも駄目でしたか。……部屋の中で食事をとるし、ほとんど一歩も外に出てこないんで。蟬子の気持ちは分かるんですが」

思い詰めたような表情でぽつりと洩らす。

「少し怖いんですよ」

「怖い？」

「ええ、ずっとあのままじゃないかと」

「まさか」

だがぴりぴりとした肌の感触は、冗談を云っているようには見えない。

「昔、てぃがの母親が死んだとき一月近く部屋から出てこようとはしなかったんです。さすがに食事の時は出てきましたが、それも四日目くらいからで、業を煮やした父が無理矢理引きずり出したんです。その時はてぃがに情を移して何とかなったんですが」

「松虫さんが亡くなられたときは」

「松虫ですか……。そうですね。松虫の時も同じように籠りきりでした」

彼は苦い思い出を振り返るように更に俯く。だが返答が一テンポ遅れた気がした。喉の奥に小骨が刺さったような違和感。それを打ち消すように葛は慌ててつけ足した。

「ただ、松虫の時はしばらく臥せっていたものですから……それでもう、蟬子の方も覚悟を決めていたのではないかと思えます」

どことなく歯切れが悪い。云い訳がましく聞こえなくもない。もしかするとてぃがの時の方が悲しみは大きかったのではないか……そんな気さえするほどに。

「さっき簑緒屋さんに、松虫さんも結婚を控えていたと伺いましたが、相手は誰だったのですか？」

「…………」

何気ない質問だったのだが、なぜか葛は黙り込んでしまった。視線を珂允の方に向け、腰を浮かせる。が、思い直したように再び沈める。そして落ち着こうとするように何も入っていない湯呑みに手を遣る。

まずいことでも訊いてしまったのだろうか。珂允は質問を取り下げようとした。だがその前に葛がきっと顔を上げると、

「いずれ誰かから耳に入ると思いますが……松虫は遠臣君の許嫁《いいなずけ》でした」

カタと湯呑みの底が強く卓袱台に当たる。コトコトと余韻が伝わってくる。

「許嫁……じゃあ、蟬子ちゃんは死んだ姉さんの代わりなのですか」

認め難そうに口を噤む葛。だがその態度は口に出さないだけで頷いたも同然だった。

「ひどいじゃないですか。まるで政略結婚じゃ」

「そう云われても仕方ありません。それで父のことを悪く云う人も多いと聞きます。ただこの縁談の申し出が菅平からあったとき、父はまず蟬子に聞きました。嫌なら断わるからと」

「それで蟬子ちゃんは断わらなかったわけですか」

「はい。すぐと云うわけではなかったのですが、一晩考えさせてくれと保留したあと、明るい表情で縁談を了承しました」

「あなたはそれを本心だと思ったのですか」

「もしかすると家のことを考えていたのかもしれません。この話を断わると千本家にはよくないと」

「当然でしょう」

　珂允は思わず憤りを口に出していた。

「わたしも蟬子に本当に結婚したいのか訊ねたことがあります。でも、蟬子は自分もそれを望んでいるから、と答えました。喜んでいると」

「そんなこと」

「なら、なぜ蟬子は部屋に籠ったままなのですか」

珂允は開きかけた口を閉じた。それは自分もずっと奇妙に思っていたことだったからだ。

「正直云って、わたしには蟬子の心が全く解らないのです」

歯痒さと後ろめたさが入り交じって、葛の口許を僅かに歪める。痛ましい姿だった。

「珂允さん。結婚が決まってから蟬子は私たちにはどこかしら心を閉ざしているようでした。表向きは明るく振る舞っていましたが、最も奥に小さな扉を作ってしまったような。……ただ、あなただけには、心を開いていたように思います」

そしてじっと無言の珂允の眼を見つめる。

「恥ずかしいことですが、わたしには兄として出来ることはありません。むしろあなたの方が」

兄として……葛は気づいていないだろうが、痛烈な皮肉に感じられる。珂允もまた兄としての落第者なのだ。

「わかりました」

珂允はそう答えた。

12

「今日、持統院様がお逢いになられるそうだ」

翌朝、芹槻からの呼び出しを受け菅平家に向かった珂允は、感情を隠した灰色の眼でそう云い渡された。

昨日芹槻が事情を話したところ、興味を惹いたらしい。嬉しいことではあるが、しかし何もかもが急だ。芹槻の家に初めて呼ばれたときもそれを知らされたのは直前のことだった。そのせいでいつも心の準備が遅れてしまう。もともとが臨機応変なタイプではないというのに。ただ、せめて前日に知らせてくれたならと思うのは珂允の世界の思考であって、絶対者が君臨するこの村では下の者の事情などお偉方には関係ないのかもしれないが。

それにしても頭儀に事情を打ち明けてから、物事がトントン拍子に進んでいく。それもこれも遠臣の死が原因なのだ。おそらく。最初は傍《はた》迷惑なだけと舌打ちした殺人者に感謝しなければならないかもしれない。

ただ、手の内を知られていることがいいことかどうかまでは判らない。飛んで火にいる、という諺《ことわざ》もあるくらいだ。無力さをよく痛感している自分ならなおさら。

珂允は一層気を引き締めながら、遣いの者とともに大鏡の宮へと向かった。参道の坂道には既に薪能の混乱の跡は残されていない。神聖さを重んじるように綺麗に掃き清められている。むしろ前に訪れたとき以上の徹底ぶりだ。何事もなかった、と強調したいかのように。

鳥居をくぐった向こうには、篁雪がひとり待ち構えていた。

「お待ちしておりました」

精密機械のような冷たい声は相変わらずだが、前回と異なり丁寧な挨拶で迎え入れられる。それがゴキブリホイホイの足拭きマットを連想させた。

「確かにお連れしましたよ」

念を押すように云い残し、遣いの者は深々と頭を下げ踵を返す。その時鐘が巳《み》の二刻、十時を告げた。

「持統院様がお待ちになっておられます」

那智黒石の瞳を微動だにさせず篁雪は云った。まるでこの前のことなど忘れてしまったかのようなさりげない口調。そして珂允の返答を待たずに「ご案内します」と狩衣《かりぎぬ》の背を向ける。

じゃりと砂の軋む音がする。

天に突き立つような千鳥破風《ちどりはふ》が美しい拝殿。その脇から篚雪に誘われ靴を脱いで上がる。遠くから見た限りでは派手な装飾もない質素なイメージだったのだが、こうして中に入ってみると方柱や天井の桟は入隅《いりすみ》に面取りされ、意外と手間が掛かっていることを感じさせる。手間暇を誇示せずむしろわざわざ隠すような。また大鏡のトレードマークの四色の菱が破風のみならず肘木《ひじき》や出鼻、蟇股《かえるまた》などに隙あらばと丹念に彫り込まれている。単色系の落ち着いた社殿の中でこのカラフルな紋だけが林間のラヴホテルのような不自然な華やかさを醸し出している。

拝殿の中央には山の傾斜に沿って上り廊下が延びている。それなりの勾配だが、篚雪は歩き慣れているかのように、足袋の裏を床板に這わせながら歩いていく。両脇を覆う半蔀《はじとみ》は大きく上げられ、その向こうに山間の自然が広がっている。まばらな樹々——切り株も見られるので調整されているのだろう——が羽を広げるようにのびのびと枝を伸ばしている。噎《むせ》るような土と木の匂い。緑葉の目を縫って射し込む木洩れ日。どこからともなく渓流のせせらぎが聞こえてくる。

長い廊下の向こうには神明造《しんめいづくり》の社殿が見えた。拝殿の半分ほどの大きさだ。

「あそこが大鏡様の」

先を歩く篋雪に訊ねると、

「いえ、持統院様の殿です。大鏡様の殿はその奥にあります」

僅かに見上げる篋雪の視線を追うが、廊下の化粧屋根が邪魔で先は見えない。ただその様子から奥にもう一つ社があると思われる。そこが大鏡の棲む本殿なのだろう。大鏡の本殿を神界、拝殿を俗界だとすれば、廊下がその二つの世界を繋ぐ道であり、中途にある持統院の殿がその窓口の役割を果たしているということか。

「ところで薪能は再演されるんですか」

「まだ決まっておりません」

素っ気ない答が返ってきた。どうも篋雪は自分と話したくない様子だ。それとも近衛はみな一般人とは気易く口をきかないような教育でも受けているのだろうか。

「珂允様をお連れしました」

格子戸の前に来ると、篋雪は抑揚のない声でそう呼びかける。

……ここに側近の持統院が。珂允は知らず襟許を正した。初めて芹槻の部屋に案内されたときも緊張したが、今日はそれ以上だ。本命の会社の面接会場に入るような気分。

「お入りなさい」

奥の白襖《しろぶすま》が音もなく開く。格子からそれを確認したのち篋雪は戸を引いた。

中に入ると横に長い板間があり、三つの入口がある。襖が開けられた中央の部屋に通される。こぢんまりとした部屋だ。建物自体は大きいが、襖で幾部屋かに区切られているためだろう。厄介になっている千本の部屋よりも小さかった。木壁や格天井《ごう》も簡素で清潔感が漂ってはいるが、拝殿と同様質素なふりをした贅沢な造りである。

青々とした匂い立つような畳間の隅に持統院が美しい姿勢で正座していた。薪能で見たときと同じ直衣《のうし》姿だった。室内だというのに立烏帽子も被っている。思ったより背が高いな……というのが最初に抱いた感想だった。

「側近の持統院です」

珂允が正面に座ると、繊細な顔立ちの持統院は翡翠《ひすい》のような眼でそう述べた。礼はしない。威圧感はないが、身体の隅々まで、それこそ裏側まで舐め見られてしまう、そんな印象だ。

「初めまして、珂允と申します」

「庚のお兄さんだとか」

一息つく間もなく持統院は投げかける。不意を喰らって「はい」と上擦り声で答えた。その反応をどう受け取ったかは解らないが、持統院は話し続ける。

「あらかたの事情は菅平の長から伺いました。庚はここを去ったあと、あなた方の許へ戻っていたのですね」

「そうです……そして死にました」

「残念なことです。彼は大鏡様の良き近衛でした」

氷のごとき表情からそんな言葉が洩れ出る。

「殺されたのです」

芹槻から聞いて知っているだろうが、あまりの無反応に念を押さざるを得なかった。

「それで、あなたはここにいらしたわけですね」

「そうです」

「ここに来れば何か得られるだろうと……庚と同じように」

「同じというのは、どういうことです」

「彼もまた、何かを求めていました」

「弟がですか」

見据えたまま静かに頷く持統院。その顔には皺ひとつ見られない。

「何を求めていたのですか」

「それは、わたしには解りません。大鏡様以外にはお解りにならないでしょう。庚は大鏡様にそれを見つけたのです。そのためにここに残り仕えていたのです」

清涼なる言葉に重なって水の流れ行く音が聞こえる。最初から聞こえてはいたのだろうが、今は明瞭に床下から聞きとれる。もしかすると小川の上に建てられているのだろうか。水がこの部屋にも流れ込み珂允や持統院の周囲を包んでいる錯覚を受ける。柱や畳、天井、至るところから響きわたる水音。都会でも田舎でもない、聖地という名の空間であることを改めて認識する。

「大鏡様は今おられるのですか？」

するとと持統院は奥の扉を見つめた。両開きの扉の中央にも四つの菱がカラフルに彫り込まれている。それも一メートル弱のかなり大きなもので、きっと大鏡の殿へと続く廊下の扉なのだろう。珂允は長い廊下の果てに鎮座している現人神の姿を一瞬だが思い描いた。

「大鏡様は恒におられます。力として」

「大鏡様に逢わせていただけないでしょうか」

案の定、拒絶の言葉が返ってくる。

「なら、弟が何を求めていたか、大鏡様にお伺いして貰うことは出来るでしょうか」

敬語の表現に注意を払いながら喰い下がったが、

「それも難しいですね。大鏡様はそのような個人的な事情にはお関わりにならないからです。この世界の理を司り、一として存在するお方ですから」

にべもない。せっかく持統院まで漕ぎ着けたというのに。今までの緊張ゆえか一気に脱力感に囚われる。

「だったら、どうして僕をここに呼んだのですか。これじゃ、来た意味がないじゃないですか」

「あなたはここにいた頃の庚の様子を訊きに来たのではないのですか」

「そうです」

「それなら、わたしが知っている限りのことはお話しいたしましょう」

そう云われては居ずまいを正すしかない。珂允は焦りを抑えながら持統院の言葉に耳を傾けた。

「庚が……まだ両鈴という名でしたが――ここを訪れたのは一年前のことでした。最初の一月は藤ノ宮の家に逗留しておりましたので、わたしもよくは知りません。ただ藤ノ宮の者の話だと、疲れ切った表情をしていたことが多かったそうです。自暴自棄な雰囲気が濃厚で、それまでの全てを忘れたがっている様子だった。また真夏の乾いた砂のごとく何かを切実に希求していたようだとも聞きました。そして、その庚の噂をお耳にした大鏡様が興味をお示しになりここへお呼びになったのです」

疲れ切り自暴自棄だった……その言葉が珂允を苛む。そこには明るく健康的な庚のイメージはない。むしろかつての――いや、今なおの――自分自身のようだ。そして弟をそこまで追い込んだのはきっと自分なのだ。珂允は俯き膝をぎゅっと握り締めた。

「弟はその原因を洩らしたりはしなかったでしょうか」

だが持統院は小さく首を横に振ると、

「先ほど云ったとおり、わたしには庚が何を求めていたのかは解りません。庚もそのことについては一言も話しませんでした。おそらく他の近衛にもそうだと思われます。ただ大鏡様だけが原因をお知りになっています。そして大鏡様は彼を近衛にお選びになり、庚と命名されました。大鏡様は庚をお気に召された御様子で、近衛で唯一、大鏡様にお目通りできる者となりました」

「他の近衛は会うことが出来ないのですか」

「そうです。許された者しか御尊顔を拝することは出来ません。今ではわたし一人ですが」

つまり近衛も下っ端なので逢えないのは同じというわけだ。神社でも御神体は固く封印され衆人の目に触れることはないところも多い。また現人神を直接見ると眼が潰れるともいう。

「庚の方も大鏡様によって救いを得ることが出来たのでしょう。大鏡様にお逢いしてからは、徐々に明るく親しめる性分へと変わっていきました。近衛として宮に仕える頃には、別人と思われるほどになっていました」

「それで、庚はここではどうだったのですか」

「普通、近衛として仕える者は多かれ少なかれ、出自に影響されます。東なら藤ノ宮の、西なら菅平の利するよう肩を持ってしまいがちになります。いかに本人が宮に使える者として公平を保とうと注意してもです。もちろんそのようなことがあってはならないのですが、近衛といえども人ゆえ、仕方のない面もあります。わたしも些細な部分においては大目に見ているのですが、庚は藤ノ宮の出でありながらそのようなことはありませんでした。あくまで大鏡様の僕《しもべ》として公正な立場で村人に接していました。藤ノ宮にとっては残念なことだったでしょうが」

最後の言葉は菅平の紹介で来た自分に対する牽制のようにも聞こえた。

「衆の庚に対する評価はあなたも聞き及んでいることと思います。庚は大鏡様の教えを護り、伝えることで満たされていきました。大鏡様も庚の実直で真摯《しんし》な態度に満足の御様子でした。もしここを去ることなく、あと幾ばくかもすれば、わたしと同じ側近となることもあり得たでしょう。それゆえ残念なことです」

淡々とした瞳で持統院はそう語る。本当に惜しんでいるようには見えなかった。

「どうして、弟はここを去ったのですか」

「判りません。彼なりの理由があったのかもしれません。ただ、近衛として大鏡様にお仕えしている者がとるべき行動でないことは確かです」

「何かおかしな点はなかったのですか」

　持統院は目を閉じ否と答える。

「ここで弟は野長瀬という男に帰依を勧めていたと聞きましたが」

「野長瀬ですか」

　そう云ったとき端整な口許が僅かに歪んだのを、珂允は見逃さなかった。

「あの男は愚かなことに金を創り出そうと躍起になっていました」

「聞いています、錬金術師だったと。しかしなぜ金を創ることが大鏡様に逆らうことになるのですか？」

「金は彼岸にしかない絶対かつ完全な金属です。大鏡様と同じ属性を持つ」

「絶対かつ完全？」

「そうです。何物にも穢されない金は万物流転の中で最高位に位置する物であり、全ての物の終着点でもあります。つまり森羅万象の物々から、全ての不純物を取り去った究極の姿なのです。彼岸の大鏡様は金であるのですが、現世では僅かに世界の中心、すなわち大鏡様の御岳であるこの鏡山の胎内で九千二百十六年ものあいだ育まれたのちに現われるだけです」

「九千二百十六年ですか」

中途半端に具体的な数字が出てきた。それも途方もなく巨大な数字だ。ほとんど一万年。たいていの宗教は大風呂敷を広げたがるが、それを承知しても一歩引く思いがした。

「その期間この鏡山で物のあらゆる夾雑物《きょうざつぶつ》が取り払われ純化させられるのです。同じ山に育まれていても、鉄や銅といった単純な物は僅かな期間でその下卑た姿を曝しますが、完全なる金が穢れた現世に産まれるには、この山の、大鏡様の、力をもってしてもそれだけの時を必要とするのです。逆に云えばこの世界はそれだけ不純に構成されているということですが……。そして金が大鏡宮の泉から湧き産まれたとき、その効力によりまた人々の魂も浄化されると云われています」

「じゃあ、金があれば大鏡様はいらないということなのですか」

「違います。大鏡様は完璧な存在です。絶対であるがゆえに。むしろ純粋な金の力により、大鏡様のお力が幾万にも強められるのです。つまり触媒の作用を持っているのです」

この村では金は、珂允の常識を遥かに超えた扱いを受けているようだ。しかし、もしそのような正露丸など足許にも及ばない魔法の特効薬があれば、この村は恒に平和であり、西と東が今のようにいがみ合うこともないはずだ。だとすると、ここでは金というのは伝説上の物質なのだろうか。そう訊ねると、

「いえ、少量ですが金は一度現われました。いまから三百八十四年前のことです。そしてそ

の時産み出された金は、今、大鏡様の殿に捧げられております。そして現在でも大鏡様のお力を強めるのに役立っています。ですから、今度金が産まれ出るのは八千八百三十二年後のことなのです。残念なことにいま現在は全ての衆が純粋で穏やかだと云うわけではありません。ただ、八千八百三十二年後に泉から金が湧き出たとき、真の平穏が訪れることでしょう。……ですから」と持統院は穏やかな中に力を込めた口調になると「その神聖かつ完全なる金を硫黄や昇汞《しょうこう》といったたわいのない不純極まりないもので創り上げようというのは、万物生成の自然の理に反していると同時に、大鏡様のお力を軽視しているのです」

なるほど、と珂允は頷いた。といっても何も持統院の言葉に説得されたわけではない。もし野長瀬が金創りに成功しようものなら――そんなことは現代科学ではあり得ないことなのだが――大鏡の九千二百十六年の苦労は全く無意味になってしまうわけだ。ひいてはその威光が代替物で賄えてしまうということで、それは大鏡教に大きな綻びを顕示することになる。つまるところ大鏡信者にとって野長瀬という男は「おれの方が大鏡よりもっと凄い神様なんだ」と主張しているとしか映らなかったのだろう。

「だとすると、野長瀬は重大な反逆者のようですが、その反逆者を処罰せずに帰依を勧めた大鏡様は寛大なのですね」

「そうです。大鏡様はいわばものの道理です。野長瀬ごとき者の存在で大鏡様が揺らぐはずもありません。そもそも揺らぐ可能体ですらないのですから。絶対とはそういう存在です。ただ野長瀬にはその理が見えていないに過ぎません。それゆえ目を開かせようとなさいました。毆るのではなく理を説いて。庚を遣わし、何とか野長瀬に真実を知らしめようとなさいました。庚自身、大鏡様を知り帰依した者ですからこの場合適任だと思われたのですが、結局は徒労に終わりました」

確かに持統院の云うとおり、生来の信者より、異教から大鏡の良さを知り信者になった者の方が説得力は強いかもしれない。

「菅平の遠臣も行ったとか」

ぴくと眉を上げる。

「彼は熱心な者でしたから。その情熱が過度に作用したところもありました。それに考えたくありませんが、庚に対してある種の敵愾心《てきがいしん》を持っていたようにも見受けられました。ただ……」

「ただ、なんです?」

勢い込んで訊ねると、持統院はじっと珂允の眼を見据えた。

「あなたは、菅平遠臣が殺されたことと、庚や野長瀬のことを関連づけようとしていますね。それは芹槻さんのお考えですか」

「いえ、僕が考えたことです」

　ここで芹槻を持ち出すことを芹槻は望まないだろう。今までの話からして、目の前の持統院は近衛の出自による影響を十二分に懸念しているのだ。それは跳ね返って自分にとっても不都合な事態になる。珂允は重ねて否定の言葉を述べた。

　持統院はなお疑わしそうに見ていたが、諦めたように視線を外すと、

「野長瀬は自ら命を絶ちました。金創りに失望したからだと聞いています。確かに菅平の遠臣は幾分野蛮な手法で金創りを止めさせようとしました。だがそれが直截《ちょくせつ》の原因ではないとわたしも考えます。所詮、高貴なる金は人の手で創れるはずもなかったのです」

「野長瀬の死は大鏡様の罰が下ったからだという噂も聞きましたが」

「それはあり得ません」意外なほどあっさりと持統院は答えた。

「大鏡様は野長瀬に庚を通じて帰依を勧めておられましたから、その最中に罰を下される理由はありません。それに、そもそも大鏡様はそのような暴力的な罰を下すことはありません。衆民の問題はあくまで人の意で取り纏めるというのが根本のお考えですから」

「例えば、人殺しにも直接制裁を下さずに、ただそれと判る痣をつけるような、ですか？」

　いくらかの揶揄を込めて珂允はそう云った。だが持統院はそれを揶揄ととる必要もないと云わんばかりに頷く。

「人殺しの手に緑の痣が浮かび上がるというのは本当なのですか」

「本当です」

予想通りの反応。この村ではそれ以外の答などあり得ないかのように。

「でもどうして大鏡様がお判りに」そう訊こうとして止めた。彼らにとっては当然であり絶対のことなのだ。それにこの村では向こう臑《ずね》をぶつけて赤く腫れるのと同じくらい自然に、人を殺せば痣が浮かぶのだろう。因果を司る大鏡の力によって。珂允は質問を変えた。

「ではなぜ人殺しが起きたのでしょう。人を殺せば手に痣が出来ると判っているのに」

「わたしには解りかねます。大鏡様の御業を軽視している者の仕業なのかもしれません。残念なことですが。ただ、いずれ痣が浮かび上がったときに後悔をすることでしょう」

「呑気に構えていると、その前にここから逃げ出すこともあるんじゃないのですか」

「人殺しの禁を犯す者なら、山への立ち入りの禁を犯すことは充分に考えられます。衆もそれを恐れて捜索をしているのでしょうが……ただ、衆の中で起こったことに関しては衆の間で解決をするきまりですから。もちろん最終的な咎《とが》の裁定は大鏡様が行なうことではありますが」

「野長瀬のようにですか」

「どのような裁定が下されるかは、わたしには判りません。ただ野長瀬に対したときのような寛大なご処置はないでしょう。野長瀬は世の理に気づかない、いわば蒙昧《もうまい》な子供です。対して人殺しは明らかに禁を知りながら敢えてそれを犯す反逆者ですから、目を開かせることはわたしには無理と思われます」

蒙昧な子供……うまい表現ではあるが、何となくその理屈が奇妙にも思える。野長瀬はいわば大鏡という体制に逆らう政治犯であり、遠臣殺しの下手人は普通の犯罪者だ。多くの国では政治犯の方が罪が重いケースがほとんどなのに、ここでは逆だ。外部との交流のない閉鎖された村。当然、人口の流入は――両鈴や乙骨の希少な例外を除いて――ない。そんな中で救える者は救え、ということだろうか。

「人々はどうしてここから出てはいけないのですか」

「大鏡様が禁じられているからです」

至極妥当な答が返ってくる。

「あなたは論理的に話の通じる方だと思います。どうして大鏡様は外に出ることを禁じていられるのでしょうか」

それがここの特異性を形成しているのだ。日本から取り残された鎖国の村を。持統院は一拍置いたのち、

「あなたは勘違いをなされているようですね。大鏡様が禁じられたのはここを出て行くこと

ではなく、山に立ち入ることなのです。周囲をとり囲む四つの山々は四岳といい、彼岸と現世の通い路として聖なる存在なのです。ゆえに衆は——山物を採取するために特別に許された山人を除いて——四岳に立ち入ることが出来ません。結果的にはあなたの云われるとおり外に出られないのですが、それはあくまで結果であり、それが目的ではありません」

目的ではないと云っても、結果的に閉じ籠ることを強要しているわけなのだから、そこに何らかの意図があるのではないか、そう思わざるを得ない。ただ、その意図が何なのか、そもそもどれほどの意味があるのか、それは解らなかったが。

なお質問しようと前屈みになったところで、

「そろそろ大鏡様の昼餉《ひるげ》の時間なので」

そう催促され、仕方なく腰を上げる。

「いろいろとありがとうございました。また伺ってもよろしいでしょうか」

「いつでも結構です。あなたも乙骨さんや庚のように大鏡様に気づいてくれることを願っています」

持統院が静かな所作で黙礼をするので、珂允も慌てて頭を下げる。

部屋を出ると静かに扉が閉じられた。行きは篋雪の案内があったが、帰りは一人で長い廊下を下っていった。拝殿は人影なく閑散としている。十数人の近衛たちは、普段は能舞台と繋がっているあの社務所にいるのだろう。

訊きたいことは山ほどあった。確認したいことは山ほどあった。だがどれもが中途半端になってしまった印象を受ける。理由は明快だ。大鏡本人に逢えなかったためである。持統院はいわば広報の代理人に過ぎない。西鈴の心情も、野長瀬の許へ遣わせた真意も全て大鏡しか知らないことなのだ。

もしかすると持統院も関与しているのかもしれないが、役所の窓口のようにわたしは下っ端なので判りませんと容易に責任のがれが出来る。実際されているのかもしれない。いっそのこと持統院の社の脇をすり抜け大鏡に直談判しようかと思ったが、それこそこの村を追放されかねない。同じ人間でありながら大鏡の指先は自分の数千倍もの力があるのだ。

社殿を出ると珂允は歩みを止め振り返った。山中に佇む荘厳な社。俗な温かみを感じさせない造り。西鈴はどうしてここに憧れたのだろう。少なくとも珂允にとってこの空間は救済という名の魂の解放よりも、狭く息苦しく感じるものでしかない。

山頂の辺りから山鳥の啼く声が聞こえる。珂允はふと松虫を思い出した。頭儀が山鳥と云ったあの声。もちろんいま鳴いている声とは全く似つかない。

やがて珂允の思考は、蔵に閉じ籠められた松虫から、部屋に閉じ籠った蟬子へと移っていった。

13

薄暗く凍った部屋の中、蟬子はひとり座り込んでいた。

簞笥の上にずらりと並べられた日本人形や置物が、翳りを帯びてもの悲しく俯いている。窓の隙間から忍び込む秋風が衣桁《いこう》の打ち掛けの裾をはらりと撫でている。束ねるのを忘れられた艶やかな黒髪が、畳の上に根を張ったように放射状に広がっている。

「お姉さん、どうしたらいいの」

珂允に背を向けながら、小さな人形を目の前にかざし、小声で呟いていた。

「蟬子ちゃん」

呼びかけると、ようやく気づいたふうにはっとこちらを見る。同時に慌てて人形を背後に隠す。

「それ、お姉さんのかい」

口籠った蟬子だったが、諦めたようにうんと頷く。

「でも、内緒にしてね。お父さんに見つかると叱られるから」

「どうして？」

「……忘れなさいって」

蒼白い顔で、伏し目がちにぽつりと洩らす。珂允は近寄ると優しく声を掛けた。

「人形見せてくれるかな」

黙って蟬子は両手で突き出す。可愛い人形だった。二十センチくらいだろうか。博多人形ほどではないが、丸みを帯びた顔に柔和な笑みが浮かんでいる。唇には薄い紅。同じ手によるものなのは素人目にも判る。蔵の人形に比べると多少見劣りするが良くできている。あの人形が嫁入り前の総決算だとすれば、これはまだ修業段階のものであるかのように。そのためか身につけている晴れ着は、まだ幾分変な色彩を持っている。この村の感覚と珂允の感覚のちょうど中間のような。彼女の異才の片鱗が顕われ始めた、といった感じだ。

「蟬子ちゃんがモデルなのかい」

くっきりとした目許を見比べながら訊ねた。

「モデル？」

「あ、ああ。モデルじゃ分からないか。これ、蟬子ちゃんなの」

「うん。一年前にお姉さんが蟬子にって」

「形見なんだね」

「うん」

返された人形をぎゅっと抱きしめる。それは蟬子の腕の中に心地よさそうに収まった。

「それで、この人形に何を相談していたんだい」

「…………」

目を逸らし押し黙る蟬子。しばらく待ってみたが反応はなかった。ただ風が顔の前に垂れる黒髪を揺らすだけだ。

「散歩でもしないか」

例によって蟬子は首を横に振ろうとする。珂允はそれに構わず強引に細い腕を摑んだ。

「行こう、どこか眺めのいいところを案内してくれ。そうでないと詩が思いつかないんだ。……ね」

視線を捉えるように正面を向かせる。だが、今度は蟬子も目を逸らさなかった。洞窟の奥深くで湧き出る泉のような暗緑を湛《たた》えた瞳でじっと見返す。

「そうね。珂允さん詩人だもんね」

弱々しく微笑み、ぽんぽんと膝の埃を払うようにしながら立ち上がった。

「わたしが案内しなきゃね」

「そうだよ、助けがいるんだ」

「外で待ってて。いま髪を纏めるから」

「ああ」

何とか連れ出すことには成功した。珂允は部屋を出ると、壁に凭《もた》れかかりほっと息を吐いた。

「お嬢さん、どこへ」

縁側から裏庭に降り立とうとしたとき、納屋へ向かおうとした篤郎が気づき駆け寄ってきた。

「散歩だよ」

遮るように珂允は二人の間に身を挟む。ここで篤郎に邪魔をされては水泡に帰しかねない。作業衣姿の篤郎は何か云いたそうに珂允を睨みつけたが、任せることにしたのかしぶしぶ一歩退いた。

「お気をつけて」

ずっと顔を伏せている蟬子にそう言葉を投げかける。

「ああ」

代わりに珂允がそう答え、表門の方に手を引いていった。口惜しそうに立ち尽くしている篤郎。不謹慎だが気持ちがよかった。

「さて、どこに案内してくれるのかな」

門を出たところで、珂允は訊ねた。

「眩しい」

久しぶりの陽光に蟬子は手をかざし目を細める。僅かではあるが声に張りが戻ってきている。

「千原の丘がいいかもしれない。こんな晴れた日にはあそこが一番好きだから」

一週間部屋に閉じ籠っていたせいか、蟬子は弱々しくおぼつかない足どりで坂を下り始めた。

「大丈夫かい?」

慌てて手を取り支えようとしたが、蟬子はそれを断ると、

「もうひとりで歩けるから」

「そうかい。じゃあ、そこに案内してもらおうかな」

蟬子の言葉に安心する。ひとりで歩いていけるのなら大丈夫だ。

蟬子が閉じ籠りきりだという噂は近所の人たちも当然知っているらしく、珂允と連れだっ

て歩いている姿を見て、村人たちは驚きと安堵の表情を見せる。蝉子は人気者らしく、千原の丘に着くまで通りすがりの好意的な笑みに曝された。もちろんそれは蝉子のための笑みだろうが、たとえそのおこぼれでも少しばかり英雄にでもなった気分だ。

千原の丘は背後には山が、反対側には段々の茶畑が広がる、その間の野球のグラウンドくらいの広さに野草が生えた土地だった。南西の山間に流れ込む鏡川が、そして対岸の村落が一望できる。

面白いのは、入り江のごとく複雑に湾曲している山裾と陽光に照らし出されている黄色い水田のせいで、中央を横切る淡碧《うすみどり》の鏡川がまるで天橋立《あまのはしだて》のように飄々《ひょうひょう》と横たわって見える点で、蝉子の推薦どおりこんな晴れた日には最も似つかわしい場所だ。股間から逆さまに覗き込んで見たいほどに。

ところどころ飄揺《ひょうよう》している真綿の雲が、くっきりと濃い縁取りの影を落としている。雲の輪郭というのをブラウン管でしか見たことがなかった珂允は、絵に描いたようなまとまりのよい綺麗な景観に思わず見とれていた。

「いい眺めだね」そう心から呟いていた。この村自体、眺めだけは街に比べると遥かに落ち着く。良いものの中のさらに最良の場所。それを知った気分だ。

詩人でない珂允にも、本当に詩が湧き上がってきそうなほどに。

「そうでしょ」

乾いた叢の上に腰を落としながら蝉子は頷いた。

「何かいい詩が浮かんだ？」

「そうだね。足許にはただあるがままの鏡川……」

珂允は初めて句を詠んだ。即興だが初めてにしては良くできている。そんな気がした。もとよりうまいへたよりも詠むことが重要なのだ、何となくそうも感じる。

蝉子は珂允の発した句を二度ほど繰り返し口吟《くちずさ》んでいたが、

「いい詩ね。……よかった」

目許に笑みを浮かべて珂允を見上げる。

「蝉子ちゃんのおかげだよ」

うん、と再び川の方に目を向ける。

「子供の頃はあの辺で釣りをしたの。父さんに連れられて、兄さんと一緒に」

そう云って指さしたのは、橋から少し南に下った中州だった。かつての蝉子のように川釣りを楽しんでいる子供たちの影が見える。微かにその騒ぎ声が聞こえてくる。

「兄さんが針につけるミミズを怖がってよく泣いていたの」

「蝉子ちゃんは」

「わたしは平気だったわ。今は触りたくないけど。不思議よね。昔は平気だったのに……」

　蝉子は身を丸め、膝に顔を深く埋めた。

「……姉さんは最初から釣りになんか行かなかったし。家で琴ばかり爪弾いてた。上手かったわ。わたしもあんなに弾けたら、みんなから褒められるんだろうけど、」

　そこで言葉は途切れ、圧し殺すような泣き声が耳許に伝わってくる。珂允は静かにその隣に座った。

「お兄さんから聞いたよ。お姉さんと遠臣君のこと」

「えっ」顔を上げる蝉子。珂允の眼をじっと見ていたが「そうなの」と再び俯く。

「知っていたの」

「昨日、葛君から聞いたんだ」

「…………」

「蝉子ちゃんは遠臣のことが好きだったのか」

　しばらくして「わかんない」と呟き声で、またしばらくしてから「好きだったかもしれない」と答えた。

「でも、遠臣さんは姉さんのことが好きだったの。姉さんが死んだときすごく悲しんでいたもん」

「許嫁だったらしいね」

「うん」

「でも、今は蟬子ちゃんと結婚したいと思っていたんだろ」

「姉さんが死んだからね」

切なさを含んだ声で顔を上げた。涙で瞳が潤んでいる。下の睫毛《まつげ》では支えきれないほどに。

「もし、姉さんが死んでいなかったら、遠臣さんは姉さんと結婚していたのよ」

声を震わすたびに張力が弾け、一筋、また一筋と流れ落ちる。やがてそれは溢れ出る奔流となり白い頰をくちゃくちゃに湿らせた。

「お姉さんは遠臣のことが好きだったのか」

「そう思ってた」ひっく、としゃくりあげる。「……でもわかんない」

「どうして？」

「姉さんってあまり喋らなかったから。それに……」

口数が少なく感情をあまり表に出さない。あの人形のイメージとダブって見える。思い描いていたとおりの。自分の中の木製の人形に、血肉が宿りつつあるのを感じていた。

「それに、悲しんでいる感じでもなかったし」

「何が？　遠臣が死んだこと？」

松虫がいないことを片隅で承知しながら、なぜかそう訊ねていた。蝉子の言葉にそう感じた。それとも、そうあって欲しいという自分の願望なのかもしれない。

「……わたしの方が」

顔を伏せたまま蝉子はぽつりと洩らしただけだった。涙が袖を濡らし広がっていく。その震える華奢な肩に手を掛けようとしたが、思い直し引っ込める。背中が慰めを拒絶しているように見えたからだ。

「蝉子ちゃんは遠臣のことが好きだったのかい」

再び珂允は訊ねた。雲の影が珂允たちの上に落ち、蒼いスポットライトのように晴れ間にぽっかりと薄暗い空間が出来上がる。

「好きだった。大好きだった」

今まで圧し殺していた感情を爆発させるかのように、その声はロッシーニ・クレッシェンドのように大きくなっていき、最後に叫び声だけが残った。

「姉さんがとても羨ましかった。だから……だから遠臣さんと結婚できると決まったとき嬉しかった。とても嬉しかったの。でも、でも……」

噎ぶように声を詰まらせる。

「でも、姉さんが死んだのに。わたし一人が幸せになるなんて」

「つまり、お姉さんに申し訳なかったのか」

こくんと首を傾けた。

「なのに……」

その遠臣も殺されてしまった。幸せと疚しさの板挟みが突如消えてしまったその喪失感。ぽっかりと底が抜け空いてしまった想い。何となく……ただ何となくだが解る気もする。珂允自身が経験した離婚と弟の死を重ね合わせれば。今まで嵌められていた足枷が全て外され、走るものか翔ぶものか、何をしていいのか戸惑う瞬間。

「本当に遠臣のことを好きだったんだね」

「わたしって嫌な女よね」

「別に、」さりげなく否定する。「仕方のないことじゃないか」

離婚を持ち出されたとき、茅子はどんな思いでいたのだろう。裏切った珂允に申し訳ないという気持ちと、珂允の眼を気にせず弟と逢えるという気持ち。あの何か云いたげな表情はその表われだったのだろうか。今となってはそんな気もする。ただ当時は何も気がつかなかった。そんな余裕はなかった。もし今の蟬子の時のように汲んでやれていたなら、未来は変わっていたのだろうか。

「蟬子ちゃんが遠臣のことが好きだったんだから。お姉さんも君が悲しんでいるより、幸せになったほうが嬉しいだろうからさ」

「そうかしら……」

片隅に残るしこりを気にするように、蝉子は疑問を呈す。

「そうさ」と、自分に云い聞かせるように、珂允は力を込めた。

「そうに決まってる。そうでなきゃ死んだ姉さんが可哀相だよ」

「でも、わたしも幸せになり損なっちゃった。これも罰なのかも」

「一番好きな人を失うのは、何も君だけじゃないよ」

暗い声に驚いたように珂允を見返す。

「珂允さんも失ったの」

「ああ、ものの見事にね」

肩を竦める。

「悲しくなかった?」

「哀しかったさ。でも、諦めなきゃならない」

「どうして?」

「どうしようもないからさ」

そう。どうしようもないことなのだ。他人には簡単に云えるのに……。暗澹たる霧が心の中を覆い尽くす。

「単純なのね珂允さん。……それで旅をしているの」

「そうかもしれないな」

再び陽射しが広がり始めた原っぱに珂允は背を倒した。

「そうかもしれない」

……弟もまた珂允の大切な人だった。そうかもしれない。

「どうしたの珂允さん」

蝉子が覗き込む。涙の跡がきらきらと輝いていた。

「旅はやっぱり好きだからかな」

「詩も?」

「そうだな……空に映えるは山の影」

「変なの」

濡れた頬を緩ませる。そして同じように仰向けに寝転ぶと、ぼんやり空を見上げながら蝉子は呟いた。

「わたしも旅をしてみたいな。この山の向こう……珂允さんの住む街にも行ってみたいな」

「出て行きたい?」

全てから逃げ出してきた珂允。だからその気持ちはよく解る。だが蟬子はしばらく押し黙ったあと、「わからない」と頼りなさげに目を閉じる。

「それに、どこを行けば出て行けるのか判らないもの」

村を取り囲む山並みをぐるりと見渡しながら蟬子は答えた。

「珂允さんは判るの」

「確かあそこから」

自分が鴉に襲われた西の方を指さしながら、珂允は指の置き場に困った。あるのは山、山、山。どれも同じような樹海ばかり。

そういえば、ここから出るにはどうしたらいいのだろう。来るのに目印を置いてきたわけではなかった。辿り着けたのはある意味で僥倖《ぎょうこう》だったのだ。その上夕刻だったので詳しい道どりを覚えていない。

「行ってみよう」

バネのごとく身を起こし立ち上がると、珂允は呆気にとられきょとんとしている蟬子を促した。

「どうしたの、珂允さん」

「ちょっとついて来てくれないかな」

急かすように手を曳き、野中の道を下っていく。そして丘を回り込むように北上したあと行き慣れた道を西へと進み、自分が初めてこの村に踏み入れた地点に足を運んだ。

東西に延びる街道はそこから百メートルも行かないうちに左へ折れている。だが来るときに道を曲がった憶えはない。辿り着いた喜びも束の間、すぐに襲われたのだ。

だとすると突き当たりの山端から珂允は降りてきたことになるのだが……そこに見えているのは灌木と樹木の生い茂った粗い斜面だけだった。獣径《けものみち》すらあるようには見えない。

試しに少し登ってみる。山に入ることを禁じられている蟬子は、道が切れたところで不安げに見守っている。案の定、足跡は残っていない。来たときから日数が経っているし、その間に何日も雨が続いた。

帰れないんじゃないか。

ふとそんな疑惑が頭を掠めた。

今までは、ここに留まって弟の謎を突き止めよう、それまでは帰れない、と考えていたので帰路は考慮に入れていなかった。しかし、全てが終わったとき、どうやって帰るのだろう。行きは弟のメモにより当たりをつけることができた。ただ、帰るとなると別だ。下手をするとより山間深くに漂泊《さまよ》ってしまうかもしれない。

「どうしたの、珂允さん」

放っておかれた態の蟬子がおずおずと呼びかける。

「何かあったの」

その柔らかな声が珂允に冷静さを取り戻させた。

「いや、何でもない」

考えてみれば、帰り道などあのメルカトルに聞けば済むことではある。慌てて蟬子を振り回すこともなかった。鴉の時と違い自家中毒のようなパニックに陥ってしまったのだ。自らの愚かな行動を打ち消すかのように声を張り上げると、珂允は斜面を滑るように降りた。

「ごめん、こんなところに連れてきて」

「ううん、いいの。何か飛んでいったような気がするから」

小さなえくぼを作りながらそう云う蟬子。

「何が」

その答は聞かずとも、蟬子の顔を見ればすぐに判った。たとえその表情、言葉が気丈な嘘だろうとも、珂允には嬉しかった。

「遠臣のお墓はどこにあるんだい」

「あっち」

今度は蟬子が指をさす。

「参りに行こうか」

「……うん」

蝉子は珂允の左腕をぎゅっと抱きしめた。人の暖かい感触が伝わってくる。

＊

その夜、紙に包まれた小石が障子戸から投げ込まれた。それは障子に小さな孔を穿《あ》け膝許にまで転がってきた。

14

「啄雅《たくまさ》の云うとおりだとすると、乙骨さんが怪しいな」

中州で釣り糸を垂れながら、朝萩はそう結論づけた。

野長瀬のおじさんの家にこそこそ集まってばかりだと大人たちに不審の目で見られるので、今日は川釣りにかこつけたのだ。折よく恰好の釣り日和で、これなら誰も怪しむことはないだろう。どこから見ても健全な子供たちのはずだ。

というのも、この前おじさんの家に入ったところを誰かに見られて、朝萩が親父さんから注意を受けたのだ。

「あんな男の家で遊んでいると、お前にも大鏡様の罰が下るぞ」

顔をしかめながら朝萩は釣竿を持ってきたわけを話した。朝萩は家でも賢い優等生を装っている（と本人は云っている）のでこういう時苦労するらしい。ただ、その親父さんの言葉だけでもおじさんがいかに嫌われていたかが判る。

「どうしてそんなことが云えるんだ」

釈然としないふうに啄ちゃんが訊き返す。啄ちゃんの仕入れてきた情報というのは、殺されたとき遠臣は薪能の時と同じ直垂姿だったことと、亥《い》の二刻頃、遠臣を見た者がいるということだった。遠臣を見たというのは東の小長である今垣《いまがき》の家の厩番《うまやばん》で唐助《からすけ》という男だった。その夜は牝馬の分娩に朝までつき合っていたのだが、用足しに出たところ垣の向こうを遠臣が歩いていくのを見たらしい。今垣の厩は本寮から北にあり鷺ケ池とは逆の方向だった。また遠臣は厩の前を北に向かって歩いていったという。

だがそれだけで、いきなり朝萩は乙骨さんが怪しいと云い始めたのだ。啄ちゃんだけでなく、橘花にも全くわけが分からなかった。

「遠臣が直垂姿で殺されていたということは、本寮に戻っても平装束に着替えなかったということだ。でも、本来は宮から戻ったらすぐに着替えなければいけないんだ。直垂は宮様の式服だからな。おれたちが去年、十歳の祝いに着せられた式服も宮様から帰るとすぐに脱がされただろ」

「うん」と橘花は頷いた。「でもそれは汚しちゃいけないからだと思ってた」

すぐ遊びに出かけようとしたら母さんに着替えさせられた憶えがある。

「それもあるけど、式服は宮様の儀式のための清められた服で、それ以外の時に着てはいけないんだ。清められた服におれたちの住む世界の穢れがついてしまうからな」

さすが近衛様を目指しているだけあってそういったことには詳しい。橘花は感心しながら耳を傾けていた。

「おまけに遠臣は翼賛会の代表だ。そういったことには普通の大人より敏感なはずだ。まして鴉に襲われたあととなれば、直垂についた穢れを清めるためにもすぐに着替えようとするだろう。なのに……これは戻っても着替える暇がなかったことを示している」

「鴉の奴に穢されたから、どうせって感じでそのまま歩き回ってたんじゃないのか」

そう訊ねているときも、日頃釣り名人を自称している啄ちゃんは竿だけは真剣に握っている。

「もし啄雅の式服が汚れたとして、どうせだからってそのまま放っておくか」

「いや」啄ちゃんは素直に認めると、「すると戻った途端に殺されたってことか」

「おそらくな。それも本寮で。もしすぐに鷺ケ池に呼び出されたとしても、まず着替えるはずだからな。遠臣は殺されてから池まで運ばれたんだ」

「ちょっと待てよ。遠臣は唐助に亥の二刻には姿を見られてるんだぜ」

朝萩の説だと、本寮で待ち伏せしていたかすぐあとに忍び込んできた奴によって殺されたことになるが、遠臣が本寮に戻ったのが戌の二刻だから、一辰刻も開きがある。

「そこが重要なんだ。唐助という奴の話だと、亥の刻になっても遠臣は直垂をつけて歩いていたことになる。そんなことは絶対にないから、考えられるのはあの遠臣は偽者だったということになる。唐助とかいう厩番は遠くから遠臣の服を見ただけだろ。別に近づいて話したわけじゃない」

「別人が遠臣の服を着ていたというのか？　いくら暗いからって顔を見ればわかるだろ」

「顔も似ていたんだ」

朝萩は自信たっぷりに力説した。

「でもそんな奴ここにはいないぜ」

「いるんだよ。〝奴〟じゃないけど」

謎めかして言葉を区切る。まるで橘花たちに考える時間を与えているかのように。でも、橘花にはそれだけではどういう意味なのか解らない。朝萩のように賢くないのだ。賢くないのは啄ちゃんも同様で、しばらく首を捻っていたが堪えきれず、

「どういうことなんだよ」

と朝萩に訊ねた。橘花も「うんうん」と答を求める。

「人形だよ」

「人形？」

「そう、遠臣そっくりの」

「垣から見えるのは上半身だけなんだろ。裏から腰を持って歩いているふうに見せかけるのはわけないさ。暗がりだから、遠臣らしいとは判っても、人形かどうかまでは解らない」

「それで乙骨さんか。確かに乙骨さんの創る人形は本物みたいだからな」

感心するように啄ちゃんは何度も頷いた。でもまだ納得できない様子で、

「でも唐助が見たのはたまたま小便しに表に出たときなんだぜ」

「あの時間に厩に明かりがついていたら、馬に何かあったくらいは見当がつく。なら怪我にせよお産にせよ、厩番は水汲みやらで頻繁に表へ出ることが予想できる。それが小便の時だっただけで、決してたまたまなんかじゃない」

「ずっと外で待ってたのか？」

「亥の二刻ともなれば通りに人なんていやしないさ。今でこそ翼賛会の連中が夜回りしてるけど」

「じゃあ、どうして遠臣が歩いている姿を見せる必要があったんだ」

「遠臣が本寮で殺されたことが解るとまずい理由があったんだろう。それが何かまでは判らないけど、わざわざ鷺ケ池と反対方向に向かって歩かせたのも意味がありそうな気がする」

「なるほどな。すると本寮に何かあると云うんだな」

「でも、人形なら簑緒屋のじいさんだって」

腕組みし黙り込んでしまった啄ちゃんに代わって、たまらず橘花が口を挟んだ。

「あのじいさんはもう人形を創っていないよ。等身大の人形を創るとなればこっそりというわけにもいかないからな。それに、あの遠臣の大きな身体を池まで運んでいけたと思うか。下手人は本寮で殺してそれを池まで運んでいったんだぜ」

「確かにじいさんにゃひと苦労だな」

すっかり朝萩の側になった啄ちゃん。でも橘花はまだ頷かなかった。別段、橘花が乙骨さんを好きだからというわけじゃない。嫌いでもないけど。ただ乙骨さんと決めつける朝萩の語調が何となく厭な気分にさせるのだ。なぜだか理由は判らないけど、渋柿を舐めたときのようなそんな厭な気が。

「それに、じいさんなら式服を着たまま一辰刻もいることの不自然さに気がつくだろ。殺したあとにでも着替えさせるか何かするよ。逆に乙骨さんはその辺をまだよく判っていなかった可能性はある」

「乙骨さんは遠臣の人形を創るのを頼まれただけかもしれないし……」

「それなら乙骨さんが気づくだろ。殺された当人の人形を創っていたんだから、どう関わっているのかは判らないにしても不思議には思うはずだ。なのに何も云い出さないということは、乙骨さんも遠臣殺しに関わっているんだよ。そして、人形が何に使われたかを知っている。だから黙ってるんだよ」

「お前の云うとおりかもな」

「でもなぜ乙骨さんがそんなことを？」

　橘花は諦めずに喰い下がった。

「乙骨さん単独というより、巳賀の家、ひいては藤ノ宮に命じられたというほうがあり得る。啄雅の云うとおり南の開拓が絡んでいるのかもしれない」

「結局、あの人も外人だしな」

　溜息混じりの啄ちゃんの言葉で、橘花は厭なものの正体が判ったような気がした。村の人を犯人にしたくないのは解る。だからといって乙骨さんに押しつけていいものだろうか。乙骨さんが人を殺すかどうかは知らないけど、外人だからと決めつけてしまうのが引っかかっていたのだ。

「じゃあ、お前は外人の肩を持つのか」

「そんなつもりじゃ……」

「そりゃ、お前は外に憧れてるもんな。下手人が外人だとは思いたくないだろうさ」

「それは云いすぎだぞ」

張本人の朝萩が注意する。橘花は顔を伏せた。確かに朝萩の云うことは尤もらしい。でも、何か引っかかるのだ。重苦しい雰囲気が川のせせらぎに乗ってやってくる。

その中、啄ちゃんが閃いたように口を開いた。

「乙骨さん、外人だから人殺しは手に痣が出来るって云うのを知らないかもしれないぜ」

「まさか」と声を上げたものの、そのおそれは充分あり得ることに気がついた。痣が出来るなんて、別に普段から聞かされているわけではないのだ。ただみんな知っている。知っていると思っているからわざわざ口にはしない。誰も人殺しの時の話なんてしたくない。

「そうだよきっと。それに自分は外人だから大丈夫と思っているのかもしれない」

「そうだな。ここの者なら人殺しなんて怖くて出来ないもんな」

結局そこに行き着くのだ。どう理屈をこね回そうとも。乙骨さんでなく今度来た外人が怪しいって云っている人も多いくらいなのだから。橘花はますます顔を膝に埋める。橘花が憧れている外の世界。飛び出していきたい世界。だが外の世界の住人は大鏡様の罰など恐れずに人殺しをやってのける。すごく野蛮な。乙骨さんへの非難の言葉一つ一つが橘花の夢を汚していく。

「もしかすると、野長瀬さんを殺したのも乙骨さんなのかもな。藤ノ宮に頼まれて」

啄ちゃんの声が頭の上を通り過ぎていく。もし本当に乙骨さんが下手人ならどうしよう。

おじさんを殺した奴を捕まえたい。自殺じゃなく殺されたことを証明したい。でもそれが本当に外人の乙骨さんだったなら。

「でもこれからどうする？　大人たちにこのことを話すのか」

「もし藤ノ宮が絡んでいるのなら、慎重にならないと厄介だ。かといって西の連中にだけ教えてやるのも癪《しゃく》だし。何にせよもう少ししっかりとした確証がないとな」

首を傾げるような朝萩の声。橘花に構わず二人は話し続けている。

「出来るなら本寮を見てみたいんだけどな。下手人が何を隠そうとしたのかこの目で確かめないと」

「本寮は無理だろうな。遠臣の弔いとか云って翼賛会の連中が夜も屯《たむろ》してる。入り込む隙は全然ない。おれたちがちょっと見せてくれと云っても、それならと見せてくれるとは思えないしな」

「そうだな……でもあそこを見ないことには」

「なあ、まず乙骨さんの作業場に行ってみるのはどうだ。もしかしたらまだ遠臣の人形が残っているかもしれない」

「でもあの乙骨さんが作業場を見せてくれるとは思えないな」

「忍び込むんだよ。こっそりとな」

まるで畑の西瓜を盗むような啄ちゃんの声で橘花は顔を上げた。見ると朝萩は迷っているのかじっと考え込んでいる。

「乙骨さんのところに忍び込むの？」

恐る恐る訊ねると、啄ちゃんはさも名案だと云わんばかりに顔を輝かせながら、

「そうだよ。乙骨さんの人形を確認するんだ。もし遠臣の人形だったなら朝萩の言葉が正しいって判るだろ」

「でも危ないんじゃ」

「少しは危険を冒さないと、下手人捜しなんて出来ないぜ」

「そうだな」

ようやく心を決めたように朝萩は深く頷いた。重くきっぱりとした声だ。もし乙骨さんが下手人じゃなかったら単なる盗人になってしまう。優等生の朝萩にとっては重大な決断だったのだろう。

その言葉に啄ちゃんはぽんと手を叩くと、

「よし決まりだな。じゃあ今晩」

「今晩？」

「善は急げ。こういうのは早いほうがいいに決まってるだろ。橘花はどうする？」

朝萩の同意に気をよくしたのか、溌剌《はつらつ》とした声で振り返る。そして意地の悪い笑みを浮かべながら、

「怖いんなら、橘花はいいんだぜ」

「ぼくも行くよ」

橘花はそう答えていた。ムキになったわけじゃない。どうであれ、この目で確かめなければ気が済まないのだ。ここまで来て蚊帳の外に放り出されるのも耐えられない。

「そう来なくちゃな」

ひとり嬉しそうに頬を緩める啄ちゃん。きっと耳長の啄ちゃんにとっては誰が下手人だろうが関係ないんだろうな……この前、朝萩の叔母さんを疑う発言をしていたことを思い出しながら橘花は少し哀しくなった。

その時、川縁から橘花たちを呼ぶ声が聞こえた。

「おお、いたいた。おれも入れてくれよ」

見ると釣竿を持った辰人が大きく手を振っている。そしてばしゃばしゃと浅瀬を渡りながら近づいてくる。

「啄ん家に行ったら、ここへ釣りしに行ったって聞いたからさ。ずるいぜ、おれも呼んでくれればよかったのに」

「辰人には云わない方がいいだろうな」

啄ちゃんが小声で橘花たちを見る。橘花は小刻みに何度も頷いた。辰人は苦手だ。だからまだ知られたくない。

「そうだな」

朝萩も小さく頷く。

「悪かったな！　でもまだ誰も収穫はなしだ」

啄ちゃんがそう叫ぶと、辰人は嬉しそうに中州に上がってきた。

＊

朝に鎌で切った傷口がまだ痛む。滲み出た汗が流れ込みひりひりする。焼鏝《やきごて》を押しつけられているかのように。

なのに弟は今日も遊びほうけている。友達と釣りに行くとか何とか云っていた。友達づき合いも大事なんだとかつまらない理屈をこねながら手伝いもしない。

真夏を思わせる炎天下、里芋畑の雑草をむしり取りながら櫻花はひとり苛立ちを隠せなかった。分厚い太陽が首筋から背中、腕にかけて照りつける。麦藁帽子の隙間から顔に陽の矢が降り注ぐ。暦の上では夏も終わったというのに、一向に涼しくならない。異常気象だろうか。去年はそうでもなかった。

暑いだけならまだしも、雨もほとんど降らない。これじゃ野菜の実りが悪い。せっかくの休みを返上してこれだけ頑張っているというのに。

愚痴の一つも云いたくなる。そして雨が降ろうが降るまいが関係なくのほほんとしている弟にはなおさら腹が立つ。

せめて今だけでも風が吹いてくれればいいのに。そう思いながら櫻花は腰を上げた。ずっとしゃがんだままだったので、ボキと威勢のいい音が背中で鳴る。もともと力仕事に向いていない身体が軋み始めている。最近背中の張りが一晩経っても退《ひ》かなくなった。

「くそ」

滴る汗を手拭いで拭き取りながら、櫻花は粘着質な唾を吐き捨てた。

「何でおれだけ」

この前も櫻花が云いつけた仕事をほっぽりだして、友達と遊びに行った。たまに用事を頼んでもこうだ。夕方帰ってきて殊勝な顔をしている。だがその仮面の裏側は「ごめんなさい」の一言で全てを済ませてしまおうという魂胆なのだ。自分がいくら怒鳴ろうが、説教しようが、結局は母さんが庇ってくれると計算しているのだ。そして実際に弟の計算通りになった。実に腹立たしい。

自分だってこんな暑い日はぱっと泳ぎに行きたい。

どうして母さんはあいつばかり贔屓にするのだろうか。

「子供は遊ぶことも大事なんだよ」

そう云う気持ちは分かる。でも、自分には「兄さんなんだから」と厳しく云うことも度々だ。そしてどんなに真面目にやっても可愛がられるのは弟の方だ。

……もしかすると自分は愛されてないのではないだろうか。

自棄でそう考えたくもなる。だがそれが違うことももちろん解っている。自分は母さんに頼られているのだと。父親がいなくなった家の中で、一人で気を張って家を支えている母さんが唯一頼っているのが自分なのだと。それは解る。解るからこそ何も云えなくなる。

「これから忙しくなるんだから少しは手伝えよ」

「うん」と大したことではないかのように弟は頷く。不承不承といった感じだ。それが何かは知らないが、あいつの関心が畑や母さんの身体のことではなく他にあることは解っている。でも、家族なんだろ……と云いたくなる。仕事から疲れて帰ってきて家事をする母さんを見て何も思わないのかと。

「お兄ちゃんは将来の夢とかはないの」

なのに何も考えてない頭でそう訊き返してくる。まるで自分には夢がないかのように。

あいつになんか解るものか。あんな極楽トンボに。夢ばかり見て、それで心が満たされてしまうような奴に。なのに可愛がられるのはいつも弟だ。

神様は不公平だよな……お決まりの愚痴が口を突く。自分の方が遅く生まれていたなら、こんな思いもしなかったはずなのに。

敢えて云うなら、櫻花の夢は弟になることだった。無邪気に自分のやりたいように振る舞いながら。そうすれば母さんの愛情を得ることが出来る。その時はもちろん兄である自分は要らない。つまり、自分が兄であり弟でもあったなら。母さんのたった一人の子供だったなら。

うだるような芋畑に立ち尽くしながら、暑気に当てられたように櫻花はひたすら考えていた。

夢……夢について。

＊

夜になった。隣の布団では兄さんと母さんが眠っている。働き者の兄さんは大きな鼾《いびき》を立てている。よほど疲れているのだろう。

最近兄さんの目がますます厳しくなっている。母さんがいなかったらほっぺたが倍に膨れ上がって眠るどころではなかっただろう。そんな気がする。

「たまには手伝え」

今日も怒気を帯びた声でそう云った。でも、一昨日はちゃんと手伝ったのだ。前の日の埋め合わせとして。なのに「たまには」と云う。そりゃ毎日働いている兄さんに比べれば「たま」なんだろうけど、納得がいかない。

兄さんの寝姿——幸いにも向こうを向いていた——を見やりながら橘花はそろりと身を起こした。これから抜け出して啄ちゃん家の前に集合する。こんなことがばれたら兄さんだけでなく母さんにまでこっぴどく叱られるだろう。当分外に出してもらえないかもしれない。兄さんはここぞとばかりに仕事を押しつけるだろう。決まっている。

そうなれば橘花の夢はまた遠くなってしまう。早く野長瀬のおじさんを殺した下手人を突き止め、心置きなく外へ飛び立つ準備に取りかかりたい。

夜が更けるまでの間に橘花は乙骨さんが下手人でもいいやという気分になっていた。確かに、人殺しはやっぱり外人だったということなのは嫌だけど、みんながそうじゃない。外人にも庚さんのような優しい人がいるのだ。……だから今はとにかく下手人を突き止めるのが先決だ。

橘花が事を急くのには理由があった。今、西の千本の家には外人が来ている。ちょっと間抜けで、遠臣を殺した疑いもちらほらかけられていた外人だ。まだ逢ったことはないが、ゆくゆくはその外人に外の話を聞いて旅立つ参考にしたい。さすがに今すぐ一緒に外へ連れていってもらいたいとは思わないが、周囲を取り囲んでいる大鏡様の山を越え外に出る方法は聞き出したい。いつかひとりで生きていく自信がついたときのために。

そしてその時期はそんなに遠くないように思えるのだ。なのにここでぐずぐずしている間に、当の外人が帰ってしまったらどうしようもない。次の外人がいつ現われるのか判ったものではないのだ。

かといって、こんな状況であの外人を訪ねれば叱られるに決まっている。疑いが晴れたあとで堂々と逢いたい。それに渦中の外人に逢えば、橘花が外に強い興味を持ち、出ていきたがっていると知られてしまうかもしれない。そうなれば兄さんや母さんだけでなく村中の大人が叱るだろう。冷たい目で自分を見ることだろう。かつて野長瀬のおじさんがそうだったように。だからみんながあの外人をあまり気にしなくなってから逢いたいのだ。

橘花は静かに障子戸を開けた。月が綺麗だった。蒼い光が射し込み兄さんの顔を照らす。ううん、という唸り声に慌てて外に出て障子を閉める。

人だけでなく牛も鶏もみな眠っている。その中で虫の声だけが蒼い世界に静かに響いていた。

ちょっと怖い。みんなが警戒するように、本当に人殺しがうろついているかもしれないのだ。もし途中で出くわしたら……。

「大鏡様お護り下さい」

心の中でそう呟くと、橘花は啄ちゃんの家へと駆けていった。


「遅い！」

はあはあと息を切らせている橘花に向かって、啄ちゃんは苛立つように小声で怒鳴った。

朝萩は既に来て涼しい顔をしている。

「ごめん。それより啄ちゃん手燭《てしょく》は持ってる？」

「もちろん抜かりはないさ」

脇に置いてあった手燭を啄ちゃんは持ち上げた。親指よりも太い新品の蠟燭がその上に載っかっている。

「一つあれば充分だろ」

「うん」

「なら、行こうぜ」

すっかり乗り気の啄ちゃんは足早に歩き始める。走ってきたばかりの橘花は「ちょっと休

ませてよ」と訴えたが、啄ちゃんはそんな言葉を馬鹿にするように、

「だらしないな。それとも怖いのか。なら帰ってもいいんだぜ」

「そんなことないよ」

橘花はムキになって啄ちゃんの歩みに合わせた。ただ最後の啄ちゃんの言葉は気にならなくもない。啄ちゃん自身は気づいているのかどうか判らないが、もし乙骨さんが下手人なら、自分たちは人殺しの家に忍び込んでいくのだ。それも夜中に。殺されたって文句は云えない。

東では翼賛会の連中が夜回りをしていないので人はいないはずだが、遠回りになるけどなるべく裏路を通りながら巳賀の家へと向かう。

そうやって一刻ほどかけて着いた巳賀の家は、明かりが消えて真っ暗だった。小長以上の家にだけ構えることが許されている表門は固く閉ざされている。背伸びして上の方についている格子から覗いてみても明かりは見えない。

真っ暗。

もちろん橘花たちもまだ手燭に火をつけていない。使うのは部屋に入ったときだけだ。

「裏木戸は閂《かんぬき》がないから夜中も開いているはずだ」

三人の中で一番乙骨さんの家に詳しい啄ちゃんが小声で囁いた。

「じゃあ、そっちに回ろう」

「あ、その前にちょっと小便」

啄ちゃんは手燭と火打ち石を朝萩に預けると、裏手の茂みの方へ消えていく。いざ忍び込む段になって緊張したのだろう。口では大きなことを云っててもやっぱり啄ちゃんだ。朝萩はと見れば、対照的に緊張してはいるだろうがおくびにも出さず落ち着き払っている。さすがだな、と改めて感心する。

しばらくして啄ちゃんが戻ってきた。すっきりしたのか何となくぼんやりした顔で。

「どうしたんだ」

朝萩が訊ねると「なんでもない」という生返事が返ってきた。

「それより行こうぜ」

「あ、ああ」

裏木戸へ回ると、啄ちゃんの云ったとおり戸に閂は掛かってなく簡単に巳賀の家に入ることが出来た。ただ木戸のすぐ奥に乙骨さんの家があるわけではなく、その間に橘花の家よりも広い裏庭がある。その裏庭には所狭しと植えられた木が生い茂っている。

勝手知ったる啄ちゃんを先頭にして、突き出した枝葉を掻き分けるようにしながらゆっくりと小道を進んでいく。抜き足、差し足。

「これじゃこっちが盗人みたいだな」

そう云おうとしたが、どうせ啄ちゃんに「怖いんだろう」と揶揄《からか》われるのが判っていたので胸の中に留めておく。

乙骨さんの作業場には、明かりがついていなかった。仕事に熱中して夜遅くまで作業をしていることもあるらしいが、今夜は眠ってしまったようだ。隣にある住み家にも明かりはない。

でも、作業場の扉が半分近く開いていた。

「おかしいな」

朝萩が立ち止まり呟く。

「うん」

橘花もおかしいと思う。創りかけの人形を鼬《いたち》に齧《かじ》られたことがあって、それ以来特に作業場の戸締まりには神経質になっているはずなのだ。

「行ってみよう」

囁きながら戸口へと近づく。緊張感が増したせいか、砂利を踏む乾いた音が耳によく響く。

橘花たちは半分開いた扉の陰から中を覗き込んだ。

がらんとした作業場。一仕事終えたあとなのか、道具の類もこぎれいに片づけられている。

窓から射し込む月明かりで灯をつけなくても中の様子はよく判る。見た感じ人形はなかった。

「やっぱ、関係なかったんだよ」

ちょっと安心してそう囁いたが、啄ちゃんは首を振ると、

「もう捨てたのかもしれない」

「おい、あれ」

小声で朝萩が奥を指さす。部屋の仕切り戸の奥に人の手が見えている。淡い照り返しを受け腕が不気味に輝いていた。

「乙骨さんかな……」

「仕事中に眠ってしまったみたいだな」

啄ちゃんは慰めみたいにそう云うが、眠ったにしては姿勢がおかしい。窮屈な感じがする。それに部屋の様子は仕事の最中といったふうでもない。

「見てくる」

橘花は土間に入り近寄ってみた。

「起きたらまずいぜ」

背後から啄ちゃんの注意する声が聞こえたが、構わず橘花は奥を覗き込んだ。

それは乙骨さんだった。仕切り戸に凭れ掛かり、だらんと首を折り顔を天井に向けている。

ただ、啄ちゃんの云うように眠っているわけではなかった。目を開けたまま眠ることの出来

る人なんかいない。それに乙骨さんの周りにはいま流れ出したばかりのような血が溜まっていた。

思わずしゃっくりのような悲鳴を上げる。首の筋が攣《つ》りそうに痛い。それを見た朝萩と啄ちゃんも慌てて近寄ってくる。そして二人とも橘花と同じように硬直した。

「死んでる」

じっと見下ろしたままだった朝萩がぽつりと呟く。

「死んでるよぉ」

つられるように泣きそうな啄ちゃんの声。

その時、こと、と片隅で音がした。

「うわぁ」

まだ人殺しが……空気を吸い込むような声にならない声を上げ啄ちゃんたちはその場から一目散に逃げ出した。

橘花も一緒に逃げたかった。逃げたかったが、足が云うことを聞いてくれず動けない。

「……待ってよ」

二人の後ろ姿にそう呼びかけるのが精いっぱい。だがその声も掠れて音にならない。こと、こと、という物音はまだ続いている。おまけに支えにと摑んだのが仕切り戸だったため、戸が開きそのせいで今まで凭れ掛かっていた乙骨さんの身体が足許に倒れ込んできた。鈍い音とともに乙骨さんの頭が爪先に当たる。

堪え切れず転がるようにして橘花は飛び出した。

「待ってよ、啄ちゃん、朝萩」

だが二人の気配は既にない。月だけだ。慌てて小道を抜け木戸を出る。そこで誰かとぶつかった。思わず大きな尻餅をつく。

最初、啄ちゃんたちかと思ったが体格が全然違っていた。おまけに見慣れない変な緑色の服。

外人……人殺し？

外人が顔を近づける。殺される……。外人は何か喋った気がしたが、橘花はすぐさま起き上がるとわき目もふらず逃げ出した。

「ひどいよ、放って逃げるなんて」

そう叫びながら暗い夜道を家まで走っていく。さすがに家の前まで来ると少し落ち着きはしたが、それでも乙骨さんの死に顔を見た恐怖は消えてくれない。泣きそうになりながら、兄さんたちには気づかれないようにこそこそと布団に潜り込む。身体が寒い。頭まで布団を被ったが震えは止まらなかった。

「あなたの弟、庚のことで話したいことがある。丑の三刻に作業場まで来ていただきたい。重大な用件なので人目につかぬよう。乙骨」

小石を包んでいた和紙を広げると毛筆でそう書かれていた。くずした達筆だったが何とか読める。

*

慌てて障子戸を開け庭を見やる。だが暗闇の中に既に人の気配はない。月明かりの庭に下りて目を凝らしてみたが、誰かが潜んでいる様子もなかった。ただ、夜風に生け垣の葉が擦れざわめきあうのみ。静かなものだ。

珂允は部屋に戻ると、再び投げ入れられた浅黄色の和紙を見つめた。文面からすると乙骨のようではあるが……。丑の三刻といえば午前二時である。今は十二時半なのでまだ一時間三十分先だ。

どうしようかとしばらく思案していたが、結局行ってみることにした。乙骨が何を考えてこんな思わせぶりな文を寄越したのかは判らない。が、弟のこととなれば頭から無視するわけにもいかない。それに夜に逢いたいというのが何となく信憑性《しんぴょうせい》を持っている。このような状況下、東の乙骨が大っぴらに珂允と逢うことも出来ないだろう。それに、この前逢ったとき彼は何か知っていそうな態度をちらつかせていた。

腕時計で確認しながら、一時間ほど前に屋敷を抜け出た。夜中の村は初めてなので、道に迷ってしまうことを危惧し多めに時間をとったのだ。早く弟の秘密を聞きたくて、気が急いていたこともある。

数日前まで翼賛会の連中が夜警に回っているという話を耳にした。それに見つかっては疑いを深められるばかりだ。珂允は灯も持たず、注意しながらこそこそと屋敷を抜け出し表に出た。

月の綺麗な夜にはどのような景色もよく似合う。蒼い照り返しが村をぼんやりと浮かび上がらせ、シックなショウウィンドウを見ているような気分にさせられる。予想していたことだが往来には人ひとりいなかった。街灯のない道は薄暗く、また民家の明かりも全て消え、まるで全体が廃村のように静まり返っている。知らず村を抜け、山中に迷い込んでしまったような。そんな中、夜天の星々と呼応するかのごとく大鏡の宮の篝火だけが北の山中で揺らめいている。狼の遠吠えでも聞こえてきそうなここの夜は、人殺しには理想的なのかもしれない。

肌寒い風を背に受けながら、珂允は見咎められることもなく巳賀の家まで辿り着いた。腕時計を見ると一時半を少し回った頃。早く来すぎたようだ。あの乙骨のことだ、早く行ったら行ったで文句をつけかねない。しかし自分に協力の旨の手紙を送ったということは案外いい奴なのかもしれない。人は見かけによらないと云うし。

二時まで待ったほうがいいのかどうか、裏木戸の脇で二、三分思案していると、血相を変えた二人の子供が圧し殺したような叫び声を上げて木戸から飛び出ていった。化物にでも追われているかのように慌てふためき一目散に駆け去っていく。

何かあったのだろうかと、彼らが出て行った木戸を覗いてみる。その時、同じように目を剝いて疾走してくる子供と正面からぶつかった。

「大丈夫か」

弾みで尻餅をついた少年に手を差し延べたが、その子供はくりっとした目を大きく見開き口を激しく震わせたまま逃げていった。

「おい」

呼びかけたが、木戸の向こう側に消えてしまった。何だったのだろう？　不安が胸を過る。月明かりに浮かんだ子供の表情は尋常ではなかった。

珂允は湧き上がる厭な予感を抑えつけながら、恐る恐る乙骨のいるはずの離れへと歩みを進めていった。

離れの戸は半ば開いていた。子供たちはここから抜け出したようだ。だが部屋には周囲の民家と同じように明かりがついていない。

「乙骨君」

扉の前で呼びかけたが返事はない。珂允は中に足を踏み入れた。その時、微かな音とともに足首を柔らかい物が掠めていった。慌てて右足を浮かす。見るとそれは鼬だった。鼬はそのまま裏庭の茂みへ潜り込んでいった。

「子供の次は鼬か」

驚いた自分が間抜けに思え、ちっと舌打ちする。そして離婚して以来使うことなくポケットに突っ込んだままだったジッポライターを取り出す。三度ほどの試行で火が灯る。

ぼうっと浮かび上がる屋内。赤味がかって広がる視界。

そこには乙骨の死体が転がっていた。

15

死体……弟の死に顔が鮮明に浮かび上がってくる。蒼白く褪色していく頬に浮かべられたあどけない笑み。

なぜ、弟は笑みを浮かべていたのだろう。死に接していてもなお。殺されることが恐怖じゃなかったのだろうか。生を断ち切られることに口惜しさを感じなかったのだろうか。

自分ならきっとそんな笑みは浮かべられないだろう。襾鈴が見せた全てを悟り満足したような笑みを。それとも恐怖で引き攣らせるのではなく弛緩させる何かの要因があったというのだろうか。それほどの何かが。

「解らない」

松虫を目の前にしながら珂允は呟いていた。月が射し込む暗闇の中、布張りの松虫は何も語らない。呼吸もしない。ただ昨夜、一昨夜と同じようにひんやりとした床板の上にたおやかに座っているだけ。魂を閉じ込められ、動くことを禁じられた哀れな人形。だが、それでもなお滲み出す高貴な魂が自分のこの気持ち、疑問を汲み取ってくれるはずだ。優しく包み込んでくれるはずだ。この松虫なら。

「元気を出して……」

頬を照らす蒼い光が、夜風に揺らぐ影がそう語ってくれている。小さな口許から洩れ出る柔らかな声。

珂允は優しく松虫を抱きしめた。暖かい感触が腕からひしひしと伝わってくる。松虫は生きているのだ。そして自分を慰めてくれるのだ。呼応するように靡く髪が珂允を撫でつける。

「あなたは何も悪くない」

「教えてくれ、弟はどうして微笑んでいたんだ」

珂允は問い続けた。救いを求め、二つの澄んだ瞳を見つめる。自分は弟のように神を求めない。そんなあやふやなモノを信じ、縋りたくない。それは弱い人間の証明だ。自分は弱い人間ではない。そうありたくない。だが松虫なら信じられる気がした。助けを求めたい気がした。人同士として語り合える松虫なら心を許せる気がした。異郷の地でひとりぼっちの自分を温かく包み込んでくれる松虫なら。自分が安心して魂を触れさせることの出来る松虫なら。

ここに何かを見つけに来た弟。半年後に舞い戻ってきた弟。そして全てが何もなかったかのように進行する毎日。自分には責め苦の日々だった。だが、両鈴にとってはどうだったのだろう。どういう想いで茅子を見つめていたのだろう。兄の妻としての茅子を。

不義の名の下に進むべきか退くべきか悩んでいたのだろうか。それとも、感情の赴くままに結ばれていったのだろうか。弟はどういうつもりで。

「でもあなたにも解っていたのでしょう」

そう、何となく気づいていた。弟は妻を奪いたかったのだ。妻に惹かれる運命にあったのだ。茅子を奪い返したかったのだ。なぜなら……。

それにしても……と珂允は思う。果たしてあの手紙を書いて寄越したのは乙骨本人だったのだろうか？

弟のことを急くあまり深く考えなかったが、こういう事態になって初めて手紙自体が疑問として浮かび上がる。なぜわざわざ庭にまで来て文を投げ入れたのか。前まで来たのならそのまま部屋に乗り込めばいいではないか。一時間半後に来いというのも、不自然な気がする。それに手紙の文字が達筆だったのも変といえば変だ。昔からこの村にいたのならともかく、乙骨は珂允と同じ世界で育ったのだ。そんな素養がある男にも見えなかった。考えれば考えるほど、あの出来事がけばけばしく人工的な仕組まれたものに思えてくる。

もし乙骨じゃなかったなら……誰が？

「おれは嵌められたのか」

否定してくれることを望んだのだが、松虫は哀しそうに首を振っただけだった。

＊

眠れない夜を過ごした翌昼過ぎ、芹槻の使者が千本家に現われた。昨日、珂允を宮にまで案内した男だ。

「昨晩、東の乙骨が殺されました。そのことで旦那様がお逢いになりたいそうです」

昨日もそうだったが、使者として最低限の言葉しか述べない男だ。

「僕にですか」

訃報を初めて聞いたかのように珂允は驚いてみせた。だが使者は手を腰の脇に添えたまま平然と、「そうです」と答える。上目遣いで慇懃《いんぎん》な口調だが、有無を云わせない響きがあった。自分が知っていることを見抜いているんじゃないか、そんな気さえする。

「……わかりました。伺いましょう」

初秋の陽射しに顔を背けながら珂允はそう答えた。

芹槻はこの前と同じく奥の座敷で肘掛けに凭れるようにしながら座っていた。障子の桟の

影がその小さな身体を寸断している。珂允が入ってきたのを見ると老人は皺だらけの唇を億劫《おっくう》そうに震わせながら、

「巳賀のところの乙骨が殺されたらしいな」

窺うように鋭い眼光。その目をより細める。前回と異なり今日は何の前ふりもなく単刀直入に切り出してきた。

「先ほど使いの人から聞きました」

慎重に、なるたけ自然に珂允は答える。乙骨が殺されたことでどうして珂允が呼ばれたのか、理由が摑めない。もちろん乙骨の家に行ったことを知られていなければだ。その疚しさが不安にさせる。

「遠臣に続いて、今度は乙骨だ。みな怯え騒いでおる。あんたは何か心当たりがないかね」

あからさまな探りだ。老人の嗄《しわが》れた声は思いの外強い。黙ったままX線のような視線に耐えていると、老人はじれたように右手をもぞもぞさせていたが、

「昨日の夜、乙骨の家の前であんたを見たという者がいるんだが」

「僕を見た、というのですか。それは誰です」

努めて平静を装いながら珂允は訊き返した。やはり見られていたのか。それなら自分を呼ばざるを得ないだろう。納得すると同時に、疑問も生じる。この老人に注進したのはあの子

供なのだろうか。それともこれもプリセットされた罠の一環なのだろうか。瞬時に状況を判断しなければならない。この老人の心証を悪くすることはこの村での活動が大きく制限されることとほぼ同意である。

「近くに住む遥政《ようしょう》という男だ」

「それは子供ですか」

「いや、違うが」

だとすると、ぶつかった子供ではないようだ。

「遥政の話だと、あんたはこそこそと逃げるように巳賀の裏木戸から出ていったらしいな」

「……行きました」

珂允は素直に認めた。もし搦《から》め取られているのならここで否定したところで無意味だろう。余計に怪しまれるだけだ。それにここに呼びつけたということは、釈明の余地が残っていると見るべきだろう。足の裏に冷や汗を感じながら、答えたあと芹槻をきっと見返す。決して弱気を悟られないように。

老人は返答には確信を抱いていたらしく驚く様子もない。泰然と次の言葉を述べる。

「どうして、夜中に乙骨の家なんぞに行ったのだ」

責めるというよりも詰《なじ》るようなニュアンスがある。それを聞き珂允は少しだが安心した。

少なくとも老人は自分が犯人だと思いたくないように見受けられたからだ。

「呼び出されたのです」

「呼び出された？」

「これが昨日の夜に投げ込まれました」

経緯をありのまま説明するとともに、ポケットに入れてあった手紙を広げて見せる。老人は小抽斗《こひきだし》から取り出した老眼鏡を掛け手紙を読んでいたが、やがて難しい表情で顔を上げると、

「つまりこの手紙を使って、誰かがあんたを陥れようとしたわけか」

「おそらく」

芹槻は腕組みをしたまま目を閉じ、居眠りともつかない姿勢で考え込んでいたが、やがて
「あんたを信じることにしよう」と強く云った。

「何もあんたの言葉を鵜呑《うの》みにしているわけではない。ただ、この手紙はあんたには書けんよ。それは判る」

「筆跡ですか？」

「生憎《あいにく》だが、あんたがどんな字を書くかわしは知らんよ。ただ――と老人は手紙を摘み上げると――この紙は上質紙でな、長以上の格の家しか取り扱えないんだよ。わしの家では全て

この上質紙だが、小長の頭儀の家には決してないものだ。当然巳賀の家にもない。つまり乙骨が認《したた》めたものでもない」

「なるほど」

思わず感心してしまう。見事な推論だ。同時にそんな簡単なミスを犯してしまった犯人に呆れもする。雁字《がんじ》搦《がら》めにするはずがこれじゃ大した罠になっていない。珂允が安堵の色を浮かべると、「そういうわけでもない」と、老人は戒めるように呟いた。

「人の口には戸を立てられんからな。それにこの紙が使われたと云うことは藤ノ宮が絡んでいる証左だ。一筋縄ではいかん」

藤ノ宮……その名前を珂允は反芻していた。東の長だ。確かに、この紙が長にしか使えないものなら、珂允を嵌めたのは藤ノ宮ということになるが。

「でもどうして、藤ノ宮が？」

「あんたは知っているかどうか知らんが、遠臣は近く切り拓く南部の土地の作業頭をすることになっておった。そしてゆくゆくはそこの小長になるはずだった。東の楠城と一緒にな。ところが遠臣が殺されこちらの手筈が狂ったことに乗じて、藤ノ宮が作業頭をもう一人立てようとしている。突然の代役では荷が重かろうという名目をつけて宮様に上申するつもりなんじゃ」

「それはどういうことなんですか」

突然の展開に戸惑いを覚えながら訊ねた。

「西で代わりの作業頭を立てたとしても、東は二人。つまり拓いた土地の三分の二が東のものになるということだ」

憂鬱そうに老人は顎杖《あごづえ》をつく。顎が掌にのめり込んでいた。

「南の開拓は数年掛けてようやく認められたものじゃ。みなが期待しておる。もちろん宮様もじゃ。それだけ重要な事業で、失敗や滞りは許されない。だから宮様も藤ノ宮の申し出を承認するおそれは大きい」

土地争いか。何となく珂允は納得した。国境、県境、珂允の世界でも土地は様々な利害を産み、常に争いの原因となっている。まして農耕主体のこの村では、生活基盤となる土地の価値は遥かに重要だと思われる。そして大事な土地をみすみす掠め取られた菅平の信望、面目は失墜するだろう。

「なら、東には遠臣君を殺す理由があったわけですね」

「そうだ。ただ、わしも藤ノ宮がまさかこんなことまでするとは思わんかったが」

本当に意外そうな響きがそこにはあった。それだけは何となく本心からのように思える。

「お孫さんの殺人に乙骨君も関わっていたと」

「かもしれん。前にも云ったが、人殺しは大鏡様が固く禁じておられる。禁を犯した者には罰として痣が出来る。だが、外人の乙骨なら敢えて人殺しをしかねんかもしれん。それでわしも探りを入れておったんだが」

そして口封じに乙骨を消した。スケープゴートとして珂允を立てつつ。全てを珂允に覆い被せ尻をまくるために。自分は土地争いに上手く巻き込まれたと云うわけだ。構想は上手くできている。だが……だとすると誰が乙骨を殺したのだ。村の者は人殺しをしたくないからこそ乙骨を使ったのではなかったのか。疑問を口にすると、芹槻は重々解っていると云わんばかりに顔を皺の中に埋めた。

「わしは最初、乙骨が単独でやったのではという疑いを持っていた。なぜならもし人殺しを命じたのなら、手を下した者だけではなく命じた者もまた人殺しになるからな。だが、今あんたがこの手紙を持ってきた。これは藤ノ宮の家が関わっていることを示している。しかし藤ノ宮がそれを承知でやるとは解せないんだよ。大鏡様の目から逃れることなどできはせんことなど解っておるだろうに」

「でも、殺人を命じた者にも同様の痣が浮かび上がるというのは、かつて誰も見ていないんでしょう」

「大鏡様がそうおっしゃっておられるのじゃ」

決まり切ったことのように老人は云い放つ。いや、と珂允は思い直す。この村では〝ように〟ではなく決まり切っているのだ。それゆえ老人は迷っている。もし暴走の理由が腑に落ちれば、今すぐにでも西の村を上げ藤ノ宮家に殴り込みに行くことだろう。だが珂允の持ってきた手紙だけでは起爆剤として弱い。そんな感じだ。

珂允は歯痒い気持ちで、手を拱《こまね》いている老人を見つめていた。この世界を支配する大鏡の文法。それは理解できる。だが現に遠臣と乙骨が殺されている。文法は既に破綻しているのだ。老人の逡巡はその破綻から目を逸らしたいがゆえのものと考えられる。そしておそらく村人もまた破綻から目を逸らしたいのだろう。そうなると行き着く先は自分を生け贄《にえ》にすることだ。破綻を隠蔽《いんぺい》する最善策。珂允は暗澹たる思いがした。

「それでどうするつもりですか」

「今はまだ表立っては動けない」

「つまり、藤ノ宮の周囲に探りを入れるということですか」

珂允の質問に老人は明快には答えなかった。

「すると、弟や例の野長瀬という男は関係なかったと思われるのですか」

これにもまた答は返ってこない。谺響《こだま》のように珂允の言葉が室内を漂うだけ。やがて言葉は、僅かに開けられた障子の隙間から庭の外に消えていってしまった。触発されたようにコンと添水《そうず》が音を立てる。

「持統院様はどうだった」

話を逸らすかのように老人は訊ねかけた。珂允が黙ったまま次の言葉を待っていると、

「一連の出来事については何か云っておられたかね」

「いえ、特には。解決を衆に任しているようなことは云ってましたが」

「それはそういうものだが……」

不満げに鼻を鳴らす。藤ノ宮の横槍を知った今では、特権的地位である宮の干渉、配慮を期待していたのかもしれない。

「まだ持統院様は藤ノ宮の企てを知られていないのかもしれんが」

「作業頭が決まったあとで、下手人が東の者と判っても変更は利かないのですか」

「まさか、藤ノ宮の者が直接手を下したとは考えにくいからな。蜥蜴《とかげ》の尻尾を切って済まされてしまうだろう……それだけ大事な事業なんだ。わしらとしては、そうなる前に早く下手人を見つけ出さないとな」

決意を新たにするかのように、芹槻は口許を引き締めた。

「それで大鏡様にはお逢いできたのか」

「いえ。お目通りは叶いませんでした」

きっと両鈴の時のような僥倖を期待していたのだろう。その答にも老人は不満げだ。

「あんたの方はどうだった」

「まだ、判りません。大鏡様の教え自体が、まだ呑み込めていませんから」

「呑み込むものじゃない」

断固とした口調で芹槻は云った。珂允の愚鈍さを詰るように。

「信じるものなんだよ」

そういうものですか……胸の内で醒めた言葉で呟いた。信仰なんてものは、いくら外から強制されようと意味がないはずだ。弟のように自分から求めていかなければ。だが今の自分にはあいにく求める気も信じたい気もない。

「努力します」

籠めた皮肉を気づかれないように鄭重《ていちょう》に答える。その反応をどう受け取ったのかは判らないが、老人は脇息《きょうそく》に大きく重心を乗せると、「そうしてもらいたいな」と刻むように頷く。その仕草は長として自然と身についたものだろうが、風格を感じさせると同時に傲慢さや狡猾さを感じさせる。背筋に放射状の悪寒が走るのだ。反発するように珂允は口を開いた。

「一つだけ教えて下さい」

「なんだ」と芹槻は二重に膨らんだ顎で促す。

「僕は、あなたを信頼してもよいのですか」

「信頼できないと云うのかね」

「…………」

猜疑の視線を浴びながら、黙ることで肯定を示すと、芹槻は疚しさゆえか云い訳めいた口調でつけ足した。

「……おそらく、あんたが乙骨の家に行ったという噂はここの者たちにも聞こえている。先ほども云ったが噂を完全に抑え込むことはできん」

なるほど、手に余ったときは見捨てるということか……鼻白むが、それ以上の期待は出来ないだろう。せいぜい手駒として頑張ることにしよう。

「それで、あんたはどうするんだ」

引き潮の気配を感じた老人が、呼び戻すかのように訊ねかける。

「濡れ衣は晴らさなければなりません」

珂允はすっくと立ち上がった。

「僕には村の事情は解りません。あなたの家と藤ノ宮の対立も。だから藤ノ宮家はあなた方にお任せします。僕は弟との関係から調べたいと思います。たとえ今の事件と関係がなかったとしても、僕には重要なことですから」

今までは気にして動かなかった。村人に要らぬ刺激を与えないように。だが、自分がそうしなくても与えようと躍起になっている奴がいるのだ。邪悪な意図を持った奴が。このまま黙っていては深みにはまっていくばかりだろう。

最善の策はこの村を去ることだろうが、生憎だがその気は毛頭ない。

「昨夜のようなことがまたあるかもしれん。迂闊な行動は慎むようにな」

背を向けた珂允に、老人は警告ともとれる言葉で見送った。だが珂允には振り返って礼を述べる気はなかった。

*

金色の稲穂がそろそろ頭を傾げ始めた一本道。水田から上半身だけ出している村人たちの視線がやけに厳しい。お前が遠臣と乙骨を殺したのだろう。遠くからでも痛いくらい突き刺さる疑いの眼差し。警戒のサイン。そう感じるのは自分の性質なのか、それとも噂が広まっているせいなのか。珂允は吹けない口笛を吹きながら、ポケットに手を突っ込み背を丸めたまま街道を東へと歩いていった。

北風は吹いていないが吹いたも同然だった。

南北へ延びる街道との十字路に来ると、珂允はしばらく考えたのち足を南へと向けた。野長瀬の家に行ってみることにした。土地争いが発覚した今となってはどうか判らないが、芹槻は最初この事件が野長瀬の死と関連があるのではと仄めかしていた。それに、たとえ今の事件と関係がなくても、そこには弟を知る手がかりが残されているかもしれない。

本来なら、あの夜ぶつかった少年を捜したいところだが、迂闊に東へ立ち入るのは躊躇われる。珂允を見たのは東の住人だ。ならば自分への風当たりは東ではより強いだろう。まして乙骨の死から一日と経っておらず、最も過敏になっている頃だ。そんな中、ぼんやりとうろつき回っていれば私刑の憂き目も考えられる。自分はこの村の気質というのをまだよく知らない。

珂允は少年たちのことを芹槻には話さなかった。話せばきっと少年を捜し出すのに協力してくれただろう。珂允に代わる新たな参考人として。だが珂允には少年たちが乙骨殺しに関わりがあるとは思えなかった。あの時の慌てようは自分と同様、死体に出くわしたからと感じられるのだ。何のために子供たちが乙骨の家に行ったのかは解らない。が、ぶつかった少年の顔からは、一瞬ではあったが、たまたま遭遇した不幸な第三者という表情しか読み取れなかった。

もちろん、いざとなった場合には手札として曝さなければならないだろう。特にあの少年は濡れ衣を晴らすための重要な証人なのだ。ただ、それまでは翼賛会の荒くれどもに子供を渡したくなかった。いずれ自分で訊き出したかった。

ポケットに突っ込んでいた地図を片手に、野長瀬という男の家へと向かう。細筆の墨で書かれた大雑把な地図だったが——その紙は乙骨からの手紙と同じものだった——村の構造自体が単純なのでそう苦労することはないはずだ。野長瀬の家もまた東には違いないが、地図によると南西の橋——おそらく昨日千原の丘から望めた辺りだろう——を渡って川沿いを北上するだけなので、そう人目につくことはないはずだ。

半時間ほど歩きそろそろ小腹が空き始めた頃、珂允は目的地に無事辿り着くことができた。事件翌日の鏡川の土手には人影は見られず、背を曲げることもなかった。野長瀬の家は土手と田畑に囲まれ他に人家はなく、またいかにも廃屋といった外観なのですぐにそれと判った。

死んでから半年、嫌われ者だった男の家には棲む人もないようである。地震ひとつで今にも壊れそうな家屋。映画のセットのような不安定さでかろうじて建っている。村の錬金術師はこんなところで金を創っていたのか。錬金術という言葉からもっと西洋的なイメージを抱いていた珂允は、驚かされるとともに納得もする。錬金術師のスタイルとしては、ラスプーチンのように王侯に取り入り奸臣《かんしん》の名をほしいままにするか、逆に迫害されるか、仙人のごとく人知れずひたすら研鑽《けんさん》を積むかの三つがすぐに思い浮かぶが、この男はどうも二番目だったようだ。境遇としては最悪のパターンと云える。

今にももげ落ちそうな蝶番《ちょうつがい》を軋ませ中に入ってみると、外観とは異なり意外と整然としている。誰かが定期的に掃除をしているのか、埃もほとんどない。村の中に隠れた支持者がいるのだろうか。大鏡の教えに逆らうことに共鳴している者が。だとするとその人物に逢ってみたい気がする。

床の上には裸足の足跡がいくつも残っていた。小さいところを見ると、子供のようだ。住む人もなくなった錬金術の場は、田舎の幽霊屋敷と同様、好奇心旺盛な子供の遊び場になっているようだ。

「確か奥の部屋で殺されていたと云ってたな」

靴を脱ごうかどうかちょっと躊躇ったのち、隠れ支持者に敬意を表して脱ぐことにした。

この家には台所と二つの部屋があり、手前は普通の畳間の居住空間だが、奥の部屋は錬金術師に相応しい奇妙な様相を呈していた。天井が赤、壁が青、床が緑一色で塗り固められているのだ。まるでＴＶの試験電波に嵌まり込んだ気分。眩暈を起こしそうなどぎついセンスだ。千本の家も色彩的に馴染みにくいものであったが、その美意識の違和感を露骨に見せられた気がする。

西洋の錬金術はヘルメス信仰と云った宗教的観念が元になっているらしいが、これもその一端だろうか。真っ赤な太陽に青い空、緑の大地、そんなアナロジーにも見える。

そういえば、菱形の紋に表わされていた大鏡の教えも似た感じだ。木火土水の四つで構成されたこの世界。四つの色が振り分けられている。ただしあれはむしろ五行思想を思わせるが。

五行は世界を五つにカテゴライズして説明しようという概念であり、端的には世界は木、火、土、金、水の五つの原素で成り立っているというものである。もちろん認識しようとするのは世界全てなので、目に見える物質原素ばかりでなく、裁断の斧は抽象的な事物にも及び、例えば方位は東、南、中央、西、北、季節は春、夏、土用、秋、冬、色は青、赤、黄、白、黒に象徴され、内臓は五臓と呼ばれ肝臓、心臓、脾臓、肺臓、腎臓という具合になる。また倫理面では仁、礼、信、義、智、味覚では酸味、苦味、甘味、辛味、鹹味《かんみ》と悉《ことごと》く五つに分類し認識しようとする。

ただ原素や色、内臓などはともかく、方位や季節といった空間、時間には変移と循環が伴うため配当の順番が必要で、スタティックな分類説明だけでなくダイナミックな変化説明もしなければならない。その運動の原理として世界を陰と陽のベクトルに分ける陰陽思想が組み合わされ、いわゆる陰陽五行が成立した。曰く、原初の混沌が陽と陰に分かれそれぞれ天と地になり、天では陰（月）と陽（太陽）が交わり木火土金水の五つの惑星が誕生し、地上では木火土水金の五気が生じた、と。

肝心の配当としては、陰陽をまた陰陽に分け、陽中の陽、陽中の陰、陰中の陽、陰中の陰、そして陰陽半々の五つに五気を割り振る。順に木→火→金→水。陽中の陽（木）から陽中の陰（火）へ、そして陰中の陽（金）、陰中の陰（水）と移り、また陽中の陽へと戻る。土は陰陽半々として中央に据えられる。

それを方位に当てはめると、これから日中に向かう日の出の東は木、太陽が最も輝いている南中時つまり南が火であり、逆に夜に向かう日の入りの西は金、真夜中に相当する北が水となる。そして中央には大地である土が入る。季節も同様の進行で、夏が火、春が木、秋が金、冬が水、そして季節の変わり目が土用（つまり土用は年に四度ある）となる。いわば土は補完的な役割を担うわけである。

またこの五つの原素、五気は、万物流転の理から独立してはいるが孤立はしていないため、互いに他の四つと密接な関わりを持たなければならない。要素間の変化の理屈としては相生《そうじょう》説と相剋《そうこく》説が生まれ、相生説は木から火が起き火が灰になり土となるといった木火土金水木の生成の順であり、相剋説は水は火を消し、火は金を溶かすといった木土水火金木の消滅の順である。つまり木は火を生じ、水に生じさせられ、土を剋し、金に剋されることとなる。

五気は更に細かく陽陰二つの兄弟に分けられ、甲（木の兄）乙（木の弟）丙（火の兄）などという十干になる。甲は大きく茂った樹木で乙は低い灌木の意を表わすらしい。もちろん十干も単に事物を表わすだけでなく五気の象徴するそれぞれのものの陰と陽を示している。それにこの村でも使われている子の刻、丑の刻といった公転周期約十二年の木星の運行に由来する十二支が組み合わされると、十干十二支の六十干支が出来上がる。ただ、この二つは甲子《きのえね》、乙丑《きのとうし》といった具合にそれぞれ一個ずつ順に組み合わされていくので、百二十にはならず二つの最小公倍数の六十で癸亥《みずのとい》から甲子に戻る。暦では六十年で一巡し元に戻ることから、人は六十歳を迎えるといわゆる還暦になる。

また実際上の結果として、森羅万象を五つに分類しまたその五つの変遷を把握することにより、単なる認識に留まらず逆に予見や管理が行なえると考えられ、易や祭といったものを産み出していく。

とまれ、この五行という五分割の世界観。なぜ五なのかということには、四方プラス中央のバランスの良さとか諸説あるらしいが、珂允には単純に片手の指の数が五本だったからではないかと思われる。十進数の成立と同じように。

ただ、それが大鏡教だと木火土水になるらしい。確かに季節や方位は四つあれば事足りるが、相生相剋の関係は他に三つしか残っていないために一つ足りなくなり不都合が生じることになる。また十干ではなく八干になるので最小公倍数は二十四となり——還暦は人生が一循環してまた赤子に戻る、いわば第二の人生の出発点を祝うものであるはずなのに——二十四歳で還暦を迎えてしまうことになる。

とはいえ、まず大鏡ありきのこの村では論理的な欠損など重要ではないのかもしれないが。それよりも引っかかるのは五原素から省かれているのが金であり、それを野長瀬が創ろうとしたことだ。もちろん五行の金は金属の意味だが、金属の最高位に位置するのが黄金である。でもどうして野長瀬はそんなことをしたのか。欠損した金を……偶然だろうか。確かに金は伝説的な特効薬として大鏡教にも記されている。

珂允は不可思議な実験室を見回してみた。机の上には碗や漏斗、おそらく加熱に使われたであろう妙な構造の壺などが載せられている。それらもまた綺麗に整えられ埃が払われていた。まるで半年前に自殺した男がまだ住んでいるかのように。ただ、それらの器具には最近使われた痕跡はない。共鳴者は金創りまでは引き継ぐ気はなかったようだ。それとも自分の家で密かに実験を行なっているのだろうか。珂允は慎重に妙な壺を手に取った。力を加えるとピキと折れそうな細長い口がついている。蒸留するための道具のように見える。

硫黄や昇汞で金を創ろうとしていたと、持統院は云っていた。見たところ、野長瀬はこの窓ひとつない澱んだ部屋でそれらの加熱、蒸留を繰り返していたようだ。だとすると、生じる毒性が彼の身体を蝕《むしば》み、寿命は尽きかけていたのかもしれない。弱った身体に絶望感は忍び寄る。迫り来る焦燥。時間との闘い。それが彼を自殺に追い込んだのだろうか。

しかし身体がいかに朽ちていこうとも、野長瀬の情熱は決して叶えられることはなかっただろう。金を創り上げることなど。何十年も虚《むな》しく空回りする情熱。大鏡教を否定したかった野長瀬が採った方法は、残念なことに教えの欠点を指摘できるものではなかった。珂允の世界の科学でも単純には不可能なことなのだ。

もし彼が科学者ではなく政治家だったなら、この村はまた違った展開を見せていたのかもしれない。彼が死ぬ前に逢って話をしてみたかったと改めて強く思う。この方法では埒が明かないと伝えるために。

ふと、弟はこの男をどのように説得しようとしたのか疑問が浮かんだ。弟は信仰ではなく科学によって金は創れないと判っていたはずだ。金創りが、金だけでなく反抗の道具としても何も齎らさないことを。乙骨を除けば、それを知っていた唯一の人間。ただ、外の論理で説明すると、大鏡信者としての自分と矛盾しかねない。その上、この反逆者に絶好の論理を与えてしまうことになる。あくまで大鏡の教えに拘《こだわ》ったのだろうか。それが効果的な手段ではないと知りながら。それとも、野長瀬もまた頑迷な自分なりの教えを信奉し、耳を傾けようとしなかったのだろうか。

どちらにせよ両鈴の性分としては、このまま野長瀬が無意味に朽ちていくのを見過ごせなかったはずだ。しかし彼は結局自ら命を絶つ道を選んだ。弟はそれでここを去ったのだろうか？　手を拱きこういう事態を招いた自分を許せずに。だが失意の彼が遭遇したのは、義姉との三角関係と、非情な殺人者だった……。

いつも羨み激しく嫉妬さえした弟の哀れな末路。もし弟の死がこのまま朽ちていったなら、弟に囚われ続けた自分はどうなるのだろうか。そのためにも、全てを清算するために、珂允はここへやってきたのだ。

部屋の右隅に目を遣ると、床に血の痕がはっきりと残っていた。今は乾ききって抽象的なデザイン画のように板と一体化しているが、紛れもなく血のそれだった。

ここで……。半年前の事件の生々しい痕跡。でもどうしてまだ残されているのだろう。遠臣の場所はそれを忌み嫌うかのように厳かに清められていた。それに比べ洗い流すことすらなく、全く放置されているような気がする。大鏡に逆らっていた男ゆえなのか。

隅の少し左手に二十センチほどの長さで残っている血痕。掌を直線的に滑らせたような痕だが、これからどのように自殺したかを朧《おぼろ》げにも想像することができた。おそらくこの隅で座ったままナイフを刺し、血だらけの手をそのまま床についた。それが倒れ込むと同時に斜め横に滑っていき、にじくったような感じになった。そんなところだろう。手前には指先が、奥には掌の下部の痕が明瞭に残っている。村人たちが一度は拭き取り清めようとしたのか、ところどころ左右にぶれている。が、床板に染み込んだせいなのか反逆者の家を手間を掛けて綺麗にする気力がなかったのか、除去作業は中途半端に終わっていた。

その痕を仔細に眺めていると奇妙なことに気がついた。血痕は見たところ右手のようだが、手前の指先には薬指に相当する部分が欠けているのだ。人差し指、中指ときて、次の小指までの間がぽっかりと空白になっている。野長瀬には右手の薬指がなかったのだろうか。

だとすると、因果なものだと思わずにはいられない。先の五行の成立から鑑《かんが》みると、五本の指を持つ村人たちが四を基調とする教えに拘っているのに対して、四本指の男が大鏡教に欠けている五つめの原素を創り出そうとしていたことになる。ある意味、最も大鏡の教えに相応しい男がだ。おそらくこの男はそのアイロニーには気づいてなかっただろうが、もしかすると自分にはない五本目の指を得るために、彼は伝説の金を創ろうとしたのかもしれない。それが本当なら、欠けた薬指のために結局は死を選ぶことになったこの男があまりにも可哀相に思えてくる。

珂允は忌まわしい血痕から目を背けると、蒼い色の引き戸を開け、奥の炊事場へと歩いていった。そこは土間になっており、四畳ほどのこぢんまりとしたものだが、先ほどの実験室とは異なり千本家の炊事場と広さはともかくほとんど同じだった。ただ、この狭い空間に窯が二つ並んでおり、一つは千本の家にあったような竈《かまど》だが、もう一つは焼き物に使う炉のような大きな窯だった。錬金術に使用していたのだろうか。隣の竈よりも遥かに使い込んであるようで、土塗りの表面は黒褐色に変色し、また亀裂を何度も塗りつないだ痕が見える。珂允は石蓋を抜き中を覗き込んでみたが、カラーテレビが一台入りそうな直方体の空間には真っ黒に燃焼した粉末の残滓《ざんし》以外には何も残っていなかった。

窯の隣には水瓶《みずがめ》が置かれている。水瓶の中の水は半年間放ったらかしになっていたせいで蒼く腐り、臭気を放っていた。これも捨ててやればいいのに……共鳴者に向かって彼は呟いた。ただ瓶は珂允が中に入れるほど大きいので、珂允でも外に捨てに行くには重くて苦労しそうだったが。薄暗い水面から顔を上げると、水瓶の上にある連子窓《れんじまど》から突き出た軒と、その下の木蓋をされた井戸が目に入った。すぐ外に井戸があるのなら、こんな大きな水瓶など必要ないだろうに。それともこの瓶も窯と同様に、錬金術のためのものなのだろうか。今や知る術はないが、彼の術には大量の水が一度に必要だったのかもしれない。

とまれ主が死んで半年、罅《ひび》割れた土窯に火はなく、水は腐っている。そして朽ち果てた木の家……それが全ての象徴のように思われた。

小一時間ほど家捜しをしたのち、珂允は諦めて廃屋をあとにした。目に見える収穫は何もない。日記のような、そこまで都合のいいものでなくても、弟との関係を偲《しの》ばせるものが何かしら残っているのではと、少しは期待していたのだが、その望みはかつてこの家の主だった男の金と同様、叶えられなかった。せめてこの最中にでも共鳴者が訪れてくれたら面白かっただろうが、そううまく問屋が卸してくれるはずもない。なぜなら珂允の運は最初の夜に鴉に全てもぎ取られてしまったようなのだ。

確かメルカトルは南の橋の近くの龍樹という家にいると云っていたよな……帰途の土手で珂允はそれを思い出し、あの男を訪ねてみようと思った。同じ異邦人として、何か参考になることを得られるかもしれない。奇妙な人物だが、この村の住人よりも、いや珂允よりも冷静に村を見つめ捉えている気がする。決意を新たにしたこの日、何か一つくらい手土産が欲しかった。

ただ、龍樹という名の家が南のどの辺なのかまでは聞いていなかった。なにせこの村では千本や菅平といった格持ちの家ならともかく、普通——いわゆる庶民——の家には門もなければ表札も掛かっていない。それは紙の質と同様大鏡様によって決められているのかもしれないが、基本的に個々の家には必要ないのだろう。小さなコミュニティだし、郵便制度が存在しているようにも見えない。

「すみませんが、龍樹さんの家というのはどこでしょうか」

橋の上でたまたま通りすがった老人に訊ねてみたが、老人は顔を強ばらせ口を結んだまま歩いていった。

「あの、」

背後から声をかけても振り向く気配はない。むしろ厄介から逃げるように早足で去っていく。珂允はその後ろ姿をただ呆然と見送っていた。

自分のことを人殺しだと思っているのだろうか。平然と歩いてくる様を見て何となく大丈夫なように思えたのだが……ことによると箝口令《かんこうれい》が敷かれているのかもしれない。

珂允はちっと舌打ちすると再び猫背になり、諦めて橋を西へと渡った。

＊

「あんたが乙骨を殺したのか」

千本家への上り坂で珂允は数人の男たちに取り囲まれた。そして真ん中の一番背の高い男が目の前に立ち訊ねてきた。どこかで見覚えがあると思えば、薪能の日に遠臣と一緒に直垂姿で宮の警護をしていた男だ。とすると他の奴らも翼賛会なのか。珂允は脇を固めている連中を軽く見回した。男たちはどれも居丈高に胸を張ってはいるが、牛の真似をしたヒキガエルのように何となく空威張りなのが判る。どれも遠臣のような迫力はない。

違うよ、と正面の男に軽く答える。

「僕は殺していない」

「だが、あんたを見たっていう話だが」

「それは……」

説明しようとしたが止めた。偽の手紙のことを丁寧に説明しても通じる雰囲気ではない。

「菅平の長にちゃんと話してある」

「長に？」

芹槻の名が出て男たちは少したじろいだようだった。ずりと草履を後ろに摺る音が聞こえた。

「ああ、それで身の潔白を信じてもらえたよ」

「本当なのか……」

「自分で訊いてみればいいだろう」

そう云いながら、芹槻はどう答えるだろうかと考えていた。あのじいさんはなかなか表には出たがらないタイプだ。自分を支持していることを簡単に公表するだろうか。疑問ではある。まあ、自分の扱いをどう考えているか一つの試金石にはなるのだが。

「もし嘘だったら、解っているだろうな」

ぱん、と拳の音を響かせながら男たちは包囲網を解く。威嚇のつもりなのだろうが、いかにも遠臣の手下らしい単細胞なアクションだ。

「ああ」と答えながらさりげなく連中の影を踏みにじる。満足げに大股で引き上げていく男たちのあとを振り返ると、往来の物陰から数人の村人たちが珂允を覗き見ている。ずっとなりゆきを見守っていたようだ。この前洗濯をしていた主婦の家からも、息を潜めた四つの眼だけが窺われた。どちらも顔を向けると、こそこそっと陰に隠れてしまう。

鬱陶しい……。

珂允の背はますます丸くなっていった。

「乙骨さんが殺されたんだってな」

ほとんど猫と化した珂允に、門のすぐ奥にいた篤郎が立ちはだかる。またかよという気持ちで珂允は見上げた。篤郎は居丈高というよりも、挑発的に目を尖《とが》らせている。

「外で出逢ったと思うが、あんたが殺したと翼賛会の男衆が文句を並べに来ていた。あんた昨日の夜乙骨さんの家に行ったんだってな」

「さっきもそう云われたよ」うんざりしていることを隠さずに珂允は答えた。「それで、君も僕に行ったかどうか訊きたいのか？」

「これ以上、この家に迷惑をかけるな」

「悪いとは思っているが、別に好き好んでかけているわけじゃないさ」

何となくやさぐれた気分だった。予想通りその態度が篤郎を逆撫でしたらしく、

「当たり前だ。だがあんたの思慮のない行動がどれだけ迷惑をかけているか。前にも云ったはずだ。たとえ千本さんがお許しになっても、」

「君が許さないってか」

「そうだ」と拳を固める。

「それじゃ、さっきの連中と同じレヴェルだな」

「なんだ〝れべる〟って」

「単純バカという意味だ」

「篤郎、なにやってるの。止めなさい」

慌てて玄関から出てきた蟬子が、木履を鳴らしながら口を挟む。

「お嬢さんは黙っていて下さい」

普段見せない気迫で蟬子の歩みを止めると、

「それにおれは知ってるんだ。遠臣さんが殺された夜、あんたが部屋にいなかったことをな」

切り札を曝して得意げに篤郎は睨みつける。

「ほんと」と不安げな声で蝉子が訊ねる。珂允に向けられた瞳は一昨日までとよく似ていた。

「いたさ」

即座にそう答えてから、蔵に忍び込んでいたことを思い出した。薪能の直後だから最初に松虫と逢った夜だ。するとあのほんの十数分の間に篤郎は部屋を覗いたのか。

間の悪さを呪う。よりによってあんな僅かの間に……。もしかすると珂允を罠に掛けようとしているのは犯人だけでなく、神様もそうなんじゃないだろうか？

「嘘をつくな。おれはちゃんと見たんだ。あの夜、物音がしたから覗いてみたら、あんたはいなかった」

「本当だよ。いい加減なことを云うな」

そう突っぱねると、篤郎の肩を押し通りすぎようとした。

「待てよ」

「話すことはない」

手を振り払い、そのまま屋敷へと向かう。今度は蝉子が目の前に立つ。どちらを信じればいいのか判らないという表情で。

「珂允さん……」

「本当だよ、蝉子ちゃん。信じてくれ」

抜け出したのは事実だが、殺しに出かけたわけではない。疚しさのない分、迷いの見える瞳を真っ正面から見つめることができた。

その甲斐あってか、うんと蝉子は小さく頷く。

「お嬢さん！」

「よかった。それより、」と珂允は耳許に口を寄せた。「長老に訊いてきたんだ、遠臣はあんたを好きだったって」

蝉子は一瞬口許を綻ばせたように見えたが、すぐにまた暗い表情に戻った。

「嬉しくないのかい」

「嬉しいけど……」

歯切れの悪い台詞とともに裏庭の方に駆けていく。敷石に木履の音だけが響いている。釈然としない。

「何を云ったんだ」

篤郎の遠吠えには耳を貸さず、珂允は家の中に入っていった。

まだ夕暮れには遠いというのに、今日は結構疲れたのだ。

16

あの夜、啄ちゃんたちは巳賀の家の角を曲がったところで、消火桶の陰で身を縮こまらせていたらしい。目の前を逃げていく橘花を呼び止めようとしたが、声が出なかったとすまなさそうに二人は詫びた。

「ひどいよ二人とも」

詰るように橘花は何度も云った。普段なら云い訳の一つも返す啄ちゃんも、さすがに今日は悄々《しおしお》と謝るばかりだ。

「すごく怖かったのにぃ」

「だからごめんって。でもさ、これでやっぱり乙骨さんが何か関係していたと解ったじゃないか」

話を逸らすように啄ちゃん。朝萩も禊《みそ》ぎが済んだと感じたのか、

「それに下手人の目星もついたらしい。今日はそれで持ちきりだ。若い連中は外人を連れて

こいって息巻いてる」

「なにそれ？」

不思議そうに橘花が訊ねると、

「まだ知らなかったのか。あの夜、乙骨さんの家から外人が出ていくところを遥政さんが見たらしい」

朝萩が「なあ」と同意を求めると、啄ちゃんは少し元気のない様子で「ああ」と頷き原っぱに寝転がった。そして足を組んだまま空を眺めている。

「だろ。ただ、大人たちは外人がひとりで遠臣も乙骨さんも殺したと云っているが、おれはそうは思わないな」

朝萩は自分の説に固執するように、

「あの人形は遠臣殺しのとき使われたはずだ。だとすると外人が来る前から計画されていたことになる。七日やそこらで人形なんて創れないしな。だから陰で仕切っている奴がいるんだ。ただ、それが藤ノ宮だとすると、どうしてあの外人を引き入れることができたのかが解らない。外人は菅平と親しく接触しているらしいからな。かといって、菅平が自分の孫を殺させるとは思えないし……」

「あの外人は下手人じゃないよ」

思わず橘花は叫んでいた。話がそんなふうに進んでいるなんて知らなかった。あの外人だと決めつけられていたなんて。

「みんな間違ってる。間違ってるよ」

「どうして?」と、気迫に驚いた朝萩が訊き返す。

「だってぼくが乙骨さんの家から逃げるときに木戸でぶつかったんだ。その時、外人は入ってくるところだった。だからあの外人も巻き込まれたんだよ」

「本当に見たのか」

「見たどころか、ぶつかったんだよ。顔は知らないけどあの緑の上掛けは間違いなく外人だよ。朝萩たちは見なかったの?」

二人は首を横に振る。

「たぶん反対の方向から来たんだろうな。だとすると、どうして外人はそんな夜中に乙骨さんの家になんか来たんだ」

「そんなの解らないよ。でも、外人が殺したんじゃないのは確かだよ」

「みんな間違ってるということか」

「そうだよ。下手人は別にいる」

「そういうことになるな」と頭を抱える朝萩。おそらく外人を下手人と想定していろいろ考えていたに違いない。それが全て御破算になったのだ。だけど朝萩は持ち前の冷静さと切替えの速さで、一から組み立て直し始めたようだ。

「だとするとだ、乙骨さんは誰に殺されたかということになるんだが……」

「あの外人じゃないことは確かだよ」

念を押すと、解っているよという仕草で右手を翻す。しばらく人差し指で眉間を押さえながらぶつぶつ口許を動かしていたが、

「つまり乙骨さんに人形創りを命じた者が、邪魔になって殺したということになるな。もしかすると大人たち、特に西の連中も乙骨さんの人形が使われたのじゃないかと疑いだしたのかもしれない。口封じだよ。死人に口なしって云うだろ」

口封じ……嫌な言葉だ。喋られるのが嫌で人を殺してしまうなんて。ここにそんなことが出来る人がいたなんて考えたくなかった。

「それにこうなってくると、遠臣を殺したのは乙骨さんじゃないのかもしれない。乙骨さんは人形創りに協力しただけなのかもな。大鏡様の罰を恐れて人殺しを依頼したはずなのに、その口を塞ぐために新たに人殺しをするんじゃ、依頼した意味がないし。それに乙骨さんなら、疑われていると判ったらここから逃げ出すよう云えばいい。外人なんだから外の世界に戻ることはそう大変じゃないはずだし。なのに敢えて殺しているところをみると、一人殺す

も二人殺すも、手に痣が出来るのには変わりはないと開き直って考えている奴がいる証拠だ」

「乙骨さんは知らずに人形を創っていたのかも」

「それはないな。この前も云ったけど、それがどう使われるかは知ってたはずだ。もし知らなかったのならもっと早くに誰かに云うはずだよ」

やっぱり乙骨さんは人殺しに関わっていたのだろうか。でも直接殺していないと聞いて橘花はちょっと安心した。

「それでどうするの？」

「そうだな。乙骨さんが誰に頼まれて人形を創っていたか判れば話は早いけど、それは難しいだろうし。どうして外人が乙骨さんの家に行ったのかも知りたいな。あと、やっぱり翼賛会の本寮を見てみたいな」

「ちょっと待ってくれ」

今までずっと黙っていた啄ちゃんが突然手を突き出した。そういえば今日の啄ちゃんは珍しく静かだ。悪い物でもつまみ食いしたみたいに。

「ちょっとおれ、気に掛かることがあるんだ」

「なんだ」と朝萩が振り返ったが、大きく首を振ると、

「いや、今は云えないんだ」

「云えないって、そんなに重要なことなのか？」

「まだ判らない。ただ、もしおれの考えが当たっていたらすごく重大なことだ。でも今は云えないんだ。もうちょっとはっきりするまで」

「なんか煮えきらないな」

「迂闊には云えないから」

　啄ちゃんにしては珍しい言葉だ。やっぱり今日は変。

「もうちょっとはっきりしたら教えてやるよ」

「もったいつけるなよ」

　そう朝萩が詰っても「もうちょっとだから」の一点張りで教えてくれない。そしてそのまま貝になってしまった。そして追及を逃れるかのように「用事を思い出したから」とそそくさと帰っていった。

　啄ちゃんが抜けたあとしばらく橘花と朝萩は二人で顔を見合わせていた。呆然と。

「何か変だな」

　視線を斜め上に固定しながら朝萩が呟く。眉間に指を当てたり、斜め上を見たり、朝萩の考える仕草はいくつもある。橘花の夢見る仕草がいくつもあるように。ただ一つ一つ、使う場所が少しずつ違っている。今のは釈然としないことに説明を見つけようというときの仕草だ。

「普段のあいつなら、どんなにあやふやでもいの一番に話すはずなのに」

「あの啄ちゃんを躊躇わせるなんて、よっぽどの情報なんだ」

そう云ったものの橘花にはよっぽどの情報というのが何なのか見当もつかない。

「何なんだろうね……」

ない頭を揺すって考えていると、背後で兄さんの呼ぶ声が聞こえた。「橘花！」とかなりの大声だ。

「兄さん」

振り返って立ち上がる。見ると鬼のような顔をした兄さんが肩を怒らせて近づいてくる。まるで畑を鴉に全部やられたみたいな。

「今日は早く戻れ、母さんが心配してる」

「だって」

未練がましく朝萩の方に目を向ける。

「だってじゃない」

力強い腕が橘花を握った。手首が千切れるくらい痛い。

「文句を云うな」

怒鳴り声も吹き飛ばされそうなほど大きい。最近はいつも大きいんだけれど、今日はその三倍はありそうだ。

「帰った方がいい」

朝萩がぼそっと囁いた。

「家の人が心配しているんだから」

「朝萩君。君も早く帰った方がいい。いつ人殺しが出るかしれんからな」

「はい、そうします」

優等生の朝萩はぱんぱんと膝の埃を払いながら立ち上がる。ちょっと裏切られた気がした。

そんな朝萩の態度に満足したのか、兄さんは軽く頷くと、「ほら、橘花」と強く手を曳いた。このまま村中を引きずり回されるんじゃないか、そんな気さえするほどに。手首は痛いし肩は抜けそう。

「解ったよ。い、行くよ」

その言葉が耳に入らなかったのか、兄さんは強く握ったまま橘花を引きずっていく。

今日は悪いことをしていないのに。

*

「まあ上がって下さい。おじいちゃんは縁側で日向ぼっこをしていますから」

娘だろうか。頭痛膏《こう》を貼った中年の女性が裏庭まで案内してくれた。柿の木が植わっている細い脇道を抜けるとすぐ裏庭に出る。名匠、師匠と呼ばれているわりには質素な家だ。この村では中の下くらいだろうか。郊外の建て売り一軒家といった風情。

夏の名残のぽかぽかした縁側で、簑緒屋老人は海で捕れた魚を筵《むしろ》の上で干すように、気持ちよさそうに寝転んで太陽の光を浴びていた。まるで光合成をしているかのように。

珂允を認めると老人は目を細めながら起きあがった。長年老人の昼寝台となっていたのだろうか、すっかり嗄《しわが》れた縁側は挙動にあわせてみしみしと音をたてる。

「来ると思っていたよ。しかしまあ、みっともない恰好を見せたものだな」

そう笑いながらはだけた裾を整える。笑い顔のよく似合う老人だ。

「蟬ちゃんは元気になったかい」

「少しは表に出るようになりました」

「それはよかった。あんたのおかげじゃな。わしからも礼を云わせてもらうよ」ぺこんと小さな頭を下げる。「なら、こちらもお返しをしなければならんな」

「お返し？」

「乙骨君のことで来たのじゃろ」

解っているよというふうに珂允を手招きする。

「君がやったんじゃないかという噂まで広まっている。君だったら、汚名をそそぎに来るだろうとな」

珂允は老人の脇に腰を下ろした。みしと音を立てながら温かい木の感触が臀部《でんぶ》に伝わってくる。

「まあ、茶でも呑みなさい。今日は暑いくらいで、疲れただろ」

「いえ、それほどは」

「そうじゃな、まだ若いものな。わしのような死にかけとはわけが違う」

老人は娘が持ってきた湯呑みを受け取ると、ぐいと喉に流し込んだ。そしてふうと大きく肩で息をしたのち、

「乙骨は優秀な弟子だった。わしの技を継ぐに相応しいな。ようやく見つかったと安心しておったのに。残念なことだ」

「彼はどうしてここに来たのですか」

「詳しいことは判らんが、」曇りがちな表情で珂允を見上げる。「過去を捨てた、とか何と

か云っておったな。ラリとかして取り返しのつかないことをやってしまったらしい」

「取り返しのつかないこと？」

「それが何かは判らんがな、最初の頃はもう家はないとひねくれておった」

「まさか人殺しとか……」

簑緒屋はぴくんと手を震わせた。

「こういうことになってわしも考えてみたが……乙骨の創る人形の瞳はすごく澄みきっておる。迷いがない。人殺しは無理だとわしには信じられる。そこまで歪んではおらんかった」

「そうですか」

感傷に浸る老人の言葉を鵜呑みにしたわけではないが、珂允にも初対面の印象では何となく違うと思われた。拗ねて斜に構えた口ぶりだったが、決して追及に怯えて暮らしている顔ではなかった。

「乙骨君に最近変わったことはありませんでしたか」

「殺されるような……ということかな」

「はい」

「何も思い当たらんな」老人は片隅の柿の木に遠く目を遣りながら、「乙骨はこの三月、ずっと創り続けておったからな。それこそ外にも出ず昼も夜も。それが十日ほど前にようやく終えて、晴れ晴れとした顔をしておった。まさかそのあとに殺されるとはつゆ思わなんだ」

そこで何か思いついたように視線を珂允へと向けると、

「そういえば一つ奇妙なことがあるな」

「なんですか」

「その人形じゃよ。乙骨の創っていた」

「人形……」

言葉に触発され珂允は松虫を思い描く。暗く湿った蔵の中に独り取り残されている松虫……。

「いま云ったように、人形創りが終わったあとだったんだが、誰が注文して引き取っていったのか判らんのだよ」

そういえば乙骨の作業場を初めて訪れたとき、作業場には殺人鬼の解体工場のように本物そっくりの手足が散らばっていた。だが、一昨日の夜行ったときには夜逃げしたのかがらんとして人形は影も形もなかった。

「そうじゃ」と老人は頷く。「乙骨に訊いても何も教えてくれんかった。もともとあまり語りたがらない性質なんじゃが」

「でも、似姿の人形なら顔を見れば誰か判るんじゃないですか」

「それがじゃ、二月ほど前に少し見せてもらったことがあるが——大事な仕事だから教えを請いたいとな——おかしなことに顔はなかった。のっぺらぼうだったんじゃよ。普通、顔はまず最初に創るものなのじゃが、不思議に思って聞くと、顔はなくてもよいとかいう話だった」

「顔のない人形ですか」

「等身大の人形を創る理由は二つある。一つは前も云ったと思うが、嫁入りする娘の形見として実家に残しておくため。もう一つは近衛になった息子の形見として一年のあいだ代わり身として置いておくため。どちらもわしら庶民には関係のない、小長以上の家のしきたりだ。ただ、いずれの場合も顔を入れないと意味を成さないんだが。それに気になってちょっと調べてみたんだが、嫁入りや近衛のことで人形が必要になる家というのはなかった」

「じゃあ、全く違う理由で創られたと云うのですか」

「そうとしか考えられんな。それに……」

老人は口籠った。

「それに、何です?」

「その人形の右手には薬指が欠けておった」

「薬指……まさか」

珂允は野長瀬の家に残された手の痕を思い出していた。薬指の欠けた血塗れの右手の痕を。

「あんたも知っておられるようじゃな。野長瀬は十年ほど前に過って右の薬指を落としてしまった——それが契機でどこかおかしくなり、錬金術などというものにのめり込んだという者もいるが——。そして、他に薬指の欠けた者はここにはおらん。だが、だとしてもなぜ、今頃になってそんな人形を創らせたのか」

「もしかするとそのために乙骨君は命を落としたと。そして野長瀬の自殺の件とも何か関係していると」

勢い込んで訊ねたが老人はさらりと躱すように、「そこまでは解らん」と首を振った。

「奇妙なことは奇妙だが、ただそれだけかもしれん」

「でも十日前と云えば、遠臣が殺された前日でしょう。何かあると見るほうが自然じゃないですか。それに簑緒屋さんは今までそんな仕事を受けたことはないんでしょう。なら……」

「そう大声を出さんでくれ。まだ耳の方は遠くないよ。確かに符合はしている。ただ纏めて考えるにはわしの頭は古くなりすぎておる」

痒そうに眼を擦り空を見つめる。その仕草が無性にじれったく感じられた。

「簑緒屋さんは誰が下手人だと思われますか」

「残念だがそれには答えられない。乙骨を殺しそうな奴というのは、遠臣君もだが、思いつかんのでな。それに今のわしは日向ぼっこをしているのが一番いいんじゃ。あんたには知っているることを話そう。わしはあんたが人殺しだとは思っておらんからな。むしろ疑いを晴らしたいとも思っておる。ただ、考えることはわしにはもう難儀なことなんだ」

訴えかけるような気のない返答に、珂允は浮かしかけた腰をまた下ろした。独りでやらなければいけない、そう思っていたはずなのにまた頼ってしまったことに気づいたからだ。

少し落ち着こう。

老人と同じように空を眺めた。突き抜けるような青空に鳶が弧を描いて滑空している。

「簑緒屋さんはもう人形を創られないのですか」

珂允は静かに訊ねかけた。

「今は娘婿に任せてある。といってもまだまだ半人前だから節々でわしが仕込んでいる最中だが。ただ眼が霞んできてな。今のあんたの顔も実は何となくしか見えん。そうなったらもう人形は創れん。命が吹き込めなくなるんじゃ」

「命……ですか」

「魂と云ったほうが外の人には判りよいかな。乙骨も魂と呼んでおったからな。まあその点乙骨は見事に命を吹き込むことが出来た。わしには弟子が五人おったが、モノになったのは三人じゃ。その中でも覚えの速さは一番じゃった。あんたにはぶっきらぼうで愛想のない奴と映ったかもしれんが、こと人形に関しては取り憑《つ》かれたように創り続けていた。大小さまざまなのをな。若さゆえと云えるかもしれんが、昔のわしでもあのように没入することはできんかったな」

「松虫さんはどうだったのですか」

それは聞くまでもなくあの松虫を見れば明らかだが、師匠の口から答を聞きたかった。

期待に応えるように簑緒屋は深く頷く。

「女というのは命の吹き込み方が独特なんじゃ。わしらは技でそれを成し遂げようとするが、女は感情でそれをしようとする。自ら子を産むせいかもしれんな。男には真似できんよ」

「女の人形師というのは他にいないのですか」

「ああ、今はおらん。わしの一つ前には椋守《むくもり》さんという女丈夫が一人いたのだがな。結局、三人の弟子中、二人が逝ってしまった。若い身空でな。老い先短いこのわしより先に」

最後の言葉は珂允にというよりも天に向かって呟いたように思えた。老人の身体が小さく映る。

小さな庭に小さな老人。もの哀しくも太陽だけは滑らかに降り注いでいる。それを横目に珂允は焙茶《ほうじちゃ》に口をつけた。

「なあ、珂允君。あんたはなんのためにここに来たんじゃ。どうも菅平の長は知っておられるようだが、人殺しの疑いを掛けられても留まっているということは何かよっぽどの理由があるのだろう」

　黙って焙茶をすすり続ける。老人も強いて訊ねている感じではなかったからだ。

「あんたにはあんたの理由があるのかもしれんが、充分気をつけたほうがいい。連中はあんたが考えている以上に凶暴な面を持っているからの。まあ余計なお節介かもしれんが」

「ほとぼりが冷めるまでは東には近づかないようにしようとは思ってますが」

「そうじゃな。ただ、西でも安心はできないがな」

「翼賛会の連中ですか。昨日出くわして威しをかけられました」

「あいつらもそうだが、千本を快く思っていない小長は多いよ」

「同じ西の小長でですか」

　意外な言葉に訊ね返すと、

「最初は松虫、次は蟬ちゃん。長である菅平と結びつきを強めたいと他の小長も願っておる。同時に、上手くやった者を妬ましく思うのは常じゃ。殊に今年は鴉のせいでどこも収穫が落ちておる。このままではろくな冬を迎えられんところも多いと聞くしな。もし千本を蹴落としたいと望んでいる奴が藤ノ宮なりに唆《そそのか》されたら何かやりかねん」

　暗い気分で珂允はふむと頷いた。自分もまた七年間勤めた職場で醜い足の引っ張り合いを幾度か耳にしている。ライヴァル意識が競り合いにならず、蹴落とし合いになる場面を。後ろ向きな闘い。同じ会社の、同じ部署の、同僚だというのに。

　同時に篤郎がしきりに拘っていた意味も解ったような気がした。隙を作ればすぐに撒き餌を散蒔《ばらま》いたように群がってくる。それを彼は気にしているのだろう。

「千本さんはいい人なんですけどね」

「わしもよく知っておるよ。だがそんなことは、苦々しく思っとる連中には関係ないことじゃろうて」

「そうですね……」

　人気と世渡りとは全く別物だ。結構好きだった上司が岡山へ飛ばされたとき、珂允も思い知った。

「僕は動かないほうがいいのでしょうか？」

「それはあんたが考えることじゃろう。それにわしがどうこう云ったところで、あんたが意志を変えるとは思えないんじゃがな」

　霞んでいるという眼で、じっと見つめる。迷いなく背中を押して貰いたがっているのを見透かすように。

「そうですね」

珂允は湯呑みを置き立ち上がった。そして「お邪魔しました」と断り背を向けようとしたとき、もう一つ訊きたいことがあったのを思い出した。

「ところで、龍樹という家を知りませんか。南の方にあるらしいんですが」

「龍樹……どうしてそれを訊くのじゃ」

「いえ、ここで出逢った男がその龍樹の家に厄介になっていると訊いたものですから」

初めて聞く尖った声に何となく不穏なものを感じながらも珂允は素直に答えた。だが簔緒屋は「それは嘘じゃな」と一蹴すると、なぜか寂しそうな表情を見せる。

「なぜなら龍樹の家はもうない。四十年ほど前に朽ちてしまった」

「朽ちたって」

「ああ、一族は絶えて今は廃屋が残されているだけじゃよ」

「じゃあ……」

老人が嘘をついているふうには見えない。するとあの男の方が自分に偽りを教えたのだろうか。でもなぜ？

「おそらく担がれたんだろうな。悪質な嘘じゃ。しかしあんたの他に外人が来ていたとは知らなかったな」

釈然としない顔で呟くその言葉も珂允には意外だった。

*

どうしてメルカトルは龍樹の家に厄介になっているという嘘をついたのだろうか。それも村人に訊けばすぐに明らかになってしまうような嘘を。

もしかすると彼は事件と関係しているのだろうか？　不可解な言動の理由がはっきりしない限り、肯定もできない代わりに否定もできない。

とりあえず朽ちたという龍樹家の廃屋を見に行こうと、曇り顔の老人から場所を聞き出すと足を南へと向けた。直接、訊いてみるのが手っ取り早い。少なくとも彼は敵意を持っていなさそうだ。簑緒屋の家を出てしばらくすると、背後から村人に呼びとめられた。四十過ぎくらいの小柄で痩せぎすの男だった。とんがった顎や眼がどこか鼠を思わせる。

「珂允さんですね」

立ち止まった珂允に念を押すように訊ねる。蛙を踏み潰したようなひどい濁声《だみごえ》だ。

「そうですが」

「少しお話があります。ここじゃなんですから」

人目につくのを嫌うように、男は脇の林に引き連れようとした。その様子からして人通りが絶えるのを待って声をかけたらしい。物腰が胡散臭げだが、翼賛会の連中と違い敵意はなさそうなので、大人しく珂允はついていった。まさか真っ昼間からリンチに掛けようというわけでもないだろう。

「実はわたし、藤ノ宮の遣いの者で鳥蔵《とりぞう》といいますが」

櫟林《くぬぎばやし》の暗がりで眼だけを光らせながら、男はそう名乗った。

「藤ノ宮……東の長の」

顔を強ばらせる。道理で人目を気にするはずだ。

「捕まえにでも来たんですか」

「そうではありません」

癖なのか少しばかり口許を歪めながら、鳥蔵は上目遣いで用件を伝える。

「長があなたにお逢いしたいとおっしゃっております。もちろんあなたが今、云われたように、捕まえようとかそういうつもりではございません。長はあなたがやったとは考えておられない様子です。ただ、事件の渦中にお嵌まりになったあなたにいくつか訊きたいことがあるとのことで」

それだけ云うとじっと返事を待っている。細長い眼だけを輝かせて。使者というのは須《すべか》らく感情を持たない道具のようなものだが、この男の慇懃で無機質な言動はそれをより強調しているようで不気味に感じられる。まるで地に映る影のように。

「今から行くところがあるのですが」

「なるべくなら、これからわたしとともに来ていただきたいのですが」

「今すぐですか」

「お願いします」

有無を云わせぬ調子で一歩にじり寄る。同時にがさっと茂みで気配がした。ちらと目を遣ると、木の陰に男たちが潜んでいる様子。四、五人ほどだろうか。口調もそうだが、どうもお願いというより脅迫のようだ。別段ここでこの連中がひと騒動起こすとも思えないが、少なくともそれくらいの用意はあるということだ。

「……判りました」

ポケットに突っ込んだ拳を固く握り締めながら珂允は答えた。


藤ノ宮の屋敷は、東のほぼ中央に当たる小高い丘の上に、長の格を誇示するかのようにふてぶてしく建っていた。同じ長でも鬱蒼とした山中に住む菅平とは対照的だが、屋敷の外見もまた菅平とは違っていた。菅平が平面にべったりと薄っぺらな、いわば山腹に貼りついた構造なら、藤ノ宮の方は集約的に聳え立つ本丸と形容したほうが似つかわしい佇《たたずま》いだった。

山の斜面と、小高い丘という立地条件の差が影響しているのだろうが、それを超えて住人の思考まで象徴しているのではという気にもなる。例えて云うなら隠然たる権力を求めるタイプとパワフルに威圧していくタイプ。老獪《ろうかい》と剛毅《ごうき》。

案の定、東の長である藤ノ宮多々良《たたら》は、目許口許に気難しい老人といった気配を濃厚に漂わせていた。これでは芹槻と反りはなお合わないだろう。歳は芹槻よりも若く六十半ばといったところか。その分まだまだ矍鑠として、ひとりで何反も稲刈りが出来そうである。

万華鏡をぶっちゃけた極彩色の目が眩みそうな奥の間。でもどこか物足りない。二十畳はある広々とした装飾過多の室内は、逆に圧迫感を与え孤独さと窮屈さを感じさせる。百人一首の絵札に出てくるような御座の上に、跡取り息子を従えた老人が胡座をどかと組んでこちらを値踏みするように眺めている。珂允は黙ってその不躾な視線に耐えていた。何の目的で多々良は呼んだのだろう。それればかり考えながら。

「あんたが、半月ほど前に来たという外人かね」

鰓《えら》張った芯の太い声が耳許に届く。

「そうですが」

「持統院様にお逢いしたそうだな」

「………」

答えなくとも知っているだろう。そんなふうに見返した。同時に、それもここに呼び寄せられた一因なのかと気がついた。

「わしはすぐにここから立ち去ることを勧める」

　多々良は癇の強い眼で、法王の勅言のごとく轟かせる。

「……どういう意味ですか」

「あんたは危険なんだよ」

「危険？」

　最初その意味を測りかねた。村にとって危険？　それとも東にとって？　持統院と逢ったことが？

「西の遠臣だけならともかく、乙骨まで殺されたとなってはな。衆をみな敵に回そうというのか」

　衆をみなとは大きく出たものだ。自分が菅平の支援を受けていることぐらい知らないわけでもないだろう。この様子だと間諜《かんちょう》は西東どちらにもいるようだし。

「あんたが乙骨の家を訪れたことで東ではあんたが下手人ではないかと云い出す者が多い。特に血気盛んな若い奴がな。西でも菅平の言葉があったとしても抑えきれるものではあるまい。このまま留まればいずれ皆から吊るし上げを喰らう羽目に陥るぞ。その前にここを去るのがわしには最良の判断だと思うがな」

黙したままなのを理解不足のためと感じたのか、多々良は大きな身振りで重ねて警告を発した。

親切めかしているが、要は殺人など関係なく、珂允が大鏡に気に入られては困るだけなのだ。外人好きと噂される大鏡。庚のように側近に近い近衛になりでもすれば、南部の開拓の奸計が水泡に帰すおそれがある。必死になって猫なで声を出そうとしているその様を見れば容易に想像がつく。

「考えておきます」

間合いを取って珂允は静かに答える。

「考えておきます、では困るのだ」

口から飛び散る泡沫。下手に出ていればいい気になりおって……そう云いたげな表情だ。今まで懐柔などという腹芸とは縁のなかった人物なのだろう。

「あんたのせいでみなが動揺している」

それは僕のせいじゃなく殺人犯のせいでしょう、そう云い返そうかとも思ったが止めておいた。逆上させるだけだ。

「庚という近衛がいましたよね」

不意を突かれたように多々良は口籠る。

「庚様がどうしたのだ」

「どうやって、近衛になられたのですか」

　多々良は大鏡への取り入り方を聞き出そうとしているととったようで、露骨に顔をしかめ無視する構えを見せた。

「心配要りません。僕は近衛になる気はありませんから」

「本当か」

　猜疑の眼差し。あいにく説得の手段はない。庚が弟であることを明かせば早いのだろうが、多々良が知らないということは菅平や持統院が知らせたくない、広めたくないと考えている証左だ。ここで自ら明かして彼らの機嫌を損ねるのも困る。

「信じてもらわなくても構いません。ただ、僕は知りたいのです」

「今度の事件に庚様のことが関係していると云うのかね」

　幾分慎重に多々良は訊ね返す。

「おそらく」と、はったり気味に珂允は頷いた。

「なら、どういうことかぜひ聞かせてもらいたいものだな」

「今は云えません。まだ、いくつか不明な点がありますから」

　云えるも何も、いくつかも何も、実のところ全く判っていない。ただ出《で》鱈目《たらめ》でもそう云わなければ多々良の興味を惹きそうになかった。

「ただ、庚も殺された菅平の遠臣も自殺した男の帰依を促していました」

「野長瀬か」

ペッと唾を一緒に吐き捨てると、筋肉質の見事な腕を突き出し、

「あの野垂れ死んだ屑が今の事件と関わっているというのかね」

「僕にはそう思えます。庚は野長瀬の自殺のすぐあとにここを去り、遠臣は殺されました」

「巳賀の乙骨はどうなんだ」

「強いて云えば、庚と同じ外人です」

そう話しながら、珂允は大鏡に対する信仰という軸が共通していることに気がついた。彼らはみなこの村に多くいる一般的な信仰者ではなく、ある意味特殊な形態の者たちなのだ。野長瀬は造反者であるし、西鈴と乙骨は大鏡を知らぬ外人だったのがのちに改宗した。西鈴は近衛になったあと再び大鏡を捨て、同じ近衛選で敗れた遠臣は翼賛会という熱烈な信奉組織を創った。

もちろん偶然かもしれない。だが、深く考えてみる価値はありそうだ。そしてそれが出来るのは同じくイレギュラーである自分しかいない。目の前の多々良などそっちのけで珂允はその思いつきを深めようとした。だがすぐに多々良の物高い声に遮られる。

「菅平はその考えに賛同しているのかね」

　珂允は首を横に振った。

「なら、どうやってあんたの言葉を信用すればいいのかね。あんたの嘯《うそぶ》くようにこの事件は野長瀬のバカと関わっているのかもしれん。だがわしにはあんたが怪しいと考える方がすっきりするんだがな」

「お父さん」

　今まで飾り物のように脇に鎮座していた息子の佑尉《ゆうじょう》が、膝立ちし耳許で何事か囁いている。いらちな多々良に比べ、佑尉は童顔でのほほんと平和そうな面立ちである。眼や口許は父親譲りだが、全体に丸みを帯びている。

　老人の反応からして説得をしているような感じだが、多々良は白い奥歯を噛みしめながら激しく首を振ると、

「お前は、あいつを信用すると云うのか」

「そうは云いません。でも、わたしたちとしてもこの事件を何とか収めないことには……」

「だからお前は舐められるんだ」

「でもお父さん……」

　おそらく多々良という老人は自分の思うままに進まない協議には堪えられない性分なのだ

ろう。馬鹿者！　と息子を一喝し、鬼瓦《おにがわら》の形相で珂允に向き直ると全てをリセットするかのような大声で、

「いいかね、再度警告する。早くここから出て行きたまえ。衆の怒りでどうなってもわしは知らんぞ」

翼賛会の連中よりも遥かに実効性の高い脅し。珂允は最後に訊いてみた。無駄なのは知りながら。

「あなたは下手人を知っているのですか」

「知っていたらこんな苦労はせん。いいか解ったな」

障子戸を指さし退室せよとの合図。珂允は大人しく従った。もとより何かを期待していたわけではない。まぁ脅しだけで済んでよかったというところだろうか。ただ一連の事件が、果たして萱平の云うようにあの老人が仕掛けたものかどうか……それは何となく否定的に思えもした。

もし全てあの老人が仕組んだのなら、手中にある自分をふん縛って民衆の贄《にえ》にすればことは簡単だったはずだ。そのために偽の手紙も書いたのだろうから。かといって、もし犯人でなければなぜ自分をもっと取り調べないのか——珂允自身それを覚悟していたというのに——それが不思議にも思える。

釈然としないまま、きらびやかな部屋を出て廊下を歩いていると、背後から佑尉が追いかけてきた。

「珂允さん」

父親とは異なりオブラートに包んだ錠剤のような声で呼びかける。座っていたときは気づかなかったが意外と背が高い。珂允が歩みを止め振り返ると、

「どうもすみませんでした」と丁重に頭を下げる。「父は、菅平のこととなると頭に血が昇るのです」

何となく好感が持てる人物だ。佑尉となら最低限の会話が成立しそうな気がする。

「嫌っているのですか」

「蛇蝎《だかつ》の如くと云っても差し支えありません。むろん菅平の方もそうでしょうけれど」

「何か理由でも？」

「今はこれといってないと思います。父に云わせると、そういうものなのらしいのですが。遥か昔からの」

溜息混じりで吐き出す。そんな拘りはもう無意味だというふうに。

「西と東で協力して南を拓かなければいけないという時に」

「融和的なんですね」

「父が頑固なだけですよ。今年は鴉のせいで実入りが悪いというのに、長同士争っていても何の解決にもなりませんからね」

「なるほど、あなたが長になったらもう少し平和的になるんでしょうね」

「そうあって欲しいと思います。諍いは大鏡様も望んでいないことでしょうし。ただ、父に云わせるとわたしの考えは甘過ぎるらしいですけど」

今の無力さを証明するかのように、佑尉は肩を竦ませ力無く笑った。

「けれども菅平の早瀬《はやせ》――跡取りですが――も似たような思いを抱いているらしいので望みはあるんですよ……ただ、今度の事件で拗《こじ》れてしまわないかが不安なのです」

遠臣が殺され、乙骨が殺されたこの事件。東西双方で起こったといっても、片や長の孫であり片やただの外人である。損失の差は歴然としていた。西の方が大きな痛手を受けている。

「佑尉さんは誰が下手人だと思いますか」

「あいにくその部分は父と同じで見当がつかないですね」

神妙な顔になる。

「僕がやったとは考えないのですか？」

「わたしには判りません。もしかすると衆が騒ぐように本当にあなたなのかもしれない。そう思うと少し足が震えますが」

「でもそうは考えていない感じですね」

「あなたにとっては幸運でしょう。菅平があなたをまだ手元に置いているということが一つの保証です。ただ……あなたがどうして乙骨君の家を訪れたのか、それは解りかねますが」

珂允はただ乙骨に呼ばれたとだけ答えた。理由は判らないと。佑尉は首を傾げながらもそれで一応納得した様子で、

「父があなたに立ち去ることを命じたのは、もちろん持統院様にお逢いになった件もありますが、もし東の不届き者が下手人だと判明した場合、微妙な立場に立たされます。長としての責任もありますが、父が命じたのではないかと痛くもない腹を探られることになりますから」

「そのおそれを秤《はかり》に掛ければ、このまま追い出して全て僕におっ被せたほうがいいと」

気乗りしない感じで佑尉は静かに頷く。

「もちろん西の者がやったということも充分に考えられます。その時は嵩《かさ》にかかれるのでしょうが。わたしとしてはどちらからも出て欲しくないですね。ただ、あなたでないとすればどちらかにいるはずですから。いずれそれが騒動の種にならなければいいと思うのですが」

端《はな》から諦めの表情で希望を述べる佑尉。犯人がどちらの側から出ても両者の和平が遠のくことは目に見えている。

「でも人は西と東だけではなく、宮にもいるんじゃないのですか」

意地悪な気持ちを交えて珂允は訊ねてみた。佑尉は自分が口にしたかのように激しく首を揺さぶると、

「どうして宮様がそんな大罪を……そんなことを犯す理由がありません。それに大鏡様がご自分の身辺にそのような破戒者をお召しになるはずはありませんから」

ちょっと刺激が強すぎたかなと、後悔しながら珂允は「失礼しました」と素直に詫びた。

「ところで、人殺しをすると緑色の痣が出来るというのは本当なのですか」

「本当です。父の生まれた年に一度あったと聞きました。だからわたしも、人殺しなどする者がいるとは今でも信じられないのですが」

菅平と話しているときもそうだったが、佑尉の言葉には倫理的、人道的に人殺しをしないのではなく、罰が下るから人殺しは出来ない……そんなニュアンスを強く感じる。裏を返せば、もし罰が下らないことを知れば躊躇《ちゅうちょ》なく人殺しをしかねないということだ。

「東としては誰かの手に痣が浮き出るのを待っているのですか？」

「乙骨君が殺されるまではある意味そうでした。ただ一昨日のことで、わたしや衆たちも対岸のことと構えていられなくなったのは確かです」

乙骨のことで東も動き始めた。珂允を呼びつけたのはその第一歩ということらしい。

「西か東かのどこかに大鏡様を信じていない者がいるわけですね」

「信じる信じないじゃなくて、そのお力を知らないのでしょう。残念なことです」

「そういう意味でも心当たりはありませんか」

それにも否定的な答が返ってきた。もしあったのならとっくに処置している。そんな口ぶりだった。

「珂允さん。あなたは先ほど野長瀬のことを持ち出されましたが、同様に禁を犯した者として関わりがあると捉えておられるのですか」

「それもあります。ただ僕は庚という外人が大鏡様に帰依したことに興味を持っているのです。同時に野長瀬という男が大鏡様に逆らったことにも。そして二人は接触し、今はもう二人ともいません。その上、彼らに関わった遠臣が殺されました」

佑尉はなるほどといった素振りで珂允を見つめ返していたが、

「実際のところ、庚様についてはわたしはよく知らないのです。おそらく父もそうでしょう。大鏡様が庚様を近衛に選抜なさるとは思ってもいませんでしたから。それくらい意外なことだったのです。遠臣君や菅平の長に限らず」

「でも、近衛になるまでそちらに厄介になっていたと聞きましたが」

「いえ、本当は白瀑《しらたき》のところです。ただ白瀑は藤ノ宮家の蔵頭なので間違いではないのですが」

「その白瀑さんと話すことは出来るのでしょうか」

「それは出来ますが、ただ……」

俯き加減で難しい表情を見せる。

「今すぐというのは。みな感情的になっていますので、もう少し落ち着いてからの方が」

「……そうですね」

だが果たしていつになったら落ち着くのだろうか。犯人が判明したときだろうか。だがその時には既に白瀑を訊ねる名目を失っているのだ。全てが終わったあとも佑尉が今のように協力的であればいいのだが。

そう思いながら「もちろん」と珂允はつけ足すように云った。

「僕の考えは違っているかもしれません。ただ、他の方向はあなた方にせよ菅平にせよやっているでしょう。しかし、こうなった以上僕も濡れ衣を晴らさなければいけませんから」

「それでですが……」と云いにくそうに上目遣いで切り出す。

珂允はとっさに身構えた。

「もし東の誰かが怪しいと見当がついたのなら、まず一報をお願いしたいのです」

「一報?」

「先ほど申しましたように、なるべくなら双方穏やかにやっていきたいのです。そのためにも東の者が起こした不祥事となればまずわたしたちで吟味、自浄しなければなりません。その上で西や宮様に知らせるつもりです。もちろん隠蔽するなどといったことを懸念なさるかもしれませんが、それはないことははっきりお約束します」

東の長の藤ノ宮家としての最低限の矜持《きょうじ》を保ちたい。彼の眼はそう訴えかけていた。確かに翼賛会の連中にずかずかと入り込まれ弄《なぶ》られるのは、堪えられないだろう。

「判りました」

しばらく思案したのち、珂允は頷いた。下手人捜しに関しては芹槻に義理立てする必要はないはずだ。もちろん、揉み消そうとする気配が感じられたならすぐにでも知らせるつもりだが、今はこの佑尉を信用してみる気になった。

「ありがとうございます」

感謝の言葉とともに次代の長が深々と頭を下げる。職場でもこういう上司だったなら自分ももう少し張りがあったかもしれない。贅沢かもしれないがそう思う。

「わたしとしても、父があああなので陰ながらになりますが、あなたに協力したいと思います」

「よろしくお願いします」

珂允は廊下を再び歩きだし、中国風の山水画が掛けられた表玄関へと向かった。ただ先ほどまでとは異なり足どりは軽い。多々良には追放の警告を受けたが、その代わりこの佑尉は冷静な判断力がありそうだ。その好意的な姿勢は思いの外の収穫だ。僥倖だった。

「長でないと使えない上質の紙がありますよね」

「はあ」と意味を測りかねる顔つきで佑尉は頷く。

「あれをくすねたり拝借したりすることはできるのですか」

「いえ、余人が触れることは決してありません。大鏡様からお許しを戴いた大切な紙ですから」

それが自らの首を絞めるとは知らず、佑尉は率直に答える。

「それがどうしましたか？」

不思議そうに訊ねるのをいやと誤魔化すと、田舎道で泥だらけになった靴に履きかえる。そして見送られ戸口を出ようとしたとき、思い出して再び振り返った。

「一つ頼みたいことがあります」

「何でしょうか？」

「北の橋まで、先ほどの使いの方をつけてくれませんか。一人では東の土地を無事に抜けられる自信がありませんから」

「そうですね。気がつきませんでした。烏蔵を呼びましょう」

佑尉は快く頷いてくれた。

＊

北の橋で烏蔵と別れると、珂允は鏡川の西岸を南へ下っていった。当初の予定だった龍樹の廃屋を見るために。

北の大鏡。西の菅平。東の藤ノ宮。四行の原理からすれば、南には龍樹があって当然である。それが崩れた村に大鏡の教えは存在するのだろうか。鴉は南から来る。四十数年前に綻びた理を今になって証明するように。

そして今は亡き龍樹の家の名を騙《かた》ったメルカトルという男。気にはなる。

南の土地は西や東に比べると狭隘で起伏が激しい。平坦地での稲作というよりも、段々畑や果樹林が目立つ。それらは西に傾きだした太陽のために、斜面の左右で対照的にくっきりとした陰影を描いている。人家はまばらで、幾分町化している中心地と比べるとかなり辺境を感じさせ、賑やかとものんびりとも違うただ自然にその日その日を営んでいるといった風情。その中、橋を渡ってからずっと蛇行する街道が一筋あり、そこから枝分かれするようにいくつもの隘路《あいろ》が延びている。ほとんどの民家は街道沿いではなくその枝道を登ったところに建っており、ムカデの爪先を思わせる。

簑緒屋に教えられた龍樹への枝道は比較的幅広かったが、長く使われていないことを証明するかのように雑草が隈なく蔓延《はびこ》り、道と云うには風化しすぎていた。

しばらく進んでいくと朽ちて形骸化した表門が現われ、大きく欠けた土塀の向こうから屋敷が見えた。高みから滑るように傾斜した屋根、太い柱に豪快な斗栱《ときよう》。古寺院を思わせるような造りだ。道や門同様に放置されたままで生気を失った色艶のない姿を曝してはいるが、際立った破損が見られるわけでもない。珂允の国でも何百年も昔の木造建物が今なお現役として残っているくらいなのだ。昨日の野長瀬の襤褸《ぼろ》家とは違い、かつて長だった者の家ならたった四十年程度では土塀のように朽ちるということはないのだろう。充分にリフォームを行なえばまだまだ現役で使えそうである。ただ、手入れが行なわれていないために散見される綻び、それが茫々とした周囲の眺めと相俟《あいま》って亡家の鬱屈感を煽る。

珂允は蝶番だけになった門戸をくぐると、もはや庭とは呼びがたい灌木の生い茂る表庭を横切り屋敷へと向かった。

屋敷の中は息苦しいほど澱んだ空気が充満していた。陽が射し込まない暗い翳り。湿気に侵され廊下も柱も黒ずんでいる。昔はさぞ栄えただろう天井の彫り模様も、雨漏りのせいか大きな染みに侵されている。ところどころ汚らしい虫たちが巣くった姿もある。廊下脇の調度はほとんどが時の流れに汚染されている。その中、踏み荒らされた足跡だけが床に鮮明に残されている。

　まさか……珂允は早足でその跡を追った。靴跡が続く廊下の突き当たりの部屋。壊れかけの扉を開けると、中央に西陽を浴びたメルカトルが立っていた。タキシードにシルクハット。鷺ケ池で逢ったときの扮装のまま。

　彼は入ってきた珂允に気がつくと「やあ」と明るい声を投げかけた。

「メルカトルさん」思わず珂允は叫ぶ。

「よく、ここが判りましたね」

　珂允の驚きなど他所にこの前と変わらぬ平静さで歩み寄ってくる。つかつかと板間に靴音が響いた。

「ずっとここに？」

　メルカトルは嘘を云ったわけではなかった。それは判った。でもどうして一人で廃墟なんかに。奇妙なことには変わりない。

「知り合いに龍樹頼家《よりいえ》という男がいましてね」

「龍樹頼家……ここの一族か何かですか」

「そうです。逃げ延びた者の後裔です」

「逃げ延びた？　どう云うことです」

簑緒屋は絶えたとしか云わなかった。それで単に跡取りがいなくなったものだと思っていたのだが。

「違いますよ」

色白の顔に冷たい笑みを浮かべる。鍔の陰で目許はよく見えない。

「四十二年前、彼の父親が鬼子のレッテルを貼られましてね」

「鬼子？」

「そうです。この村には時折り鬼子が生まれるのです。もちろん鬼子は忌み嫌われます。普通なら当の鬼子だけが処分されるところだったのでしょうが。残酷なもので、一族がみな滅ぼされたのですよ。この南の土地に野心を抱いていた菅平と藤ノ宮に先導された村人たちによって。ひいては大鏡によって」

表情こそ穏やかだが、その口調にはどこかしら強い怒りが滑り込んでいるように感じられる。珂允は状況の実感も湧かないまま、魅入られた蛙のように黙ってメルカトルを見つめていた。

「その中、いち早くこの村から逃げ去った当の鬼子だけが難を逃れたのです。皮肉なものですね」

村の政争……それで龍樹家が滅ぼされた。確かに南という言葉に芹槻は過敏に反応していた。だが、人殺しは大昔に一度あったきりなのではないのか。

「あれは人殺しではありませんよ、彼らにとってはね。鬼子という忌まわしき存在に対する大鏡という名の下の処罰。大鏡の教えである以上、手に痣は出来ない。たとえ裏で土地に対する欲望が蠢《うごめ》いていたとしてもね。前も云ったでしょう、この土地はあなたが思っているほど鄙びてはいないのです」

四十年間残されたこの家。荒れ放題の道。それがメルカトルの言葉を裏づけているのかもしれない。忌まわしきものとして誰も近寄ろうとはしない。忘れ去ろうとただ放置するのみ。野長瀬の家もそうだった。

「あなたも気をつけた方がいい。長であった者たちですらこの有様です。あなた一人の生き死になど大鏡の名の下では彼らにとってたやすいことでしょう」

怖いことを云う。多々良のような脅しではないようだが、その冷静さがよりリアリティを感じさせる。まして四十年前の実例を見せられたあとでは。もちろん覚悟は決めているつもりだ。だが机上の覚悟で、急に身近なものとして迫ってきた現実に堪えられるだろうか。不安が過る。

「メルカトルさんは知っているのですか。今ここで起こっていることを」

「いろいろと聞いています。ただ、残念ながらあなたのお役には立てそうもない。今の私には時と術がないですからね」

「僕はこのままここを去ったほうがいいと思いますか」

訊ねてどうなるものでもないのは判っている。だが目の前の男からなら何か得られるのではないか、ふとそんな気がしたのだ。しかしメルカトルはそんな珂允の弱気を見透かすように、シニカルな笑みを返すと、

「たとえ私がどう云ってもあなたはしないでしょう。考えるままにしか。あなたにはしなければならないことが残されている、違いますか？」

「そうです」

その奥深い瞳を見返しながら珂允は頷いた。

「ならやるしかないでしょうね」

そうだ、やるしかないのだ。神託のように彼の澄んだ言葉が脳に染み込む。濡れ衣を晴らし、弟の心を探し……そうでないと解放されない自分。痛いほど解っている。解り切っていることなのだ。

「道は険しいと思いますが、頑張って下さい」

頑張って……虚しい言葉だ。決まり切った他人事の台詞。頑張りなさい……生まれたとき

からその言葉を投げ続けられていた。母に叔父に叔母に、ずっとずっと飽き飽きするほどに。そしてそのたびに自分を偽らなければならなかった。最も嫌いな言葉。

だが、このメルカトルが云うとなぜか心に響いてくる。この前もそうだった。不思議だ。なぜ共振するのだろう。

「……もしかして、あなたがその頼家さんですか」

「さあ」

ステッキを固く握り締めながら、メルカトルはとぼけるように視線を逸らす。今までストレートな物云いをしていた彼としては珍しいほどに。

「ただ心配しなくてもいいですよ。私は人殺しではないですから」

決して信じられるはずもないのに、彼の仕草や口ぶりは自分に信頼を抱かせる。確固たる彼が違うと云うのだから違うのだろう。

その言葉を頼りに珂允は龍樹の家を辞した。見上げるとこの村を圧し潰しそうな夕焼け雲が空を覆っていた。

17

月の綺麗な夜だった。満月の……。狂気が背筋に憑《のりうつ》るような。

珂允を招き寄せた手紙。佑尉も云っていた。紙は長でしか使えないものだと。決して他人には触れられないものだと。佑尉が嘘をついているとも思えない。だとすると多々良が。だがあの多々良が罠を掛けるといった小細工を弄するとも考えにくい。あくまで第一印象でしかないが、多々良ならたぶん罠など張らずに根拠もなしに決めつけて実力行使で追い出そうとするだろう。老獪そうな芹槻ならともかく。だが殺された遠臣はその芹槻の孫なのだ。

薪能の夜。あの鴉騒ぎ。本寮へ戻ったあと、彼は何をしていたのだろう。その二時間後には姿を見られている。じっと。他の連中は家に帰ったというのに。たった一人で。

……もしかして犯人と？

そしてどうして乙骨が殺されたのか。人形を創っていたからなのか。それとも外人だからか。珂允はなぜ嵌められたのか。外人だからか。

全てがイレギュラーだ。しかし、それだけなのか。下らない土地争い。東と西の政争に挟まれ、身動きはとれもするし、とれないでもいる。不安定、中途半端。これでは今までと変わりはない。この二十八年間と。弟の、そして茅子の視線を気にしながら、気づかない振りをして生きてきた今までと。

茅子……そう茅子にはひどい仕打ちだったのかもしれない。自分の中途半端な性格のために。

茅子は自分の妻だった。だが、珂允が書店で巡り逢ったときは違っていた。西鈴の恋人だった。たとえ関係が拗れていたとしても。

だから自分は近づいたのか。弟の彼女が近くの書店に勤めていることに気がついたときに。駅前であの二人が歩いている姿を見かけたときに。

自分は西鈴のツナギ。それを覆すために。勝ちたい……そう思ったのか。

珂允には解らなかった。だがそれが最悪の結果を招いたのだ。弟が茅子を奪ったのではない。自分が奪ったのだ。そして見事に奪い返されてしまった。カエサルのものはカエサルへ。判っていたことかもしれない。

一時の勝利。初めて家族に紹介したときの弟の驚き、そして苦悩の表情。一瞬の快感。陶酔感。

そしてそのあとからの負け戦。予感していたのか、深みを覗き込むことは。ただ自分が茅子を苦しめていただけのことは。

「もっと早く解き放つべきだったのよ。意地を張らずに」

傍らの松虫がそう囁く。月明かりが顔の右半分を妖しく照らしている。

「でもおれは勝ちたかった。一度でいいから」

珠のような肌を持つ彼女を見つめながら珂允は呻いた。

「それがおれの望みだったんだ」

「あなたは弟の表情は見ていたかもしれないけれど、その時の茅子さんの表情は見ていたの」

「…………」

「弟の彼女だったから好きになったの」

冷たい指弾の声に珂允は答えられなかった。なぜ答えられないのだろう。そんなことに関係なく茅子を愛していた。そう叫ぶはずだった。本来なら。だが声が出ない。喉が云うことを聞かない。脳は命令を出しているはずなのに、何も言葉が出てこない。思わず喉を掻きむしるが、皮膚がボロボロと朱く裂けるのみ。

そんな哀れな姿を軽蔑するように、松虫は冷たい翡翠のような瞳でじっと見つめている。

「そんなに見ないでくれ」床板に膝で立ち珂允は訴えた。「今は……今は、茅子じゃなくて」

「聞きたくないわ」

つんとそっぽを向く松虫。

「聞いてくれ」

だが松虫は蔵の隅の方を見つめたまま。珂允を一瞥《いちべつ》だにしない。

「西鈴さんの苦しみがあなたに解って。異界に旅立ちたかった理由が」

「判っている……痛いほど解っているよ。おれもそうなった。それで弟に返したんだ」

「じゃあ、ここで何を探しているの。気持ちが解っているのならここにいる理由がないじゃない」

「でも弟は殺されたんだ。おれにはその犯人を探し出す義務がある。苦しめてしまった償いとして。弟を茅子を」

「そうね」と松虫が頷く。「でもその犯人をあなたはもう知っているんじゃない」

「知っている？　おれが」

意外な言葉だった。思わず松虫の顔を見返す。だが松虫はそれ以上詳しくは云おうとしなかった。ただ全てを承知しているかのような笑みをその端整な顔に浮かべるのみ。

「教えてくれ」珂允は何度も訊き返す。

「それはあなたが知っていることよ。ただそれに気づいていないだけよ」

「気づいていない？　弟を殺した奴はやっぱりこの村の者なのか。今まで出逢った中にいるのか」

「心配しなくてもそのうち判るわ。近いうちに、そうすぐにでも」

白い手を伸ばし優しく微笑みかける。

「だって、あなたが一番よく知っていることなのだから」

そして珂允の唇に口づけをした。柔らかい唇だった。

ほんの十秒もなかっただろう。唇を離した松虫が何か云おうとしたとき、外から声が聞こえてきた。あの呻くような嘆くような、風に乗ってはっきりと伝わってくる。

「どうして泣くんだ。何がそんなに哀しいんだ。おれはここにいるじゃないか。ずっとずっと君といるつもりだ」

目の前で冷たくなっている松虫に訊ねかけると、言葉に反応するかのように声が止む。

「松虫……」

「誰だ！」

その時、野太い声とともに手燭の光が珂允を直射した。眩しさの余り手をかざす。

「珂允君」

目が慣れてくると光の主が頭儀であることが判った。

「どうしてここに。ここで何をしていたんだ」

日頃の平静さを失った声で頭儀が詰め寄る。薄い一枚板が窮屈な音を立てながらしなった。

「声が聞こえたものですから」

咄嗟にそう云い訳する。

「声？　声などしなかった」

「しましたよ。聞こえなかったんですか。嘆くような人の声が」

「わたしには聞こえなかったな」

頭儀も聞いていたはずだ。それとも自分にしか聞こえなかったのか？　だが頭儀は狼狽しているようだ。手にした灯が僅かに震えている。

「君の幻聴だったんだろう」

そう云って近づいてくる頭儀の手燭は傍らの松虫をも照らす。浮かび上がった松虫に気がつき、頭儀ははっとしたように歩みを止めた。

「どうしてこれを」

さっきよりも険しい声。

「これは松虫さんなのでしょう」

「あ、ああ」

見つかってしまったのなら、むしろいい機会だ。珂允は立ち上がると逆に詰め寄った。

「形見の人形なのでしょう。どうして彼女はここに放置されているのですか。こんな狭く暗いところに」

「それは、」

言葉に詰まり俯く頭儀。

「それは……君には関係のないことだ。もう遅い。早く母屋に帰りなさい」

「頭儀さん」

喰い下がろうとしたが、頭儀は「解ったね。帰るんだ」と珍しく威圧的な口調になると、肩に手を掛け階段に押し出した。有無を云わせぬ力が掌には込められていた。

「頭儀さん」

珂允は振り返り再び訴えたが、頭儀は無言のまま目も合わせようともしない。氷づけのヒグマのように立ち尽くしたまま、灯で先を促すのみ。

今夜は何を聞いても駄目そうだ……仕方なく珂允は警告に従った。

＊

翌朝、蔵に行くと扉には頑丈な南京錠が掛けられていた。頭儀が取りつけたのだろう。もちろん自分を立ち入らせないために。

何かある……昨夜の頭儀の行動と併せて珂允は確信していた。遺品となった人形。形見として飾られてもいいはずなのに、なぜか薄暗い蔵に仕舞い込まれている。雑具に紛れて顧みられることもなく。そして今度は気づいた珂允を締め出すような鈍色の南京錠。それは大鏡のタブーよりも遥かに重い意味を持っているものに感じられた。

本来なら千本家の事情に首を突っ込む筋合いではない。自分は二週間ほど厄介になっているだけのただの他所者なのだ。これが他のことなら珂允もそのままにして、いつか疑問符自体を忘れていただろう。だがその人形は松虫なのだ。松虫が埃塗れで放っておかれているのだ。問い質す義務が自分にはある。そう信じていた。

何かある……。

昼に息抜きに戻ってきた葛を玄関の戸口で捕まえ、松虫の人形について訊ねた。昨夜の様子ではいくら訊ねたところで頭儀は話してくれそうにもない。無言で背を向けられるのがおちだ。南京錠がその答だ。その点、大人しそうな葛なら、強引に押せば答が出てきそうな気がした。それに蟬子の件で恩らしきものもあるはずだ。

葛は昨夜の件を父親から聞いていないらしく、最初珂允が人形を知っていることに驚いていた。が、予想通り「それは、ちょっと」と口籠りその場から逃げ去ろうとする。この態度は珂允の確信をますます深めさせた。

「教えて下さい。どうして松虫さんは蔵に放置されたままなんですか」

引き戸に手を伸ばしかけたところをすばやくその間に身を滑り込ませ留める。

「珂允さん。これは千本の家のことで……」

「それは充分解っています。でも僕は知りたいのです。どうしても」

「そう云われても……わたしには。父にも相談しないことには」

「もしあなたが教えてくれないのなら、蟬子ちゃんに訊くしかないです」

もちろん本心ではない。せっかく落ち着き始めた蟬子をまた傷つけてしまうのは目に見えている。だが少々卑怯でもこう脅さないことには、葛は走ってでも逃げ出しかねない様子だった。

「お願いです。それだけは……」

顔を朱に染めおろおろと困惑した目で訴える葛。

「だったら……」

「それはわしがお教えしよう」

嗄れた声に振り返ると、表には簑緒屋が立っていた。

「簑緒屋先生」

葛が叫ぶ。珂允も驚いていた。

「この人から蟬子ちゃんが元気になっているって聞いたものだからね。寄ってみたんだよ」

老人は気の良さそうな顔でそう説明すると、

「なあ、葛くん。これはみなが知っていることだ。そうそう隠し通せるものじゃない。いずれこの珂允君の耳にも入ってくるだろう」

「…………」

「かといって、あんたの口から云うのも辛いじゃろう。ここはわしに任せてくれんかね」

そして黙ったままの葛から珂允へとゆっくり視線を動かすと、

「なあ、珂允君。少しこの年寄りの散歩につき合ってくれんかね」

「解りました。簑緒屋さんがそうおっしゃるのなら」

別に葛を苦しめるのが目的ではない。むしろ心苦しさが積もるほどだ。だから老人が事情を話してくれるのなら渡りに船だった。

「どうだね、葛君」

「……お願いします」

渋々といった様子ではあったが、葛は縋るように頭を下げた。

曇りがちな空。葦の茂った鏡川の水面を肌寒い初秋の山風が滑り吹き抜けていく。毎日の散歩コースなのか、老人はところどころのぬかるみを目が悪いとは思えない軽い足どりでひょいひょいと避けながら進んでいく。まだまだ元気じゃないか……そう思いながらも珂允は黙ってあとをついていった。川縁で騒いでいた童たちは珂允の姿を認めると、親に云われているのだろうか途端に消沈しこそこそと林の方へと姿を隠す。今までガキ大将のようにひとり威張っていた子供もみんなと束になって木の陰からこちらを覗いている。

珂允も子供たちの好奇と畏怖の視線は感じていたが、今はただ先を行く簑緒屋の背中を見つめていた。老人が口を切るのをひたすら待っていた。あの人形のことについて。

やがて緩やかな鏡川に似合わない割れるような水音が、迫り出した雑木林に谺響し聞こえてきた。見ると、水中から突き出た岩のために川が二つに裂かれ激しい流れを形作っている。子供たちの気配はもうない。そこでようやく老人は歩みを止めた。

「松虫は鬼子じゃった」

奔流の音に紛れて、振り返った老人はそう洩らした。乙骨を失ったときと同じく哀しげな表情で。白い水飛沫《みずしぶき》が老人の足袋を薄く濡らす。

「鬼子……」

その言葉は過剰に珂允を刺激する。忌まわしい歴史とともに、昨日耳にしたばかりだ。あのメルカトルの口から。朽ちた龍樹の屋敷の中で。それが意外にも簑緒屋の口からも出てくるなんて。

「松虫さんが……鬼子だったんですか」

静かに頷く老人。その様は木牌子《こけし》を思わせた。

「可哀相なことだが仕方がなかった」

「仕方がない……どういうことです」

老人は黙ったままだ。おそらく川縁を下りながら充分思案していたのだろうが、それでもまだ迷っている。龍樹の家は息子が鬼子だったために一族が滅ぼされた。萱平や藤ノ宮と同じ長でありながら。それから考えると答は何となく想像がつく。だが認めたくはなかった。

「どうして松虫さんが鬼子なんですか。鬼子とは何なんです?」

「人にあらざるものじゃ」

まるで芹槻か持統院のような貌で老人は云い放つ。

「人でない……どういう意味です。角でも生えているんですか」

かつて日本でも双生児を忌み嫌っていた。それと同じようにこの村独特の制約があるというのだろうか。だが双子にしても角が生えていたにしても、生まれたときすぐに判ることだ。

だが、松虫も龍樹家の息子も、鬼子とされたのは大人になってからだ。だとしたら何が彼女らを鬼子と……。

　鼠花火の群れのごとくひっきりなしに脳髄を駆け巡る疑問。それに答えるように、老人はゆっくりと皺だらけの口を開いた。

「鬼子にはわしたちには見えんものが見えるんじゃ」

「見えないものが見える？」

「何がどう見えるのか、はっきりしたことは判らん。ただ、鬼子には見えてしまうんじゃ。わしらとは違うものが」

　超能力者……そんなふざけた言葉が真っ先に浮かんだ。透視。予知夢。霊視。珂允の世界でも普通見えないものが見えると称している者は数多くいる。

「松虫さんには何が見えたんですか」

「妄界じゃ」

「妄界？」

「大鏡様が司る自然の理から外れた、忌むべき世界。遥か彼岸の、わしたちが垣間見ることは決して許されない、ただ大鏡様のみがそのお力で覗くことができる世界じゃ」

「それが松虫さんには見えたというのですか。だから鬼子だと」

「残念なことじゃが」老人は重々しく頷いた。「松虫は人の分を超えた忌むべき力を持っていた。そして忌むべき力はやがてこの世界を滅ぼしてしまう」

「残念？　でも、その妄界は大鏡様には見えるのでしょう。なら松虫さんもまた大鏡様と」神にしか見えない世界が見えるなら、そんな能力を有しているのなら、神と同等かそれに近いものではないのか？　妄界が何かはともかく、珂允にはそう思われる。だが最後まで云い終えないうちに、老人は口許を震わせながら激しく反論した。

「松虫は大鏡様ではない。珂允君、あんたの云いたいことは解る。だが妄界を覗いた者はそのあやかしに囚われ、人としての心を失ってしまうと伝えられておる。むしろ大鏡様だからこそ妄界を覗いてもその御心を失わずにおることができるのじゃ。ただの人が妄界を覗けば、もう人には戻れん」

「……その妄界には何があるのです。そしてなぜその力がここを滅ぼすのですか」

人という言葉をさかんに強調する簔緒屋に苛立ちを覚えながら珂允は辛抱強く訊ねた。だが返ってきたのは曖昧な説明。

「わしには判らん。忌むべき力、ただそれだけしか」

「なら妄界が見えると、松虫さんが云ったのですか」

「いや」と簔緒屋は否定する。

「ならどうして、松虫さんに見えているなどということが判ったのですか。見えも解りもしないのなら、見えていることが判らないいんじゃないのですか。それとも大鏡様が指摘されたのですか」

「いや、大鏡様ではない。わしらには見えんが、鬼子が見えていることは判るんじゃ。それまでは誰も気がつかなかった。じゃが、あの形見の人形を創ったときそれが知れたんだ」

「形見の人形というと、あの……」

「そう。松虫が嫁入りの形見に創った人形。あんたが蔵で見たやつだ。あれが松虫が鬼子であることを知らしめた。あの人形は、鬼子の証《あかし》となる忌まわしいものだった。だからもう焼き捨ててしまったと思っていたんじゃが……まだ未練があったのだろう。生前の松虫の姿を伝える唯一のものだから、親としては当然かもしれんが」

「……それで人形の存在を隠そうとしたのか」

何の変哲もない美しい人形。松虫への想いを抱かせた人形……それが悲劇の引《ひ》き鉄《がね》だったと目の前の老人は云う。

「でも、あの人形のどこが鬼子の証明になるのですか」

「あんたは外の人だから気がつかんかもしれんが、村の衆にはすぐに判るんじゃ。鬼子だということはな」

その答に珂允は少なからず失望した。つまり何ら具体的な根拠はないということだ。小さな隔離された共同体内だけでの、神の名の下の暗黙のそれでいて絶対的な約束事。蒙昧な信仰、禁忌による犠牲。妄界があるとするならばむしろ……。

「……それで松虫さんはどうなったのですか。病気ではなかったのですね」

訊くまでもなく予想はついている。鬼子を産んだ龍樹家は滅ぼされたのだ。千本家はまだあるが、〝鬼子〟の松虫は既にこの世の人ではない。考えるまでもないことだ。だが、訊かずにはいられなかった。

老人は暗い瞳でじっと珂允を見つめたまま、心の乾きを癒すように一度舌で唇を湿らした。そしてぽつりと、

「鬼子は薬を飲まされ埋葬されるならわしじゃ」

「ならわしって……」

「大鏡様がお認めに、いやお決めになったことじゃ」

「大鏡は人殺しを認めているのですか」

珂允は老人の手を摑もうとした。だが足が縺《もつ》れ両手は意味もなく空を切った。

「鬼子は人ではない。忌むべき存在なんじゃ」

一歩後ずさりし訴える老人。この老人はかつての愛弟子である松虫への仕打ちをどう考え

ているのだろうか。詰り文句が喉まで出かかる。だが、諦めにも似たその瞳を見ていると言葉にまではならなかった。口惜しさだけが胸の中に広がっていく。

「ここでは……仕方のないことなんですか」

「…………」

魔女狩り。異端狩り。異教狩り。多くの国で行なわれた神の意志による殺人。神は己ひとつしか欲していないのだ。競合者や仲間を必要としていない。そしてその原則はここでも例外ではなかった。むしろ、もっと先鋭的な形で。

昨日、メルカトルが垣間見せた怒りの念。あのときは頭で理解していただけだった。だが今はそれが感覚として少し解った気がした。

「龍樹という名の家もそうだったと聞きました」

「ああ」老人は頷く。「昨日あんたが話していた男に聞いたのか」

「はい」

「……あれはひどい事件じゃった」

目尻の皺を震わせながらそう呟いたのみで、老人はそれ以上訊こうとも云おうともしない。

珂允も敢えて訊ねなかった。ただ水の割れる響きだけを聴いていた。

「どうする、もう少し歩くかね」

「いえ」

誘いを断ると、珂允はもと来た道を引き返した。肩に力が入らない。しばらく行くと先ほどの子供たちが遊んでいた。珂允の姿を認めるとさっきと同じように林へと散っていく。

いま無邪気に戯れている子供の中には鬼子がいるのだろうか？　村中から忌まれ殺される運命にある鬼子が。大鏡の教えを忠実に守り、周りがみな友達だと信じている子供が。いずれ裏切られると知らずに……。

いない方がいいに決まっている……水面に目を向け珂允は思い直した。


千本の家に戻ると、玄関に頭儀が立っていた。葛から訊いたのだろう。丸太のような腕を組み、珂允を見下ろしていた。

「珂允君、このことはくれぐれも蝉子には」

どのくらいの間かは知らないが、この言葉を云うためだけに待っていたようだった。

「解っています。また悲しませたくないですから」

口許に安堵の表情を浮かべる頭儀を後にし部屋に戻る。障子戸を閉め切ると、涙が溢れてきた。

18

釣りにかこつけて朝萩と二人で中州へ行く。啄ちゃんは今日はいない。朝から出かけたきりらしい。啄ちゃんのお母さんの話だと、昨日もそんな感じだった。どこ行ってたのと訊いても、ちょっとと生返事をするだけ。一昨日から様子が何となくおかしい。

「どうしたんだろう」

心細げに訊ねたが、朝萩も不可解な顔で首を振るのみ。見当はついていない様子。

「何か知っているふうだったよね」

「たぶんな。でも何に気づいたのか、それがはっきりしないんだ」

いまひとつ切れが悪い。奥歯に米粒が挟まったような物云い。普段なら綺麗に滑り降りられる草原が雨上がりで湿ってつっかえるような。

橘花にはその理由が何となく判る気もする。情報の早さならともかく、今までの手がかりで啄ちゃんの方が先に何か気がついたのならば、当然朝萩にとってはいい気分ではないだろう。頭を使って考えることに関しては朝萩はそれなりの自尊心を持っているはずだ。それが傷つけられたことになるからだ。

「ぼくたちに教えないつもりかな」

湿っぽい砂の上に腰を下ろしながら、橘花は寂しげに呟いた。三人一緒に下手人を捜そう……そう約束したはずなのに。置いてけぼりを喰った気分。

「そんなことはないだろう。まだおれたちに話すには早いと思ってるんだろう。もう少し自分で確かめてみないと、と」

「でも、教えてくれてもいいじゃないか。今までずっとそうだったんだし」

「おれに怒るなよ」

むっとしたように唇を尖らせる。

「ごめん。……それで今日はどうする」

いつもなら啄ちゃんが仕入れてきた情報で話が始まる。乙骨さんの家に忍び込んだ日もそうだった。だが当然の如く今日はそれがない。そのためか何となく段取りが悪く歯車が噛み合わない。上手くいかない。それが情報がないせいなのか、啄ちゃんがいないせいなのかははっきりしなかったけど。

「このまま釣りでもするか？」

水面に垂れた糸をさわさわと揺らしながら、朝萩がわざとらしく呑気な声を出した。そして大きく伸びをすると砂地に仰向けになる。流されそうな竿を橘花は慌てて捕まえた。

「朝萩……」

「冗談だよ」

今日はいつもの朝萩らしくない。呑気に振る舞おうとしているのだけれど、啄ちゃんが何を見つけたか、それがすごく気にかかっているようだ。薄く目を閉じた顔に表われた眉間の皺。自分が何か見落としていないか検索しているのが窺える。

「なあ、本寮に行ってみないか」

雲の落とす薄暗い影の中、朝萩は寝転がったまんまぽっと呟いた。

「本寮？」

「ああ、やっぱり遠臣が本寮で何をしていたのか、それが判らないことには話にならない。きっとそこには重要な手がかりがあるはずなんだ」

「二人で？」

ちらと脇を見回したがやっぱり啄ちゃんはいない。寂しい風が川上から滑ってきた。

「啄雅がひとりでやる気なのなら、こっちも別に気にすることはないさ」

朝萩は賢くしっかりして落ち着きがあり、啄ちゃんとよりも数倍も心強い。いざとなった時は朝萩の方がはるかに頼りにできる。でも、やっぱりそんな朝萩とでも、三人じゃなく二人だと不安になる。この前の夜のように死人と鉢合わせするかもしれないし。それにたままぶつかったのがあの外人だったからよかったけど、もし人殺しだったとしたら。

腰が引け気味なのを見てとったのか、朝萩はむくと起きあがると、

「別に夜に忍び込むわけじゃない。昼間堂々と行くんだ」

「昼って……翼賛会が」

「大丈夫だよ。今日は菅平の火祭があって、翼賛会も西の連中もみんな鏡川に出張っている。本寮は蛻《もぬけ》の殻《から》のはずだ」

「火祭って予定通りやるの」

こんな折りだから延期されるものと思っていたのだ。

「ああ、薪能も中途半端だったから、さすがにこれは止められないってさ。それに昼だから鴉の心配もない」

火祭というのは、夏と秋の境に菅平が執り仕切って行なう祭のことだ。西の祭なので橘花は見たことがなかったが、話では南の橋を少し下った鏡川の川瀬に組んだ櫓《やぐら》の上で火神の装束をつけた近衛様が昼の間中舞い、それによって大鏡様に村の康《すこ》やかなることをお願いするというものらしい。薪能には子供や女は行けないけれど、火祭は西の衆はみな参加する。大

人も子供も長も小作もその日だけは仕事を措《お》き、川辺に群がって近衛様と一緒に祈願するのだ。西の祭なので東の衆は参加しないが——ずっと昔は東の者も参加していたらしいけど——その代わり東では春と夏の境に藤ノ宮が木祭を催している。

「大丈夫かな……」

橘花は不安げに洩らした。翼賛会じゃなくても西の他の連中にばれたら大変なことになりそうだ。いくら本寮と火祭の場所が離れているといっても、もしかすると誰か残っているかもしれない。開墾の作業頭の話が西にも伝わっているようで、西も東もぴりぴりしている。二つの人殺しだけでも大変な時だというのに。おまけに、例の外人が藤ノ宮に出向いてわざわざ長を怒らせたらしいのだ。

「下手人を見つけたいだろ」

朝萩に似合わない押しの強い言葉で、橘花の手を強く握る。

「危険は全くないとは云えない。でも今日が最初で最後の機会かもしれないんだ」

「そうだけど」

夢のために……。

橘花の夢は外に出ること。そしてそのためには早く下手人を捜さなくてはいけない。大人たちの下手人捜しは開墾の問題もあって変に拗れている。当てにはできない。

自分たちで見つけたい。そうでないとあの外人に会うこともままならない。東ではほとんどの人が外人を下手人だと思っている。このままでは話を聞くことも出来ないし、ぐずぐずしていると本当に外人が逃げ出してしまいかねない。

啄ちゃんが何か摑んでいるのかもしれない。そんな雰囲気だ。でも判らないままじっと待っているのは耐えられなかった。何かしてなきゃ。それに啄ちゃんは早耳だけど、その分よく早とちりもする。今回のももしかすると早とちりの方なのかもしれないのだ。

「わかった。行こう」

やっぱり二人だと心細いけど、橘花は決心して立ち上がった。

＊

春と夏の境に行なわれる木祭には、木の神、山の神の姿をした近衛様とともに、東の者がみな北東の山裾に設けられた櫓の下に集まる。本当に全員がだ。東にこんなにいたんだと思うほどの人が、小広い丘にぎゅうぎゅう詰めになって夜通し舞を眺めている。よほどの病人でない限り、家に残っている者はいない。

それから考えれば、菅平の行なう火祭も西の者がみな家を空けていると想像はつく。つくけれど、実際自分の目で閑散とした眺めを確認するまではびくびくし通しだった。

北と南の橋を結ぶ街道には人の姿は全くなく、道に接した家や庭にも、牛や鶏だけで人がいる気配は感じられない。野長瀬のおじさんの家に漂っていたような薄ら寒い静けさが、家屋を通り抜ける風の音からも滲み出ている。

「な、大丈夫だろ」

自信に溢れた口調で朝萩は橘花の方を振り返る。「ああ」と頷いたものの、橘花はまだ心配だった。誰か一人でも残っていたり、忘れ物でもして取りに帰ってくるおそれもある。そうなれば、みんながいない隙に東の橘花と朝萩が忍び込んできた、とばれてしまう。あいつらは留守中に何をしていたんだ、と。今の東と西の危うい関係からして、兄さんや母さんに叱られるだけでは済まないだろう。まさか自分たちを人殺しだとは云わないにしても、小長や長に呼びつけられお叱りを受けるかもしれない。もちろん叱られるのは橘花だけでなく兄さんや母さんも……。

だけど決心してここまで来たんだ。早く見つけるために。橘花は両手を握り締め自分に云い聞かせると、朝萩の背中にへばりつくようにしてこそこそと本寮へと向かった。

翼賛会の本寮は思っていたものと違い、土間と部屋が一つだけの、小屋のような建物だった。豊かでない橘花の家よりもまだ小さく、人が毎日暮らすような場所ではない。啄ちゃんの話では遠臣はよくここに泊まっていたそうだが、一晩に泊まれるのは五、六人がせいぜいという感じだ。遠臣が殺された夜、他の連中はここに寄ることなく家に戻ったというのも判る。鴉騒ぎで疲れたあとで、こんなところでぎゅうぎゅう詰めになるよりも早く家で落ち着きたかったのだろう。

ただ、広さはともかく、家の造り自体はさすがに長の孫らしく贅沢な感じがした。玄関の戸の上には、大鏡様の紋が色つきで大きく彫り込まれており、まだ色新しい柱の先の飾りなんかも宮のものと同じくらい立派だ。床は長く艶やかな板張りになっていて、その両脇には張り替えられたばかりの真っ白い障子戸が並んでいる。今は雨戸が閉められていて中は薄暗いけど。

「誰もいないようだな」

内戸をゆっくりと開け、朝萩は覗き込んでいた。その姿を後ろから見ていると、どことなく啄ちゃんと重なって映る。もしかして二人は結構似ているのかもしれない。きっと怒るだろうから朝萩にも啄ちゃんにも云わないけど。

橘花たちはそそくさと身を滑り込ませると、すぐに内戸を閉じた。しんとした室内で自分の鼓動だけがはっきりと聞こえる。昼間だけど、乙骨さんの作業場に忍び込んだときよりも遥かに緊張感がある。乙骨さんならたとえ見つかっても謝れば小言で済みそうだけど、翼賛会の奴らだとどうなるか判らないからだ。ちょっと前に酔っぱらって翼賛会と喧嘩した奴が一月寝てなきゃならないほどの怪我をさせられたという噂を聞いたことがある。啄ちゃんから。

「翼賛会の奴らって、こんなところに集まって普段何をしていたんだろう」

がらんとした室内を見回し、橘花は小声で訊ねた。周囲は松林で人家はないけれど、用心に越したことはない。

「いろいろな活動を話し合ってたって聞いたけどな」

そう云う朝萩の顔も何となく釈然としない。空き家のような部屋に、期待外れといった色がありありと浮かんでいる。

部屋にはほんと何もない。四隅に立っている燭台の他には、床の間に大鏡様の印が大きく掛けられているだけだ。簞笥も卓袱台も何もない。ここで翼賛会が屯しているのって、もしかすると橘花たちが原っぱでぼんやりと寝転がっているのとあまり変わりがないのかもしれない。何となくそうも思える。

「本当にここに何かあるのかな」

薄暗い室内。雨戸の隙間から洩れ射す光が、僅かに足許を照らしている。そんな中、きゅっきゅっと床板だけが歩みにあわせて軋んでいる。

「あるはずだ。下手人はわざわざ人形で注意を逸らしてここに注意を向けられたくなかったくらいなんだから」

少しムキになった口調で朝萩は床の間の脇の押し入れの戸を開けた。一畳ほどの広さの押し入れは二段になっていて、下には藤蔓を編んだ葛籠《つづら》があり、上の段には数組の布団が畳まれている。ここで寝泊まりしていたというのは本当のようだ。でもあまり洗濯していないらしく、つんと汗臭い。下段の葛籠を引き出して開けてみると、中には真白い直垂や烏帽子が収められている。祭事に連中が身につけているやつだ。

「何もないようだよ」

橘花は再び呟いたが、朝萩は聞こえていないかのように籠の直衣を取り出していた。だけど、見たところその直衣は洗濯したてのように真新しく、あの事件と関係があるようには見えなかった。

朝萩は服の裏側まで調べていたが、やがてがっかりしたように息を吐き元に戻すと、今度は床板を丹念に調べ始める。遠臣は殴られた傷口から血が出ていたそうだから、その痕でも捜しているのだろうか。でも床板も直衣同様にまだ綺麗で、血の痕どころか染みひとつついていないように見える。

「ねえ。朝萩は、遠臣がここで殺されたと思うの？」

四つん這いになっていた朝萩は顔だけ橘花の方に向けると、

「遠臣が一辰刻もこの本寮にいたと考えるより、すぐにここで殺されたと考えた方が自然だからな。ただ、問題はなぜここで殺されたのが判るとまずいのかということなんだ」

「どうしてなの？」

訊いてみたが、聡明な朝萩もそこまでは知らないらしく、ただ「それを調べているんだよ」とちょっと悔しそうに答えただけだった。

狭い部屋だから、床を調べるのもそう手間は掛からない。ゴキブリのように隅々まで這い回っていた朝萩はしばらくして諦めたように空を摑む素振りで身を起こした。その残念そうな表情は、何も見つけられなかったせいなのだとすぐに判る。

「どうしてここでの人殺しがばれちゃいけないのか……」

朝萩はひとりでぶつぶつ呟きながら薄暗い部屋を見回していたが、突然気がついたように床の間へと向かっていった。見ると、床の間には大きな菱形の板が掛けられている。やけに木目のはっきりした、飾りにしても変な板だった。

「どうしたの？」

慌てて声をかけるが耳に入っていない様子で、朝萩はじっとその変な菱形の板を見つめていた。が、やがて恐る恐るといった感じで板を裏返す。すると玄関にあったのと同じ大鏡様の木彫りの紋が現われた。

「これ大鏡様の……裏返しになってたの？」

「ああ。別にここに大鏡様の紋が飾られていることは不思議じゃない。なにせ翼賛会の本寮なんだから。問題は、どうしてそれが裏返しになっていたかなんだが……」

「下手人が裏返したって云うの？」

「おそらくな。普通の奴ならこんなことしようなんて考えないよ」

　確かにそうだと思う。そもそもこの紋自体に手を触れることすら畏れ多いくらいなのに。まして裏返すなんて。朝萩にしても少し躊躇って何度か裾で手を拭いてから裏返していた。

「でも、あれから十日ほど経ってるのに、翼賛会の他の奴らは気づかなかったのかな」

「連中はそこまで気が回らなかったんだろ。下手人捜しの相談で手一杯、頭一杯で余裕なんかなかったんじゃないのか」

「でも、なぜ下手人はわざわざ裏返したりしたんだろ」

「そこまではまだ判らない」

「でも……どこかおかしいよ、それ」

　朝萩の考えだと、下手人はこの本寮から注意を逸らしたいがために人形を使ったことになる。だけど、わざわざ紋を裏返すのは逆にみんなの注意を惹くことになる。たまたま今まで連中が気づかなかっただけで、翌日に見つけられてもおかしくはないのだ。注意を逸らしたいはずなのに、そんな注意を惹くことをするなんて。

朝萩もその喰い違いを充分判っているようで、納得できない様子で紋を前に考え込んでいた。

その時、土間から表戸が開けられる音が聞こえてきた。

翼賛会？　朝萩と顔を見合わせる。見つかったらただでは済まない。逃げ出した方がいいのか。でも足が動かない。身体中から冷たく熱い汗が噴き出る。乙骨さんの時と同じだ。どうしよう。橘花は朝萩に訴えたが、朝萩も顔を強ばらせたまま動こうとしない。自分と同様動けないのはすぐに判った。出口は表戸の一つしかない。雨戸を開けている余裕なんかもない。

怖い想像ばかりが胸の中で膨らんでいるうちに、すすっと内戸が開けられた。思わず頭を抱え、その場に身を屈める。そんなことしても無意味なのは判っているが、反射的に身体が動いてしまったのだ。ぎゅっと目を閉じ覚悟を決めていると、「君は」という声が聞こえてきた。驚いたような声。どこか聞き覚えのある低い声。

腕の隙間からちらと見やる。鮮やかな緑の服……外人だ。

橘花は身体の力が抜けるような痺《しび》れに襲われた。別に外人だからって安心する理由はないのだけれど、胸許から自然に安堵の息が洩れる。

恐る恐る橘花が立ち上がると、外人は疑いの眼差しを向けながら一歩二歩と近づいてきた。

「君はこの前の。どうしてこんなところに」

「外人さんの方こそ」

隣の朝萩が即座に云い返す。朝萩も先ほどの狼狽《うろた》えの表情から、いつもの毅然とした顔に戻っていた。

「どうして祭の日にひとりで本寮なんかに来てるんですか」

すると外人は言葉に詰まって、「いや、」と口籠ったあと、短く刈り込んだ頭に手をやりながら、「ちょっとここに用事があってね」と、まるで橘花が手伝いをさぼったときの云い訳をするような口調で答えた。

「もしかして外人さんもここが怪しいと思ってきたの？」

橘花が訊ねると、図星だったようで外人は少し驚いたように菱形の目を見開きながら「ああ」と頷いた。

「君たちもそうなのか」

「はい」と朝萩が答える。「遠臣が一辰刻もここにいたのなら、何かあると思ったんです」

「僕も同じだ。でもどうして君たちはここで」

「ぼくたちも下手人を捜してるんです。ええと……」

「ああ、自己紹介が遅れたな。僕の名前は珂允」

小さく微笑みながら外人はそう名乗った。その顔をまじまじと見つめる。決して忘れてしまわないように。

珂允さんは顎の尖ったあまり栄養が行き渡っているとは云えない顔をしていた。もう少しふっくらしていたけど何となく庚さんに似ている。ほんとに何となくだけど。それとも外人はみんなこんな感じの顔なのだろうか。

「君たちは？」

じっと見られているのを気恥ずかしく思ったのか、珂允さんは朝萩に視線を向けるとそう訊ね返してきた。

「朝萩です。隣にいるのが橘花」

「橘花君か」

珂允さんは口の中で確認するように二度ばかり呟いていた。

「珂允さんは火祭には行かなかったんですか」

「余計な騒ぎになるだけだから。翼賛会がいないと思ってきてみたら同じような子供がいたわけだな」

なぜか自嘲気味に笑う。でも子供という云い方はちょっと引っかかる。実際子供なんだけど。

「それで何か見つかったのかい」

問いかけに朝萩が首を振った。

「関係ありそうなものは何もないようです」

大鏡様の紋が裏返っていたじゃないか……云おうとすると朝萩に脇を小突かれた。黙っておけということらしい。

「その葛籠の中は？」

「直垂です」

「そうか……」

珂允さんはそう呟いたあと、確認するように蓋を開けた。そして橘花たちに背中を向けながら、

「ところで、どうして君たちはあんな夜中に乙骨君の家に行ったんだい」

「それは、」朝萩はどう答えようか一瞬迷っているふうだったが、

「何となく怪しいと思って」

「何となくね……」

何となくじゃなく、人形が怪しいからなのに。説明しようとすると再び小突かれる。橘花

が文句を云いかけると、朝萩は遮るように珂允さんに質問した。

「珂允さんはなぜ乙骨さんの家に」

「……呼び出されたんだよ。手紙で」

「血でも付いていないかと思ったが、全部綺麗だな」その口調からすると、珂允さんも朝萩と似たようなことを考えているらしい。

「それでは僕たちは帰ります。他の人に見つかったら危ないので」

「そうだな」

橘花の方はまだ目の前の外人といろいろ話したかったが、朝萩に手を強く引かれて仕方なく外に出た。振り返ると、珂允さんはさっきの朝萩と同じように這って床を調べている。

「どうして出ちゃったの。せっかく外人と話すいい機会だったのに。それに紋が裏返っていたことも」

ぴしゃりと朝萩が表戸を閉めたところで恨めしげに云うと、きっぱりとした口調で、

「おれはまだあの外人を信用しているわけじゃない」

「だって、あの夜だってぼくたちのあとにやってきたんだよ」

「そうだけど、乙骨さんはあの外人を好きじゃなかったようだから、呼び出すとは思えないんだ。それに答えるときの口調がちょっと怪しかったと思わないか」

「そういえば、そうかもしれないけど……でも」

「橘花が外人が好きなのは解る。でも、これは迂闊に話すことじゃない。たとえ下手人じゃなくても、あの外人は菅平の長と繋がっているという噂もあるし、乙骨さんが遠臣殺しに関わっていたなんてことを知ったら、それこそ翼賛会の奴らが大手を振って東へ荒らしに来かねないんだぜ」

朝萩の云うことは尤もなので、とりあえず頷くしかなかった。自分の貧弱な頭では上手く反論できない。でも、やっぱり珂允さんともっと話したかった。何となくいい人そうなのに。ちょっと笑ったときの顔なんかが。

「まあ、あの外人も必死なんだろう。一番疑いが濃いからな。でも、もう少しゆっくり調べたら他にも何か見つけられたかもしれなかったのに」

「何かあると思う？」

「あるさ。そうでなきゃ意味がない。今頃あの外人が見つけてるかもしれない」

本寮での探索は朝萩にとって決して満足のいくものではなかったようだ。帰り道は橘花に話しかけようともせず、ひとり腕を組み考え込んでいる。

でも、この探索は橘花には大きな収穫だった。なにせあの外人と喋れたのだ。緊張していて数は少なかったけど話ができたのだ。もし全てが終わってまた平和になったら、その時は珂允さんに逢いに行こう。外の話を聞きに。珂允さんならいろいろ教えてくれそうな気が橘花にはした。

そのためにも、早く下手人を見つけないと……。

19

ある時、今まで自分より大人だと思っていた人が、自分より劣るんじゃないか、と思うときがある。なんだ、こんなことも知らなかったのか、こんな道理も解らないのか、と。

その内容がどんな些細なことでもいい。また、それは父親でも母親でも姉でも兄でも、おじさんや年上の従兄弟、近所のお兄さんでもいい。その瞬間、ずっと日常や人生の様々なことで「やっぱり年上だよな、大人だよな。それに比べて自分はまだまだ子供だよな」と尊敬し模倣していたこと自体が、何となくつまらなく思え、色褪せてしまう。偶像の失墜といえば大仰《おおぎょう》になるが、常に自分の前を走っていると思っていた相手に失望を味わうときが一度はある。絶対的だった部分が霧消してしまうのだ。

その瞬間、今までの反動で、ようやく相手に追いつき上まわったと感じ、まるで自分が一足飛びに大人になった気がする。実際はその些細な一つの事柄に関してだけなのだが、それが関係性の全てを象徴しているように錯覚するのだ。

父も兄もいない珂允の場合、それは母親だった。十七の時、ずっとひとりで家を支えてきた母が過労で倒れた。そして病床で蒼白い顔をして、今までの人生の愚痴と自分への感謝と慰めの言葉を口にしたとき、はっきりと感じた。自分に対して疲労の影を見せず決して厳しさを失わなかった母が見せた脆《もろ》さ。

その時、珂允は、なぜこの十七年間、母の言葉に従おうとしていたのだろう、期待に応えようとしていたのだろう、と自身に問いかけた。母もまた自分と同じひとりの人間でしかなく、自分の人生になんら強制力を持たないはずなのに。

答は今なお出ていない。

とにかく、人には成長の過程でそんな瞬間があるはずだ。だが、弟にはあったのだろうか。少なくとも自分に対して。襾鈴にとって自分は見習うべき兄であっただろうか。もしかするとずっと、それこそ小さい頃から、下らない兄貴だと思われてきたのではないだろうか。もしあったとしても、自分が十七の時に味わった衝撃を、既に五つや六つの時にクリアしてしまっていたのではないだろうか。

母に可愛がられ、みんなから愛された弟。対して常にぎこちなく厳しい目の下で矯正されていた自分。何も見習うべきものはない。弟の方がはるかに自分の道を歩いていたような気がする。

逆に自分が年下の西鈴に憧れ、模倣しようとさえした。茅子のこともそうだし、この村に来たこともそうだ。そしてこの呪縛は今なお清算できずにいる。これからも、ずっとこのままなのだろうか。不安と苛立ちを募らせるばかりで。

もしかすると自分は、弟の軽蔑できるところを探しにここへ来たのかもしれない。


村中を覆い尽くしている、濡れた手でコンセントに触れるようなぴりぴりとした緊張感とは対照的に、宮は不動の山の一部としてひっそりと静かに佇んでいた。下界の喧噪の中、針の落ちる音すら谺響しそうなその姿から、幾多の戦乱の炎をくぐり抜けてきた古代の遺跡が悠久という名の箔《はく》を得て超然と立ち聳えているのと同じような感銘を、与えられなくもない。もし自分が単なる旅人だったなら、きっと取り囲む清々しくも澱んだ時の流れに胸を打たれ一句詠んだことだろう。だが今の珂允には、宮が見せる無表情さは、苛立ちとともに無責任という言葉しか想起させなかった。

「持統院様に会いたいのですが」

鳥居をくぐった珂允は、仙人の如く生活感のない足どりで境内に現われた篋雪にそう伝えた。

「しばらくお待ち下さい」

筐雪はそう云い残し社殿へと消える。十分ほどのちに再び現われ、「御案内します」と導いた。持統院は接見してくれるようだ。嬉しい反面、少し意外な気がした。

……人殺しに最も近い男のはずなのに。

持統院はこの前と同様に、彼の殿で直衣姿で静かに正座していた。珂允が腰を下ろすのを確認してから、感情を抑制した声で訊ねかける。

「今日は、どうされたのですか」

「その前に伺いたいのですが、どうして僕に逢われるのですか？」

「どういう意味です」

湯呑みを持つ手が僅かに止まり、翡翠のような瞳をちらと珂允に向けた。

「この前あなたに逢ってから、いろいろなことが起こりました。最大のことは乙骨君が殺されたことです。そして、僕はその容疑が最も濃い。なのにあなたは簡単に逢ってくれている。菅平の長から何か訊いたのですか」

「芹槻さんからは何も伺っておりません。前にも云いましたが、理由は、わたしはあなたが人殺しだとは思わないからです。それに、もしあなたが人殺しでも、このような状況で事を起こすことはないでしょう。下手人は自分の姿を隠したがっているようですから」

平然と茶をすする。確かに彼の云うとおりだ。だが、そう割り切ってしまえる彼の自制心に少し感心させられた。もし自分なら、たとえ昼日中でも不安に感じるだろう。

「それで、今日の御用件は？」

持統院は促した。珂允は少し膝を詰めると、

「この村が判らないのです」

「わからない？　確かに外の人ではいろいろ慣習の異なる面があるでしょうが。見たところあなたは落ち着きなく苛立っているように見受けられます」

「苛立つのも当然でしょう」その言葉を喉許で呑み込みながら、

「千本さんから鬼子のことを伺いました」

「鬼子……松虫のことを聞いたのですね」

「はい」

睨みつけたが、持統院の瞳は微動だにしない。マジックミラー越しに覗いているような距離感を珂允は感じた。

「寛容な大鏡様は、外から来た弟を救えても鬼子を救うことは出来ないのですか」

「鬼子は破滅を齎すと云われています」

「破滅……結婚を控えていた、ただの女性がですか」

「そうです。松虫はただの女性のように見えたかもしれません。また本人もそう思っていた

だけかもしれません。しかし鬼子というのは自分の意志に拘らず、存在自体が周囲を崩壊させる悪しきものなのです」

「大鏡様は絶対的な存在だと聞いています。世界の中の絶対的な存在。また完璧性を持っているとも聞いています。あなたは云われました。絶対であるがゆえに完全であると、そしてそれゆえ一として存在し得ると。なら、どうしてその完全な存在である大鏡様が鬼子などという存在に影響を受けるのですか。僕には大鏡様が鬼子によって惑わされている気がします。もし妄界を覗き見られる能力が大鏡様の存在や能力を危うくするものであるのなら、何ら絶対的なものではないことにはなりませんか」

「何も鬼子によって大鏡様の存在が侵されるわけではありません。侵されるのは衆民たちなのです。衆民たちの営む生活なのです。人は絶対的な存在を望む反面、悪しき混沌をも心の隅で望んでいます。あくまで心の隅で。絶対的なものに対する不安と云うべきでしょうか。いわば妄界というのは誰にも見えるはずなのです。敢えて望もうとするならば。ただ、衆民はそれを望まない。欲望はあくまで陰に隠れた部分でしかないからです」

「では松虫が悪しき想いで妄界を見ようとしていたと云われるのですか」

「いえ。それは鬼子本人の問題ではなく、その僅かな陰の蓄積が、ある時鬼子として押しつけられ顕在化するのです。それまで蓄えられていた衆民の陰の部分ばかりを背負った存在として。それゆえ鬼子は産まれ出たときから哀しい存在であるとも云えます。また、だから鬼子は忌まれるのです。全く異なものではなく、自分たちが恐れていた悪しき望みばかりを具現化したものゆえに」

ストレスが昂じて生じた癌のような存在。だが全能の大鏡なら現代医学で治療不可能な癌も治せるはずだ。

「本人の問題ではないとすれば、なおさらなぜ大鏡様は鬼子をお救いになられないのですか」

「衆民が自ら抱いている陰を大鏡様が取り除くことは無意味だからです。自らが鬼子を扱い、自らの陰を封じ込めない限りは」

「じゃあ、人柱として松虫は死んでいったのですか」

「人柱……少し意味が異なりますね。鬼子は先天的なものです。妄界を覗けるという能力、産まれながらにしてそういう宿命にあったとは云えますが。ただ八千八百三十二年後に金が産まれたとき、その陰も人の心から消えると思われますが」

大鏡教の理屈は解った。これ以上、内側から鬼子の是非に拘っても埒は明きそうにもない。彼らは神仏の擁護者として弁論のプロフェッショナルなのだ。だが持統院の三百代言も、なぜこの村に鬼子というシステムが存在しうるかという説明にはなっていない。しかし、それを持統院に訊いたところで無意味だろう。彼は神の立場の人間なのだ。

「いったい鬼子を放っておくと、どのような破滅になるというのですか」

持統院は「それは、わたしにも判りません」と似つかわしくない言葉を、自信ありげに吐いたあと、

「それが明らかになったときは、取り返しのつかないことになります。手遅れなのです。大鏡様は御存知でしょうが、わたしたちにお教え下さることはありません。わたしたちがそれを知ることは危険なことなのです。それだけでここは蝕まれ崩壊してしまうでしょう。わたしたちはそれを防がなければならない」

「だから始末するのですか。ならわしとして」

ぎゅっと膝の上の拳を握り締める。持統院もそれに気づいただろうが、相変わらず平然と、

「そのとおりです。大鏡様がそう仰言《おつしや》いました。われわれのために。そしてわたしたちはその言葉に従うだけです」

「それでは結果のないあやふやなものじゃないですか。大鏡様の教え、言葉だけで人ひとりの命が失われているというのに」

「大鏡様の言葉は恒に真実です。それにあなたは勘違いをなさっているようですが、鬼子の命よりも大鏡様の言葉の方が遥かに重いのです。何にも増して」

「完全だからですか」

何度も同じ帰結になったためか、持統院は沈黙を肯定の代わりとした。

「なぜ、完全をそう求めるのですか」

「理由など必要ありません。人は求め、憧れるものであり、それは自明の理なのです」

「大鏡様は本当に完全なのですか」

その質問に持統院は不快感を露わにした。初めて見る貌だった。だがそれも一瞬のことで、すぐに今までの無表情に戻る。

「どういう意味です」

「大鏡様は人間ではなく神様なのですか」

何を今さらといった感じで「そうです」と答える。

「あなた方にとって〝神様〟というのは観念的なものであるのかもしれませんが、わたしどもの大鏡様はここにおられるのです。完全の象徴として」

弟から聞いたのだろうか、持統院はそんな台詞を口にした。

「でも、大鏡様も死ぬことはあるのでしょう」

持統院は静かに頷いた。狡猾にも、さすがにそこまでは否定しない。

「かたちあるものは全て壊れ変化します。それはこの世界の理です」そこで珂允が口を開こうとするのを遮ると、「ただ、それはあくまでこの世界、此岸《しがん》のことであり、彼岸においては大鏡様は完全であるがゆえに不変です。いわば大鏡様は二つの岸の接点なのです。わたしどもに教えを伝え、またこの世界をお護りになるための」

「つまり、大鏡様のお力は彼岸から直接届かないわけですか」

なら、不信心者に雷を落とすヤーウェの方が遥かに優れている。

「では、崩御の時から次の大鏡様が即位されるまでは誰がここを護っているのです。突然亡くなるということもあるのではないのですか」

「そのようなことはありません。大鏡様は自らの肉体の消滅の時期を正しくお知りになられていますので。あなたの論につき合って厳密に云えば、亡くなられてから次の大鏡様が現われる翌日までは、此岸に大鏡様は存在しないことになります。かつてその日に鏡川が氾濫し田畑の多くが水に埋もれたことがあるらしいですが、それはばかりは如何《いかん》ともなりません。ただ翌日には次の大鏡様のお力により水は退いたと聞きます」

「もしその時に人殺しをしたとしても、手に痣が浮かばないのですか」

「意味のない仮説ですね」嘲笑《あざわら》うかのように持統院は口許を軽く傾けると、「人殺しの行為は、罪は、翌日にも残ります。例えばあなたの姿が昨日も今日も同じように、人殺しはその先もずっと人殺しなのです。その罪は贖《あがな》うまで消えることはありません。ゆえに痣は浮かびます」

「……次代の大鏡様はどのようにして決められるのですか。大鏡様には子供がおられないんでしょう」

「それは申せません。あなたが知るべきことではないですから」

偶《たま》に御簾から姿を見せるだけで、子作りの暇もない神様なのだ。逢うといえば持統院のみ。……もしかすると。突然、珂允の頭の中にある考えが過った。今まで疑わずにそうとばかり思い込んでいたのだが……。

「大鏡様は女性なのですか?」

だが持統院は右眉をぴくと動かし、「何を愚かな」と小さく呟いた。

「あなたが何を考えているか存じませんが、大鏡様に男も女もありません。ただ、人としての外見から云えば男性です。今日のあなたは少しばかり度が過ぎているようですね」

立ち去れという合図。しかしこの前のように簡単には従いたくない。結局はまた持統院という代理人の説明を訊いただけなのだ。

「大鏡様に逢わせて下さい」

珂允は膝立ちになり、持統院を見下ろすように顔を寄せた。

「逢わせて下さい」

「無理です。理由は前も説明したはずです」

「どうしてもですか。僕は大鏡様の口から直接訊きたいのです。全てを」

持統院は座したまま、しかし牛を射殺《いころ》さんばかりの狂気に満ちた目で、珂允を見返す。一瞬気圧される。その隙に持統院の左手は、壁に垂れ下がっている紐にかけられた。

呼び鈴?

「お帰り下さい」

鼓膜に突き刺さるような鋭い声。

「わたしはあなたを信用しています。あなたが人殺しではないと。しかしそれは完全というわけではありません。そのような人を大鏡様に近づけるわけにはいきません。わたしの責務に於いて」

「お呼びでしょうか」その声とともに、二人の近衛が入ってくる。

「あなたはここには相応しくありません」

冷たく持統院は云い放った。


少し遅くなったな……帰り道、山を降りた珂允は疲れた足を止め空を見上げた。茜色の雲が、燃え落ちる寸前の輝きと揺らめき、そして力強さをもって西の空を覆っている。鎌倉時代の彫刻を思わせるような筋肉質な隆起。圧し潰さんまでの勢い。紅蓮《ぐれん》の炎が山々を朱く染めている。

信者はあの雲もまた自然の理である大鏡の一つと云うだろう。力の象徴だと。だが珂允の目には、はっきり否と映る。あの屈託のない粗暴さは、大鏡の教えからは決して感じられない。あるのは神経質な、まるで夜盗にベッドの下の小金を盗まれることを恐れて眠れない日々を送っている小男、そんな姿だけだ。何が完全なものか。そう、厳格で理不尽な禁止事項。大鏡は何かを恐れているように見える。

あの力強さが今の自分にあったなら、人殺しの陰湿な罠や大鏡のならわしなど、ものともしないだろうに。珂允は朱い雲に羨望の眼差しを送り続けながら、また一つ溜息をついた。

その時だった。一つの僅かな点が山端から湧き上がり、まるで和紙に落とした一滴の墨汁のように、いくつもの点へと膨張していった。

ある言葉が脳天から踵まで駆け抜ける。珂允はぐっと堪えると、睨み返すように目を凝らす。無数の黒い影は、次第にその姿を露わにし始めた。翼、嘴、眼、尾。

やがて黒い嬌声が空を覆う。

鴉……。

櫻花は疲れ切った足どりで玄関の扉を開けた。居間に行くと、薄明かりの中、母が卓に肘をついて座っていた。

＊

「こんなに夜遅くまで、どこ行ってたの？」

静かだが、厳しく咎める口調で母は櫻花を見た。自分を心配してずっと起きて待っていたのだろう。前髪は数本解《ほつ》れて、目立ち始めた目尻の皺がくっきりと陰を刻んでいる。

「みんなで誕生日のお祝いをするからって云ったじゃない」

その言葉が櫻花を苛立たせた。今日は弟の誕生日。夕食は一家三人でお祝いをすることになっていた。もちろん忘れていたわけではない。でも、帰りたくなかったのだ。夕方、足が自然と家と反対の方角に向いていた。

弟は、と訊ねると、もう寝た、と答が返ってくる。

「でも、ちょっと前まで、ずっとあんたを待ち続けて起きてたわよ」

それならずっと起きて待ってればよかったんだ。口にこそ出さなかったが、櫻花は口許を歪めることでそれを示した。

母は無言のまま立ち上がると、卓の布巾をとる。皿の上には寿司が一人分だけ残されていた。その隣には腕によりをかけて作ったと思われる若鶏の蒸し焼き。弟のための寿司。弟のための蒸し焼き。

「いらない。食べてきた」

そう云うと、母は驚くというよりも心配げに櫻花を見た。

「どうしたの、いったい」

「たまには時間を忘れて遊びたいよ」

「でも、今日は……。年に一度の誕生日なのに。お前、この頃おかしいわよ」

「おかしくもなるよ。もう寝るから」

背を向け捨て台詞を呟くと、そのあとの母の言葉も聞かずに櫻花は部屋へ行った。布団の中に弟がご馳走をたらふく食って気持ちよさそうに眠っている。

「女手ひとつで子供二人も養うのは大変ね」

近所のおばさんがお節介な同情の言葉を母に向けているのを聞いた。何度となく。その度に母は困ったように笑っているだけだった。

「でもよかったわね、上の子は真面目で、下の子は元気で」

「それだけが取り柄ですから」

母はそう云った。それは謙遜であったかもしれないが、本心も含まれていた。

俺は真面目なだけが取り柄なのか。それだけなのか。別に真面目にしたいわけじゃない。みんなが、母さんが、そう云うから我慢してしているだけなのに。元気な方がよかった。おれも元気な方がよかったんだよ。

弟が羨ましい。俺が弟になりたい。弟が憎い。

櫻花は無意識に弟の喉元に手を伸ばしかけている自分に気がつき、慌てて手を引っ込めた。

20

千本の家に辿り着いたとき、右手が血だらけ、泥だらけになっていた。川辺で鴉たちの容赦のない攻撃に曝されたのだ。ただ、犠牲になったのが右腕一本で済んだのは幸いだった。この前の経験で防御のコツを会得したのかもしれない。頭儀は血だらけの右手を見ると急いで医者を呼んでくれたが、内心「また」と呆れていたことだろう。自分でも二度も襲われるのは間抜けだと嗤《わら》って涙も干《ひ》涸《から》びるほどだ。

傷と悪夢にうなされた夜が明けても、包帯代わりの布でぐるぐる巻きになった右手はまだ痛みが収まらなかった。触感はまるで自分の身体の一部ではないようなのだが、針を刺すような痛みだけはダイレクトに伝わってくる。意地悪爺さんにつけられた二つ目のコブのような感覚。痛み、疼きも、前回よりもひどく、指も満足に動かせない。密度の問題でもないだろうが、右手一本で顔や身体を庇ったせいか、当分使いものになりそうにない。

この大事な時に……布団から身を起こし慰めにもならない雀の声を耳にしながら歯痒く思

った。

「二回も襲われるなんて、よくよくついてないのね」

様子を見に来た蝉子は初めて逢ったときのように微笑みながらそう云った。だがその笑みのあと俯き加減になると、低く小さな声で、

「でもよかった。もし珂允さんまで……」

「大丈夫だよ。僕は死なない」

単なる強がりだが、きっぱりと珂允は云った。まだ死ねないのだ。全ての問題にケリをつけるまでは。

でも何となく不思議な気分だ。最初襲われたときはもっと自棄になっていた。こんな自分なんかいつ死んでもいいと。あの夜、意識を失う前、鴉の啄みに身を委ねたことを思い出す。でも今度は違っていた。必死で格闘し、何羽かを道連れにしてここまで逃げ帰ってきた。何が自分を変えさせたのだろうか？

この村に来て生きる意欲が湧いた……いや、それは違うようだ。この村は見かけほど呑気で気楽ではないことを自分は知っている。自然の素晴らしさを確認したり、病んだ心を癒してくれるようなところではないことを。遠臣が殺され、乙骨が殺された。大鏡が神として君臨し、西と東がいがみ合う。その体制の犠牲者、鬼子として葬られた龍樹の一族……そして

松虫。

　松虫に逢いたい……たとえ物云わぬ姿であっても。あれも松虫なのだ。だが、いま松虫は蔵に閉じ込められている。頭儀によって固く錠の掛けられた土蔵に……。村人たちによって排斥された暗所に。

　救い出したい……あの牢獄から。全てが片づいたとき連れて帰りたい。あのままずっと蔵に閉じ込められたままなんて……。

　珂允は目を細め窓から裏庭の方を見やった。木で蔵は隠れているが、中で静かに自分を待っている松虫の姿が浮かんでくる。

「珂允さん。朝餉を持ってくるけど食べられる」

　心配げに訊ねる声で振り返る。

「ああ。左でも上手いんだ」

　珂允は左手の五指を器用に動かした。その妙な動きに蜩子はくすと口許に手を遣った。

「ねえ、珂允さん」

「ん？」

「松虫姉さんのこと、父さんから訊いたでしょ」

　一瞬言葉に詰まったが、正直にああと頷いた。

「気づいてたのか」

「うん。一昨日、父さんと珂允さんの様子が何となくおかしかったから」

「……そうか」

　珂允は何と言葉にすればいいのか判らなかった。千原の丘での蟬子の嗚咽《おえつ》が思い出される。姉の婚約者を盗ったと自らを責めていた蟬子の姿が。

　あの時は、姉に代わって遠臣と結婚できることが後ろめたさを引き起こしていると思っていた。自分だけ幸せになれることが。だが、松虫は病死ではなく鬼子として葬られていた。同じ代役でもその違いは大きい。

　もちろん、非業の死を遂げた姉に対する負い目も一層あるだろうが、好きな遠臣が自分のことをどう見ているのかという不安も大きかったに違いない。もしかすると不名誉に対する千本家の埋め合わせとしか感じていないのではないか？　蟬子はきっとその思いがいつまでも拭えなかったのだろう。今となってはそう感じられる。

「なあ、蟬子ちゃん。僕にはここのしきたりは解らない。だからお姉さんが亡くなったことも、上手く云えないけど、納得できない。でも、もし遠臣が本気で愛していたのならそれを止めたはずだ。昔、龍樹という家の息子が鬼子呼ばわりされたとき、家族は彼を外に逃がしたんだ。結局そのせいで滅ぼされてしまったけれど、でも逃がしたんだ」

蝉子は黙ったまま俯いている。色白の華奢な腕に力が入り震えている。きっとこの一年に次々と起きた試練のたびに、同じように手を震わせ耐えていたのだろう。普通なら小長の娘として恵まれた環境で不自由なく暮らせるはずだったのに。

「もし遠臣が逆の立場だったら、蝉子ちゃんは逃がそうとしただろ?」

蝉子はこくりと頷いた。自分の固い意志、想いを自身で確認するかのように。

「珂允さん……もし松虫姉さんが生きていたときに珂允さんが来ていたら、外へ連れていってくれた?」

「ああ、きっとそうしたよ」躊躇いなく珂允は答えた。「あと七ケ月早くここに来ていれば……」

「そうだったらよかったのにね」

寂しそうに目を上げ、蝉子は呟く。そして朝餉を持ってくるからと立ち上がった。

「……珂允さんはわたしを連れ出してくれる?」

「外へ出たいのかい」

蝉子は答えなかった。

「前もそう云ってたね。でも、逃げ出したいのは解るけど、外へ出れば家族と会えなくなるんだよ。お父さんやお母さん、お兄さんとも。蝉子ちゃんにはまだ心配してくれる家族がいるじゃないか。それを捨てられるのかい？」

「ううん」と蝉子は首を振る。「でも、わたしは姉さんを見捨ててしまった……」

その反応から、今までの自分の言葉に知らず非難の色が含まれていたことに気がつき後悔した。見ると呵責に押し潰されそうに蝉子は瞳を濁らせている。

「ごめん、少し云いすぎたようだ」

松虫を切り捨てたことに対する千本家への憤りを珂允はどこかで感じている。だが見捨てた蝉子も辛かったに違いない。神様の言葉の前ではどうしようもなかったことなのだ。それを今さら蝉子に当たっても仕方のないことだ。せっかく元気になりかけている蝉子をまた悲しみに突き落とすだけなのに。

弱々しい笑みで「ううん」と答え、蝉子は消えていった。

＊

啄ちゃんが殺された。

啄ちゃんが殺された。

母さんは鴉に出逢ってもそうはならないと思えるような震える声で云った。さっき隣の和原さんに聞いたんだけどと前置きして。橘花がどんな悪戯をしようとも見せなかった強ばった表情。

その言葉に橘花は耳を疑った。当然だ。あの啄ちゃんが殺されたって。啄ちゃんが殺された？　いくら叱られても「ちぇっ」とか拗ねた顔を見せながらへへへんとしているような啄ちゃんが。でも、母さんの様子は冗談を云って脅かそうとしているようには思えない。

いつ、どこで？　どうして？

「お前には知らせなかったけど、昨日の夜お前が寝たあとに啄雅君のお兄さんがここに来たんだよ」母さんは鼻と鼻がぶつかるほど顔を近づけて説明した。「啄雅君が夜遅くになっても家に戻ってこないから鴉に襲われたんじゃないかって」

昨日の夕方は鴉が空を覆っていた。薪能の時以来だ。橘花は家の中で遠くの方で聞こえる荒れ狂う叫び声をいつものように窓を薄く開け怖々覗いていたけど、もしかすると啄ちゃんはその時……。

「じゃあ、啄ちゃんは鴉に殺されたの。どうしてその時起こしてくれなかったの」

橘花が責めると、母さんは最初の質問には「違う」と首を振った。「鴉じゃない」って。そしてあとの質問には答えなかった。

「じゃあ、啄ちゃんは誰かに殺されたの？」

椀の中のおみおつけを落としそうになりながら橘花は立ち上がった。

「あの人殺しに？」

「橘花」

母さんが厳しい声で見上げる。その目はちょっと怖いくらいだった。橘花はしおれた菜っ葉のようにしなしなと母さんの前へ再び座った。母さんは怒りたいような泣き出したいようなよく判らない顔で橘花を見ていたが、やがて疲れ切ったようなぼそぼそとした口調で、

「お前、啄雅君と人殺しの下手人を捜す遊びをしていたんだってね」

「え、」どうして母さんが。

「今朝、兄さんから聞いたよ。啄雅君たちと下手人捜しをしていたって。本当なの」

「…………」

母さんの真剣な表情を見ていると、違うとは橘花には云えなかった。

「本当なのね。そんな危ないことはやめておくれ」

「母さん……でも、遊びじゃないんだ」

「橘花！」今度は叱るような鋭い声。母さんは両肩を強く握ると、「啄雅君は殺されちゃったんだよ」

人殺しに。遠臣や乙骨さんを殺した奴に。啄ちゃんとはもう会えないんだ。一緒に遊べないんだ。その時、啄ちゃんの死が初めて実感として身体中を走っていった。怖いような寂し

いような感覚。

「お願いだから、そんな真似はやめておくれ。もし橘花が啄雅君みたいになったら」

母さんの声が耳の中で谺響する。母さんは泣いているようだった。瞳の中がしとしとと濡れている。ぎゅっと握られ肩が痛い。

「う……うん」

顔を伏せながら橘花はそう答えた。

「きっとだよ。約束してくれるね」

念を押す母さんの声が聞こえる。何となく遠くに。

「うん」と橘花は再び頷いた。頷くしかなかった。母さんは「本当に、本当だよ」と三度念を押した。


朝萩の話では、啄ちゃんは首を紐で絞められて殺されているのを、明け方、鏡川の南の中州——よく釣りをするところだ——で見つかった。着物がびしょびしょに濡れていたことから、川に放り込まれたのが中州に流れ着いたらしいとのことだった。鴉に啄まれた様子がないことから、殺されたのは夜になってからじゃないかと考えられているらしい。

「もちろんどこかの家で殺されて夜まで中に置かれていたということもあり得るけど」と朝

萩はつけ足した。

昨晩は朝萩の家にも啄ちゃんの一番上の兄さんが訪れたらしい。もちろん橘花と同様に朝萩も啄ちゃんの行方を知らなかった。

「やっぱりあいつ、何か摑んでたんだ。隠さずにおれたちにも教えてくれればよかったのに」

口許を僅かに歪めたその云い方は、啄ちゃんの死に驚き悲しみながらも、ちょっぴり恨みがましく思っているように聞こえた。

「でも、何を？　啄ちゃんは何を摑んでたの？」

「朝からそれを考えてたんだ。最初はいつもの啄雅のただの思いつきだと思ってたんだけど、こうなってみると啄雅が最も下手人に肉薄していたということになる。下手人が邪魔と感じるまでの……。でも、正直云って、今まであった手がかりからおれより先に啄雅が下手人を思いついたとも考えにくい。これは見栄なんかじゃなくて」

「でも……」

考える力なら朝萩の方が遥かに上だ。それは橘花にも解る。けど、実際、朝萩は今ここで地団駄を踏んでいるし、啄ちゃんは下手人に近づいて殺された。それは事実だ。朝萩の負け惜しみを聞きたいんじゃないのに……ちょっとばかりはぐらかされた気分になる。すると朝

萩は見透かすように「そうじゃないんだ」と強く云うと、

「だとするとだ、啄雅は他に何か知っていたことになる。おれたちの知らないようなことを。そうとしか考えられない。でも、それが誰かからの情報なら仕入元があるわけだから、情報を提供した大人たちが気づいてもよさそうなものだ」

「どういうこと？」

「啄雅は直接下手人に関わる情報を持っていた。だけどそれは大人たちから仕入れたもんじゃない可能性が高いってことだ。つまり、啄雅は自分で何かを発見した」

「じぶんで？」

「ああ。それはおれたちにも相談する必要がないほどはっきりした生の情報ではあるが、同時にその発見をおれたちに自慢できないほど重要かつあやふやなものだと思う」

　朝萩にしては歯切れの悪い口調だが、何となく云いたいことは解る。

「それでおれは考えたんだ。啄雅にそんな生の情報を入手する機会があったとしたら、それは乙骨さんが殺された夜のことじゃないかって」

「あの夜？」

「そう。あのあとから啄雅の様子が少しおかしくなった。最初は乙骨さんが死んでいるのを見たせいかと思ったんだけど、そのあと来なくなっただろ」

「じゃあ、あそこで啄ちゃんは何か見たって云うの」

思わず身を乗り出した。確かに啄ちゃんが変になったのはあのあとからだった。でも、そんなことあっただろうか？　橘花はあの夜を思い起こしてみた。家を抜け出し啄ちゃんの家に集合してから、乙骨さんの死体を見つけ外人にぶつかるまでを。その間、ずっと三人は一緒に行動していた。橘花も啄ちゃんと同じものを見ているはずだ。だが、何も思いつかない。すぐにそれと解るようなものは。それに、自分はバカだからもしかしたら見落としているかもしれないけど、朝萩も一緒だったのだ。

困って朝萩の顔を見ると、朝萩の方は既に答が出ているらしく徐《おもむろ》に示唆した。

「裏木戸へ行く前に、啄雅は小便しに茂みへ行っただろ」

その言葉で橘花は思い出した。「あ、その前にちょっと小便」あの夜そう云って啄ちゃんが裏手の茂みへと消えていったことを。

「じゃあ、あの時」

喉が詰まりそうな声で訊き返す。

「もしかすると、啄雅は誰かの姿を見たのかもしれない」

「誰の？」

「それは解らない。解れば簡単なんだけどな。ただ、見た場所が場所だから迂闊には話せなかった。おれたちにも。その人が乙骨さんの死と何の関係もないかもしれないからな」

もっと早くそれに気づいて啄ちゃんに問い質していれば……そんな後悔ともつかない口惜しそうな表情を朝萩は見せた。

「ただ、おれたちにも話さなかったっていうのが重要なんだ。その人物は、啄雅が口にするのを憚られた、躊躇われた人物だった。もし、それが西の奴らだったなら啄雅はおれたちに打ち明けたと思う」

うん、と橘花は強く頷いた。きっと鬼の首を取ったかのように吹聴しただろう。たとえそれが間違いだったとしても、啄ちゃんは痛くも痒くもないはずだから。

「それは一昨日翼賛会の本寮で出くわしたあの外人でも同じだ」

「じゃあ、東の人ということ」

「おそらく。でも同じ東でも、例えば長の藤ノ宮の家の者でも啄雅は云ったんじゃないかと思う。その前にあれだけ怪しいと決めつけて憚らなかったくらいだから。同じように、啄雅と縁の薄い者なら啄雅は話しただろう」

「それじゃ、啄ちゃんの知り合い？」

朝萩は静かに頷いた。自分にはそうとしか考えられないといった面持ちで。

「だから啄雅は迂闊に云えなかったんだ」

背筋が痺れるような気がした。啄ちゃんの知り合いなら自分もよく知っている人の可能性が高い。知り合いが下手人だなんて考えたくない。でも、朝萩の云うことはいかにも尤もらしい。

「だれ?」

怖々と訊ねてみる。しかしそれには朝萩は首を振った。「そこまでは解らない」と。ほっとしたような、残念なような複雑な気分。

「ただ、ある程度の推測はつく」

「推測って?」

「啄雅の兄さん——上から二番目の——に聞いたんだが、二日前、ちょうどおれたちが本寮に忍び込んでいた日に、啄雅が裾を泥だらけにして帰ってきたらしい。その前二、三日は晴れた日が続いていたから普通のところに泥なんかない。あるとしたら田圃か鏡川だ。でもこの時期に田圃なんかに入っていたら、すぐに見咎められ叱られるだろう。だから、きっと啄雅は川辺を歩いていたんだ。それも径《みち》のない北の方の川縁を」

鏡川東岸の南部には土手があったり砂地が広がったりしているが、北は建ち並ぶ家の垣の向こうはすぐ川で、人が通れるような幅はない。そこを無理に進もうとすれば、川に足を突っ込み泥だらけになるだろう。朝萩の推測どおりに。

「それから考えて、下手人は北部の川縁に住んでいる可能性が高い。たぶん啄雅は鏡川に面した家を裏から覗こうとしたんじゃないのか。決定的な確証を摑もうとして。裏手からだったら真っ昼間でも見咎められることは少ないだろうから。そう考えると下手人が啄雅を川に流した理由も解らなくはない。着物が濡れたり泥に塗れていたりしているのを誤魔化すには、川に放り込むのが一番だからな」

人殺しが立て続けに起こったせいで感覚が麻痺しているのだろうか。朝萩は平気で啄ちゃんを「川に放り込む」とか云っている。それとも自分の考えに熱中しているせいなのだろうか。どちらにしてもちょっと気になる。でも、橘花もそのひっかかりを指摘して水を差す気はなかった。それよりまず、朝萩の考えを聞きたかった。啄ちゃんを殺した下手人を見つけるためにも。

「じゃあ、啄ちゃんは覗いているのが見つかって殺されてしまったの？」

「おそらくな。そして下手人は啄雅と親しい間柄、もしくはその家族で、わりあい北の川縁の家に住んでいる」

北の川縁に住んでいる啄ちゃんと親しい人……真っ先に浮かんだのは、朝萩のおかしくなった叔母さんだった。朝萩の叔母さんが怪しい……啄ちゃんがそう囁いたことを思い出す。叔母さんの家は北の方の川に接している。

橘花は悟られないように朝萩から視線を外した。あれは乙骨さんの殺されるもっと前のことで、啄ちゃんの単なる思いつきなのに、そう連想してしまう自分を疚しく感じたのだ。それにだ、朝萩は下手人は泥を誤魔化すために啄ちゃんを川に流したと云っていたが、あの叔母さんにそんな知恵が働くだろうか？　そう考えると違う気がする。だからよけいに疚しく感じられた。ごめん朝萩……橘花は胸の中で謝った。

「そうなると随分絞ることが出来ると思うな。川に面している家は十数軒あるけど、啄雅と関係が深いところなら四、五軒もないだろう」

「う、うん」

詰《つ》まりながら調子を合わせるように頷く。聡《さと》い朝萩にも今の焦りは気づかれてなかったようでほっとする。

朝萩は自分の考えを述べ終え、区切りがついたところで二、三度肩で大きく息をすると、

「今すぐ取りかかりたいけど、ただ、今日、明日は啄雅の葬儀とかあるから何もしないほうがいいだろう」

「そうだね。啄ちゃんを見送らなきゃいけないし」

もう下手人捜しはしないと、母さんに約束した。その約束を守るつもりはない。野長瀬のおじさん、乙骨さん、そして啄ちゃんを殺した仇を捕まえる。そうすることが夢の第一歩な

のだ。それはもう止められない。ただ、そのことを母さんに知られるのは嫌だった。また泣かれて自分の決心が鈍ってしまうのが怖かった。だからなるべく目立たないように進めないと。それに友達が死んだのに一日二日だけでも喪に服さないと罰が当たってしまう。

「ねえ、朝萩」

「ん？」

「もし下手人が誰か判ったら、隠さないで話してね」

「ああ」と朝萩は固く頷く。「隠さないよ」

その言葉は橘花を無性に安心させた。

21

ただでさえ血腥《ちなまぐさ》い村に、再び血の雨が降り注いだ。今度は子供の血が。

そのせいで昨日の昼過ぎから門の外が騒がしい。翼賛会の連中が自分を出せと喚いているのだ。頭儀は彼らの要求を断固と拒絶して門を閉ざしたが、それで素直に連中が諦めるわけもなく、何度となく門の外から怒声を浴びせかけていた。まるで地主と地上げ屋の攻防のような小競り合い。

もちろんその原因は自分にある。疑われ指弾されているのは頭儀ではなくこの自分なのだ。頭儀は好意から盾になってくれているにすぎない。ただ、珂允にとって幸いなのは、今回は歴としたアリバイがあることだった。凶行があったと考えられている一昨日の夜は、鴉に襲われ一晩中寝床でうなされていた。それは時折り様子を見に来た頭儀や冬日、蟬子が知っている。また、件《くだん》の少年は紐で絞め殺されたらしいが、珂允は鴉のせいで右手が遣いものにならなくなっていた。つまり首を絞めるなんて芸当が出来るはずもない。門の外の野次に同調して憎々しげに目を剝く篤郎にそう云うと、「そんなに簡単には信じちゃくれない」と逆に云い返された。

「それに、あんたは夕方に帰ってきた。啄雅君——それが殺された子供の名前らしい——が夕方に殺されたのなら、あんたかもしれない。むしろおれはそう思っている。あんたは人殺しをしていたために遅くなり鴉に襲われたんだ」

「おれは宮に行っていて遅くなったんだ。嘘だと思うならあんたらの持統院様に訊いてみろよ」

珂允は吐き捨てると、篤郎の目の前でぴしゃりと障子戸を閉じた。勢い余って敷居から外れそうになる。それほどむしゃくしゃしていた。右腕の疼きがまだとれないことが拍車をかける。じっと部屋で座っていることに苛立つ。翼賛会の嫌がらせのような挑発にも神経が逆撫でされる。一つの歯車ではなく、世界そのものが自分に逆らい嘲笑っている。そんな気分になる。

大人ではなく子供が殺されたことで、村人が相当過敏になっていることは想像に難くない。おそらくこの村でも珂允の世界と同じように子供はいたいけであるという思想はあるだろう。鴉に子を喰い殺された母親が発狂したくらいなのだから。

しかし、なぜ十一の子供が殺されたのだろう？　野次が止み、静けさが戻った中で珂允は考えてみた。通り魔的な殺人犯ならともかく、何らかの目的や動機があるのならば、この少年も事件と繋がりがあるはずだ。乙骨の場合なら遠臣殺しに加担したため口を封じられたと考えられなくもない。だが、十一歳の子供と土地紛争の色濃い事件の接点などあるのだろうか。

珂允は本寮で出くわした二人の少年のことを思い出していた。彼らはこの事件を調べている様子だった。歳も同じくらいだ。もしかするとあの子たちのどちらか？　でも名前が違う。確か朝萩と橘花と名乗っていた。では他にいるのだろうか。同じように事件を調べている子が。そして逆に殺されてしまったのでは。

その時、乙骨の家で見かけたのが三人だということに気がついた。ぶつかったのは橘花という少年だが、その前に二人逃げていった。三ひく二は一。本寮に現われなかった残る一人が啄雅という少年なのだろうか。

珂允はあの少年たちに逢いたくなった。彼らは何か知っているかもしれない。事件に関わる重要なことを。殺された啄雅という少年から何か聞いているかもしれない。この事件の手がかりを。

もしかすると、殺された子供とあの少年たちとは関係ないのかもしれないが、確かめる価値はある。危険ではあるが行くしかないだろう。

事態はますます険悪な方向へと進んでいる。このままでは外に出ることが出来ないばかりか、下手人に祭り上げられ有無も云わせずリンチに掛けられるかもしれない。そう思うと、居ても立ってもいられなくなった。じっとこの部屋で蟄居していても、埒は明かない。機を窺おうにも、むしろ自由への扉が閉ざされていくばかりだ。濡れ衣を自らの手で晴らさないことには。

珂允は決心すると、シャツを脱ぎ着物に着替えて庭へと降りた。門は固く閉ざされているが、内側から耳を澄ませても人の気配はない。半時間ほど前に野次りに来たばかりだからあとしばらくは現われないはずだ。

思いきって外に出てみる。案の定、街道までの下り道には人影は見られなかった。まず第一の関門は通過できたようだ。だが問題なのはこれからだ。殺されたのは東の子供。西よりも東の方がヒステリックになっているのは、火を見るよりも明らか。そんな中で東の少年たちに逢おうとするのは、むざむざ捕まりに行く自殺行為なのかもしれない。だが行かなければ。逢って話を聞かなければ。切迫感に背を押されるように、珂允は俯き加減で足早に下りていった。

しかし、この村の問屋は何が何でも珂允には商売をさせたくないようだ。それもかなり頑強な意志が。なぜなら街道に出たすぐのところで、翼賛会と思しき三人連れと出くわしてしまったのだ。

「お前は」

風を切るように歩いていた三人は、珂允を見咎めると取り囲むように駆け寄ってきた。何もかもが自分に仇《あだ》なしている。天を見上げそう呪わずにはいられなかった。

「今度は子供を手にかけやがって」

声の主はこの前中央にいた奴だった。男は以前にまして憎しみに満ちた表情で迫ってくる。

珂允は威嚇を撥ね除けるように落ち着き払って訊ね返した。

「子供は何時頃殺されたんだ」

「夜だよ。鴉が過ぎたあとだ。お前が殺したんだから知っているくせに、とぼけるなよ」

「なら、おれじゃない。おれは鴉に襲われて、夜はずっと千本さんの家で看病されていた。嘘だと思うなら千本さんに訊いてみたらいいだろう」

「そんなこと信用できるか。千本もお前とつるんでるんじゃないのか」

語気荒々しく聞く耳を持たない様子。篤郎の言葉どおり、確かに簡単には信じてくれないようだ。珂允がなお説明しようと両手を前に出したとき右端の男が、「なんだよその包帯は」と目敏く云った。

「一昨日鴉に襲われたんだよ」

「本当か」

真ん中の男も何か気づいたらしい。先ほどまでの疑惑の表情とは異なり、はっきりと確信の眼差しに変わっていた。

「それは怪我じゃなく、何か隠してるんじゃないのか」

「隠すって何をだ？」

「痣だよ。人殺しの痣をだよ。それを怪我と偽っているだけだろ」

珂允は思わず自分の右手を見た。人殺しの右手には黒緑色の痣が出来る。大鏡の罰によって。そして今、自分はその右手を包帯で覆っている。もちろん怪我のためだが、彼らは痣を隠していると捉えている。犯罪の証拠。自分が今までとは比べものにならないほどの危険な状況に置かれていることを認識した。

今までは容疑だった。いくら濃くても疑いの域を出ていなかったはずだ。それは門の外で喚くだけで、破って中に押し入るような強硬策を採らなかったことでも判る。しかし、この包帯が彼らに確信を与えてしまった。誤った確信だが、間違いなく彼らにとっては確定的な物証と映っている。

「痣なんか浮かんでない。頭儀さんに訊いてくれ」

「また千本かよ。鬼子の一族なんか当てに出来るか。娘を使って長の座を奪おうとしているっていう噂もあるくらいだからな」

「違う」

珂允の抗弁は虚しく彼らの脇を通り過ぎただけだった。連中は大声で、「こいつ右手の痣を隠してるぜ」と喚き叫ぶ。その声が、関わりを避けて顔を背けて歩き過ぎようとしていた村人たちをも振り返らせた。そして右手の包帯に気づくと、次々と翼賛会の奴らと同じような眼差しに変わっていった。

周囲の反応に意を強くしたのか、男たちはじりじりとにじり寄ってくる。

「やっぱりこいつが人殺しだったんだ。長や持統院様にまで良いようなことを云っておいて」

珂允は一歩、後じさった。蟀谷《こめかみ》から冷や汗が流れ落ちるのが自分でも判った。こんな威勢だけの男たちは何人いても問題ではない。だが今は右手が遣いものにならない。それに彼らを後押しする多くの村人。怒りを含んだ冷たい視線……。虎穴に辿り着くまでに親虎に出くわした、そんな心境だ。それもこれもあの鴉が。

一歩二歩と、男たちは更に間隔を詰めてきた。指をぼきぼきと鳴らしながら。それまで溜め込んだフラストレーションを一気に発散させようとするかのように。

「もう云い逃れは出来ないぜ。観念したらどうなんだ。この人殺しが」

咄嗟に珂允は目の前の男の鳩尾《みぞおち》を蹴り上げた。正面の男が軽い呻き声を発しながら蹲る。仲間の視線が蹲った男に注がれたとき、珂允は脱兎の如く千本家への坂を駆け上がった。

「待てっ」

背後から二人の声がしたがもちろん待つわけもなく、会社に遅刻しそうになったときも見せなかったスピードで門を走り抜けるとすぐさま閂を掛けた。

「おい開けろ。この、人殺し」

どんどんと門が叩かれる。息を吐き凭れかかった珂允の背に、激しい振動が非難の声とともに伝わってくる。その声はさっきまでと異なり、しばらく経っても収まらない。むしろ加勢を呼んだのか高まっていくばかりだ。

このままでは門が壊されてしまうんじゃないか。痛そうに軋む閂を見ながらそんな不安が過る。暴徒たちがここに雪崩《なだれ》込んできたら、頭儀や蟬子にまで累が及んでしまう。それもこれも鴉が、ひいてはそれに気づかず外に出た自分の迂闊さが原因なのだ。このけりは自分でつけなければならない。決心して珂允が再び閂を抜こうとしたとき、

「どうするんだね」

見ると、騒ぎを知ったのか玄関先に頭儀が立っていた。珂允が手短に包帯のことなどを述べると、

「ここはわたしに任せて、部屋に戻っていなさい」

そう云って肩を強く引き戻す。

「でも、これ以上迷惑は……」

「君が出て行ったところで、誰も冷静に話を聞いてはくれないだろう。弄り殺しにされるのがオチだ」

確かにそうかもしれない。だが……。

「いいから任せておきなさい」

厳しい表情のまま、強い口調で頭儀は云った。また頭儀に盾になってもらうのか。申し訳なさで胸が詰まりそうだった。

「すみません。軽率なことをして」

「君が謝ることはない。間違っているのは外の連中なんだ。君が下手人でないことは、わたしが一番よく知っている」

「すみません」

再び頭を下げると、あとを頭儀に託し屋敷へと戻った。ピンチでマウンドを降りたピッチャーというのはこんな気分なのだろうか。焦りと自己嫌悪ばかりが頭上をどんよりと覆っている。

足どりは重く、右手は更に疼いていた。

＊

その夜、珂允は夜陰に乗じて抜け出すことにした。

もちろんこの村から逃げ出すわけではない。もう障壁に目を瞑《つぶ》る真似はしたくない。そんなことは一度きりで充分だ。殺人犯は自分を罠に陥れた。その借りはきっちり返さなければならない。ただ、昼に翼賛会の男が云っていた言葉――「また千本かよ。鬼子の一族なんか当てに出来るか。娘を使って長の座を奪おうとしているっていう噂もあるくらいだからな」――が、このままでは頭儀たちが自分の巻き添えになってしまうのではないか、そんなおそれを強く抱かせた。あの時は頭儀の言葉でどうにか引き返したが、彼らは決して納得しているふうではなかった。もし、これ以上珂允がここにいると、千本家まで憎悪と猜疑の対象となってしまう。それだけは何としても避けたい。

結局、篤郎の云っていたことが正しかったわけだ。自嘲の笑みを浮かべながら、珂允は大してない荷物を纏め始めた。そのあと蔵に寄ると、幸運にも戸には鍵が掛けられていない。神様は最後のささやかな望みだけは叶えてくれたようだ。高鳴る鼓動を感じながら二階へ上がり、行李の間で静かに眠っている松虫に別れの言葉を告げる。最後の別れだとは思いたくない。きっと濡れ衣を晴らし戻ってくる。きっと……。華奢な手を握り締めながら、そんな別れの言葉を告げた。口づけをしたかったが、それは止めておいた。再び逢うときのために残しておくのだ。待ってるわと松虫が寂しそうな声で囁く。

後ろ髪を引かれる想いを抱きながら、リュックを背に珂允は門へと向かった。

門の前には人影があった。頭儀だった。

「出て行くのかね」

静かに彼は呟いた。月のない夜なので、表情は見てとれない。

「はい。これ以上迷惑はかけられません」

「この村を去るつもりなのか」

珂允は首を振った。

「では、どこへ」

「…………」

云うとまた迷惑がかかる。頭儀も察した様子で、それ以上は訊ねなかった。ただ黙ったまま包みを手渡した。

「これは？」

開けてみると、十個ばかり握り飯が入っている。頭儀が自ら握ったものなのか、海苔《のり》もなくどれも偏平な三角形をしている。

「どこへ行くにしても、食い物がなければどうしようもないだろう」

「ありがとうございます。蟬子ちゃんによろしくお伝え下さい」

丁寧に包み直すと、深々と頭を下げ、頭儀の脇を抜け外に出た。自然と目頭が潤んでくる。

門が閉じられたとき、これでよかったのだと自分に云い聞かせた。

恐ろしいほどに暗く静まり返った夜。珂允は坂を下ると東へと足を向けた。

22

珂允は千本の家を出ると野長瀬の廃屋へ行き、そこで一夜を明かした。ここならばしばらくは気づかれないだろう、そう目算あってのことだった。自分と野長瀬とを結ぶラインは表向きはない。庚の兄と云うことを知られない限りは。それにここは村人にとってアンタッチャブルのはずだ。メルカトルのいる龍樹の屋敷を頼る案もあったが、彼まで巻き込んではすまない気がしたのだ。それにこれは自分に降りかかった災いであり試練である。自らの力で乗り越えなければならない。そうでないと意味がない気がする。

畳の上でそのまま眠っていたせいか、起きたとき身体が妙に凝っていた。押し入れに埃を被った黴《かび》臭い布団があるにはあったが、半年分の湿気を吸っていて使う気にはなれなかった。畳の方は、黄色く変色し古びているのは当然だが、寝転がれないというほどでもない。

時計を見ると十二時を回っている。表戸の隙間から洩れ込んでくる陽光が、閉め切った室内を生明るく浮かび上がらせている。殺風景でぼんやりとした光景は、自分がまだ夢現《ゆめうつつ》の境にいるのではないかと錯覚させるに充分だ。いや、本当に境界にいるのかもしれない。この村に来たときから。最初に鴉に襲われたときから。

逃げ出したはいいものの……。ごろんと横になり湿っぽい天井を見つめながら、珂允は改めて考えていた。今頃は自分が行方を眩ませたことを、村の連中に知られているだろう。そして村中を捜し回っているだろう。村から外へ逃げ出した、と考えてくれたなら云うことはないのだが、いずれにせよ身動きがとれないことに変わりはない。逃げたことを自白と同義にとられるのは目に見えているが、あの状況で頭儀の許に厄介になり続けることなどできなかった。

いま自分に協力してくれる者は何人いるだろうか。珂允は指折って数えてみた。篤郎を除く千本家の人々と襲緒屋老人、そしてメルカトル。それくらいだ。五本の指で足りてしまう。菅平は自分に利用価値がないと見切った時点で裏切るだろう。また藤ノ宮の佑尉は大きな駒だが、多々良が主の屋敷へ会いに行くのは危険が大きすぎる。

ほとぼりが冷めるまで待つしかないのか？　だがほとぼりはいつ冷めるのだろうか。真犯人が捕まるまで？　しかし犯人の思惑どおり村人の視線が自分に向けられている今、その可能性はあまりにも低い。やはり自分で探し出すしか……だが昼間は自由に動けない身だ。そんな中でどうやって下手人を。

せめて包帯がとれるまではここでじっとしていよう。傷口をヘドロに浸けたように疼く右手を見つめながら珂允は思った。包帯が外れたら堂々と右手を掲げよう。痣などないことを知らしめるために。大鏡の罰など受けてないことを証明するために。痣がないことを見れば、矛先も少しは鈍るだろう。なにせ彼らにとっては痣が浮かぶのはリンゴが木から落ちるよりも自明のことなのだ。その時に反撃の狼煙《のろし》を上げるしかない。自分を陥れたものに対して。地の利が全くない珂允にとって、持久戦は不利以外の何物でもないのだが、仕方がない。

これも試練なのだ。

珂允は頭儀から渡された包みを開けた。冷たくなった握り飯。その中の一つを齧る。梅干しの酸味が口内に広がっていく。頭儀への感謝の気持ちと同時に憐憫《れんびん》の情が喉から湧き上がってくる。こんな襤褸家で冷たい握り飯を旨そうに喰らっている自分にだ。どこへ行っても不幸だ……知らず愚痴が口をつく。

窓の隙間から覗ける田畑には燦々《さんさん》と陽光が降り注いでいる。眩しいくらいの快晴。日本晴れ。その下で若い農夫が腰を屈め、果菜の採り入れをしている。対して薄暗くひんやりとした部屋の中。心までもがひんやりとしてきそうだ。

逃亡者で、その日は暮れた。

＊

翌日、意外な来訪者があった。突然表戸から光が射し込み、戸口にメルカトルが立っていたのだ。彼は貴婦人に接するような丁寧さでシルクハットを取り軽く頭を下げると、

「あなたが千本の屋敷から消えたと噂に聞きましたが、やはりここにいましたか」

にこやかに歩み寄り、驚きでぽかんと口を開けている珂允の前にしなりと腰を下ろした。

コトとステッキが敷居に触れる音が響いた。

「どうして、ここだと判ったのですか」

「あなたがこの村から去ったとは考えにくい。だとすると、隠れそうな場所と云えばここぐらいですからね。確かに身を隠すにはいい場所だ」

何でもお見通しなんですよ、猫のごとく細められた瞳がそう語っている。

「村人に知らせるのですか」

身を引き気味に訊ねると、彼は心外だと云わんばかりに大きく肩を竦めた。

「まさか。そんなことはしませんよ。彼らには何の恩義もありませんからね」

「あなたは、僕が下手人だとは思わないのですか。これだけ騒がれているのに」

「村人の愚かさは以前からよく知っていますからね。……これが例の包帯ですか」

視線の先に気づき、反射的に右手を庇う。

「信じてもらえないかもしれませんが、これは四日前に鴉に襲われて、」

するとメルカトルは、印象的な赤みの濃い唇で笑いながら、

「なに、大丈夫ですよ。わたしは大鏡の奇蹟などというものを信じてませんから。まあ、村人なら心因的に痣が浮かぶかもしれませんが。まさか、あなたが信じているわけではないでしょう」

「僕も信じてません」

「なら問題はない。痣など浮かんではきませんよ」

メルカトルにそう云われ、なぜかほっとした。そしてほっとした自分に驚いた。もしかしたら心の隅で奇蹟を信じていたのでは。いや、そんなことは絶対にない。自分には神様など必要ないのだ。珂允は慌てて首を振り邪念を放り出した。

「それで、あなたはいつまでここにいるつもりですか」

中性的で真摯な声でメルカトルが訊ねる。だがそれは珂允自身が訊きたいことだった。自分はいつまでこうしていればいいのか。逃亡者になっていればいいのか。ここに来てからまだ一日半しか経っていない。だが既に退屈と焦り、怯えが彼の自制心を苛立たせていた。もしあと一週間待てと云われたなら、果たしてここでじっと堪え忍ぶことが出来るだろうか。

「とりあえず、右手が回復するまでとは考えているのですが……」

「なるほど。包帯を解いた手を見せるわけですね。ただ、こう過熱している衆民をそれで抑えられるかはかなり疑問ですね。もはや痣ひとつの問題ではないようにも見受けられますからね」

「充分に解っています」

図星を指され、少しムキになる。それは珂允も気づいて不安に思っていたことだった。自分を犯人だと決めつけ疑わない村人たちの前では、右手の回復など焼け石に水なのではないかと。

「でも、他に方法もありません。自分で犯人を見つけようにも、出歩くことすらできない有様ですから」

「四面楚歌というところですか。あいにく私はまだ楚の歌も漢の歌も聴いたことはないですが」

「やれるところまで、ひとりでやってみるつもりです。もしそれで駄目なら、東にも期待できそうな人はいるようですから」

途端メルカトルは渋い表情をつくる。

「せっかくの期待に水を差すようで悪いですが、もしあなたの心の中に描いている人物が藤ノ宮佑尉だったとしたら、気をつけた方がよろしいと云わねばなりませんね。ちゃんと二つの歌を聴き分けるためにも」

「どういうことです」

疑問を呈したことよりも、云い当てたことに驚かされた。佑尉との話は彼にはしなかったはずだが。

「藤ノ宮は菅平から開墾の権利を横奪しようとしていると聞きました。あなたは多々良に逢われたのでしょう。直情型の多々良がそのような策略を巡らすタイプに見えますか」

「彼じゃなく誰か参謀がいると……それが佑尉だと」

「見たところ、あなたは疑り深い性格のようだ。そのあなたがこの窮地に彼を頼ろうとしている。今すぐでなくても期待はしているわけですね。たった一度話しただけの男に。逆に云えばその佑尉という男には信用させる能力があるということです。本質ではなく能力と云うことになると、多分に意図的なものを感じますね。もちろん私はまだその男に会ったこともないので推測に過ぎませんが、利用価値があるうちは紐をつけておくというやつでしょう」

まるで自分が珂允に紐をつけようとしているかのようにメルカトルは笑った。珂允は対座したままじっと彼の言葉を吟味していたが、ふと、上質紙のことが頭を掠めた。あれを使えるのは藤ノ宮か菅平だけだ。

「それじゃ、この連続殺人は彼がやったのだと」

「そこまでは云いませんよ。ただ、あなたが彼を頼っても、おそらく向こうは時期を見て突き放すだけでしょう。虎穴に入っても虎子はいないおそれが高い。そう云いたかっただけです。結局、あなたはこの村では政争の一つの駒に過ぎない。たとえ大駒であっても、詰ますために切ることは手筋として当然です」

「誰にも期待するな、ということですか。あなたも含めて」

自棄気味に云い返すと、

「私はあなたを裏切ったり利用したりしようとは思いませんが、期待に応えられるかどうかは疑問ですね。それに、先ほどあなたはひとりでやり通すと云ったばかりなのに、結局は誰かに頼ろうとしている。それではいくら時間を費やしても光明は見えてこないでしょう」

「…………」

「一番の選択は、ここから立ち去ることですね。ただあなたはそれを決してしないでしょうが」

「解っているなら云わないで下さい」

「なら考えることです。この事件を最初から。どれほどの時間を掛けても。あなたが経験した全てのことを見落とさず。そしてあなた自身がこの事件の犯人を突き止めることです」

「それはやっています」そう云いかけて珂允は口籠った。考える……確かに考えようとした。だがいつも躓《つまず》きそこで棚上げしてしまっている。この男はそれを突き詰めろと云うのだろうか。

「残念ながら、今までのあなたには考える時間も余裕もなかったようですね。しかし当分は動けないこの家で、考える時間だけはたっぷりとありますよ。いい機会ではないですか」

「あなたには判っているのですか」

龍樹の廃屋で何日も独りで過ごし、大量の考える時間を持っていたはずの男に珂允は訊き返した。

「さあ、」とメルカトルはとぼけるように右手でシルクハットを弄《もてあそ》んだ。「あなたが考えないことには意味がないでしょう。何しろあなたが自分の手で切り拓かなければならない問題なのですから。人に教えてもらっては、あなたも救われないのではありませんか」

「……そうです」

珂允は項垂《うなだ》れ素直に認めた。人に助けてもらったなら、大鏡を求めた西鈴と同じだ。その西鈴がどうなったのか？　半年後、この村を出、殺されたのだ。

その態度に満足したのか、メルカトルはステッキを手にとり、敷居から腰を上げた。

「まず手始めに痣のことを考えてみることですね。痣はこの村では絶対です。絶対な存在である大鏡と同様に。なら、なぜ犯人は人殺しに痣が出ると知っていながら、このような犯罪を犯したのか。私にはそれが興味深く感じられます」

「……痣」

「では、失礼します。重要なのは、考え、そして気づくことです。大鏡の教えにね」

縁台での長話が終わったといった風情で、タキシードの黒い背を向け立ち去ろうとする。

珂允はしばらく目で追いながら、戸口で後ろ姿に声をかけた。

「これは事件とは関係ないと思うのでお訊きします。この村から出るにはどうすればいいのですか」

振り返ったメルカトルは、意地悪な笑みを口許に表わした。

「解りませんか」

「知っているのですか」

ゆっくりと頷く。口許はそのままに。

「これは考えるまでもないことです。大鏡がはっきりと示してくれていますからね。ここから抜け出す道筋を懇切丁寧に……もうすぐあなたにも判りますよ。ここから出る絡繰《からくり》が」

メルカトルはスキップを踏むような感じでステッキを振り回しながら、廃屋を去っていく。

そのあと風でぱたんと表戸が閉じられ、室内は再び暗くなった。

一つの摂理のように。

*

最後の握り飯を頬張りながら、メルカトルの言葉を考えていた。あの男は犯人を知っているのだろうか。それともあの態度は、スノッブな奴にありがちな単なる思わせぶりにすぎないのだろうか。

あの男が云った「痣」。それは何を意味するのか。

あの男の言葉に従って考えてみよう……珂允は壁を背に座り込み目を閉じた。

半ば夢現で考え込んでいると、戸口に近づく跫音が耳に飛び込んできた。ざくざくと砂道を無思慮に歩く音。メルカトルが戻ってきたのだろうか。だがさっきとは気配が違う。メルカトルは珂允も気づかないほどのひっそりとした足どりでやってきたのだ。

では村人？　気づかれたのだろうか？　まさか、メルカトルが知らせた？　それはありそうにもない。じゃあ？

その間も、跫音は近づいてくる。考えるのはあとだ。珂允はリュックと靴を摑むと、すばやく押し入れの中に潜り込んだ。そしてじっと息を殺し、第二の来訪者を待ち受けた。

押し入れの襖を閉めてすぐに、表戸を開ける音がし、跫音の主が入ってきた。一人のようだ。その人物はつかと上がり込むと、奥の実験室へと向かっていく。物色しているふうでもない。珂允の捜索が目的ではないようだ。しばらくして隣の部屋からさっさっと床を箒《ほうき》で掃く音が聞こえた。掃除をしているのか。意外と同時に納得もする。

確かに誰かが掃除をしている気配があった。この前来たときも、今回も、放置されたままとは思えないほど部屋は片づき綺麗になっている。

野長瀬と同じ反逆者？　共鳴者？

それとも犯人？

珂允の思考は一足飛びにそこまで跳ねた。メルカトルが注意を促した手の痣。珂允は外人だからという理由で疑われている。だが、野長瀬と同じ反大鏡なら、手の痣なども信じないだろう。

珂允はゆっくりと襖を開け外に出ると、忍び足で実験室を覗き込んだ。

そこにいたのは子供だった。橘花というあの少年がいそいそと掃除をしている。

「君は」

思わず声を上げた。びくっと少年は肩を震わせる。珂允は建て付けの悪い襖戸を大きく開け、振り返った少年の前に姿を曝した。すると少年は箒を落とし、怯えるように二、三歩後ずさりした。

「待ってくれ。訊きたいことがあるんだ」

その言葉をどうとったのかは判らないが、少年は黙ったままこちらを見ている。黒く澄みきった円い瞳で。陽に焼けた焦茶色の足を小さく震わせながら。

「……橘花君だったね。この前、逢ったよね」

なるべく優しく聞こえるように珂允は云った。正直、子供の扱いは苦手だ。だが接し方を誤るとすぐにでも逃げ出してしまいかねない。

「おじさんは、どうしてここに？」

緊張の残る声で少年が訊ねる。珂允が逃げ出したのをまだ知らないようだった。

「居辛くなってね。ああ、この手は鵜に襲われたもので痣じゃないよ」

「みんながおじさんを捕まえようとしてるの」

「ああ。残念なことに」珂允は頷いた。「何もやってないのに」

「おじさんは人殺しなんかしてないんでしょ」

念を押すように少年が訊ねる。

「ああ、誰かに罠に嵌められたんだ」

その答を聞いて安心したようで、少年の表情は和らぎほっと一つ息を吐いた。

「今度は子供が殺されたって聞いたけど、君は知っているかい」

店頭の絡繰人形のように少年はこくんと頷く。そしてぼそっと、

「啄ちゃんが殺されたんだ」

「やっぱり君の友達だったんだな」

どうして知っているのか不思議そうな顔をする橘花に、珂允は自分の推測を打ち明けた。犯人を探ろうとして殺されたのではないかと考えたことから、乙骨の家で出くわしたのが三人だったのを思い出したことまで。

「すごい」少年は感嘆の眼差しで珂允の説明に耳を傾けていた。そしてすっかり警戒心を解いた足どりで釣り込まれるように二、三歩、前に近寄ると、

「おじさんも下手人を捜しているの」

「ああ、このままじゃ下手人にされてしまうからね」

「そうだね」残念そうに呟く。

「それで、下手人は判ったの」

珂允は首を横に振った。それが判れば苦労はないさ。愚痴が飛び出しそうになったが、子供に云っても嫌がられるだけだ。

「その啄雅君も、下手人捜しをしていたのかい」

「うん。でも啄ちゃんは何を知っているか教えてくれなかったんだ」

「そうか。じゃあ、仇討ちでもあるんだな。早く下手人を見つけ出さないといけないな」

するると、少年はちょっと意気込むように顔を上げると、

「でも、もしかしたら、もうすぐ判るかもしれないんだ」

「それは本当なのかい」

「うん。ほんとは秘密なんだけど、おじさんには教えてあげる。だっておじさんも下手人のせいでひどい目に遭ってるから」

そう云って少年は今までに彼らが調べたことを話し始めた。最初は子供の云うことだからと大した期待もせずに聞いていた珂允だったが、やがて少年の口から発せられる言葉から耳を離せなくなっていた。そして全て聞き終えたとき、今度は珂允が感心させられる番だった。もちろん推理もそうだが、この村でこれほど冷静に事件を分析している者が――それも子供が――いたことに。

「じゃあ、」自然と声が上ずるのを自分で感じながら、珂允は結論を繰り返した。「その朝萩って子は、下手人は川の北、東岸に面した家に住んでいると云うんだね」

「朝萩がそう云ってるんだから、間違いないよ。だって朝萩の云うことが外れたことはないもん。朝萩ってすごく賢いんだから」

「確かに、今の話を聞いていると大人以上に賢そうだね。つじつまも合っている。……それ

で君たちは、その家を捜しに行ったのかい」

「まだ。明日から……今までは啄ちゃんとお別れしていたから」

そう云って少年は軽く俯いた。悲しみを堪えているかのようにぐっと口許に力をこめながら。

「そうか……でも、相手は子供でも殺してしまう悪い奴だから気をつけないとな」

「うん。ぼくたち絶対にひとりでは行かないって約束したんだ」

「そうだな。二人なら、何とかなるかもしれないな。その啄ちゃんて子も君たちと一緒ならよかったのに」

「……話してくれればよかったのに」

ぽた、と緑の床に涙がこぼれ落ちる。

「ごめん、悪いこと云ったようだね」

「ううん」顔を上げた少年は無理に笑顔を浮かべ「でも、おじさんは止《と》めないんだね。母さんは危ないからって駄目だって。他の大人たちもきっと子供は止《や》めろって叱るのに」

「ちょっと変わっているのかもしれないな。よく云われるんだ、お前はおかしいって」

その答に少年は顔を綻ばせた。素朴な懐かしさを感じさせる笑みだ。誘われるように珂允も微笑む。その時初めて、自分の方もかなり緊張していたことに気がついた。珂允は照れ臭

そうに台上の瑪瑙《めのう》色した碗を手に取ると、

「橘花君は、野長瀬さんのことが好きだったのか」

「うん」

即座に頷く。どこか寂しげな響きが、本当に好きだったんだなと強く思わせる。

「それで掃除を」

「だっておじさんの家なんだもん。おじさんの綺麗な夢が詰まった」

「……そうか。野長瀬さんは金を創ることが夢だったのか」

野長瀬もそうだが、この少年も金が水銀や硫黄などから創れないことを知らないはずだ。叶うことのない夢。まるで自分が弟になり代わりたかったのと同じような……。

「君も金を創るのが夢なのかい」

予想に反して、少年はううんと首を振った。そしてほんの少し躊躇ったのち、

「……ぼくの夢は外に出ることなんだ」

「外……って、この山を越えて？」

「うん」

「でも、山に入るのは大鏡様が禁じているんじゃないのか」

「でも、行ってみたいんだ。外がどんなところか見てみたいんだ」

痩せた顔に憧れの瞳だけが強く輝いている。危険な純真さを孕《はら》んではいるが、自分よりも遥かに頼もしく感じられるほどに。しかし、まさかこの村でそんなことを考えている子供がいたなんて考えもしなかった。いや、諦めていたのだ。誰もが中にいることに満足して、決して外を見ようとしないのだと思い込んでいたのだ。少年の言葉は頭儀の握り飯とは違った意味で、珂允を少し嬉しくさせた。

「大鏡様の掟《おきて》を破っても？」

少年は力強く頷く。きっと野長瀬以外の誰にも云えなかっただろう思いを籠めるように。

珂允は夢を持つこの少年を羨ましく思った。

「叶うといいね。野長瀬さんは途中で諦めてしまったけれど」

「違うよ！」突然、少年はいやいやをするふうに叫んだ。「おじさんは殺されたんだよ」

「殺された？　自殺って聞いたけど」

「おじさんは自分で死んだりしないよ。みんな自殺の方が都合がいいから、そういうことにしてるだけだよ」

「どういうことなんだ」

意外な言葉に、珂允は思わず身を乗り出した。そんなこと疑いもしなかった。誰もが自殺だと云っていたじゃないか。だが……と珂允はすぐに気づいた。ここでは誰もが大鏡を神様と云っているのだ。誰もが人殺しの手には痣ができると云っているのだ。誰もが。

「教えてくれ。どういう意味なんだ」

真相が知りたい。少年の華奢な肩を摑み問い質した。もし、本当に野長瀬が殺されたのなら、これまでの様相が変わりかねない。弟がここを出て行った理由も、そのあとに殺された理由も。

勢いに圧され、少年はびくと身を震わせる。掌から伝わる怯え。珂允は慌てて両手を放した。

「ごめん。つい興奮してしまった。ずっと野長瀬さんは自殺したものだと思っていたから……橘花君。教えてくれないか。どうして野長瀬さんが殺されたって云うのか、その理由を」

「ねえ、珂允のおじさん」

帰り際、人なつこそうな瞳で少年が訊ねかけた。

「犯人が分かって騒ぎが終わったら、外のこと教えてくれる？」

「ああ、たっぷり教えてあげるよ」

そう答えると、少年は嬉しそうに外へ飛び出していった。すぐにでもここから羽ばたける翼を持っているかのように。

夢か……。

23

橘花は一気に土手を駆け上がると、大きく深呼吸した。気持ちのいい風が喉を通り過ぎていく。見上げると、澄んだ空に一羽の鳶が弧を描いていた。

誰にも云えない橘花の秘密。朝萩にもしばらくは黙っておこう。親友だけど、隠し事はしないと約束したけど、近衛様を目指している朝萩の立場というのもある。たとえあとで珂允さんの疑いが晴れたとしても、黙って匿《かくま》っていたのがばれたら、何年後かの近衛様選びの時にきっと不利になる。もう少し、本当の下手人のめどが立つまでは。

でも、鳶にだけは教えてやろうと思った。口がむずむずする。誰かにこの嬉しさを伝えたい。聞いて欲しい。

……外人さんと話せたんだよ。

橘花は空に向かってそっと囁いた。遥か上の鳶は啼き声を上げながら大きな翼で舞い続ける。

……すごく嬉しいんだ。解ってくれるよね。もうすぐぼくもお前みたいに飛べるかもしれないんだ。

自分でも信じられなかった。まだ胸がどきどきしている。

でも、いい人でよかった。

土手の叢にしゃがみ込みながら、橘花は身体を震わせていた。眼が濡れてくる。涙だった。どうしてだろう、哀しくなんかないのに。わけが解らず草を二、三本引きちぎる。

金を創ろうとする野長瀬のおじさんの夢。それは誰かに邪魔をされて叶うことはなかった。

「夢は大切にあたためないとな」

節くれだった指でぽんと肩を叩き、そう笑ったおじさん。同時に自分の夢も語ってくれたおじさん。おじさんも橘花も、誰にも云えない夢を抱いていた。夢の内容は二人とも違ったが、禁じられた夢をあたためる同志だった。

「橘花の夢が叶うといいね。そうしたらおじさんも、絶対叶えたいという気持ちになれる。橘花の夢はおじさんの夢でもあるんだ」

兄さんに叱られたとき、優しくおじさんは励ましてくれた。だから、おじさんもきっと喜んでくれるだろう。自分のことのように。

もう少し、もう少しの辛抱で叶うかもしれない。珂允さんに外のことをいろいろ聞いて、母さんや兄さんにさよならを告げる日が。

ふと中州が目に入る。中州の上手には、真新しい縄が四角に巡らされている。

……啄ちゃん。

啄ちゃんの夢は何だったのだろう。結局、教えてもらえなかった。

朝萩はもうすぐだと云っていた。明日から二人で頑張って捜し当てようと啄ちゃんの亡骸《なきがら》に誓った。それに、あの賢そうな珂允さんも下手人を捜している。

……もうすぐ仇をとるからね。野長瀬のおじさんと啄ちゃんの仇を。きっと。

橘花は中州に下りていき、縄の前で黙禱した。未《ひつじ》の三刻を告げる半鐘が、宮から聞こえてくる。

家に帰らなきゃ。そういえば兄さんは啄ちゃんの葬儀で二日遅れになった里芋畑の取り入れをすると云っていた。今日は、今日一日だけは、手伝いでも、何でもしたい気分だ。

明日からのために。夢……夢のために。

涼しい秋風を顔に浴びながら駆け足で戻ると、兄さんが家の前に立っていた。

＊

櫻花は弟が家に駆け戻ってくるのを認めた。

「どうしたの、お兄ちゃん」

玄関に立っている自分を奇妙に思ったらしく、あどけなく小首を傾げながら弟は訊ねる。何かいいことでもあったのか、その声は弾んでいる。

「いや、」

櫻花は硬い口調で答えた。

「母さんは?」

「仕事に出かけてるよ」

「でも今日は日曜だよ」

「急な用が入ったんだよ」

「大変だね」

呑気な顔で弟は呟く。お前は本当に大変さを解っているのか。そう問い質したかったが、ぐっと堪えると、

「なあ。ちょっと来ないか」

「どこへ?」

「川だよ。釣りをしようと思ってな」

櫻花は後ろ手に持っていた竿を見せた。

「いいけど、お兄ちゃんはいいの？　今日は畑に行くんじゃ」

櫻花の方からの誘いなど久しぶりのことなので、少し戸惑っているようだった。

「大丈夫だ。ちょっと息抜きするだけだから。それより行かないのか」

「行く行く」

何も知らない弟は嬉しそうに頷いた。


岩打つ水音だけが響く森の川辺。曇り空のためか、涼しい風が川に向かって吹き抜けている。道から遠く離れているため人の気配は全くない。森の中は静かなものだった。ただ櫻花の頭の中の囁きだけが奇妙な波長に乗せられ増幅し幹に谺響している。

夢を叶えるには相応しい場所だ……頭上に聳え並ぶ樹々、その上に覆い被さる黒い雲を見つめながら櫻花は頷いた。

何年か前まではここによく釣りに来ていた。父さんと一緒に。ここは父さんが見つけた穴場だった。でも父さんが死んで忙しくなってから、櫻花は一度も来ていなかった。弟の方は、友達と何度か来たことがあるらしい。父さんが残した二人だけの秘密の場所だというのに。

弟は手慣れたもので、着くや否や自分の場所を確保し、釣具を広げ始めた。糸と浮子《うき》に針に錘《おもり》……と口遊《くちずさ》みながら。よほど嬉しかったのだろう、来る途中も鼻唄を歌いながら早く早くと急かしていた。

櫻花は釣具の入った鞄を肩に担いだまま、木の脇に凭れ掛かりその様を冷静に眺めていた。

「どうしたのお兄ちゃん。お兄ちゃんも早く。今からだとそんなに時間がないよ」

「なあ、」と声をかける。「お前、夢があるって云ってたよな」

「うん。あるよ。でもどうしたの、いきなり」

作業の手を止め怪訝な顔で櫻花の方を見上げる。

「夢は叶いそうか？」

弟は照れ臭そうににやっとすると、

「まだわかんない。でも絶対叶えるよ」

「そうか……実は、おれも夢があるんだ」

「ほんと！」

櫻花の言葉が意外であったかのように、大きな声でそう叫んだ。カチンと胸に棘《とげ》が刺さる。

きっとこいつは、おれなんかに夢などないと思っていたのだろう。

「ああ、ちゃんとした夢がな」

表情を抑制し、低い声で念を押すように云った。

「なに？　どんな夢？　教えてくれる？」

「おれの夢が叶ったら、お前も喜んでくれるか」

何の疑問も抱かずただ好奇の目で自分を見つめる弟に向かって一歩一歩近づいていった。跫音を殺すように。この一歩が夢の一歩なんだと云い聞かせながら。

「うん。嬉しいよ」

「そうか……じゃあ、お前も協力してくれ」

「いいよ、」軽く浮き上がるような言葉が終わりきらないうちに、櫻花は弟の首に手を絡めていた。今までの思いを、妬みを、憎しみを、渾身の力に託し絞める。禁断の味を嗜《たしな》むような柔らかい感触が、親指と人差し指にそして掌へと広がっていく。夢の感触。

「苦しいよ、お兄ちゃん」

踏み潰されたヒキガエルのような声で弟はもがいた。手をばたばたとさせながら、どうして、と黒く円い瞳で自分に訊ねかける。

「うるさい。うるさい」櫻花は叫び、更に力を込めていった。「これがおれの夢なんだ。だから協力しろ」

何分ほど絞めていたかはわからない。一分もなかったかもしれないし五、六分かかったのかもしれない。やがて弟は抵抗を止め、ぐったりと櫻花に凭れ掛かってきた。手を放すと、そのまま叢の上にうつ伏せに倒れていく。

まだ息絶えてはいないようで、目を閉じたまま涎の流れ出た口ではあはあと虫の息を吐いている。

「……何するの」

声にはならないが、僅かに開閉する口からそう聞き取れた。

「お前になるんだよ。それがおれの夢なんだ」

残された力を振り絞るかのように、弟は生気の失せた顔を上げた。燃え滓《かす》のような瞳が哀しそうに櫻花を捉える。その時、弟が僅かに微笑んだように見えた。安らかな笑み。

「お兄ちゃん、そんなにぼくが嫌いだったの」

それが最後の言葉だった。すぐに弟は崩れ落ちたまま息をしなくなった。

「ああ、そうだよ。ずっと嫌いだった」

仰向けにし、生気のない顔に向かってそう吐き捨てると、冷たくなった身体をそのまま川に転がり落とした。勢いのいい音とともに、亡骸は急流に捕まり呑み込まれ沈んでいく。しばらく浮沈を繰り返しながら流れていったあと、やがて弟の姿は水面から消えてしまった。

やがてその蝶がみえなくなると、いつのまにか、今迄流れてもゐなかつた川床に、水はさらさらと、さらさらと流れてゐるのでありました……

ふとその詩を思い出す。

残された静けさ。櫻花はぽつねんとひとり岸に立ち尽くしている。来る前と同じ変わらぬ川の音だけが耳に谺響する。全てが終わったことを知らしめるかのように。

殺してしまった……。

空を見上げると、雲間から陽が射し込んでいる。金色に柔らかく輝く光が二本、三本と地上まで。それは弟の魂を天国へ運び上げるための道のようだった。

でも、これでおれの夢は叶うんだ。

これでよかったんだ。

櫻花は赤く充血した両の手を握り締め、震えを止めた。

風が木々の隙間から頰をすり抜ける。いま弟が連れ去られた……胸の奥で何かがそう囁いた。足元の白い花を一輪摘むと、川へ投げ入れる。せめてもの手向け。花は水面を滑るように下っていった。

これでいいんだ。

夕方になって、櫻花は何事もなかったかのように家へ戻った。

24

夜は涼み、虫の声が薄雲に乗って聞こえてくる。風が稲穂を揺らし、ひそひそ声で相談する雀たちのように聞き耳を立てさせる。少しばかり湿った土気色の空気が鼻腔をくすぐる。忍び寄る声、忍び寄る気。忍び寄る解放への悦楽。自分が夜の住人たちと一体化したような感覚。身体の有機と大地の有機が混ざり解け合い、深く広く触根を伸ばし互いに交換可能な一つの粘流体となり、齎される繊細で刺激的な反応を楽しむ。共存。共栄。

千本の家でも静まる夜の音は聞こえてきたが、薄い壁一枚で外気と隔てられただけのこのあばら屋は、七歳の時、父親と一緒にキャンプをした夜を思い出させた。まだ父が生きていた頃だ。濃紺のシュラフ。右隣には父親。左には西鈴。灯ひとつない山の無表情を装った懐に抱かれながら、自分がいかに幸福であったかにも気づかず、様々なことを夢見ていた。

もしあの頃に戻れるのなら……。ここが二十年前のあの山の中ならば……歯車が狂いきったこの人生をやり直せるのに。

慣れない感傷に浸りながらも、珂允は一晩中考えていた。考えろと云ったメルカトルの言葉通りに。実は殺されていた野長瀬。乙骨の人形。啄ちゃんという少年の見たもの。本寮で裏返されていた紋。そして緑の痣。

糸口はある。摑み掛けている。なのにジグソーパズルのようにうまく嵌まらない。砕けた岩のように、元の形に戻りそうで戻らないのだ。何かが欠けている。糊となるべき部分だ。

彼は、大鏡の教えに気づけとも云った。気づくべきこと、それが欠けている糊なのか。

頭の芯が疼いて上手く纏めきれない。傷のせいか、冷え込み始めた夜気のせいか、身体がやけにだるい。

逃避？　そうではない、本当に疼きが沈着な思考を、集中力を妨害しているのだ。

珂允は粗い畳の上で、何度も寝返りを打った。

明くる早朝。晴れた空。珂允は人気がないことを確かめてから家の外に出、大きく深呼吸した。廃屋の湿っぽい澱んだ空気を追い出し、凜とした霧を胸一杯に吸い込む。肺胞に感じる清らかな刺激。

何かが欠けている。自分の気づいていない何かが。

四方で囀る雀の声。朝まで続いた苛立ちを新鮮な感触が和らげてくれる。まだ時間はある。

あるはずだ。それまで考えろ。考えるしかない。それしかない。霞のかかった菅山《すがやま》に目を遣りながら、珂允は自分にそう云い聞かした。

緑が濃く繁る西の菅山には、紅葉《もみじ》がもう紅い葉をつけている。時期としては少し早い気がするが、そういう種類なのだろう。比率としてはほんの僅かだ。一筋、山を彩っているだけ。他の樹々はそんな紅葉の慌てぶりを笑うかのように、緑の輝きでお返しをしてフライングを浮き立たせている。

調和を乱す者は誰からも咎められるというわけか。さながらこの村の自分を見ているような感じだ。

その憐れな紅葉たちは肩身狭そうに縦一本に連なり何とか自分の地歩を確保している。手に手を取って荒波に圧し潰されるのを防ぐかのように。珂允は紅葉の列を目で追っていた。山の端からゆっくりと蛇行しながら麓まで。斜めに横切る、さながら一本の紅い道のように。

紅い道……道。

珂允は慌てて土手を上り、目を凝らして紅葉の道が村のどこに続いているかを確かめた。予感したとおり、それは珂允が初めて村に降りてきた辺りまで延びていた。

紅い道。

もしかして、これが……珂允はメルカトルの言葉を思い出していた。もうすぐ絡繰が判ると。村の外へ通じる道。

しかし……これがなぜ絡繰なのか。この歴然とした道が。その瞬間だった。今まで錆びていた大時計がふとした拍子で時を刻み始めるように、珂允の頭に浮かんでいた様々の事象が一つの輪となって繋がっていった。

あの少年たちの解釈の意味。野長瀬を殺した犯人。なぜ自殺として処理されたのか。判りかけている。もう少しだ。

珂允はひたすらに考え続けた。

昼を過ぎた頃から、灰色の雲が空を覆い雨が降り始めた。しとしとと冷気を含んだ雨が。秋雨は屋根の裂け目から垂木《たるき》を伝い、部屋の中まで忍び寄ってくる。旧びた畳や原色の実験室に滴り沁《し》みていく。自然な道順で動く機関のように。

だが打ちつける雨音も、首筋に落ちる雫《しずく》も、足に感じる潤いも、もはや珂允の思考を邪魔しはしなかった。

もう少し……もう少し……あとほんの僅か。

「おじさん！」

その時、叫び声とともに大きく戸が開けられ、橘花少年が現われた。傘も差さずに走ってきたせいか、身体中がびしょ濡れになっている。動顚《どうてん》し火照った顔からは微かに湯気が立ち昇っていた。

「どうしたんだ」

思考を遮断されたことよりも、その狼狽ぶりに驚かされ、珂允は立ち上がった。少年は肩で大きく息をしながら縺れる舌で、

「大人たちが千本さんの家に押し掛けてるって。鍬や鎌を持って。珂允さんを匿ってるんじゃないかって」

「本当か……千本さんの家が」

「うん。本当だよ。翼賛会の連中が先導して、一辰刻ほど前に……。そう兄さんが云ってたんだ。これで啄ちゃんの仇がとれるって。そんなの何の意味もないのに……」

少年はどうすればいいのか判らない様子で、おろおろと珂允の両腕を摑んだ。握力の強さに、珂允は事の重大さと真実性を認識した。

簑緒屋の老人が云っていた。千本を妬ましく思い、蹴落としたがっている奴も多くいると。彼らが珂允を口実として実行に移したなら。現に龍樹の家は鬼子を理由に滅ぼされた。……滅ぼす。不吉な言葉が頭を過り、脳髄にでんと横たわった。松虫も鬼子。口実には事欠かない。

まさか、そんなことが……

珂允は少年の手を振りほどくと、乱暴に靴を履き、駆け出そうとした。

「どうするの？　いま行ったらおじさんまで」

「行くしかないんだ。それに下手人が判った気がする」

「下手人が？」

「そうだ。説明してみんなを止めないと。恩を仇《あだ》で返してしまう。君はここで待っていてくれ」

そう云い残し、雨の中へと飛び出すと、跳ね上がる泥に構わず千本家へと急いだ。

＊

珂允の想いを裏切るかのように、雨は視覚を遮断し白く降り注ぐ。ぬかるみに足をとられる。

もっと早くおれを行かせてくれ。もし千本家の人たちが龍樹の家のようになったなら。間にあってくれ。

ずっと祈り続けていた。南の橋を渡り槙ケ辻を折れ千本家の坂を上る時も、幾度か足が縺れ転びながらも、祈っていた。

だが水煙の中に現われた門を目にしたとき、珂允はその足を止めた。無惨に切り刻まれ、扉は斜めに外れかけていた。龍樹の館の心寂《うらさび》しい光景が二重写しになる。

……間にあったのか、あわなかったのか。

息を整え門をくぐる。火照った身体に、染み込んだ雨が皮膚を滑り落ちる。千本の屋敷は静まり返っていた。単なる静けさではない。何ら生命力のない墓場のような静けさ。ひんやりと冷気が漂うような。散乱する足跡。桟が裂け破れた障子。壁の鋭い傷痕。砕けた鉢。

……嵐のあと。……嵐のあと。

「頭儀さん。蝉子ちゃん」

呼びかけても虚ろに消えていく。闇が、目に映らない無窮の闇が廊下を覆っていた。村人たちはもう去ったのだろうか。千本家の人は怯えて声も上げられないのだろうか。それともどこかに連れていかれたのだろうか。

だが儚《はかな》い最後の希望も、壁に血飛沫が飛び散る居間に足を踏み入れたとき、あっけなく砕け散った。居間の隅には、額から血を流した冬日が壁を背に蹲っていた。慌てて駆け寄るが、その手は冷たく反応はなかった。既に事切れている。

遅かった……のか。

「頭儀さん！　蝉子ちゃん！」

珂允は叫んだ。

答はない。降りしきる雨音だけが返ってくる。それ以外は何も。

鋭角に切り刻まれた襖。その奥に足が覗いていた。幾筋もの血が伝う足が。襖戸を外す。赤く染まった畳、中央に頭儀と葛が倒れ込んでいた。

「珂允君か」

赤い眼を開けて頭儀は云った。見えているのかどうかは判らない。

「すみません、僕のせいで。すみません」

膝を落とし、ただ謝る。その言葉しか出てこなかった。

「いや、君のせいじゃない。松虫を葬ったときからこうなることは判っていたんだよ……千本の土地を欲しがっている奴らは多いからな」

肋骨が折れているのか、苦しそうに喉を唸らせる。

「……それより蟬子は」

「大丈夫です。蟬子ちゃんは大丈夫です」

咄嗟についた嘘だった。「そうか」と頭儀は穏やかな表情に戻り、「君ならできるよ」と云い残して息絶えた。

「頭儀さん」

もう返事はない。頭儀の顔はどんどんと蒼ざめていった。珂允は部屋を横切ると力なく蟬子の部屋へと歩きだした。足の裏に血がまとわりつく。頭儀や冬日が流した血が。これ以上見たくなかった。このまま逃げ出したかった。行って何を確かめようと云うのだろう。確かめてどうしようと云うのだろう。

……でも、進まなければならない。

部屋の戸口にはこれ以上ないというほどに顔を歪めた篤郎が倒れていた。最後まで蟬子を庇ったのだろう。腕や顔に無数の傷や痣が浮かんでいる。ひどい有様だった。

……でも、ちゃんと役目を全うしたんだな。こそこそと逃げ出した自分と違って。思いっきり褒めてやりたかった。

篤郎の奥に彼が護ろうとした蟬子が、うつ伏せになって倒れている。真っ白な手には松虫の形見の人形が握られていた。

「蟬子ちゃん」

珂允は血まみれの蟬子を抱き起こした。白い絣の胸許は真っ赤に染まっている。生命の欠片が滲み出ている。蒼白く色褪せながら。その血は珂允の右手の包帯に移っていく。

「珂允さん……無事だったのね」

薄ぼんやりとした瞳で蟬子は微笑んだ。瞼がぴくと震える。その声は小さく今にも途切れそうだった。まるで命を削ってでも喋り微笑もうとしているかのように。

ああ、と珂允は強く抱きしめた。

「よかった」

　血が気管に入るのか、ごほごほと激しく咳き込む。

「苦しいのか。いま水を持ってくるから」

　震えは止まらない。まだ曝された恐怖に怯えているのか、握り返す手が強くなる。

「行かないで。どこにも行かないで」

　弱々しい声で蝉子は訴えた。

「わかった、行かないよ」

「ありがとう……」安心するように口許を緩める。「姉さんを見捨てた罰かな」

「そんなこと、あるわけないよ。何で蝉子ちゃんが罰を受けなきゃならないんだ」

「こんなことなら、ちゃんと琴の練習をすればよかった。結局ひとつもまともに弾けなかった」

　まるで目の前の琴線を爪弾くように、蝉子の指がぎこちなく動く。それがあまりにもいじらしかった。

　やがて指が止まり、袂《たもと》から最後の力を振り絞るように鍵を取り出す。

「これで姉さんを……」

「鍵？」

「うん。姉さんを助けて。せめて……」

「どういうことだ」

蝉子は哀しそうに首を振った。そして煌《きら》めきの消えかけた瞳でじっと珂允を見つめると、

「珂允さん……わたしも外に行ってみたかったな」

「ああ、連れていってあげるよ。いくらでも。だから……」

「ごめん…な……さ……」

消え入るような声が蒼ざめていく唇から漏れた。

「……蝉子ちゃん」

もう反応はなかった。安らかな死に顔だけが腕の中にあった。窓から洩れ入る蒼い光を浴び、ぼんやりと浮かび上がっている。真っ白い透き通るような頬の少女。血に塗れた顔をハンカチで拭うと、そっと瞼を閉じる。

蝉子の身体が軽くなっていく。魂の旅立ち？　それを引き留める力は自分にはない。ただ呆然と、無力さを噛みしめながら見送るだけだ。救うことなど自分には出来ない。珂允は鍵と形見の人形を手に、血色に噎せ返る部屋を出た。

なぜ蝉子まで……。蝉子が襲われなければならない理由なんてないはずだ。こんな無垢な少女まで。憤り、憎しみが湧き上がる。それが軛《くびき》となり珂允の身体を締めつける。

「くそっ」

一家皆殺し……だが四十年前と同様に、これは不問に付されるのだろう。誰の手にも痣がつくことなく。

それもこれも自分が引き鉄になったのだ。いったい何をしにこの村に来たんだ。ただ千本家に災いを運ぶためにか。

悔しかった。


雨が身体を打つ。容赦なく。責めるように。珂允はふらつく足どりで裏庭の蔵へと向かった。蟬子が最後に残した言葉……姉さんを助けて。

あれはどういう意味なのだろう。松虫の人形……。じっと手の中を見る。鈍色に輝く十五センチほどの鍵。木の柄がついている。蔵の鍵だろうか。しかしあの南京錠とは孔の大きさが違う気がする。この鍵のほうがずっと芯が太い。

蔵もまた暴徒たちの犠牲になっていた。錠前はもぎ壊され、戸は大きく開かれている。ここに珂允が匿われているとでも考えたのだろうか。

中も雑然とし、行李や長持など、人の隠れられそうなところは全て荒々しくひっくり返されている。何十年、何百年のあいだ伝え蓄えられてきた千本家の家財が誤った激情で土塗れになり灰燼《かいじん》に帰そうとしていた。

彼らはここに目当ての自分がいないことを知り、今はどこを彷徨《さまよ》っているのだろう、ふと思った。それとも裏の目的である千本家を破滅させたことで満足し帰途についたのだろうか。

衣類が散乱する階段を上ると、屋根裏には松虫が無惨に傷つけられ放置されていた。美しかった振袖も、生気の充実していた白面も、容赦のない鉈で跡形もなく斬りつけられている。そこに優美な松虫の姿は微塵もなく、もはや原形のないただの壊れた人形と化していた。

……これが鬼子の運命なのか。

失意のまま一階に下りる。その時、きゅう、と鳴く声が微かに聞こえた。蔵の右隅の辺り。見ると、てぃがが小さく蹲り顔だけもたげている。この家に起こった惨劇を目にしたのか、怯えるように濡れた身体を震わせながら。

「お前は生き延びたんだな」

薄暗い土蔵の中に真白い健気な姿。蟬子の忘れ形見。荒れ果てた戦場の中の一輪の花のごとく。てぃがは薄紅の耳を折り曲げて珂允の声に応えた。

「寒いのか……でも、もう大丈夫だ」

抱き上げようと傍に近寄ったとき、足許で妙な音がした。今までの板張りとは違う軋み。顔を近づけると板目と直角に線が走っている。珂允は脇の行李を押し退《の》け丹念に調べてみた。

すると行李が腰を据えていた真下に鍵孔らしきものがあった。ちょっと見では気づかない、床板と同じ焦茶色の。

……鍵。まさか。

動悸を抑えながら蝶子の鍵を差し込み、捻る。ギィという音がして、一メートル四方の床板が僅かに浮いた。その隙間に指を挟み持ち上げる。

するとひんやりと吹き上げる風とともに、板の下から井戸のような縦穴が現われた。薄暗くて底までは見えない。ただ側面には縄梯子がぶら下がっていた。

……どうしてこんな穴が。

考える間もなく、てぃがが暗闇の中へとぽんと飛び込む。

「おい、てぃが」

珂允は慌ててあとを追った。穴は五、六メートル下りたところで横穴になっていた。人ひとりが何とか通れるくらいの窮屈な穴だ。人工的なものなのは側面が円く削られていることからも判った。

地歩を確かめてから奥に目を向けると仄かに明るい。どこからか光が洩れ込んでいるようである。同時に。風の抜けるくぐもった音。まるでこの村から外の世界への秘密の通路を思わせる。それともアリスの落ちた穴。何があるのか……二、三歩進んだところで「てぃが」

と声が聞こえてきた。女性の声だ。どこか聞き覚えのある。

人がいる……足早に穴を伝っていくと、ぱっと明るみが増した。そして光の帳の向こうには、白い小袖姿の若い女性がてぃがを抱きかかえていた。てぃがは嬉しそうに頬をすり寄せ懐いている。女性は珂允に気づいたようにこちらに顔を向ける。その貌。

「松虫」

思わず声を上げる。痩せ細っているが、それは松虫だった。蔵で逢い引きを繰り返した、恋い焦がれた、あの物云わぬ人形と寸分違わない……。

「あなたが、珂允さんですね」

人形と同じ黒く美しい瞳に淡い輝きを湛えながら、松虫は静かに口を開く。このような場所にいても気品を失わない凜と透き通る声だった。

「母から聞いていました」

「生きていた……んですね」

無言で頷く。そしてじっと珂允を見つめる。しばらくの間、珂允は金縛りにあったように動けずにいたが、やがて驚きから解放されゆっくりと近づいていった。

「哭いていたのは、あなただったのですか」

「月の美しい夜だけは、父が井戸の蓋を開けてくれていたものですから」

その言葉でここが古井戸の底であることに気がついた。光は蓋板の隙間から降り注いでいる。

「あなたはずっとここに。この暗闇に」

「あなたが来るのを待っていました。父があなたならきっと外へ連れ出してくれると」

「……………」

自分にその資格があるかどうかはわからない。こんな自分に。だが松虫だけは、何としてでもここから、この村から救出したい。この二十八年のあいだ結局何も、何ひとつ果たせなかった。弟の影ばかり追い続け、そのために誰をも幸せにすることができなかった。でもこれだけは、自分の手で叶えたい。最後の望みだったとしても。

珂允は繊細なガラス細工にでも触れるかのように、松虫の手を曳いた。七ケ月間の地下生活ゆえか、その手は蠟のように冷たかった。だが徐々に伝わってくるほんのりとした温かみは、屋根裏で今は無惨に眠っている人形からは決して得られないものだった。

「……上で起こったことは」

「知っています」

毅然と口許を締め松虫は頷く。

「わたしたちはそういう運命だったのかもしれません」

その瞳には全てを悟った者だけが得る強い輝きが宿っていた。

蔵の外は小雨に変わっている。まるで流された大量の血を洗うためにだけ降っていたかのように。

「どうなさいますの」

手を強く握り締めながら松虫が訊ねかける。信じられない邂逅《かいこう》。話したいこと、語りたいことは山ほどある。この感激を、想いを伝える言葉が口から溢れ出そうになる。このまま松虫を連れて村を飛び出したい。紅葉が示す道を抜けて。誰の手も及ばないところへ。だがもう逃げるわけにはいかない。これ以上。珂允は迷いを断ち切ると、

「もう少し、ここで待っていてください。僕にはしなければならないことがあります。ケリをつけなければならないことが……」

「宮に行くのですね」

全てを見透かしているようにゆっくりと手を離す。小指が離れたとき名残惜しさで胸が締めつけられた。しかし抗うように首を振るときゅっと拳を握り締める。行かなければならない。

「はい……この血のためにも」

珂允は痛む右手を押さえながら、しばしの別れを告げた。

25

千原の丘で聞いた蟬子の悩み。謎めいた言葉。その理由が今ならはっきりと解る。暗い井戸の底で痩せ細っていく姉を感じながら、それを代償に望みが叶えられた蟬子。姉のことは隠さなければならない。遠臣の前でも。家族の前でも素直に喜べない……井戸から常に感じる姉の視線。無言の圧力。松虫が送っているわけではなく、自らがそう感じてしまうのだ。まるで自分が茅子と結婚したときのように。あの時も弟の無言の視線に昼も夜も曝されていた。自ら望んだことであったのに、常に疚しさがつきまとい平穏で心休まる日々を送ることが出来なかった。

珂允はその圧力に屈してしまったが、蟬子の場合は遠臣の死という外的な悲劇によって圧し潰されそうになった。蟬子は戸惑ったことだろう。針の筵《むしろ》でつかみ取った幸せが全く予期しない要因でいとも簡単に消え去ってしまったことに。砂塵となり崩れ落ちてしまったことに。加えて姉の冷静な反応。それが針の上の自分の存在意義を虚しくさせた。やり場のない感情。あの叫びにはそれらが籠められていた。

もしかすると珂允はその叫びの意味を解ってやれる唯一の人間だったのかもしれない。だが、たとえ推測が不可能だったにしろ自分は解ってやれなかった。それが無性に悔しい。

そして鬼子として全ての幸せを奪われ殺されそうになった松虫。彼女は七ケ月もの間、井戸の底で何を思っていたのだろう。ただ死を待っていたのだろうか。それとも珂允に向けて云ったように、連れ出してくれる者を、その日が来るのを待っていたのだろうか。音のない暗く狭い世界で。

結局は死ぬべきはずの松虫が生き残り、蟬子が死んだ。皮肉かもしれない。だがその皮肉は間違ったもので当然の摂理などではない。冷たい笑いを向ける者も向けられる者も存在しない。本来なら二人とも幸せに暮らせたはずなのだ。小長の娘として何不自由なく、これからの幸せを夢見ながら。なのに。その原因……判りきっている。

……大鏡。

皮肉を本来の皮肉として成立させるために自分がすべきことは一つしかない。

厚く空を覆っていた暗雲は徐々に白みが増し、雨も上がりつつある。珂允は北の橋まで来ると、参道ではなく鏡川へと足を向けた。川裾には道らしい道はなく、細長い葦の湿地帯があるだけだ。普段はもう少し広いのだろうが、今は増水で人ひとりやっと歩けるほどの幅しかない。珂允はそのぬかるみに足を踏み入れた。ここを山へと伝っていけば宮へ辿り着けるはずだ。啄雅という少年が試みたように。そう、あの少年は川縁の家ではなく、更に北、この川を遡って大鏡の宮へ忍び込もうとしたのだ。

　確かにあの朝萩という少年は賢く、残された手がかりを冷静に分析していたように思う。しかし彼には一つの壁があった。自身では気づけない、決して乗り越えられないだろう壁が。気づけるはずもない。大鏡宮……それは近衛を目指していた彼には絶対的タブーだったはずだ。もちろん彼に限らず、橘花や芹槻、その他全ての村民にとっても。殺人というこの衆生の俗悪な出来事に対し、絶対的な権威であり聖性を纏った宮は考慮の対象にすらならなかっただろう。

　なぜ、啄雅が橘花たちに告げず単独で行動したのか。乙骨の家で目撃したのが親しい者だったから、朝萩はそう考えた。もちろんその可能性はある。しかし部外者である珂允にはもう一つの選択肢が見えた。啄雅が黙っていたのは畏れ多かったからだと。たとえ菅平や藤ノ宮という長の陰口は叩けても、やんごとなきそいつのことは滅多に口外できなかった。百パーセントの確信を得られるまでは。あの少年はその確証を得ようと宮に忍び込み、そのために殺されたのだ。

　また乙骨殺しの時に濡れ衣を着せようと呼び出した偽の手紙にしてもそうだ。あの手紙は上質紙に認められていた。芹槻は上質紙は長以上しか使えないと云った。長しかではなく長以上と。つまり長より権威のある大鏡宮では当然あの紙が使われていると云うことだ。だがそう云った芹槻も無意識に宮を外し、対象を藤ノ宮だけに絞っていた。珂允も昨日まではそうだった。犯人の思惑通りに。

膝上まで泥まみれになりながら険しい川を二十分ほど辿っていくと、二つの流れが合流している地点に出た。川は北東と北西から流れ込んでいる。北東の川が本流らしく幅も太く流れも大きいが、珂允は左側の方を選んだ。北西の樹間はるか遠くに社が垣間見えたからだ。おそらくこの細い川の出所は大鏡の聖なる泉だろう。

「待ってろよ、大鏡」

降雨で鏡山が蓄えた水を一気に放出しているためか、岩に進路を妨害された水流が唸りを上げている。その彼方、僅かに映る社殿を睨み上げながら珂允は呟いた。

案の定、九十九《つづら》折りの渓流は宮の脇腹を抉《えぐ》るように社殿や持統院の殿を越え、大鏡の殿へと直結していた。流れが緩やかになり閑散とした林の向こう側には、社殿と持統院の殿を結ぶ渡り廊下を目にすることができる。近衛の姿はない。あの夕方……もしかすると自分が持統院と話している最中、啄雅はこの川から自分たちを窺っていたのかもしれない。珂允がそうだったように少年も鴉に追われ、そして大鏡の殿へ逃げ込んだ。殺人犯の手中に自ら。

更に遡行《そこう》していくと、川は細くなり大鏡の殿へ通じる渡り廊下と横並びになった末、下へ潜っていった。殿は泉の上に建てられているらしい。神様らしい趣向ではあるが、そのおかげで見張り番の筐雪に見咎められることなく辿り着くことができたのだ。珂允は泥だらけの靴で廊下に移ると、扉の前に立った。扉には四つ菱の紋が大きく彫り込まれている。信仰ゆえに誰もが盲目となった厚い扉。この向こうに目指す相手がいる。珂允は遡行時に棚に上げておいた闘志と怒りを再燃させながら、扉に手を掛けた。

その時、四つ菱の一番上、緑色に塗られた菱に僅かだが血痕が残っているのに気がついた。目の上の辺りにほんの一、二滴、よく凝らさないと判別しにくいが確かに血だ。

……ここで、この神の扉の前で遠臣は密かに殺されたのだ。

不届き者の存在など想定していないせいだろうか。桂の扉は軽く何の抵抗もなく開く。中は持統院の殿より遥かに広い。静けさの中にぷんと清冽《せいれつ》な木の香りが漂っている。のっぺりとした壁板。整然とした調度。染みひとつさえ嫌うかのごとく美しく磨き上げられている。本当に人が住む場所なのだろうか、そう思わせるほどに生活臭が全く感じられない。まるでモデルハウスだ。ここには庚を除いては近衛すら立ち入ることが許されなかったと聞く。それくらい神聖な場所なのだ。だが時として神聖さは無機能と同意になる。役に立たないから尊いのだ、という逆転した論理によって。実際この殿も意味もなく長い廊下が延びている。珂允は感情の昂ぶりを抑えながら、泥の足跡をあとに残し聖なる殿を奥へと進んでいった。前方に見える赤い房のついた扉。

扉の向こうには十畳ほどの部屋があった。奥半分が厚い御簾で区切られている。御簾に映る人影。大鏡が鎮座しているのだろう。こちら側には持統院が恭しく御簾と対座していた。

「あなたは」

中に一歩踏み入れると、持統院が不意をつかれたように驚きの声を上げた。落ち着きが消えた高く詰まるような声。初めて見る狼狽だった。もともと色白だが、これ以上白くなりようがないというほど蒼白な顔。よほどのショックだったのだろうが、意外と剝げやすいメッキ。いい気味だ。

「大鏡様に話があります」

慌てて立ち上がる持統院を睨みつけながら珂允は云った。

「ここはあなたが来るところではありません」

瞬時に自制心を取り戻した持統院が低音に針を含ませながら非難する。だがもはやそんな言葉に何の意味も威力もない。珂允は無視するように身体を強く押し退けると御簾の奥の人影と対峙した。勢いでふらついた持統院が慌てて身を滑り込ます。

「人を呼びますよ」

　向こうも必死の形相だ。

「あなたも気づいてはいるのでしょう。この事件の下手人が誰か」

　ぴくと眉を震わせる。図星だった。持統院は焦りが窺える口ぶりで、「何を云っているのですか」と否定した。珂允は彼の揺らぐ眼に自分の考えが正しかったことを確信した。

「僕は下手人を知っています」

「……ならば話は向こうで伺います」

「僕は大鏡様に聞いてもらいたいんです。僕はここの秘密を知っているのですよ」

「どういう意味です」

　手を摑もうとした持統院の動きが止まる。

「そう自己紹介がまだでしたね。僕は珂允という者です。ここで庚と呼ばれていた近衛の兄といえばお解りになりますか」

　珂允は奥の御簾に向かって慇懃な口調で自己紹介した。影はじっとこちらの出方を見るかのように動かない。

「先ほど云いましたとおり、僕は下手人を知っています。……聞きたいですか。いいでしょう、教えてあげますよ、神様のあなたに」

珂允は指を御簾へと突きつけた。今までゲージに蓄えた憎しみの全てを指先から放ち射抜くように。

「下手人はあなたです」

「何を！」

叫んだのは持統院だった。

「何を根拠に、大鏡様に対してそんな無礼な戯言《ざれごと》を」

「戯言ではありません。なぜ僕があなたに行き着いたか？ 今からその理由を説明します。ただ、その前にこの村の秘密を話さなければなりません。今まで村人たちに隠され続けた秘密を」

挑戦的な目を御簾に向ける。奥からは大鏡の息遣いが微かに伝わってくる。あくまでも神らしく悠然と構えていたいようだ。珂允はそれを了承の合図と受け取った。

「僕がそれに気がついたのは今朝のことでした。菅山を眺めたとき、緑に覆われた山に赤い紅葉の列が一筋ありました。それは意図的に植林されたように見事に一列になって山を登っていたのです。さながら道を思わせるように。そしてその道が村に辿り着いた地点は、僕がこの村に初めて降り立った場所でした。どういう意味かあなたには解りますか？ 僕にはあの紅葉が示す道はこの村と外の世界とを繋ぐ道と思われました。もちろん、道の存在自体は不思議ではありません。問題なのはなぜ村人が道の存在を知らないのか。あのように目立った印を。もちろん山に立ち入ってはいけないというあなたの掟はあります。しかし存在自体を誰もが知っているふうではなかった。禁を破りこの村から出て行きたいという少年に逢いましたが、その少年もまた紅葉の絡繰には気づいていないふうだった。少し考えれば、怪しい、意味があるのではと気づくはずなのに……」

珂允は舌で唇を湿らせると、大鏡から視線を外さずに話し続ける。

「そこで僕は一つの可能性に思い至りました。その可能性はもうひとつの不可解な点をもはっきり説明づけることができました。それはあなたが殺した野長瀬の件です。あなたの反逆者で自殺したと思われていた野長瀬です。彼の部屋には彼の手の痕が残されていました。緑の床の上にべったりと血の痕が。発見時、野長瀬の胸に突き刺さっていた刃物は綺麗で、また手も綺麗だったと聞きます。なら誰かが彼の手の血を洗い流したのは明らかです。つまり自殺ではなく殺人と。なのに村人たちは誰もそれに触れようとしない。まるで手の痕などないかのように不思議に思わず自殺と片づけた。明確な他殺の証拠があるにも拘らず、自殺で片づけようとするのは無理があります。なのに、彼らはそうした。なぜか」

「手の痕のことなどわたしは聞いていない」

「当たり前です。彼らには見えなかった。……持統院さん、あなたは僕がいま着ている服が何色か知っていますか」

珂允はよれよれになった赤いウインドブレーカーの裾を摘み上げ訊ねた。

「緑ではないか」それが当然のように持統院は呟く。

「それがどういう意味か解りますか。血は赤色をしているのですよ」

「アカ……色?」

持統院は怪訝な表情を見せた。珂允の言葉が理解できないかのように。珂允は持統院の方に向き直ると、

「あなたが知らないのは当然です。赤とは何のことか解らないでしょう。この村には赤という色の概念がない。だから言葉も必要ない。なぜなら誰もが赤と緑を区別できないのだから。この村でその区別が出来るのは鬼子と大鏡様しかいないのですから。妄界を見ることが出来る能力と云われているもの……それが赤と緑の識別力なのです」

まるで異国にほっぽり出されたように持統院は戸惑っていた。無理もない。彼の世界には赤はないのだから。だが大鏡個人の世界にはそれが存在するはずだった。なぜなら大鏡が即位の時に自らあつらえる翁の服。あれには赤と緑の混同がなかった。明らかに色として区別されていた。

「それにもう一人つけ加えましょうか。半年前に殺された野長瀬を。彼は色の認識ができる

ことを知り、また他の人が認識できないことを知った。そして、その能力を持つ者が鬼子と呼ばれ葬られることに気がついた。それで自分の能力を隠すことにしたのです。自らを守るために。対して、松虫は不幸にもその境遇に気づかず露呈してしまった。その彼女を待ち受けていたものは村が定めた哀しい運命だった」

幸いにも生き延びることはできましたが……珂允は心の中で呟いた。

「絡繰を知った野長瀬はあなたにだけ解る方法で反抗を続けた。それが金創りです。大鏡の教えが一般的な五行ではなく、なぜ四行なのか。この世界を構成する五原素、木火土水金の中で欠けている金。なぜ金が欠けているのか。それは金が幻だからではなく——なぜなら金は黄金ではなく金属のことですからね——まず色が一つ欠けていたからです。五行本来の五色は青赤黄白黒であるが、この村では緑黄白黒の四色。あなたの紋に彩色されているように。五行の青は草木の象徴であるから、緑とほぼ同意と考えると、赤が欠けている。この世界に必要のない赤。そこからこの教えが成立していったのでしょう。赤い金……野長瀬はそう語っていたそうです。彼はこの村に欠けているものをこれみよがしに創り出そうとした。あなたはその理由を知っていたが表だって指弾することが出来なかった。秘密が露呈したとき、村人は隠蔽されていた事実に気づき、同時にあなたの権威もまた失墜してしまう。だから密かに殺したのです。雪の降る夜に……」

「もし君の云うようにそのアカと緑が別物だったとして、また大鏡様にそれを識別される力がおありだとしても、それが野長瀬を殺した証明にはならないのではないのか。畏れ多くも大鏡様を人と同じものとして扱おうとするのなら、それなりの手筋はあるのだろうな」

厳しく持統院が口を挟む。珂允の言葉を真実と受け取ったのか狂人の妄想と捉えたのかは不明だが——おそらく後者だろう——いずれにしろこのままでは埒が明かないと踏んだ様子で、とりあえず珂允の論に乗った上で論破しようと方向転換を図ったようだった。だがそれこそ珂允の歓迎するところだ。この事件で最も大きな障害は信仰の壁なのだ。大鏡が絶対的な不可侵の神として存在する限り、いくら言葉を重ねようとも大鏡の犯した罪を証明、糾弾することはできない。神性を取り払い、珂允や村人たちと同じ人間の容疑者として認めさせない限りは。だが一時的にしろ持統院はその壁を取り払うことを棚上げしたのだ。

「残された手がかりが、あなたが下手人だと示しているのです。先ほども云った不可解な状況。野長瀬の手は綺麗なのに、なぜ床には手の痕が残っているのか。一見、色を識別できない者の犯行のようにも見えます。だがその血痕には拭い取ろうとした跡が残ってました。最初は、発見後に村人が清掃しようとしたものだと思っていたのですが、さっき云ったように彼らには見えていなかった。出来るはずもない。だとすると下手人が犯行時に行なったものと考えられます。手と同様に洗い落とそうとしたが、落としきれずに断念したと。あるいはどうせ気づかれないからと、途中で開き直ったか。どちらかでしょうが、拭き取ろうと試みたことが、色の識別ができることを自ら暴露することになったのです」

「では、大鏡様は雪に囲まれた家からどうやって逃げ出せたというのだ。もちろん大鏡様のお力をもってすれば容易《たやす》いだろう。が、大鏡様を地に降ろすならば、地に降ろしたなりの方法で説明してもらいたいものだ」

「単純なことですよ。あなたは涸《か》れ井戸に潜んでいたんだ。野長瀬の家にあった大きな水瓶、それがすぐ傍の井戸が役に立たなかったことを示している。あなたは井戸に縄を垂らして底に隠れ、上から蓋をした。ただ、この方法は独力では不可能だ。上から蓋をした者、第一発見者である庚の協力なしには。あなたは野長瀬を自殺と思わせたかった。だが殺したあと、外の雪が降り止んでいることに気がついた。表には出られない。足跡が残っていれば自殺とはとられないでしょうから。だからあなたは庚を待った。庚が朝早く訪れることを知っているのもあなただけだ。あなたが遣わしたのだから。庚は全てを知り大鏡を井戸に隠した。大鏡はその日の夕方になるまでじっと底で待っていた。日が落ちるのを。井戸は軒の下にあるので足跡はつきませんからね。逆に云えば、脱出には庚の協力が必要だった。そして庚が殺人に、事後にしろ加担するほど強力なカリスマを持っていたのはあなたしかいない」

持統院は押し黙ったままだ。第一の砦は突き破ったと珂允は確信した。

「これが事件の発端です。弟はあなたを庇ったもののあなたに失望し、この村を去った。だがあなたはそれを自分への裏切りと捉え、弟の口をも封じた。掟の主たるあなたは、この村を支配している掟に惑わされることもない。山を越え外へ出ることも。人を殺すことも。……人殺しには黒緑の痣が浮かび上がる。大鏡の罰として。それは絶対的なことだった。なのに、誰が敢えてその禁を犯してまで人殺しをしたのか？　危険を顧みずに。僕も含めてみながそう考えました。しかし答は簡単だったのです。あなたなら、裏を知っているあなたならそれをすることができた。痣の危険などどこにもなかった。逆に云えば、唯一、信者ではないあなたしかこの村で人殺しができないのです。それはこの一月に起きた遠臣らの件でも同じことです」

「野長瀬の件がそうだったから今回のも同じだ、とはいたく暴論ですね」

珂允はきっと持統院を睨めつけたあと再び御簾に視線を移すと、

「遠臣はあなたに殺された。遠臣の不可解な行動が下手人があなただと云うことを示しています。あの夜遠臣は戌の二刻に本寮に戻りました。そして、亥の二刻に北へ向かうところを目撃されています。少なくとも遠臣はこの時刻までは生きており、そのあとで殺されたのです。だが目撃されたときも殺されたときも遠臣は式服である直垂を身につけていた。しきたりで長く着続けていてはいけないはずの直垂を……」

朝萩少年はそんなことはあり得ないと考え、遠臣は本寮に返ってすぐに殺されたのだと推測した。そのためにその後目撃された、遠臣の姿を身代わりの人形だと解釈するしかなかった。乙骨の人形には顔がなかったことを知らずに。それが信者である朝萩の限界だった。

「しかしその矛盾も、遠臣が再び宮で人に逢うつもりだったと考えれば簡単に説明がつく。もちろん相手は平服で見《まみ》えることなど考えられない人物だった」

「あの夜、遠臣が大鏡様にお目通りしようとしたと云うのですか」

「逆です。密かに逢いに来るよう遠臣に示唆したのです。この殿の前に。あの薪能の夜、遠臣は何かを知った。遠臣は庚に嫉妬と憎悪を抱いていたので、庚のことを調べつきまとううちに秘密に気づいたのでしょう。それはこの村の秘密だったかもしれないし、あなたが野長瀬を殺したことなのかもしれない。いずれにしろ、あなたにとっては厄介な問題だった。遠臣がいつ気がついたかは知らないが、ずっとあなたと二人きりで話す機会を探していたことでしょう。それが思いがけなく鴉騒ぎが起こり、その機に乗じてあなたと見《まみ》えそれを訊ねた。だからあなたはすぐに口を封じなければならなくなった。遠臣があなたに対し疑念を抱いていたのは、本寮のあなたの紋が裏返しにされていたことからも判ります」

「遠臣が君の云う理由で殺されたとしても、乙骨の方は説明はつきません」

まるで最後の藁を摑むように、持統院は執拗に訊ねかける。そこにはかつての冷酷なまでの落ち着きや懐の知れない余裕は感じられない。ただ、もちろんいかに筋が通っていようとも、彼は最終的に否定するだろう。彼は大鏡の側近なのだ。だが片隅に生じた疑惑……それが珂允への妨害を僅かでも鈍らせることだろう。

「乙骨はあなたや僕と同じ色の識別が出来る者です。野長瀬の件は自殺だとして誰も疑いを起こさなかったが、今回殺人が起きたことで過去の殺人も再び浮上するかもしれないという危惧をあなたは抱いた。そのために乙骨を殺したのです。下手人役の僕を除けば唯一それに気づくおそれのある人間だったから。そしてその時の姿を見られ、嗅ぎつけようとした少年をも殺した……」

説明を終え珂允は一つ息を吐いた。軽い疲労と大きな満足を背中に感じながら。これほど長く話したのはいつ以来だろう。言葉がこれほど積み重ねられるものなのをしばらく忘れていた。だが本当の勝利、復讐を遂げるのはこれからなのだ。

「ともかく、この村で痣に怯えず、捜索に怯えず人殺しが出来るのはあなたしかいない。あなたしか人殺しは出来ないのです」

重い足どりで珂允は歩み始める。

「どうです、そろそろ観念して姿を見せてくれてもいいんじゃないですか」

意図するところに気づいたのか、持統院は「やめなさい！」と叫びながら腕をとろうとする。だがその手に籠められた力は中途半端なものだった。珂允は肘打ちで容易く突き飛ばすと、御簾に左手を掛けた。大鏡は覚悟を決めたのか、それともまだ余裕を持っているのか逃げる気配はない。

「あなたのせいで千本家の人を巻き込んでしまった。神と崇められるあなたのお顔を拝見します」

今こそ天の岩戸が開かれる。この下らなくも哀しい仮面劇に終止符をうつべき時。珂允は汗を感じる左手で思いっきりたくし上げた。軽い音を切り、はらり、と御簾が宙を舞う。

だが、少し暗がりとなったその奥からは、

「ようやくここに辿り着きましたね」

落ち着いた、いや余裕を秘めた声が返ってきた。それも意外な声。

「……あなたは」

こんなことがあるのだろうか。珂允は自分の見たものが信じられなかった。こんなことが……。

四色に彩られた御座に鎮座していたのは、タキシードを纏いシルクハットを被ったメルカトルだった。

26

「なかなかいい推理ですね」

御座上に胡座をかいていたメルカトルは、微笑みを浮かべるとパチパチと手を叩いた。乾いた音が主殿の天井に虚しく消えていく。

「あなたが大鏡！」

そう叫ぶ以外の言葉を珂允は持たなかった。なぜ目の前にこの男がいるのだ。彼は大鏡の犠牲者だったのではなかったのか。鬼子として疎外され滅ぼされた龍樹の一族の。それともあれは偽りだったのか。呆然とメルカトルを見つめる。

「早く御簾を上げてくれないかと待ってましたよ。この畏《かしこ》まった姿勢も楽じゃないのでね」

「貴様は誰だ！」

背後から持統院が声を荒らげた。驚かされたのは珂允だけではなかったらしい。レンジの狭いスピーカーで再生したような、高音部が拉《ひしゃ》げ震えた声。今まで何とか自制していたものが切れたような。

「私はメルカトルというものです」

シルクハットの鍔に手を遣りながら、名刺交換をする社長のようにゆっくりと立ち上がる。この場で彼だけがただ一人、落ち着き払っていた。たとえ彼が大鏡でないとしても、大鏡に相応しい余裕を持って。

「あなたは大鏡ではないのか」

再び訊ねると、メルカトルは首を横に振った。

「残念ながら私は大鏡ではありませんし、そんなものになりたいとも思いませんね」

「では本当の大鏡は……」

御簾の奥を見渡したが、清潔感だけが無闇に漂う場所には他に人の気配はない。

「ここにいますよ」

メルカトルは無造作にステッキで右隅を指し示す。そこには白い直衣に赤い帯を纏った人形が粗大ゴミのように打ち捨てられていた。顔のない、右手が四本指の。

人形が大鏡……どういうことだ。ほんの数分前まで全てを白日の下に曝したと信じていた珂允は、再び闇に呑み込まれそうになっている自分に気がつき戸惑った。

「そうですね」

メルカトルは容赦のない視線を持統院へ注ぐ。持統院の顔から怒りは失せ、蒼白に、全てを失い為す術もないという表情に変わっている。彼はこぼれ落ちる砂を必死で受け止めようとするように跪《ひざまず》き、両手を力無く差し出していた。

「……どういうことです」

勝者と敗者、二人の様を交互に見比べながら珂允は訊ねた。自分だけがこの勝負の理由を知らない。もどかしい。

だがメルカトルはそれには答えず、ポケットからライターを取り出すと御簾に火を放った。乾いた御簾に移った火は次第に大きくなり、白煙とともに勢いよく燃え広がっていく。パチパチと室内に響く木の焼ける音。持統院は火から灰への相生をただ呆然と見つめている。輝きの消えた虚ろな眼で。

「もうここには用はない。外へ出ましょう」

メルカトルが珂允の手を引く。煙に追いたてられるように珂允はその導くままについていった。

渡り廊下を伝い社殿を出たところで振り返ると、大鏡の殿が白煙を上げ天へ煌めいていた。雨上がりだというのにまるで何日も乾燥した日が続いていたかのように火は燃え盛っている。

その勢いはこの宮全てを、いやこの山全てを焼きつくさんばかりだ。境内では篋雪ら近衛がわらわらと立ち尽くしている。何もできずにただ燃え上がる殿の方を見上げるのみ。誰も消火しようと思い至らない。尤もこの規模では彼らに鎮火の術はないだろう。今まで神性に保護されていた自分たちの無力さを知ればいいのだ。それとも彼らはこれも大鏡の意志、力だととるのだろうか。現実を認めたがらずに。……大鏡の終焉《しゅうえん》。

「これこそ大鏡に相応しい祭でしょう」

メルカトルは己れの業を恥じることなくむしろ満足げに云ってのけた。宿怨を晴らしたことに誇りを感じるように背筋を伸ばし胸を張りながら。

珂允も一応はそのお裾分けにありつけた。だがそれは些細なことだった。宮が灰燼に帰そうがどうなろうが今や関係のないことである。問題はこのメルカトル、そして大鏡の存在だった。

「どうしてあなたがあそこに」

云ってから自分の声が少し浮ついていることに気づいた。謎のせいか傷のためか熱がぶり返してきたようだ。頭が膜を張ったようにぼやけ身体も怠く感じられる。

「もう少し行きましょう。そこで説明してあげますよ」

急かされて山を降りたあと人目を避けるため川沿いの道を下り、雑木林のせり出る川原に出た。ようやく火災に気づいた村人たちの喚声が遠くにぼんやりと聞こえる。だが川原はいつもと変わらず静かだった。さらさらと水の流れる音が空間を支配している。その静けさが壁となり思考を大鏡へと再び舞い戻らせた。だがメルカトルは黙ったまま、眼前の鏡川に視線を漂わせている。珂允は待ちきれずに再び訊ねた。どうしてあなたがいたのか、と。するとメルカトルは襟許の乱れを少し整えたあと、

「あなたに全てを知らせるためですよ。あなたの旅を終わらせるためにね」

「それじゃ、あなたは全てを知っているのですか」

「考えれば解ることです。あなたでさえ」

見下すようにふふと笑う。もちろん自分も考えて解ったと思っていた。メルカトルが現われるまでは。だが全てがまた以前のように霧の中に隠れてしまった。再び熟考すれば解けるのかもしれない。しかし今は一刻も早く答が知りたかった。

「教えて下さい。大鏡はどうなったのですか」

「大鏡ですか」

それは大鏡に向けられたものだろうか、メルカトルは馬鹿臭いと云った顔をすると、

「大鏡は死にましたよ」

「死んだ？」

意外な言葉のはずだった。ほんの三十分ほど前までは。大鏡が犯人だと信じていた自分にとっては。だが、御簾の奥に投げ捨てられていた人形。あれが指し示しているもの。

「半年前の雪の夜にね。あなたもあの人形を見てもう気づいているのではありませんか」

「じゃあ……まさか野長瀬が大鏡だったと」

「あなたの弟に与えられた名前、庚は十干の金《か》の兄《え》ですよ。それが偶然だと思われますか」

「でも野長瀬は大鏡に反逆していたのでは。それにそうなると野長瀬、つまり大鏡を殺したのは誰なのですか」

大鏡が野長瀬を殺し、そのことが今回の事件に尾を引いた。そう信じ切っていた。それゆえ大鏡を憎んだのだ。だがその大鏡が被害者の野長瀬と同一人物であり、また既に死んでいたとなれば、抱いていた確信は大鏡信者と同じ幻想だったことになる。

「大鏡は気づいたのですよ。自分には何の力もないことに」

「力……でも、この絶対的な村で」

多くの野心家が最も望む力、権力。それを彼は掌中に収めていたではないか。だがメルカトルは首を横に振り否定した。

「一見、神が人を支配しているふうに見えますが、実は神＝大鏡はこの村の社会が存続するために村人によって創り出された最も効果的な装置でしかないのです。大鏡の諸々の教え、禁。それらは全て、村人たちがこの村から出ないようにするための装置にしか過ぎなかった。外部から隔離して永遠に真実から遠ざけるための。今ならあなたもその意味がお解りでしょう。もちろん持統院たちは大鏡の使徒として仕え、村人たちには大鏡は強烈なカリスマとして存在していた。だがその蓄積された神性が大鏡個人の直接の介入を阻止していた。大鏡は個人の相談なんかには耳を貸さない、持統院はそう云っていたでしょう。それは大鏡が望んだのではなく、彼らによってそう位置づけられていた。姿を見せないことで絶対性を確保するために。まさに大鏡は常にあの殿の御簾の奥に座っているだけの存在だったと考えられます。あの大鏡の紋で、大鏡を意味する中央の菱がネガでしか表わされていなかったように。表と裏の差はあるにしても結局は鬼子と同じ役を負わされている。もともと、この村の約束では大鏡は選ばれた鬼子なのですから。その上自分たちがそうさせておきながら、誰も裏に隠された構造は知らなかった。いや気づきたくないがために、と云うべきですか。だが構造は知らなくてもいいのです。機能さえしていれば。ただ、当然のことながら大鏡だけはその機能を知っていた。平たく云えば、あなたが会社の歯車だったように大鏡もこの村の歯車だったというわけです。ただあなたと違うのは、大鏡の方は村人全員の暴力的なそして無自覚な要求によりひとりその責務を自覚的に負わされていた。その上、大鏡には、なまじ神と奉られたために愚痴を洩らす相手もいなければ、洩らすことも許されなかった。歴代の大鏡は知りながらもそれはそれとして神の地位に甘んじ割り切っていたのでしょう。ただこの大鏡──面倒なので野長瀬としましょう──はその薄っぺらさに耐えられなかった。その意味では彼は近代人であったかもしれない。もしかすると外の文献を読んでいたのかもしれません。ともかく自分の存在理由を突き詰めてしまった」

　まるで本人の愚痴を聞いたかのようにメルカトルは説明し続ける。ただ同情を誘いかねないこの言葉を、彼は単なるレポート発表のごとく冷淡に語るのみだった。

「おそらく、誤って右手の指を切り落としたことが契機となったのでしょう。その事故の結果、絶対的な存在……人は四であるが神である自分は五であるという、何とか自分を偽ろうとしていた砂上の論理、つまり完全なる大鏡にもそぐわなくなった。完全ではなくても彼は神のままだった。それで野長瀬は金を創り始めた。失われたものへの憧憬。同時に大鏡という軛《くびき》からの解放。その行為を露骨に示威することによって村人たちに絶対的な大鏡を相対化させようとした」

「ちょっと待って下さい」

　珂允は口を挟んだ。メルカトルは演説の腰を折られたことに少し気分を害した素振りを見せたが、すぐに「何ですか」と耳を傾けた。

「彼はいつから野長瀬だったのですか。こんな小村で突然人が現われて誤魔化せるとは考えられない」

「昔から野長瀬だったのです。それが大鏡に選ばれたというだけで。女の松虫はともかく、龍樹の鬼子も時が違えば大鏡になり得たのです。ただ大鏡は一人しか必要なかったというだけで。大鏡に選ばれた者はそれを誰にも告げず俗世でも生活を送る。もちろん何らかの制約はあるでしょうが、それは宮の力で誤魔化すことが出来る。それは本来、大鏡という人間を生きながらえさせるために考案されたシステムだったのでしょうが――あの殿に閉じ込められ一人二人の側近としか顔を合わさない日々を送り続ければ、それこそ気が狂いかねませんからね――彼の場合その二重性が逆に乖離《かいり》感を助長した」

つまり大鏡は珂允の世界にありがちな世襲制ではなかったということだ。むしろ親子の情を考えると、野長瀬がそうだったように家族を持てなかったのではないかと思われた。だとすると、メルカトルの云うように抑圧された存在なのかもしれない。

「話を野長瀬に戻しましょう。この事実を知っていた者はおそらく二人。側近の持統院とあなたの弟の庚。恐らく持統院は快く思っていなかったでしょうが、口出しは出来なかったでしょう。なにせ相手は神様・大鏡です。対して庚のほうは野長瀬の心を解ってくれる唯一の人間だったはずです。わざわざ近衛に取り立て、自分の許へ説得の名目で遣わせたのも、そういった理由からでしょう」

「じゃあ、弟は一緒に金創りを」

　病んだ大鏡。弟は信仰ではなく憐憫ゆえにこの村に留まったのだろうか。それとも、その行為自体が弟にとっては求めていた救済だったのだろうか。

「現代の科学で金を創り出せないことは知っているでしょうから、まず心を癒し徐々に目を違うところに向けさせよう、そんなつもりだったと思いますね。しかし野長瀬の方は違った。失われた指の代わりとなる金は出来ず、その上松虫という鬼子が処刑されてしまった。この時、野長瀬は強い失望感に囚われたのです。特に後者に。なぜなら全ての理屈を知っている野長瀬にとって鬼子は自分と同じ存在だった。同じ疎外者として彼自身は助けたいと思ったことでしょう。だが実際は自分の名の下に葬られた。大鏡というのは個人であると同時に村の保全システムなのです。そのシステムが規則の変更を許さなかった。そこには野長瀬の感情が介入する余地はないのです。……そして野長瀬は自殺したのです」

　それが自分の訊ねた問の答だと気づいたのは、少し経ってからだった。

「自殺……殺されたのではないのですか」

「自殺です」と強くメルカトルは繰り返した。「野長瀬が大鏡である以上、大鏡を殺した者をあなたの説のように庚が庇うことはあり得ない」

「でも、あの血塗れの手の痕は」

「野長瀬は自らを刺したあと手にだけ血をつけた。狂気の刃物は綺麗なままで。それによって他殺と思わせたかったのです。実験器具を自分で割ったのもそうです。松虫の件は野長瀬の意志に拘らず大鏡が存在することを、これ以上ないというほどはっきりとした形で突きつけた。彼がこの世にいる意味はない。死んだところで、大鏡は存続していくだろう。だが、もし他殺なのに誰の手にも疵が浮かばなかったとしたら、そのシステムに疑念を起こさせることが出来るかもしれない。たとえ僅かな疑念であっても、数百年生き続けた教えに楔《くさび》を打ち込むことができる。ある意味、選ばれた鬼子の復讐だったのかもしれませんね」

「なら、手も血塗れになっていなければならないのではありませんか」

訊ねるまでもなく、珂允はその答に気がつき始めていた。しかし一度誤った自分の考えではなく、完璧な説明が聞きたかった。真実と呼ばれるものに代替できるような。

「野長瀬の誤算は、雪が止み、周囲に足跡が残らないことを知らなかったことです。尤も知る由もないことだが、それは重要なことだった。朝になって庚が訪れ、自殺している野長瀬を発見した。彼には野長瀬が他殺に見せたがっていることがすぐに解った。それで割れた器具を片づけ、手の血を洗い明らかに自殺に思われるようにした。床の血は拭き取ろうとしたが無理だったので残しておくしかなかった。考えてみて下さい。もし犯人が存在したのなら、手や床の血を拭き取るよりも刃物の柄に血をつけたほうが簡単だったでしょう。傷口から刃物へ逆流した血が握っていた手についた。そう解釈させることができますからね。だがそれを行なわなかった。たとえ識別できないとしても、あのような血痕を残しておくことは危険度が高い。不自然です。しかし庚の場合なら少しばかり事情が違います。庚が訪れた朝には血が凝固して柄に塗りつけることができなかった。だから逆に落としたのです。落とすしかなかった、といったほうがいいですかね。幸い足跡は自分のものしか残っていない。他殺に偽装された自殺死体を本来の姿に戻すのは難しくなさそうだった。彼は野長瀬を理解し同情していたが、同時に村を――幻滅はし始めてはいたでしょうが――崩壊させることもしたくなかった。そこが疎外感を抱いていた村人の野長瀬と、ここへ救いを求めに来た他所者の庚の違いだった。だが、結局庚もこの村を去ることになる。松虫の件と野長瀬の件。それに野長瀬の自殺により持統院との確執も深まったでしょうから。また最悪の場合、自分が殺人者の汚名を被ってでも、この村を守りたかったんでしょうね」

この村にそれだけの価値があるのか……珂允は吐き出した。だがすぐに思い直す。もし蝉子や頭儀が生きていたなら、自分も同じことをしたかもしれないと。彼らを失意の底に突き落とすことだけは……。

「話を今度の事件に戻しましょう。野長瀬の自殺……それを知っている者は二人、庚と持統院。庚は村を出た。残る持統院は野長瀬ならぬ大鏡の死を隠さなければならなかった。村の代表であり、法の守護者である彼は、絶対的で完璧な大鏡が野長瀬と同一人物でなおかつ自殺した、という事実を決して知られてはならなかった。大鏡のシステム全てを把握しているわけではなかったが、権威の必要性は充分に承知していたはずです。普段、大鏡は持統院にしか姿を見せないので特に問題は生じなかったが、ただ薪能では御簾越しであっても衆人に姿を見せなければならない。そこで乙骨に人形の製作を依頼した」

「それがあの顔のない人形」

片隅に打ち捨てられていた人形。本当ならメルカトルの代わりに鎮座していたはずの。

「そうです。さすがに野長瀬の顔は依頼できなかったが、大鏡の身体的特徴は模倣した。ただの身代わりならともかく相手は神様ですからね。彼自身にとっては大鏡の教えは絶対的ですから、人形にも最大限の同一性を求めなければならない。でないと神聖な水祭が単なる茶番に終わってしまう」

持統院は日々あの人形に向かって恭しく頭を下げていたのだろうか。その様は滑稽に思えるが、彼自身にとっては信仰心の重要な証明だったのだろう。

「人形は何とか間に合い、薪能の日を迎えることができた。ただそこでアクシデントが起こった。鴉です。鴉に襲われパニックになったとき、翼賛会の会長である遠臣は大鏡を守るために御簾に近寄った。そこで知ったのです。絶対の生き神である大鏡が文字どおり木偶《でく》であることを。そして持統院に詰めよった。持統院は夜が深まりほとぼりが冷めてから来いと云い渡す」

「じゃあ、遠臣を殺したのは持統院だったのですか」

「そうです。あなたはいい線をいっていました。基本的な解釈は正しかったと云ってもいいでしょう。ただ、一、二の見落としがあった。呼び出された遠臣は大鏡の殿の前で殺されたと考えられます。あなたも来るときに目にしたでしょう。紋に僅かだが血の跳ねた痕が残っていたことを」

　珂允は大きく頷いた。あれで仮説の正しさを確信したのだ。

「さすがに殿の中で殺すことは出来なかったのでしょうが。ただ、あの血は緑の菱の上に残っていた。そう、犯人は気づかなかったのですよ。もし犯人が大鏡なら当然、穢れた紋を塗り替えさせたとは思いませんか。いかに持統院に識別できないといっても自分の住まいですからね。寝覚めが悪いでしょう。また殺された少年は犯人を目撃し疑いを持った。しかし年に一度、女子供は立ち入れない場所で御簾越しにしか姿を見せない大鏡の顔を、あの少年が知り得るはずもない。しかし持統院なら別です」

「でも痣は。それとも持統院は大鏡の教えなど信じてはいなかったのですか」

たとえ側近といえども、彼は神ではなく人間の代表でしかない。大鏡の摂理に打ち勝つことなど出来ないはずだ。

「人殺しの手には痣が浮かぶ。大鏡の罰として。それを免れられるのは罰を下す当の大鏡だけ。考え方は間違っていません。しかしそれには付帯条件があったはずです。人としての大鏡が存在しないときは人間界に罰は下らないと。つまり大鏡の空位を知っている者には、心理的に人殺しが可能なのです。そしてそれを知っていたのは持統院だけです」

「でも、もし次の大鏡が即位すれば遡って痣が浮かぶと聞きました」

「彼は殉教者のつもりだったのでしょう。持統院にとって重要だったのは大鏡の不在という機密を死守することだった。彼は彼の論理で、もし次代の大鏡が即位すれば——おそらく鬼子が判明したときでしょうが——守らなければならない秘密は解消されるのです。その時は潔く罰を受けたでしょうね。或いは大鏡の理解を得られると考えていたかもしれません。どちらにしろ絶対であるはずの大鏡が自殺した時点で、彼の歯車が少しずつ歪《ひず》んでいったことは間違いない。歪んだ歯車は次に乙骨に向かって進み出した。乙骨は人形を創った。遠臣の事件さえなければあのような行動はとらなかったでしょうが、起きてしまった以上、疑惑の糸口を与えかねない。人形はいわばアキレス腱です。村人はよもや大鏡がいないとは考えないでしょうが、外から来たあなたなら考えつくかもしれない。それで口を封じたのです。同時にあなたに全ての罪を着せ追い払うために」

「持統院が僕を呼び寄せたのは、それを図るためなのですか」

もちろん、とメルカトルはシルクハットの鍔に手をかけながら頷いた。

「乙骨が殺されたのはあなたが最初に彼を訪れた夜のことだった。庚のように協力者として使えるかどうかを値踏みしたが、それが難しい、むしろ放置しておくと危険だと判断し計画を実行に移した」

「千本家を襲わせたのも、持統院の計画の一部なのですか」

「いや、それは藤ノ宮だろうと思いますね。彼はそこまでは考えていなかったでしょう。ただ開拓の件を利用して、不和を招かせる思わせぶりな態度をとったでしょうが」

「持統院の目論見は予想以上に成功したということですか」

あいつのために。木偶を創ってまで権威にしがみつこうとする下らない奴のために。蟬子や頭儀が。こんなことなら、さっきこの手で絞め殺してやるべきだった。珂允は激しく後悔した。

「あなたの行動力を甘く見さえしなければね」

虚空を握り締める手を、冷ややかにメルカトルは見つめている。

その時、頰に冷たいものが伝った。雨だった。鏡山は延焼し続け、今や大部分が火の粉が舞う白煙で覆い包まれている。かなり離れたこの場所にすら放射熱が流れてくるほどに。ただ、上空の黒雲とともに、その煙の中に徐々に蒸気が混じり始めてきた。村人たちにとっては救いの神となる雨が。

「この様子では、村にまでは被害は及ばないでしょう。ただ、神を失った彼らがこれからどうするのか楽しみですね。また新たな神を創り上げるのか、それとも外に目を向けるのか」

「それがあなたの復讐なのですか」

彼は黙ったまま、物語の終わりを告げるようにくるりと背を向け立ち去ろうとした。

「待って下さい」珂允は咄嗟に呼び止めた。呼び止めなければならない、何かが胸の奥でそう囁いたのだ。「一つだけまだ聞いていません。村を出た庚、弟を殺したのは誰なのですか？　それも持統院の仕業なのですか」

歩みを止めたメルカトルは、数秒の間を置き徐《おもむろ》に振り返る。その表情はうって変わって硬く厳しかった。

「それはあなたが一番よく知っているのではないのですか。それとも私を試しているのですか」

「……僕が？」

「庚は死に場所を捜していた。野長瀬は庚が朝に訪れることを知っていた——或いはそうさせた——にも拘らず、あのような自殺をしたということは、庚に自分の死を自殺にするか他殺にするかの選択を任せたわけです。庚も野長瀬の意図に気づいたが、結局裏切ってしまった。彼は野長瀬を救うどころかその死に無意味という引導を渡してしまった。最後の望みであったこの村で見つけたものは、神でも救いでもないただの虚しい死だけだったのです。それも自ら手を下した。

死を意識した者は死に敏感になると云います。庚は救いを見失い死にたがっていた。だが野長瀬の犬死にを目の当たりにした恐怖で無意味な自殺はできなかった。その時、あなたの殺意に気づき、あなたに働きかけ殺させたのです。自分の死を誰かにとって意味あるものにしようとするために」

「そうだったのですか」

珂允は肩を落とし砂地の上に両膝をついた。湿った砂の上に軽く膝がのめり込む。このまま抜け出せない重く痺《しび》れる感覚を、一瞬だが珂允は感じた。

「庚は殺されたとき微笑んだでしょう」

「……はい」

「それが証明です。それ以上は必要ないでしょう」

「僕は弟の望むままに、弟を手にかけたのですか」

結局、弟に勝てなかったのだ。珂允は腰を落とし込みその場に座り込んだ。立ち上がる気力がだんだんと失せていく。項垂れた首筋に雨粒が滴っていった。

「そうですね」追い打ちを掛けるようにメルカトルが冷たく云い放つ。「あなたには弟が死を受け入れた理由が解らなかった。いつまでも気になっていたのでしょう。喉に刺さった小骨のように。だがその傷は化膿し痛みは広がっていく。だからあなたはそれを求めてこの村に来た」

「僕が殺したいと思ったはずなのに……」

珂允は小声で呟くとそのまま砂地に倒れ込んだ。湿った砂塵が鼻腔をくすぐる。でも、でもだ、勝てなかったかもしれないが、弟が望んでいたのなら、叶えてやれたということか。

「この話はあなたのお気に召したようですね」

頭上をメルカトルの冷たい声が通り過ぎていく。

「ただ、私は少々ひねくれた性質でしてね。残念ですが、あなたの望み通りに動く気はないのです」

「どういう意味です」

這い蹲ったまま、珂允は土塗れの顔でメルカトルを見上げた。

「先ほど私の口から出たのは、あなたの頭の中で組み立てられた自己満足の論理でしかないのですよ」

「僕の頭の中？」

「そうです。あなたは予めその答を知っていた。そしてそれを外から確かめるためにわざわざこの村に来たにすぎない。幻影の最後の欠片を振り払うために」

「嘘だ！」

「死んだ庚は、あなたの弟ではあるが実在する人ではない。あなたの中にいるもう一人のあなたです。なぜならあなたの実の弟は、十五年前に既に殺されているからです。ねえ、櫻花さん」

「なぜ、僕の名前を？」

何を今更という顔でメルカトルは見下ろす。この私をバカにしてもらっては困る、そう云いたげだ。

「あなたと知り合って二十日が経っています。調べる機会はいくらでもありましたよ。あなたの奥さんは理由も解らずあなたに離縁されて嘆いていましたよ。しかし人格が変わると顔まで変化する例は多々あるとはいえ、誰もがこれほど見事に欺かれるとは凄いものですね。まあ私たちも外人はみな同じ顔に見えますからね。逆に云えば、同一人物であっても雰囲気が違っていれば別人と錯覚するのも無理もないことなのかもしれませんが」

「僕には、あなたの云っている意味が解らない」

「解らなくて結構です。ただこれくらいは覚えているでしょう。十五年前に何者かに首を絞められ死んだ弟のことは。犯人はまだ判っていないらしいですね。しかし、あなたなのでしょう。弟を川に捨てたのは」

浮かび上がる遠い記憶。弟の死に顔。安らかな笑み。虚ろな瞳。……おれは弟になりたかった。それが夢だった。

「あなたの中にその時から弟が棲み始めた。あなたの望み通りに。ただそれはあなた自身ではなかった。そして自分でも気づかない独り芝居を始めた」

指弾するふうでもない。ただ淡々と事実を突きつけるのみ。まるで冥府の使者のように。

そんなことはない……珂允は土塗れの状態から立ち上がろうとした。だが、頭がぼうっとして力が入らない。全ての細胞が造反を起こしてまるで自分の身体ではなくなったかのように、腕一本まともに動いてはくれない。メルカトルに指摘されたからではない。彼の言葉にまだ納得したわけではない。本当に身体が疼くのだ。千切れるほどに。

「……いったい」

突然、恐怖が耳許で子守歌を囁き始めた。

「おそらく破傷風でしょう。鴉に襲われた際の」

右手の包帯を見ながら冷酷に云い放つ。

「破傷風……僕は死ぬのですか」

「ここでは手遅れでしょうね」

「でも、僕が死ねば松虫が……彼女は生きていたんです」縺れる舌で必死に訴えた。「そして千本の家で僕を待っているのです」

松虫は自分を待っていた。暗く冷たい井戸の底で、ここから連れ出してくれることを。弟でも他の誰でもないこの自分を。自分はそれをしなければならない。何より自分自身のために。それは珂允の最後の望みでもあった。自分にしかできない唯一の。これを契機に自分は生まれ変われるかもしれない。何者でもない自分に。そんな期待を抱いていた。希望の光。新たな夢へのドア。自分の。弟ではなく自分。自分だけの。それが……消えていく。

いつの間にか嗚咽の声へと変わっていた。もう言葉も出せないのか。朧《おぼろ》な感覚の中、悔しさだけが広がっていく。珂允は手許の砂を強く握り締めた。なぜ全てがおれを邪魔しようとするのだ。最後の最後まで。

「まあ、彼女のことは私に任せておきなさい」

メルカトルはそう云い残すと、軽くステッキを揺らしながら小さく消えていく。軽い足どりで。この言葉を告げることだけが目的だったのでは、そう思えるほどに。今度は呼びかけない。もうそんな力は残っていなかった。

山から灰を含んだ風が吹き下ろす。風は無造作に繁った林を揺らし、鶯色《うぐいすいろ》の葉が儚げに水面に舞い落ちる。緩やかな川の流れが葉を下流へと滑らせていく。舟のように。自分の目の前で全てが自然に進んでいく。全くありきたりの情景。普段なら目にも留めないような。大鏡は自然の理であると持統院は云った。もちろん自分は大鏡など信じていない。だが自然の理は存在するのだろう。目に見えるところと目に見えないところで。

「……お願いします」

喉を僅かに震わせながら珂允は呟いた。伝えるべき相手は既にいない。ただ雨にはね跳ばされた砂が頬を打つ。冷たい雨。だがその感覚も、昏い視界とともに次第に薄れていく。

……末期に自分がしなければならないこと。

珂允は残る力を手に集め川へ這っていった。蛞蝓《なめくじ》のごとくゆっくりとゆっくりと。胸を腹を足を顔を地面に擦りあわせながら。近づくせせらぎ。

弟は川に沈み、天国まで流れていった。金色に輝く光に導かれながら。この川はどこへ通じているのだろう。天国なんか無理なのは判り切っている。そんな高望みなんかしない。でもせめて、せめて自分の世界までは。少しでも憐れと思うならば……。

手に冷たい水の感触。だがぬめりに身体が絡めとられる。あと少し。もう少しなのに。

……おれを行かせてくれ。

叫びたかったが、顎が麻痺してもう口は開かない。もがこうにも、身体も頭も攪拌《かくはん》されればやけていく。揮発していく。

仄かな光。仄かな音。鴉の声。

やがて重力からの突然の解放。柔らかく包み込まれる感触。火照りを冷ます快い膜。流されていく。最初で最後の充足感。柵からの解放。そして……蒼白い河底に待つ弟。あの不可思議な微笑みを浮かべ。


やがてその蝶がみえなくなると、いつのまにか、今迄流れてもゐなかつた川床に、水はさらさらと、さらさらと流れてゐるのでありました……


もう何も映らない。ただ、その言葉だけが珂允の耳に響いている。

いい詩ね……蟬子が褒めた。

引用文献

中原中也「一つのメルヘン」(『中原中也全詩歌集(下)』講談社文芸文庫)

解説

笠井潔

『翼ある闇』で初登場した麻耶雄嵩は、本格ミステリ読者の熱心な注目を集め、また激しい賛否両論の渦に巻きこまれた。

『翼ある闇』が世に問われたのは、一九九一年のことだ。翌一九九二年には、我孫子武丸『殺戮にいたる病』、有栖川有栖『双頭の悪魔』、法月綸太郎『ふたたび赤い悪夢』、北村薫『六の宮の姫君』、島田荘司『眩暈』、などの話題作が踵《きびす》を接して刊行されている。綾辻行人『十角館の殺人』（一九八七年）を歴史的なスタート地点とする、本格探偵小説の第三の波が、収穫期に達した記念的な年ともいえる（第一の波は昭和初年代、第二の波は昭和二十年代）。しかし収穫を終えた畑には、新たな種子が播《ま》かれなければならない。必然的に第三の波は、次のステージを模索する時期に入ることになる。

先行作家による代表作の連打を前にして、麻耶の第一作『翼ある闇』は、異様ともいえる固有の輝きを放っていた。『翼ある闇』は、一九九三年の第二作『夏と冬の奏鳴曲《ソナタ》』とあわせ、九〇年代後半に全面化する第二ステージを、きわめて挑発的な仕方で予告していたのである。作品評価が、大きく賛否に割れた事実も、この点に関係している。

たとえば『翼ある闇』は「メルカトル鮎最後の事件」と副題されている。探偵小説読者をにやりとさせる、計算されたサブタイトルだ。シャーロック・ホームズには「最後の挨拶」が、ドルリイ・レーンには「最後の事件」がある。ただし麻耶による設定は、名探偵の初登場が最後の事件であるという点で、直接の下敷きはE・C・ベントリー『トレント最後の事件』だろう。

わかる読者にだけわかるという点で、連続殺人が起きる富豪の邸「蒼鴉城」のネーミングは、さらに徹底している。探偵小説的教養を誇るマニアのなかでも、このネーミングの由来が「わかる」者は、きわめて少数だろう。「蒼鴉城」とは、麻耶雄嵩も所属していた、京都大学推理小説研究会の機関誌の名称なのだ。

サブタイトルをはじめとして、マニア的な趣味性が『翼ある闇』には溢れ返っている。しかし、これを幼児的な趣味性やペダンティズムと非難し、否定することはできない。先行作の臆面もない模倣と引用は、探偵小説という自己累積的なシステムの必然なのだ。『翼ある闇』の否定論者が問題にしたのは、先行作の引用が外面的、装飾的な水準を大きく逸脱している点だろう。この作品では連続見立て殺人が扱われるが、英米黄金期の本格作品に知識のある探偵小説読者でなければ、作者が設定した見立ての謎を見抜くことができない。「メルカトル鮎最後の事件」というサブタイトルに込められた、探偵小説的記憶のあれこれは、わかる読者にだけわかればよいことだ。しかし、探偵小説を探偵小説たらしめる「謎―論理的解明」の核心部分に、決して常識的とはいえない特殊な知識を繰りこんでしまう作為は、長いことアンフェアとして退けられてきた。蓄音機の存在を知らない読者が多数を占める世界では、『アクロイド殺人事件』や『カナリヤ殺人事件』のトリックはアンフェアになる。それとおなじことだ。

自己運動するシステムとして探偵小説を捉えるなら、『翼ある闇』は探偵小説の累積史が必然的に生みだした、自己破壊的な爆弾である。当初「新本格」と命名された第三の波は、日本の戦後本格（第二の波）や英米の大戦間探偵小説を徹底的に模倣、引用、反復することにおいて成立した。第三の波が最初の頂点に達する一九九二年を前にして、第三の波を模倣、引用、反復する『翼ある闇』が、早くも登場したことになる。しかも麻耶による試みは、破壊的なまでにラディカルだった。

「謎―論理的解明」という核心部にかんしては、読者に専門知識を要求してはならない。マニアにしかわからない暗示やほのめかしは、装飾的部分にとどめる。歴代の探偵小説作家による、以上のように微温的で折衷《せっちゅう》的な「良識」に、麻耶雄嵩は容赦ない鉄槌を加えたのである。

一方の極に、『翼ある闇』をフェアプレーの観点から否定するような、保守的な探偵小説読者が存在した。反対の極には、作者のラディカリズムに共感する新世代の読者がいた。しかし肯定派の読者も、『翼ある闇』以降、どのような場所に本格探偵小説が押し出されてしまうのかを、的確に予測しえたとはいえない。

A作品を読んだ者にしかわからない、B作品が書かれる。B作品を読んだ者にしかわからない、C作品が書かれる……。ある意味で『翼ある闇』は、地獄の蓋を開いたのである。無限にメタレヴェルにずれ込んでしまう、自己言及の地獄の蓋を。

もちろん麻耶雄嵩は、たんに徹底的であろうとしたにすぎない。無際限の自己言及性は、創始者エドガー・アラン・ポオの昔から探偵小説形式が抱えこんでいた、小説として自己破壊的な、いわば呪われた可能性にほかならない。

自己言及の地獄という不吉な可能性を、わかる人間にだけわかるマニア的教養趣味という水準に抑えこむことで、探偵小説形式はかろうじて、近代小説的な普遍性に達しているかのように偽装してきた。しかし地獄の蓋は開かれたのである。無際限の自己言及は探偵小説を加速度的にタコツボ化し、最終的には小説としての普遍性を、致命的に破壊してしまうかもしれない。

しかも麻耶雄嵩は、第二作『夏と冬の奏鳴曲《ソナタ》』において、『翼ある闇』とは反対の方向から、ふたたび探偵小説形式の破壊を敢行する。『翼ある闇』の形式破壊は、作品が適度に自己完結しうる限界を超え、暴力的なまでに探偵小説的であろうとした結果、生じていた。反対に『夏と冬の奏鳴曲《ソナタ》』は、作中で反復的に言及されるキュビズムが、近代絵画の遠近法的世界を暴力的に異化したように、いわば外側から探偵小説形式の自己完結性を攻撃している。

密室状態の殺人は天変地異の結果であるという、作者の権利の濫用としか思われないメイントリック。作品空間のリアリティの水準では、事実として死んだはずの人物が、なんの説明もなく生き返るという破天荒な結末。探偵小説を探偵小説たらしめる形式性や規則性に、作者は確信犯的な侵犯を企てた。

一九九〇年代の半ば以降、第三の波の第二ステージは、京極夏彦、西澤保彦、森博嗣などを代表作家として活況を呈した。第一ステージのメインストリームが、六〇年代から「清張以後」の掛け声のもとに弛緩《しかん》し、形骸化した探偵小説形式を、厳格なものとして再建する古典主義的な意思に見られたとすれば、第二ステージの代表作家は、それぞれの仕方で探偵小説の形式主義からの自由な逸脱を追求している。

　時代に先駆けて第二ステージの方向性を予知し、その可能性を先鋭な方法意識で探究しぬいた麻耶雄嵩による、第三の傑作が『鴉』である。本作は『本格ミステリ・ベスト10』（探偵小説研究会編　東京創元社刊）で、一九九七年度のベストワンという評価を獲得した。

　アヴァンギャルドの宿命ともいえるが、麻耶雄嵩が試みた渾身の形式破壊は、第二ステージを創造的に準備したと同時に、安直きわまりない模倣者の大群をも生んだ。探偵小説の形式主義を解体の極点まで押しやろうとした麻耶のラディカリズムは、少なからぬ新人作家において、最低の鞍部で「継承」されたのである。未曾有の探偵小説ブームに依存する形で、弛緩したタコツボ本格やメタ本格の類が量産された。

　しかも制度的な探偵小説読者の大多数は、こうした傾向の作品や作家をフリークと見なし、排除の論理で対応したにすぎない。標的とされた代表例が、京都大学推理小説研究会で麻耶の直接の後輩にあたる、清涼院流水だろう。

　このような趨勢《すうせい》に、『翼ある闇』と『夏と冬の奏鳴曲《ソナタ》』の作者は、だれよりも激しい苛立ちを感じていたに相違ない。すでに達成された形式破壊をないものと見なし、それ以前の地平に後退することで探偵小説形式を守ろうとしても、たんなる反動でしかない。作者が直面したのは、『翼ある闇』や『夏と冬の奏鳴曲《ソナタ》』で敢行された形式破壊を前提とし、しかも探偵小説形式の新たな地平を追求するという困難な課題だった。

『鴉』では、二つのタイプの暴力が描かれている。第一に、異質なものを排除する暴力。第二は、同質なものから生じる暴力。

主人公は「双子みたい」な弟を憎悪する。作中に導入された兄弟殺しのモチーフには、カインとアベルの神話的なレヴェル、二〇世紀的な大量生の病理という社会的なレヴェルの二重性がある。さらに『鴉』の作者は、読者から「双子みたい」と評されてきた、形式破壊の凡庸な模倣者にたいする「殺意」を、作品の底に埋めこんでもいるようだ。

似たものへの暴力の対極には、異なるものにたいする暴力がある。凡庸な「弟」を象徴的に殺害すると同時に、作者は返す刀で、異物排除の暴力システムを徹底的に批判している。作品の舞台になる架空の共同体のシステムは、ルネ・ジラール『暴力と聖なるもの』など現代的な供犠論や王権論を下敷きに構想されているが、そこで批判されているのは、麻耶雄嵩の凡庸な模倣者を異物として排除し、探偵小説という王国の秩序維持に汲々とする、体制派の自己保身でもあるだろう。

以上のような点で『翼ある闇』と『夏と冬の奏鳴曲《ソナタ》』の作者は、九〇年代という探偵小説のフィールドに自分で播いた種を刈りとるため、『鴉』を書いたようにも見える。同時に『鴉』は、似たものへの暴力と異なるものへの暴力を、古典的な探偵小説的トリックである一人二役という設定に、二重にも三重にも絶妙な形で複合化することを試み、大きな成功をおさめている。

舞台設定はファンタスティックだが、年間ベストワンに選出された事実が示しているように、『鴉』は正統的な探偵小説作品である。しかも『鴉』の探偵小説的正統性は、あくまでも九〇年代初頭におけるラディカルな形式破壊を前提として、達成されているのだ。『翼ある闇』と『夏と冬の奏鳴曲《ソナタ》』が、第三の波の第二ステージを前衛的に先取りしていたように、『鴉』における制度と反制度の探偵小説的統合の企ては、新世紀における本格ミステリの進路を暗示しているのかもしれない。

——作家

この作品は一九九七年十月小社より単行本として、一九九九年四月
幻冬舎ノベルズとして刊行されたものです。

鴉《からす》

麻《ま》耶《や》雄《ゆ》嵩《たか》

平成12年10月25日　初版発行
平成25年7月30日　5版発行

発行人――石原正康
編集人――菊地朱雅子
発行所――株式会社幻冬舎
〒151-0051東京都渋谷区千駄ヶ谷4-9-7
電話　03(5411)6222(営業)
　　　03(5411)6211(編集)
　　振替00120-8-767643
印刷・製本―中央精版印刷株式会社
装丁者――高橋雅之

幻冬舎文庫

ISBN4-344-40036-4　C0193　ま-3-1